EMRAH SERBES • **Çekiç ve Gül**

EMRAH SERBES 1981 Yalova doğumlu. Akdeniz Üniversitesi Turizm İşletmeciliği ve Otelcilik Yüksekokulu'yla Mimar Sinan Güzel Sanatlar Üniversitesi Türk Dili ve Edebiyatı Bölümü'nü yarım bıraktı, Dil ve Tarih-Coğrafya Fakültesi Tiyatro Bölümü'nü bitirdi. Öğrencilik yıllarında *BirGün* gazetesi için söyleşiler kaleme aldı, *Radikal 2* için tiyatro eleştirileri yazdı, *Hayvan* dergisinin Ankara muhabirliğini yaptı. Kitapları: *Her Temas İz Bırakır* (roman, 2006), *Son Hafriyat* (roman, 2008), *Erken Kaybedenler* (hikâye, 2009), *Hikâyem Paramparça* (seçki, 2012), *Deliduman* (roman, 2014), *Müptezeller* (roman, 2016).

İletişim Yayınları 3184 • Çağdaş Türkçe Edebiyat 563
ISBN-13: 978-975-05-3346-4

1. Baskı 2022, İstanbul

EDİTÖR Tanıl Bora
KAPAK Suat Aysu
KAPAK İLLÜSTRASYONU Rewhat Arslan
UYGULAMA Hüsnü Abbas
DÜZELTİ Nebiye Çavuş

BASKI Ayhan Matbaası · SERTİFİKA NO. 44871
Mahmutbey Mahallesi, 2622. Sokak, No: 6/31 Bağcılar 34218 İstanbul
Tel: 212.445 32 38 • Faks: 212.445 05 63

CİLT Güven Mücellit · SERTİFİKA NO. 45003
Mahmutbey Mahallesi, Devekaldırımı Caddesi, Gelincik Sokak,
Güven İş Merkezi, No: 6, Bağcılar, İstanbul, Tel: 212.445 00 04

İletişim Yayınları · SERTİFİKA NO. 40387
Cumhuriyet Caddesi, No. 36, Daire 3, Seyhan Apartmanı,
Harbiye Mahallesi, Elmadağ, Şişli 34367 İstanbul
Tel: 212.516 22 60-61-62 • Faks: 212.516 12 58
e-mail: iletisim@iletisim.com.tr • web: www.iletisim.com.tr

EMRAH SERBES

Çekiç ve Gül

BEHZAT Ç.

Bir AnKara Polisiyesi

iletişim

Hilal'e...

İÇİNDEKİLER

Siyah Cam

Yenilenen Ankara Emniyet Müdürlüğü binasını 15 Temmuz törenlerine yetiştirmek için alelacele açmışlardı. Dış cepheye bakınca her şey tamammış gibi görünse de içerisi aylardır şantiyeyi andırıyordu. Binanın çeşitli katlarından yükselen matkap ve çekiç sesleri günlük rutinin parçası olmuş, hemen her tarafa ağır bir boya ve tiner kokusu sinmişti.

Başkomiser, siyah camlı sorgu odasının karşısındaki bölümde olay yeri tutanaklarını okuyordu. Ziynetlerini gasp ettikleri altmış iki yaşındaki Fethiye Çınar'ı yalnız yaşadığı evinde öldürmüşler, kolundaki bilezikleri çıkarabilmek için de elini bileğinden kesmişlerdi. Okuduğu buydu. Kırk sekiz saattir uykusuzdu başkomiser. Çay ocağının elektrik bağlantısı çalışmalar nedeniyle ikide bir kesildiğinden çamur gibi bir hazır kahve duruyordu önünde.

Behzat Ç., Cinayet Büro Amirliği'nde başkomiser, hayata karşı işlenen suçlar uzmanı. Bir 216 yakıp derin bir nefes çekti ciğerlerine. Seneler süren meslek hayatında sıradan bir gündü, genel manzara belliydi, aşağılanma, açlık, cehalet, sefalet, açgözlülük, cinayet ve gasp. Biraz yorgun, biraz bıkkın ve biraz da delice bir ifade vardı yüzünde. Biraz da o eski usul adamların dokunaklı havası. Her şey değişirken değişmeyen bir bakış, acı bir tını ve birkaç şey daha.

Harun odaya girdi, yanında kırk beş yaşlarında gösteren tıknaz bir adam vardı. Behzat Ç. adamın çopur yüzüne, etli burnuna ve özellikle kalın bileklerine dikkatle baktı, "O şerefsiz bu mu?" diye sordu.

"Yok amirim," dedi Harun. "Bu bizim Zafer Usta. Sen niye burada oturuyorsun?"

"Nerede oturayım, her yer yıkılıyor."

Usta, yüzünde alıngan bir tebessümle kartını uzattı, "Zafer Soykan," dedi. "PVC Kaplama ve Cam Sistemleri. Bu sistemlerin Ankara'daki yetkili bayii biziz, yerimiz Pursaklar'da, bizden başka bayiiyim diyen varsa yalan söyler."

Behzat Ç. elindeki kartı evirip çevirdi, "Adam nerede?" diye sordu Harun'a.

"Ben de oraya geliyorum ağbi," dedi Harun. Siyah camın önüne yürüdü, telsizin anteniyle kafasını kaşıyordu, "Şimdi Zafer Usta," dedi. "Bu montajı yapan adamlarda omega eksikliği mi var? Bu adamlar durgun zekâlı mı?"

Zafer Usta'nın kaşları çatıldı, sırtı dikleşti, "Ayıp oluyor," dedi. "Montajı bizzat ben yaptım. Ben kendimi bildim bileli PVC sektörünün içindeyim."

Harun derin bir nefes alıp telsizin antenini alnına bastırdı, "Usta," dedi. "Biz de kendimizi bildik bileli sorgulama sektörünün içindeyiz. Böyle siyah cam olmaz."

Zafer Usta avucunun içiyle cama vurup "Ne var ki?" diye sordu şaşkınca. Pantolonunun sağ cebine takılı mezurayı çıkarttı, cama dayayıp ölçüm yaptı, "Bir milim kayma yok. Bir milim kayma varsa ben bu mesleği bırakırım."

"Bırak!" diye çıkıştı Harun, "Burası siyah camlı oda. Biz sorguladığımız adamı göreceğiz, adam bizi görmeyecek. Şimdi oradaki adam bizi görüyor tamam mı? Oradaki denyo, bizi izliyor iki saattir. Camı ters takmışsın."

"Adam orada mı?" diye sordu Behzat Ç. sinirle.

"He ağbi," dedi Harun. "Nezarethanede boya işi vardı, buraya kapattım."

"Ne olmuş boya işi varsa!"

"Tiner kullanıyorlar, nezarethanedeki herkes kafayı buldu, bu adam bize ayık lazım."

Harun kapıyı anahtarla açtı. Sorgu odasında, yirmili yaşlarda, âdemelması belirgin, yanakları içeri çökmüş, zayıf, sarı benizli biri oturuyordu. İçeri girenleri görünce mavi gözleri korkuyla büyüdü, oturduğu sandalyede kaçmak ister gibi geri çekildi. Behzat Ç. olay yeri fotoğraflarını önüne atıp karşısına oturdu, bakışları sabit ve sertti, bir süre gözlerini ayırmadı karşısındaki genç adamdan. "Sana niye Patpat diyorlar?" diye sordu.

"Memur ağbi ben boğuluyorum," dedi Patpat. "Beni buradan çıkarın! Bende panik atak var. Bende ruh hastalığı var. Ben kapalı alanlarda fazla kalamıyorum."

"İyi de senin bundan sonraki hayatın kapalı alanlarda geçecek zaten," dedi Harun. "Yavaş yavaş alışmaya bak."

Patpat panikle bağırdı, "Ağbi gözünü seveyim ben ne yaptım ki!"

"Sus lan!"

Kapının eşiğinde durmuş, söze girmek için fırsat kollayan Zafer Usta, "Yalnız bize böyle bir bilgi verilmedi camı takarken," dedi.

"Ne bilgisi usta! Neyin bilgisi verilecek. Bak bu katil! Bu başkomiser! Bu da cam! Bu bunu görecek. Bu bunu görmeyecek. Aradaki cam da ona göre duracak. Bu camı çıkarıp baştan takacaksın."

"Memur ağbi ben kimseyi öldürmedim."

Patpat, Harun'dan umudu kesmiş, Behzat Ç.'nin gözlerinin içine bakıyordu, tutuklanma korkusunun, içine derin derin işlediği belliydi. Bir şey söylemedi başkomiser, dirseğini masaya dayadı, elini yanağına yaslayıp Patpat'a bakmayı sürdürdü.

Zafer Usta dişlerini sıkıp dudaklarını büzmüş, Harun'u düşmanca süzüyor, burnundan soluyordu, "Birincisi," dedi. "Bana bağırma! İkincisi camı çıkarırsak garantisi gider."

"Kullanmadığımız camın garantisi nasıl gider?"

"Bunlar özel üretim, taktın çıkardın yok. Paketi açıp montajı yaptın mı iş bitti. Garantisi bulunduğu yerde."

Harun bir elini masaya koyup gözlerini kapatmış, diğer eliyle mesh eder gibi başını sıvazlıyordu. Gülümsemeye çalışıyor ama başaramıyordu. "Ağbi sen de bir şeyler söylesene" der gibi baktı Behzat Ç.'ye. Başkomiser ellerini ensesinde kenetlemiş Patpat'ı inceliyordu hâlâ, "Sana niye Patpat diyorlar?" diye sordu yine.

Patpat başını önüne eğdi, yüzünde utançla karışık bir tebessüm belirdi, "Bizim mahallede belediyenin voleybol sahası vardı memur ağbi," dedi. "Beton saha. Küçükken arkadaşlarla voleybol oynardık akşamları, ben çıplak ayakla oynardım. Ayaklarım pat pat ses çıkarırdı. O yüzden adım Patpat kaldı."

"Niye çıplak ayakla oynuyordun?"

"Mecburluktan ağbi. Yokluktan. Ayakkabılarım eskimesin diye. Anam öldü, babamı hiç görmedim. Garip büyüdük."

"Şimdi usta," dedi Harun, elini yüzünden geçirdi, derin bir nefes aldı, "Sen misal bulaşık makinesinin yerine çamaşır makinesi takıyorsun, çıkar baştan tak deyince de garantisi gider diyorsun. Peki, ben ne yapacağım vatandaş olarak, çamaşır makinesinde bulaşık mı yıkayacağım? O zaman garanti kapsamında mı olacak?"

"Bunlar beyaz eşya değil, kırılabilir eşya, PVC. Bunlarda montaj bir sefer olur, benim ikinciye yetkim yok."

"Hani yetkili bayii sendin lan," dedi Behzat Ç..

"Ben Ankara bayiiyim. Bölge bayiine sormam lazım."

Başkomiser elini öfkeyle kaldırıp "Git sor o zaman," diye bağırdı. "Bizim camımızı düzgün takın kardeşim!"

Harun nihayet kendini anlayan biri çıkmış gibi iç geçirdi, başını öne arkaya salladı.

Zafer Usta bir adım geri atıp "Niye kızıyorsunuz ki," dedi. "Garanti şartnamesi neyse ben size onu söyledim."

"Hâlâ garanti diyor ya!" diye bağırdı Harun. "Kullanmadığımız camın garantisi niye gitsin? Bizim suçumuz ne! Biz mi bombaladık lan Emniyet'i darbe gecesi! Biz mi yıktık buraları! Bizi darbeden önce Köpek Eğitim Merkezi'ne sürmüşlerdi. Köpek mamalarının tadına bakıyorduk amirimle, köpekler ishal olmuştu, nedenini anlamaya çalışıyorduk. Bir baktık havada jetler uçuyor, Gölbaşı'na, dibimize bomba yağdırıyorlar. Köpekler deliye döndü, bize saldırdılar. En güvendiğimiz köpekler bizi ısırdı darbe gecesi. İki ay sonra, 'Emniyet'te polis kalmadı,' dediler, aldılar bizi yine buraya. Bizim garantimiz niye gidiyor şimdi? Söyle bakalım bizim garantimizin gitmesi doğru mu şimdi?"

Usta arkasına bakmadan çıktı, Harun döndü sinirle Patpat'ın üstüne yürüdü, masaya vurdu. Patpat yerinden sıçradı, Harun oturttu onu.

"Niye bileğini kestin lan kadının? Niye sabunlayıp çıkarmadın bilezikleri?"

"Bende panik atak var. Bende ruh hastalıkları var. Benim üstüme öyle gelme ağbi. Bana ani hareketler yapma. Öyle bağırma ben korkuyorum. Benim aklım çıkıyor. Benim aklım gidiyor geri gelmiyor."

Patpat koluyla yüzünü kapatıp büzülmüş, ağlayıp titremeye başlamıştı. Harun bir sandalye çekip onun yanına oturdu. Ufak ufak dokunup "Hişt... hişt..." dedi. Patpat her dokunuşta irkiliyor, kaçıyordu.

Yakınlarda bir matkap çalışmaya başladı, ses dalgaları dağların arasındaki bir uğultu gibi, helezonlar çizerek gitgide yükseldi. Ardından derin bir sessizlik geldi. O sessizliğin içinde sanki tiz bir çığlık asılıydı. Behzat Ç. yıpratıcı senelerin ardından artık kalbinin yorulduğunu, içinde kapanmayacak kocaman bir çukur oluştuğunu hissediyordu.

Harun başparmağıyla Patpat'ın çenesine alttan bastırdı, kafasını yukarı kaldırdı. Patpat ellerini koltukaltına soktu, sessizce ağlamaya devam etti. Harun, kendisinden beklenilmeyecek kadar sakin, tok ve kederli bir sesle, "Sabaha kadar uyumadım," dedi. "Ama sen bu kadını kestin diye değil."

"Ağbi valla kesmedim."

"Kesmeyi unut. Önemli değil o. Bu olay o kadar önemli bir şey değil bizim için. Cinayetler içinde bir cinayet. Görünmez bile. 45 30'dan başka kimse umursamaz. 45 30 bile o kadar umursamaz."

"45 30 ne ağbi?"

"Karşındaki başkomiserin telsiz kodu. İkimizin baktığı dosyaların kodu da 45 30. Biz bir olayı aldık mı, o dosya kıyamete kadar 45 30'da kalır. Kıyamet koptuktan sonra telsiz kodları baştan dağıtılacak, o zaman kim bakar, Allah bilir. Biz de görevi bırakacağız o zaman, öbür tarafa teslim edeceğiz elimizdeki dosyaları. Ne diyordum... Şu ölen kadın... Kaç yaşına gelmiş zaten, yaşayacağını yaşamış. Biraz da kirli çıkıymış, olan olmuş. Kadının bir önemi yok, çektiği acının bile fazla bir önemi yok. Bunun daha beterini çocuklara yapanları gördük. Bunlar olağan şeyler. Neyse... Ben olay yerinden gece üçe doğru ayrıldım, eve gittim. İnsan yorgun argın eve gidince ne yapar, yatağa uzanır, çok affedersin hanımına sarılır değil mi? Sonuçta bir ailesin sen. Ben de öyle yaptım. Hanım uyandı, beni göğsümden itti, ne dedi biliyor musun? 'Şampuan aldın mı?' dedi."

Harun ceketinin yan cebinden, kare kutuda, küçük bir şampuan çıkarıp demir masanın üstüne koydu. Behzat Ç. masada parmaklarıyla trampet çalıyor, gözleriyle Patpat'ı tartmayı sürdürüyordu. Sanki uzun zamandır aradığı bir hakikat onun yüzünde gömülüydü.

"Kadının cesedini gördüm ya," dedi Harun. "Kan içinde kalmış, saçları bile pelte gibi olmuş, yapışmış halıya. İşte tam o an şampuan almam gerektiği geldi aklıma. Üç sokak ötede bir nöbetçi eczane vardı, bir koşu gittim, aldım şampuanı. Peki hanım ne dedi biliyor musun? 'Teşekkür ederim mi? Aferin mi?' Hayır, 'Bu şampuanı mı aldın?' dedi. Söylerken 'bu'yu vurguladı, dudaklarını büzdü, vurgulayabildiği kadar vurguladı 'bu'yu. Sanki bu şampuan, işte bu önünde duran, dünyanın en iğrenç şeyiydi."

Behzat Ç. bir 216 yaktı, keskin ışığın altında duman katı bir nesneymiş gibi yükseldi.

"Ağbi bana da bir sigara verir misin?" dedi Patpat.

Behzat Ç. başını iki yana salladı.

Harun, "On aylık bir oğlum var," diye devam etti. "İsmi Behzat."

"Allah bağışlasın," dedi Patpat.

"Sağ ol. Şampuanı ona aldım. Sonuçta bir tane oğlum var. Paraya kıydım en kalitelisini aldım şampuanın. Peki hanım ne dedi? 'Çocuğa bu şampuanı mı aldın?' dedi. 'Hiçbir şey bilmiyormuşum, çocuğa gitmişim kellik şampuanı almışım.' Alakası yok, bak ne yazıyor üstünde, 'yoğun saç dökülmesine karşı bitkisel bakım şampuanı' yazıyor. 'E bizim oğlanın da saçları seyrek diyorum,' anlamıyor. 'Bebe şampuanı almam gerekiyormuş.' 'E söyledin mi bebe şampuanı diye?' 'Hayır. Böyle şeyleri söylemeye gerek yokmuş, ben çok ilgisiz bir babaymışım.' Öyle deyince bağırdım çağırdım biraz, ne dedim tam hatırlamıyorum. Böyle boğazıma bir şey tıkanmıştı, dolmuştum, onu atmam lazımdı tamam mı? Sesi duyunca Behzat uyandı, ağlamaya başladı. Hanım da yüzüme iğrenerek baktı. O bakışı nasıl anlatsam, soğuk bir bıçak gibi. İnsanın karısının onun yüzüne iğrenerek bakması ne demek biliyor musun? Bilemezsin, çünkü bekârsın kodumun yerinde, bekârsın ve sapıksın. Bir adam sırf karısının onun yüzüne iğrenerek bakmasından ötürü intihar edebilir. Bunu öğren tamam mı? Bugün benden bir şeyler öğrenmeye bak. Bu sabah Harun Sinanoğlu'ndan bir şeyler öğrenmeye bak. Bu fırsatı her zaman bulamazsın. Kadını niye öldürdün lan!"

"Ekmek çarpsın öldürmedim."

Duvara inen bir balyozun sesi duyuldu aniden, sonra bir daha, arka arkaya devam etti böyle. Harun ceketini çıkarıp sandalyenin arkasına astı, gömleğinin kollarını katlayıp dirseklerine çekti. Patpat'ın başına eğildi, üzüntüsünün içinde vahşi bir öfke vardı, "Behzat sabaha kadar ağlayıp durdu," dedi. "Başında bekledim, 'Ağlama Behzat, Ağlama,' dedim. Ama susmadı. Sonra hanımı seyretmeye başladım Behzat'ı pışpışlarken. Bana hâlâ can düşmanıymışım gibi bakıyordu. O zaman ona dedim ki, 'Senden nefret ediyorum.' Oysaki ondan nefret etmiyorum. Seviyorum onu, severek evlendim. Bak burası mühim, kimseyi unutmak için değil, severek evlendim. Ama bu sevgim öldürüldü."

"Ağbi bana bunları neden anlatıyorsun?"

"Bir şeyler öğren diye anlatıyorum, bu kodumun hayatında, şu boş kafana bir şeyler girsin diye anlatıyorum. Kadının kafasına neyle vurdun lan!"

"Yok ağbi öyle bir şey."

Öndeki lamba cızırdamaya başladı, pat etti ve birden söndü. Behzat Ç. dibine geldiği 216'yı karton kahve bardağının içine attı, cız etti izmarit. Işık arkadan vurunca Behzat Ç.'nin yüzü gölgede kalmıştı, "Bilezikler nerede?" diye sordu yarı karanlığın içinden. "Parayı ne yaptın? Üstünü nerede değiştirdin? Bunları tek tek düşün. Bunların hepsinin cevabını tek tek alacağım senden. Yoksa bu odadan çıkamazsın."

"Çıkamazsın deme amirim, korkuyorum."

"Kork! Öldürdüğün kadın da korkuyordu."

"Kimseyi öldürmedim."

Odanın öbür tarafında kapı açıldı, sırtlarında çuvallar taşıyan beş-altı işçi girdi içeri, sağa sola şaşkınca baktılar. İşçilerden biri çuvalı yere bıraktı, ellerini gözlerine siper edip alnını siyah cama yasladı, içeriyi görmeye çalışıyordu. Behzat Ç. kapıyı açınca işçi korkuyla geri çekildi, "Yangın merdiveni burada değil mi?" diye sordu işçi. "Çıkan molozlar otoparka inecekmiş."

"Yok, yanlış geldiniz."

"Ama burayı tarif ettiler."

"Yanlış tarif etmişler."

"Bu katın yangın merdiveni nerede?"

"Bu katın yangın merdiveni yandı, demirciler iskele kurdu, baştan yapıyorlar, oradan geçemezsiniz. Siz alt kata inin, Gasp Büro'ya. Yangın merdiveni koridorun sonunda, oradan otoparka inersiniz."

"Burası ne?"

"Sana ne kardeşim burası ne? Burası Emniyet, öyle her yere elinizi kolunuzu sallayıp giremezsiniz. Yanınızda memur yok mu sizin?"

"Yok, vermediler. Her yer birbirine benziyor, nereye gitsek bağırıp çağırıyorlar, biz de bıktık."

Başkomiser elini ustanın omzuna koydu, "Tamam kardeş," dedi. "Kusura bakmayın, hadi kolay gelsin."

Behzat Ç. tekrar odaya girdi, Patpat'ın karşısına oturup dirseğini masaya yasladı, iki parmağıyla şakağını ovarken gözlerini kapadı, "Seni evden çıkarken görmüşler," dedi Patpat'a.

"Doğrudur. Ben o evlere uğruyorum her akşam. Çöpleri var mı diye soruyorum. Çöpleri atıyorum."

"Oğlum sen korsan belediye misin?" diye sordu Harun. "Milletin çöpünü niye sen topluyorsun?"

"Mecburluktan. 1 liraya topluyorum. Çöp konteynırları yokuşta biliyor musun? Yokuşu çıkarıp atıyorum. İyi kötü ekmek paramızı çıkarıyoruz, ana yok baba yok garip büyüdük ama ben bu yaşıma kadar hırsızlık nedir bilmedim."

"Ee, seni üstü başı kanlı da görmüşler o gece," dedi Behzat Ç..

"Yalannn! Kim diyorsa Allah cezasını versin! Ama ben bu olayı kimin yaptığını gördüm. Ben Fethiye Teyze'yi kimin yalan ettiğini gördüm."

"Ne gördün?"

"Ben her akşamki gibi gittim, kapıyı çaldım çöpleri atmak için. Kapıyı orta boylu, esmer, sakallı biri açtı. 'Fethiye Teyze evde yok mu?' dedim. 'Yok,' dedi, 'memlekete gitti, ben yeğeniyim.' 'Çöpünüz var mı?' dedim. 'Yok,' dedi. O ara içeriden gürültüler geldi."

"Ne gürültüsü?"

"İtiş kakış sesleri. Herhalde içeride biri daha vardı. Kulak kabartayım dedim ama hemen kapattılar kapıyı yüzüme. Şüphelendim, bir köşeye çekildim, bekledim biraz. İçeriden, 'Mahmut neredesin?' diye bir ses geldi. Sonra sesler kesildi. Ben de gittim. Daha önce de söylemeye çalıştım bunu memurlara ama beni kimse dinlemedi. Ben Fethiye Teyze'yi severim, niye öldüreyim? Çocukken bana ezik domateslerden verirdi, ekmek verirdi. Bir sefer el falıma da bakmıştı, 'Allah yüzüne gülüyor,' demişti, 'yedi senelik sıkıntın bu sene bitecek,' demişti. 'Çok güzel bir esmerle evleneceksin, ikiz çocuk babası olacaksın,' demişti. 'Kalabalık bir ailen olacak,' demişti. Bedava bakmıştı falıma, kimseye bakmaz. İyi para kazanıyordu bu fal işinden, Ulus'ta, Dışkapı'da, bütün mekânlarda fal bakar, nazar bozardı. Çekemeyeni de çoktu. Duydular herhalde kazandığı parayı, takip ettiler, evini buldular."

Behzat Ç. arkasına yaslanıp ellerini tekrar ensesinde birleştirdi, başını geriye atıp tavanı seyretmeye başladı. Zihninde Patpat'ın söylediklerini tartıyordu. Tutarlıydı söyledikleri. Yine de yeterli gelmemişti başkomisere, "Patpat," dedi sakince. "Açık açık konuşmak belki acı verir ama zamandan tasarruf edersin. O yüzden baştan söyleyeyim, seni hiç gözüm tutmadı. Sende her türlü pisliği yapabilecek bir potansiyel var. Anan yok, baban yok, başına ne geldi bilmiyorum. Biraz da hayat zorluyor, doğal şeyler bunlar. Ama ben bir lira için adam öldürebilecek birini gördüğüm zaman asla unutmam. Ve senin gibi tipleri görünce kendimi rahat hissederim, dostların arasındaymışım gibi, olmam gereken yerdeymişim gibi. Belki bu cinayeti sen işlemedin. Olabilir. Her şey olabilir. Ama belki yarın aklıma başka bir şey gelir, o zaman seni bulurum Patpat. Üç gün sonra bir şey hatırlarım, gelir seni yine bulurum Patpat. On sene sonra bir gece kafamda bir şimşek çakar, cehennemin dibinde olsan da gelir seni yine bulurum Patpat. O yüzden şimdi söyle, söyleyeceğin bir şey varsa hemen söyle."

"Yok. Ben bir şey yapmadım."

Başkomiser oturmaktan ayakları ağrıdığı için kalktı, ellerini arkasında kavuşturup odanın içinde voltalamaya başladı. Arada göz ucuyla Patpat'a bakıyordu, kafası yumurta biçimindeydi, aylardır tıraş yüzü görmemiş saçları karmakarışıktı. Kulaklarının içinde kir topakları vardı, ayakkabıları çamurluydu.

Akbaba, sarsak adımlarla sorgu odasının diğer yanına girdi. Çevrede bir terslik olduğunu sezmiş, anlamak ister gibi sağa sola bakıyordu. Yanında otuz yaşlarında, tombulca bir kadın vardı. Behzat Ç. aceleyle kapıyı açıp çıktı.

"Aga o taraf niye gözükmüyor?" diye sordu Akbaba.

"Camı ters takmışlar."

Akbaba odaya göz attı, "Bu Kâmil de mi buradaydı?" dedi.

"Haa..."

Akbaba'nın suratında insanın içini acıtan bitkin bir gülüş vardı, Behzat Ç.'nin kulağına yaklaştı, "Bu kadın bunu kan içinde görmüş ama teşhis etmek istemiyor," dedi.

"Neden?"

"Korkuyor. Zor ikna ettim. Şimdi nasıl yapalım, kadını buraya alıp da bu Kâmil'i de karşıya koyalım mı?"

Patpat dönen tersliği fark edip "Şükran Abla," diye bağırdı aralık kapının ardına. "Beni sen mi söyledin? Beni sen mi şikâyet ettin polislere? Ben sana ne yaptım abla, neden günahımı alıyorsun?"

Şükran elini ağzına götürdü, yüzü dehşetli bir hal almıştı, "Hani beni görmeyecekti, hani beni bilmeyecekti," diye bağırmaya başlayıp kendini odadan dışarı attı.

Behzat Ç., "Gidin getirin şu kadını," deyip sinirle kapıyı kapattı. Harun, Patpat'ı yakasından tutup kaldırmıştı.

"Ağbi bende boyun fıtığı var," dedi Patpat.

Harun onu masanın üstüne savurdu. Patpat yere kapanıp salya sümük ağlamaya başladı. Harun gitti, Patpat'ın başına çöktü, parmağıyla dokunup "Hişt hişt," dedi. "Patpat... Ağlama lan! Bir sus."

"Siz beni boş yere suçluyorsunuz! Siz beni boş yere yakacaksınız. Ben Fethiye Teyze'yi severim, rahmetli annem beni ona emanet etmişti. Bana domates verirdi, ekmek verirdi. Kimse çöpünü vermezken o bana çöpünü verirdi. Bu Şükran Abla'nın kızı bana âşık oldu geçen sene. 'Neden bana âşık oldun?' dedim. 'Gözlerin mavi,' dedi. Bizim mahalledeki herkes esmer, kara, benim gözlerim mavi. Şükran Abla beni dövdürttü, 'Parasızsın, yolsuzsun, kızımdan uzak dur,' dedi. Şimdi bu olay olunca gelmiş iftira atıyor, 'Patpat'ı gördüm,' diyor. Bana niye inanmıyorsunuz ağbi? Ne yapayım, kendimi mi keseyim, kafamı duvarlara mı vurayım?"

Patpat kafasını yere vurmaya başladı. Harun onu ensesinden tutup kaldırdı, sandalyeye oturttu. Patpat titriyordu, irileşmiş, hasta gözleri ateş içinde yanıyordu. Sorgu odasının diğer yanında Hayalet belirdi birden. Behzat Ç. kalktı, diğer tarafa geçti. Cama hafif sırtını dönüp Hayalet'i kenara çekti, "Var mı bir şey?" diye sordu.

"Yok. Bu kadın da 'Gördüm,' diyor ama ne gördü belli değil. Çekti gitti zaten. Ben şahit falan olmam diyor. İyice korkmuş, bu kadar korkması da normal değil."

"Doğru."

"Tahsin Müdür 'Hemen Savcılığa sevk edin bunu,' diyor."

"Hemen mi?"

"Hemen ağbi. Başsavcı aramış dün, 'OHAL bitti,' diye fırça atmış. 'Gözaltı sürelerine dikkat edin,' demiş. E bu adamı 48 saattir tutuyoruz, daha bile fazla."

Odanın kapısı yine açıldı, önde işçi tulumu giymiş bir usta, arkasında da kapı taşıyanlar vardı. Öndeki usta, "Hırsızlık Büro'nun yeni kapıları geldi amirim," dedi Behzat Ç.'ye. "Ne yapalım?"

"Ne demek ne yapalım kardeşim!" dedi Behzat Ç.. "Hırsızlık Büro'ya götürün, burası Cinayet."

"Hırsızlık Büro nerede?"

"İki kat aşağıda."

Ustanın arkasındaki kapı taşıyan esmer genç, "Ben size dedim," dedi. "Fazla çıktık."

Adamlar çıkarken Hayalet, "Bir saniye bir saniye," diyerek araya girdi, "Gel bakayım buraya," diye seslendi son konuşana, "Senin adın neydi?"

Esmer genç kapıyı yere bıraktı, "Onur," dedi.

"Hah, Onur! Yüzsüz Onur değil misin sen?"

"Evet."

Hayalet, "Bu işçi değil ki," dedi ustaya. "Bu adam yolunda. Hayatında bir gün çalışmadı. Ne yapıyor burada?"

"Yok amirim bunlar işçi değil zaten," dedi usta. "Taşımaya adam eksikti, bunları nezarethaneden çıkarıp verdiler boş durmasınlar diye."

"Ha öyle mi? Tamam. Ama dikkat edin bunlara bak, kaçmasınlar bir yere. Hepsinin yedi-sekiz tane dosyası var en az, senden bilirim."

"Yahu ben ne yapayım amirim?" diye yakınmaya başladı usta. "İşçi tutacağım, 'Ödenek yetişmedi, nezarethanedekileri kullan,' diyorlar. Hırsızlık Büro'nun kapılarını hırsızlar taşıyor, Ahlâk Büro'nun badanasını fuhuş çetesi yapıyor, ondan sonra 'Elvan Usta, kapılar neden eksik, badana neden kat kat oldu, bunların başında neden durmuyorsun?' diyorlar. Hangi birinin başında durayım?"

Adamlar çıktılar. Behzat Ç., "Ya Hayalet gözünü seveyim şu kapıda durun biraz," dedi. "İçeri kimse girmesin bir süre."

"Tamam ağbi. Bunu ne yapacağız şimdi?"

Behzat Ç. döndü, siyah cama baktı, Patpat'ın onu gördüğünü biliyordu, "Bilmiyorum," dedi. "Ben biraz daha konuşayım. Belki de bu işi o yapmamıştır. Mahmut diye birinden bahsetti, onu da bir soruşturmak lazım civarda."

Başkomiser tekrar odaya girip Patpat'ın karşısına oturdu. Öfkeli birinden çok yorgun, yitik ve üzgün birini andırıyordu o anda.

"Ne diyorlar ağbi?" dedi Patpat. "Suçsuz olduğum anlaşıldı değil mi?"

"Yok," dedi Behzat Ç. "Suçlu olduğun henüz anlaşılamadı."

Akbaba da gelmişti sorgu odasının diğer yanına, telsizi kulağına yakın tutmuş, usul usul dinliyordu.

"Seni almaya geldiler. Savcılığa çıkacaksın, onlar da serbest bırakacak."

Behzat Ç., Patpat'ın yüzündeki ince tebessümü gördü, bir işten kurtulmanın, ucuz yırtmış olmanın tebessümüydü bu. Behzat Ç. yakından tanıyordu bu ifadeyi, parmak izi kadar açık bir kanıt sayılırdı bu onun için.

"Ama ben seni bırakmıyorum," dedi.

"Niye ağbi?"

"Beş dakika daha sohbet edelim."

Titremesi belli olmasın diye ellerini kot pantolonunun cebine sokmuştu Patpat, "Edelim ağbi," dedi. "Onlar bizi görmüyor mu şimdi?"

"Görmüyor. Bizi kimse görmüyor burada."

Sakinliği oranında tehdit dolu bir sesle konuşuyordu başkomiser, "Seni burada öldürsem kimse görmez," dedi. "Kafana sıksam bu inşaat gürültüsünde kimse duymaz. Molozlarla beraber de atarız cesedini otoparkın oradan. Yükleriz bir hafriyat kamyonuna, toz olur gidersin. Dünyadan bir Patpat eksilir, kimsenin de ruhu duymaz. Dünyanın da bunu umursayacağını zannetmiyorum. Dünyadan bir Fethiye Çınar eksildi de ne oldu, hiçbir şey değişmedi, yer yerinden oynamadı. En ufak bir ruh sarsıntısı bile olmadı, katil de pişman değil. E, neden işlendi o zaman bu cinayet? Ne öğrendik? Hiçbir şey. O zaman kapatalım bu dosyayı, hatta bu yeniden açılan Emniyet binasını da kapatalım, çekip gidelim evimize. Boşuna yaşıyoruz lan biz, boşuna uğraşıyoruz."

"Ağbi bir sigara verir misin Allah rızası için?"

"Vermem."

"Tuvalete çıkabilir miyim?"

"Çıkamazsın. Gerçeği söylemeden bu odadan hiçbir yere çıkamazsın. Harun kapıyı kilitle."

Harun kalktı, odanın kapısını kilitledi.

"Ağbi niye kilitliyorsun?" deyip yerinden fırladı Patpat. Behzat Ç. onu omuzlarından çekip oturttu.

"Ağbi aç kapıyı gözünü seveyim, ayağını öpeyim. Ben kapalı alanda kalamıyorum."

"Kalama," diye bağırdı Behzat Ç.. "Fethiye Çınar da kapalı alanda kalamıyordu, bak şimdi iki metre mezarda yatıyor. Bana doğruyu söyleyeceksin, ondan sonra açılacak kapı."

"Ben bir şey yapmadım."

Behzat Ç., "Ben senin yolunu yer miyim lan Patpat?" dedi. Harun'dan anahtarı aldı. İki parmağının arasında tuttuğu anahtarı Patpat'a gösterdi, ağzına attı, masadaki suyu içip yuttu. Boş ağzını açıp Patpat'a döndü, Harun da eğilip Behzat Ç.'nin ağzının içine baktı.

"Ağbi ne yaptın?" dedi Harun. "O anahtarın yedeği yoktu."

Patpat'ın gözleri dehşetle açılmıştı, korkusu suratına sığmıyormuş gibiydi. Birden koşup kapının koluna asıldı, sallamaya başladı. Korkudan kısılmış, çatallaşmış sesiyle kudurmuş gibi ağlıyor, uluya uluya siyah cama vuruyordu. Öbür tarafta Hayalet'le Akbaba şaşkınca bir kapıya bir de cama baktılar. Bir şey görebilirlermiş gibi cama yaklaşıp, ellerini alınlarına siper ettiler. Harun, Patpat'ı omuzlarından çekip masaya getirdi. Patpat can havliyle çırpınıyordu, birden dönüp Harun'un üstüne atladı, kulağını ısırdı. Harun acı bir çığlık atıp Patpat'ı savurdu, o acıyla gitti peş peşe iki tane vurdu kafasına. Avucunu açtı, elinde kan vardı, kulağının ucu sallanıyordu. Yumruğunun yanıyla duvarı dövmeye, acıyla inlemeye başladı.

Behzat Ç. 216 paketinin ucundaki kâğıdı yırttı, paketi salladı, öne gelen sigaralardan birini dudağının kenarıyla çekti, sakince yaktı, "Kimse bu odadan çıkmayacak," dedi. "Madem gerçeği söylemiyor, madem bu dünyada boşuna yaşıyoruz, madem bir cinayet bitiyor diğeri başlıyor, ölen öldüğüyle kalıyor, hiçbir şey değişmiyor, hiçbir şey öğrenilmiyor, hiç kimse pişman olmuyor, insan ruhu bir çöl gibi kurumuş madem, madem yine yalnız kalacağız karanlıkta, o zaman bu odadan hiç kimse çıkmayacak. Burada bekleyeceğiz geberene kadar."

"Ağbi beni bu odadan çıkar, ölüyorum."

"Öl!" diye bağırdı Behzat Ç.. "Bu odada öleceğiz. Üçümüz de bu odada öleceğiz. Bunu unutmayalım. Şu odadaki korkumuzu hiçbir zaman unutmayalım."

"Ağbi aç kapıyı anlatacağım."

"Önce anlat!"

"Aç kapıyı ayağını öpeyim."

"Önce anlat, doğruyu söyle!"

Patpat elini pantolonuna soktu, donunun içinden iki tane kanlı bilezikle buruş buruş olmuş, ıslanmış banknotları çıkardı, masanın üstüne koydu. Bütün kuvveti çekilmiş gibi kolları iki yana sarkmıştı, bir yandan titriyor, bir yandan hıçkırıyordu. Başkomiser banknotlara yaklaşıp dikkatle baktı, çiş kokuyordu. Masanın kenarından Patpat'ın pantolonuna baktı, altına işemişti.

"Çöpleri almaya giderken yaptım planı," diye başladı anlatmaya Patpat, kesik kesik ama hızla konuşuyordu, "Gözledim içeriyi," diye devam etti. "Paraları mutfakta kahve kutusunun içine koyuyordu. Alt komşuyu kolluyordum bir yandan, memlekete gittiler, onların balkon demirinden çıktım gece, girdim içeri. Kafasına keserin tersiyle vurdum sesi kesilene kadar. Paraları aldım. Bilezikler çıkmadı bir türlü, elleri şişmişti, keserle bileğini kopardım, aldım onları da. Mahallenin arkasında eski su boruları var, beton borular. Onların içine attım kıyafetlerle keseri. Üstümü de orada giydim. Mahmut diye biri yok, şimdi uydurdum. Çok yolsuz kalmıştım ağbi, mecburluktan yaptım. Fethiye Teyze'yi ben yalan ettim."

Behzat Ç. dilinin altına attığı anahtarı dudağıyla sigara alırken 216 paketine koymuştu, çıkardı Harun'a verdi. Patpat, insanın canını yakacak derecede gergin bir dikkatle kapıya bakıyordu. Harun kapıyı açtı, Behzat Ç. bir sigara uzattı Patpat'a, yaktı. Patpat iki nefeste yarıladı sigarayı. Başını eğdi, perişandı, ezilmiş ve utanmıştı. O velfecri okuyan gözlerinden saflık ve hüzün akıyordu şimdi.

Hayalet'le Akbaba içeri girdi. Masanın üstündeki kanlı bileziklerle paralara, Harun'un kanayan kulağına ve sigara içen Patpat'a baktılar. Olay çözülmüştü ama etrafta geçici de olsa bir huzur atmosferi yoktu. Olağandı bu. İnsanların adalet diye bekledikleri şey çoğunlukla bir mucizeydi ve buna da haliyle pek seyrek rastlanıyordu.

Behzat Ç., "Bu adam X-ray cihazından nasıl geçti bu bileziklerle?" diye sordu.

"X-ray cihazının ayarları tam yapılmamış," dedi Hayalet. "Yetkili servisi bekliyorlardı, elle aradılar girerken."

Zafer Usta, o ara yüzünde kendinden emin bir tebessümle odaya girdi. İçeridekileri baştan ayağa süzdü, "Sizin işinizi çözdüm," dedi. "Bölge bayii yeni barkod gönderdi. Cam sıfırmış gibi baştan takacağız."

"Gerek yok," dedi Behzat Ç.. "Böyle kalsın."

Polisler şaşkınca ona baktılar.

"Böyle daha iyi oldu," dedi başkomiser.

"Olmaz," diye bağırdı Zafer Usta. "Böyle kalamaz. Bölge bayii yeni barkod gönderdi, camın çıkışı yapıldı, değişmesi lazım."

Zafer Usta dişlerini sıkıp dudaklarını büzmüş, burnundan öfkeyle soluyarak odadaki polisleri süzüyordu. Harun bir eliyle kulağına kâğıt mendil bastırmıştı, diğer eliyle Zafer Usta'yı yavaş yavaş, süpürür gibi dışarı çıkardı. Akbaba, bileziklerle paraları delil torbasına koydu, şampuana baktı.

"O kalsın," dedi başkomiser.

Hayalet, yeni ifadesini yazdırmak üzere Patpat'ı götürdü.

Behzat Ç., siyah camlı odada yalnız kaldı. Derin bir sükûnet ifadesi vardı yüzünde. Yılların birikimi, kolay kazanılmamış, bir öfke selinin ortasındaki iriyarı sükûnet. Başında bir karasinek dönüp duruyordu, masaya kondu. Yavaş yavaş elini kaldırdı, bekledi bir süre, elinin gölgesi sineğin üstüne düşüyordu, duvarların gölgesi de Behzat Ç.'nin üstüne.

Bebek Mezarı

Karşıyaka Mezarlığı'na, yeni doğmuş bir bebeğin canlı canlı gömüldüğü ihbarını almışlardı. Başkomiser, mezar parselleri arasında, ceketinin yakasını kaldırıp boynunu içeri gömmüş, başı önünde, elleri ceplerinde hızla yürüyordu. Suratında ekşi bir ifade vardı. Rüzgârın savurduğu yağmur taneleri alnına kamçı gibi vuruyor, Ankara'nın kuru ayazı yüzünü yakıyordu. Ayakkabıları çamura batmıştı. Rüzgârda uğuldayan ağaçların koyu gölgeleri, tek tük aydınlatma lambalarının cılız sarı ışıklarını boğmuş, mezarlar arasındaki ince yolları karanlığa gömmüştü. Yarım saattir dolanıp duruyorlardı ama "kaybolduk" demeyi Harun da, Behzat Ç. de kendine yediremiyordu.

Onlar yürürken kararmış mezar taşlarının arasından çıkıp gelen biri aniden önlerini kesti, irkildiler. Soğuktan katılaşmış, neredeyse kanı çekilip beyaza kesmiş, ince, kemikli suratıyla Hayalet'ti karşılarına çıkan. Onu görünce içten içe rahatladılar. Artık bir kılavuzları vardı.

Hiç konuşmadan Hayalet'in peşinden hafif tepelik bir bölgeye tırmandılar. Ağaçların arasından karanlık bir patikaya girdiler. Behzat Ç. yüzüne gelen dalları eliyle iki yana açıp ilerliyordu. Az ötede Akbaba'yı gördüler. Eline bir şemsiye almış, hafif kamburlaştırdığı sırtıyla, yaşlı, uzun gövdeli, dalları seyrekleşmiş bir çam ağacının dibinde bekliyordu.

"Burada bekleyelim," dedi Hayalet. "Mezarlık görevlisi, görgü şahitlerini buraya getirecek."

Behzat Ç., Akbaba'nın yanına gitti. Harun'la Hayalet de on-on beş metre ötede, kendilerini yağmurdan koruyacak başka bir ağacı gözlerine kestirip o tarafa yöneldiler. Havlama sesleri yükselince koşarak uzaklaştılar oradan, ağacın altında bir köpek yatıyordu, başka bir ağacın saçağına sığındılar.

Akbaba şemsiyeyi ortaladı, diğer elinde şarap şişesi vardı. Sabit bakışlarını yağmur tanelerinin savrulup durduğu karanlığa dikmişti. Uzun sürmüş bir sessizliğin doğal devamıymış gibi, bizzat karanlığın kendisi fısıldıyormuş gibi, "Bugün tam yirmi iki yıl oldu," dedi.

"Ne yirmi iki yılı?"

"Mesleğe başlayalı bugün tam yirmi iki yıl oldu."

Akbaba şarap şişesinden bir yudum aldı.

"Bu ne?" dedi Behzat Ç.. "Kutlama mı?"

"Yok. Görgü şahitleri muhtemelen şarapçı. Onlardan kalmış."

Akbaba bir yudum daha alıp şişeyi Behzat Ç.'ye uzattı. Başkomiser, başını istemem manasında yukarı kaldırarak salladı.

"Miden mi bulanıyor hâlâ?" diye sordu Akbaba.

"Evet."

"Suratından belli, ekşi ekşi bakıyorsun. Bir doktora gitsene artık."

"Dün gittim. Bir sürü test yaptılar. Bugün sonuçlar geldi, bir şey bulamamışlar. Psikolojik olabilirmiş..."

"Psikoloğa falan sevk etmediler mi?"

"Ettiler de gitmedim. Psikolojikse sıkıntı yok, geçer herhalde."

Behzat Ç. bir 216 yaktı, şemsiyeyi Akbaba'nın elinden alıp bir 216 da ona uzattı. Akbaba'nın sigarasını yakarken, yıllar sonra o an, onun saç ayrımındaki bütün tellerin beyazlamış olduğunu fark etti, sadece uçlarında kalmıştı siyah bölgeler.

"Ben bırakayım artık diyorum," dedi Akbaba.

"Sigarayı mı?"

"Yok. Cinayet'i. Yirmi iki sene her türlü pis işi kovaladık beraber. Elimizde ne var, hiç. Ne para pul, ne evde bekleyen bir insan, ne bir duygu. Yüreğimde doğru düzgün hiçbir duygu kalmadı. Hiçbir şey hissetmiyorum artık. Bu adil değil."

"Hayat adil değil."

"Olabilir. Ama bana yetti. Yirmi iki yıl artı bir gün bana yetti."

Yakınlarda bir şimşek çaktı, Akbaba'nın kırmızıya çalan korkunç suratı bir an aydınlanıp karardı. Ardından derinlerden gelen çatırtıyla şiddetli bir gök gürültüsü duyuldu. İkisine de yer sarsılıyormuş gibi geldi bir an.

"İyi de," dedi başkomiser. "Sen emekli olamazsın ki. Başka iş yapamazsın. Başka işi geç, başka türlü yaşayamazsın."

"Biliyorum. Belki de ölme zamanım gelmiştir. Zaten neden yaşadığımı kendim de bilmiyorum ki. Yaşayıp duruyorum işte."

Akbaba uzun, her anlama gelebilecek bir sessizlikle baktı başkomiserin yüzüne. Dudaklarında yorgun bir tebessüm vardı. Koyu kederi diğer tüm duygularını uyuşturmuş gibiydi, "Artık çok geç," dedi dudaklarının arasından. "Artık çok uzak."

"Ne diyorsun Akbaba?"

Akbaba gözlerini başkomisere dikmişti, "İnsan kim olduğunu bilmeli aga," dedi. "En azından kim haline geldiğini artık kabul etmeli."

İhtiyar mezarlık görevlisi, yanında iki adamla polislere

yaklaşıyordu. Behzat Ç. zihninde Akbaba'nın söylediklerini tartarken yeni gelenleri gördü, el edip yanlarına çağırdı. Harun ile Hayalet de bulundukları ağacın dibinden ayrılıp Behzat Ç.'nin yanına seğirttiler.

Görgü şahitleri yirmili yaşlardaydı, gözlerinin parlaklığından kafalarının güzel olduğu belliydi. Biri uzun boylu, ince yapılı, sakallıydı. Diğeri kısa boylu, yeşil gözlü, tıknaz, etine sıkı biriydi.

"Anlatın bakalım," dedi Harun. "Ne gördünüz?"

"Bebeği gömenler kalabalık geldiler," dedi uzun boylusu.

"Bebek olduğunu nereden anladınız?"

"Ağlıyordu. Bir poşete sarmışlardı."

"Siz ne arıyorsunuz peki burada, bu saatte?"

"Ağbi biz mezar bakımıyla uğraşıyoruz."

"Hadi lan! Şarap içiyorsunuz, cigara içiyorsunuz burada. Sonra da mezar bakımı diyorsunuz. Bak takarım sizi GBT'ye, ararım üstünüzü... Doğru düzgün anlatın, yalan söylemeyin."

Uzun boylu olana, "Senin adın ne?" diye sordu Behzat Ç..

"Erkan..."

"Erkan ne?"

"Erkan Karakuş."

"Peki Karakuş, kalabalık geldiler dedin, kaç kişiydiler?"

"Ben on iki kişi saydım. En önde kel bir adam vardı, bebeği bir poşete sarmışlardı, ağlıyordu. Şuradaki mezarın yan tarafını açıp oraya gömdüler. Tam gömecekleri sırada bir ışık çaktı."

"Şimşek mi çaktı?"

"Yok. Mezarın içinden çıktı ışık. Sarı bir alev gibiydi."

Harun, konuşanın ensesinden tuttu, kendine çekip gözlerine yakından baktı, "Senin torbacın kim lan!" dedi. "Neyin kafasını yaşıyorsun kardeş sen! Ne anlatıyorsun bize? Bak buradan bebek çıkmasın bu gece, ikinizi de yatırır gömerim buraya."

"Ağbi ne gördüysek onu söylüyoruz. Yalnız çok tersoyuz, karnımız aç. Bize bir kokoreç alın gözünüzü seveyim."

"O ne lan gecenin köründe?" dedi başkomiser.

"Ağbi dördüncü kapının önünde Beypazarlı var, o satıyor," dedi Hayalet.

Başkomiser, Harun'a baktı, o dünden razıydı, "Seninki nasıl olsun ağbi?" dedi.

"İnce kıyım," dedi Behzat Ç.. "Baharatı bol."

"Ben yemem," dedi Akbaba.

"Bana çeyrek yaptır, ekmeğin içini aldır," dedi Hayalet.

"Ayran içeriz değil mi?" diye sordu Harun.

Sessizce onayladılar.

Behzat Ç. elini cebine atıp kokoreçlerin parasını verdi. Harun, "Karakuş, gel la böyle," diyerek uzun boylu olanı önüne kattı.

Aradan bir saat geçmiş kokoreçleri yemişlerdi ama olay yeri ekipleri mezarlığa intikal etmemişti daha. Yağmur şiddetini artırmış, polisler sırılsıklam olmuşlardı. Ansızın çakan şimşekler karanlık ağaçları aydınlatıyor, o anlarda Akbaba bir şeyler görmeyi umar gibi gözlerini mezar taşlarının üstünde gezdiriyordu. En sonunda Behzat Ç. telsizi aldı, "Nerede kaldı lan bu olay yeri ekipleri merkez?" diye anons geçti. "Dayak yemiş sıpaya döndük burada."

Anonsun ardından Behzat Ç.'nin cep telefonu çalmaya başladı, olay yeri ekiplerinden kıdemli personel Sıtkı arıyordu. Durumu izah etti. Behzat Ç. telefonu kapatıp "Olay yerini beklemeyin," dedi Akbaba'ya. "Siz kazın gösterdikleri yeri."

"Ne olmuş?"

"Bakan yardımcısının birinin evine hırsız girmiş, bütün ekipler oraya gitmiş."

Akbaba, "Ha," dedi, sonra mezarlık görevlisinden aldığı küreği omzuna atıp görgü şahitlerini önüne kattı. Behzat Ç.

de peşlerinden gidecekti ama ayakkabısı balçık çamura saplanıp ayağından çıkmıştı. Ayağını havaya kaldırmış vaziyette ayakkabısını çamurdan çıkarmaya çalışırken dengesini kaybedip düştü. Hayalet koşup kaldırdı onu.

"Hay ben böyle işin," dedi başkomiser.

Akbaba omzunun üstünden başkomisere baktı, başını iki yana umutsuzca sallayarak sağanak yağmurun içinde ilerledi, "Hade hade," diye bağırdı arkasında kalanlara. "Toprak yaş, boş yere bekledik, elle bile açar alırdık."

Görgü şahitlerinin gösterdikleri yeri kazdılar ama bir şey çıkmadı. Harun yediği kokoreçten ellerine sinen acı baharat kokusuyla şahitlerin ikisini de tokatladı.

"Ağbi karıştırdık kusura bakma," dedi Karakuş. "Bir yandan karanlık, bir yandan fırtına. Aslında şu bodur ağacın olduğu yere gömmüşlerdi."

"Hangisi?"

"Şu top gibi olan var ya, onun dibine."

Akbaba küreği omzuna atıp o tarafa yürüdü, peşinden gittiler. Kazdılar, bir poşetin ucu görününce Akbaba küreği bıraktı, elleriyle açtı çamurlu toprağı, poşeti yavaşça çekip çıkardı, boş çıktı. Şahitlerin üstüne atıldı birden, yakalarından tutup silkeledi, "Başlarım göstereceğiniz yere ha," dedi. "Dalga mı geçiyorsunuz lan!" Yerdeki küreği kaptı, tersiyle şahitlere vuracakken Harun girdi araya, Hayalet de koluna yapışmıştı, bir köşeye götürüp sakinleşmesini beklediler.

Harun döndü, şahitlerin kimlik numaralarını alıp cep telefonundan GBT'lerine baktı, önceden suç kayıtları vardı ama aranan şahıslarda yoklardı. Üst aramalarını yaptı sertçe. Karakuş'un çorabında iki gram ot buldu.

"Bu ne lan Karakuş!" dedi.

"Satıcı değiliz ağbi," dedi Karakuş.

"Af buyur iki gram pafküf," dedi yanındaki, "Amacımız neşe, yapıştır keşe." Bir yandan da gülüyordu.

Harun bir tokat yapıştırdı ona, "Sırıtma lan!" dedi. "Sırıtma! Akkuş! Sana Akkuş diyeceğim bundan sonra."

Tokadı yiyen birden ciddileşmişti. Harun, otu Behzat Ç.'ye verdi. Başkomiser şeffaf poşeti açıp otu yere döktü, ayakkabısının ucuyla çamura bulayıp ezdi, "Bakın gençler," dedi. "Kafanız güzel de polisi meşgul ediyorsanız sonu kötü olur. Buradan o bebe çıkmasın var ya, yeminle narkotiğe veririm sizi."

"Af buyur dayı ben sana ayığım," dedi Karakuş.

"O ne demek lan?"

Karakuş sakalından damlayan yağmur sularını avucuyla sıvazladı, "Sen babacan adamsın," dedi. "Narkotiğe verecek olsan otu çamura karıştırır mıydın?"

"On gram ot bulup koyamaz mıyım lan cebinize?"

"Sen öyle şey yapmazsın dayı," dedi Akkuş.

"Ulan sizin dayınızın," dedi başkomiser. Gençleri yakalarından savurup "Durun siz durun," diye söylendi kendi kendine, en yakın ağacın kuytusuna girip avucunu siper ederek bir 216 yaktı.

Yağmur ve soğuk iliklerine kadar işlemişti. Hayalet merkeze gitmişti MOBESE kayıtlarına bakmak için. Şahitlerin gösterdikleri bir-iki yeri daha kazdılar ama onlar da boş çıktı. Sinirleri tepelerindeydi polislerin. Karakuş bir mezar mermerine oturup başını ellerinin arasına almıştı, hıçkıra hıçkıra ağlıyordu, "Af buyurun dayı da biz öyle bir şey görmesek niye polisi arayalım?" dedi. "Zaten tersoyuz, zaten tipimize bak eşkâliz, bu iş bize patlar diye düşünürdük, aramazdık. Aha bununla oturduk yarım saat kavga ettik ya. Şu hayatta da bir sefer bir şeye hayrımız dokunsun dedik, sevaptır dedik."

"Tamam lan tamam," dedi Behzat Ç.. O kadarının o da farkındaydı. Gençlerden şüphelenmiş olsa en baştan başka türlü davranır, tepelerine çöker, konuşturana kadar başlarından ayrılmazdı.

Mezarlık girişindeki binaya gittiler. Behzat Ç. ile Harun, kuruyup ısınmak için duvarda asılı elektrik sobasının karşısında duruyorlardı. Kıyafetlerinden buğu tütüyordu. Akbaba camın önüne çekilmiş, mezarlığın karanlık patikalarına bakıyordu, "Koku alamıyorum aga," dedi. "Yağmurun kokusu her şeyi bastırdı, yoksa ben o bebeyi bulurdum çoktan."

Hayalet, MOBESE kayıtlarından kayda değer bir şey bulduğunda gün ağarmak üzereydi. Mezarlık binasından hızla çıktılar, tekrar ıslanmamak için koşarak ekip aracına bindiler. Yenimahalle'ye sürüp merkezden Hayalet'i aldılar. Hayalet araca biner binmez, "Numene tarafına sür," dedi. "Ulucanlar Caddesi'ne çık, Aktaş Mahallesi'ne ineceğiz."

Hayalet avucunu ıslak saçlarından yüzüne kadar indirip çenesine gelince yumruk yaptı, "Bu ne hava kardeş ya," dedi. Öne doğru yaklaşıp ellerini ön koltukların boyunluğuna yasladı, "Ağbi durum şöyle," diye devam etti. "Mezarlığın yan tarafında, ikinci kapıya bakan MOBESE'den aracı tespit ettik. Bebeği getirenler bunlar, ama kapıdan değil yandan atlayıp girmişler. Öyle on iki kişi falan yok, üç kişiler. Fırtınadan dolayı kamera görüntüleri bulanık, eşkâller çamur gibi. Girerken biri kucağında poşet taşıyor, çıkarken yok. Plakayı orada göremedik, anayoldaki MOBESE'den tespit ettik. Trafiği aradım, plakadan araç sahibinin adresini aldım."

Numune kavşağına varmışlardı. Sabahın alacakaranlığında silecekler cama vuran yağmurun şiddetine yetişemiyordu. Harun direksiyonu sıkıca kavramış, önünü görebilmek için cama doğru yaklaşmıştı.

Ekip aracını çamura saplanmasın diye Aktaş Mahallesi'nin köşesinde bıraktılar. Hayalet önlerinde, tespit edilen adrese doğru koştular, tek katlı bir gecekonduydu. Harun, yumruğunun tersiyle tahta kapıyı dövdü, "Aç kapıyı aç," diye bağırdı. "Polis!"

İçeriden bir süre ses gelmedi.

Harun tekrar yumrukladı kapıyı, "Aç," diye bağırdı. "Polis!"

İçeride ışık yandı.

"Geldim geldim," diye bir ses duydular.

Kapı açılır açılmaz evin içine attılar kendilerini. Pijama giymiş uykulu bir adam pörtlek gözlerle polislere bakıyordu. Kuru, kemikli suratının koyu sarı, hastalıklı bir hali vardı. İkide bir sağ gözünü kırpıyor, o anlarda dudağının kenarı burun deliklerine doğru seğiriyordu.

"Sen ne yapıyorsun lan?" dedi Harun. "O hareketler ne?"

"Kusura bakmayın," dedi adam. "Size yapmıyorum, bende tik var. Emniyet'ten misiniz?"

"Aynen dayı," dedi Harun, aracın plakasını söyledi.

"Evet, benim aracım," dedi adam.

"Sen araçla Karşıyaka Mezarlığı'na gittin mi bu gece?"

"Yok, ben evdeydim bu gece."

"Ne yapıyordun evde?"

"Televizyona bakıyordum."

"Ne seyrediyordun?"

"Ne seyredeyim, öyle haberlere baktım."

"Ne vardı haberlerde?"

"Ne olacak? Aynı şeyler."

"Hiç mi enteresan bir haber yoktu?"

"Yoktu. O ona 'şunu' demiş, öbürü buna 'şunu' demiş. Hep aynı şeyler."

"Sen aracı kimseye verdin mi bu akşam?" diye sordu başkomiser.

"Verdim, bizim eski usta istedi."

"Ne ustası?"

"Ben fırın sahibiyim, Âlem Fırın, Yenidoğan'da. Bizim eski ustamız, Âdem Usta, beni aradı, kızı rahatsızlanmış, midesi ağrıyormuş, hastaneye götürecekmiş. Şu aşağıda oturuyor, iki sokak ötede... Araç ekmek arabası zaten, biz ekmek dağıtıyoruz onunla. Ama ne diyeyim, şimdi işsiz adam, taksi de tutamıyor, buraya kadar yürüdü aldı aracı, kızını hastaneye götürmüş, bıraktı sonra."

"Bu adam ne kadar çalıştı senin yanında?"

"Dört sene."

"Neden ayrıldı?"

"Ya sorma, onun biraz dinlenmesi gerekiyordu. Psikolojik... Sıkıntıları vardı."

Harun elini adamın omzuna koydu, "Şimdi," dedi. "Senin ismin neydi dayı?"

"Celâl."

"Hah Celâl," dedi Harun. "Şimdi sen bana hiç güven vermedin Celâl Dayı. Senin hareketlerin bir değişik. Ayrıca yanındaki ustanın da psikolojisini bozmuşsun. Ne olacak şimdi bu işler?"

"Anlamadım, hangi işler memur bey?"

"Biz şu araca bir bakalım," dedi başkomiser.

Evden çıktılar, Behzat Ç. ceketinin yakasını kulaklarına kadar kaldırdı, sokağın köşesindeki ekmek arabasına doğru koştular. Başka bir evin dar saçağına sığınıp sırtlarını duvara yasladılar, dimdik durdular. Behzat Ç. çakmağının arkasındaki feneri arabaya doğrulttu, lastik, jant, kaporta çamur içindeydi.

Celâl arabanın arka brandasını kaldırdı, başkomiser kasanın içinde gezdirdi feneri. Boş ekmek kasalarının içine baktı. Ön kapıyı açtılar, koltuğa oturdu, yine içeride gezdirdi feneri. Güneşliklerin arkasına, koltukların kenarına baktı. Ne aradığını tam olarak bilmiyordu ama o araç artık "olay yeri" sayılırdı, "Anahtarı bana ver," dedi Celâl'e. "Araç burada kalsın, bunu polis gelip inceleyecek."

"Bu araçla sabah ekmek dağıtacağız amirim," dedi Celâl.

"Bu sabah değil," dedi Behzat Ç..

Binaların saçaklarından ayrılmadan, iki sokak aşağı Âdem Usta'nın evine yürüdüler. Tek katlı gecekondunun önü balçık çamurla kaplıydı. Harun, çevrede yapımı süren bir inşaata gitti, inşaat bekçisiyle beraber kalaslar getirdi, çamurlu bölgeye uzattılar. İnşaatın bekçi köpeği hâlâ havlamaya devam ediyordu giden kalasların arkasından. Polisler kalasların üstünde kollarını hafif iki yana açıp yürüdüler. Harun telsizin dışıyla kapıyı dövdü, "Aç kapıyı aç!" dedi. "Polis."

İçeride ışık yandı, telaşla koşturan insanların ayak tapırtıları duyuldu.

Boyası pul pul dökülen yeşil tahta kapı gıcırtıyla açıldı. Kapının ardında kırk yaşlarında, kel kafalı, kare çeneli, orta boylu ama yapılı biri vardı. Kapının üstündeki aydınlatma lambasından vuran çiğ ışıkta adamın gölgesi, evin giriş koridoru boyunca uzuyordu. Adamın üstündeki Nuh Nebi'den kalma pijamanın renkleri solmuş, iplikleri çıkmıştı. Adamın dökülen pijamasına ters düşen dik, mağrur bir duruşu vardı.

"Âdem Usta sen misin?" diye sordu başkomiser.

"Evet."

"Sen bu fırın sahibinin aracını ödünç almışsın bu gece?"

"Siz kimsiniz?"

"Biz Fırıncılar Odası'ndan geliyoruz," dedi Harun. "Ekmek araçları ödünç alındığı zaman bizim sinirimiz bozuluyor."

"Emniyet kardeşim Emniyet," dedi Hayalet, cüzdanını açıp kapayarak rozetini gösterdi.

"Sen Karşıyaka Mezarlığı'na gittin mi bu gece?" diye sordu başkomiser.

"Yok. Biz hastaneye gittik."

"Hangi hastaneye?"

"Numune'ye."

"Acile mi?"

"Evet."

"Niye?"

"Kız rahatsızlandı."

"Neyi var?"

"Bilmiyorum. Ateşi yükseldi, iğne yaptılar."

"Midesi ağrıyormuş. Öyle demişsin fırın sahibi Celâl'e."

"Tabii o da var."

"Şu kızı bir görelim. Çekil bakalım."

Harun adamı omzundan tutup yana çekti, içeri girdiler. Otuz beş yaşlarında, başörtülü, gözlerinde hâlâ gençliğin ışığı parlayan bir kadın zarif adımlarla polisleri kızın yattığı odaya götürdü. Başkomiser o kadından tuhaf bir biçimde rahatsız oldu, neden rahatsız olduğunu bilemese de kadının henüz solmamış, evin atmosferiyle tezat oluşturan çekici hali ona itici geliyordu.

Behzat Ç. yataktaki kıza baktı, on iki on üç yaşlarında gösteriyordu. Üstünde kalın bir yorgan vardı. Elinin tersini kızın alnına koydu, ateşi vardı. Yarı baygın yatıyordu. Odadan çıkıp 112'yi aradı, ambulans istedi.

"Şimdi," dedi adamla kadına. "Ben kızı hastaneye götüreceğim. Siz de arkadaşlarla Emniyet'e gideceksiniz."

"Ben kızımı bırakmam, yanında durayım," dedi kadın.

"Tamam," dedi Behzat Ç.. "Sen de gel hastaneye, biz gerekirse orada da ifadene başvururuz."

Behzat Ç. evin içinde dolaştı biraz, salona göz gezdirdi, ortada iplikleri çıkmış bir halı, köşede eski bir vitrin, kenarda soba, karşısında televizyon, pencerenin önünde de yere dizili alçıdan yapılmış aslan heykelleri gördü.

"Bunlar ne?" diye sordu.

"Ek iş," dedi adam.

Arka taraftan bir gümbürtü kopunca tedirgin gözlerle birbirlerine baktılar. Polislerin elleri gayriihtiyari bellerine gitti.

"Bir şey yok bir şey yok," dedi kadın. "Çamaşır makinesi sıkmaya geçti."

"Ne çamaşırıymış bu saatte?"

"Kirlileri çamaşır suyuna basmıştım sabahtan, akşam da koydum, asacaktım birazdan."

Behzat Ç. çamaşır makinesinin olduğu banyoya yürüdü. Makineye eğilip içine baktı, "Bunların hepsi beyaz," dedi.

"Ha," dedi kadın. "Beyazları yıkamıştım zaten."

"Ne beyazıymış bunlar böyle bu kadar?"

"Bizim beyin fırın önlükleri, yeni işe başlayacak."

Kapı çalındı, ambulans görevlileri sedyeyle gelmişlerdi. Üstleri başları ıslaktı, suratları kızarmış, nefes nefese kalmışlardı.

"Ambulans çamura saplandı," dedi baştaki adam. "Biz buradan alıp sedyeyle götüreceğiz."

Kızın yattığı odaya gittiler, nabzına, tansiyonuna bakıp sedyeye yatırdılar. Evin önüne çıktılar.

"Neyse Allah'tan bu kalasları koymayı düşünmüşler," dedi ambulans görevlisi.

Ambulansın çamurda takıldığı yere gittiler, kızı içine koydular. Harun bekçiyle beraber inşaattan başka kalaslar getirdi. İnşaat kürekleriyle lastiklerin altını kazıp kalasları koydular, ambulans geri vitese taktı, Behzat Ç., Harun ve Hayalet önden ittiler ambulansı, bir-iki patinajdan sonra çıkardılar. Çamurda dönen lastik yüzünden baştan ayağa çamura batmışlardı.

"Şoförün yüzünden," dedi Harun. "Aslında direksiyonda sen oturacaktın ağbi, o ittirecekti. Ambulansa geçiş önceliği var ya, buraya da girerim zannediyor. Ulan biz de polisiz, bizim de geçiş önceliğimiz var, ben niye arabayı mahallenin girişinde bıraktım? Görmüyor musun havayı, belli ki yağmur yolları kesecek. Şoförün denyoluğu yüzünden şu halimize bak."

Harun söylenirken başkomiser hiçbir şey söylemedi. Sonunda çamurdan polislere dönüp çıkardılar ambulansı battığı yerden.

Kızın adı Sevgi'ydi, Numune'nin acilinde bölüme aldılar, muayeneye gelen doktor perdeyi çekti. Kızın annesi içeri girmek istedi ama onu içeri bırakmadılar. Komiser yardımcıları Erhan'la Melike de gelmişti hastaneye. Başkomiserle biraz öteye çekildiler.

"Biz hastane polisiyle konuştuk," dedi Melike. "Bu kız adına yapılmış giriş kaydı yok bu gece."

Doktor perdeyi açıp hastabakıcıları çağırdı, "Çabuk!" dedi. "Çabuk! Ameliyathaneye." Hastabakıcılar kızın tekerlekli yatağını hızla sürdüler.

Doktor ameliyathaneden iki saat sonra çıktı, "Soruşturmayı kim yürütüyor?" dedi polislere. Melike'yle Erhan, Behzat Ç.'yi gösterdiler. Başkomiser doktorla beraber hastanenin önüne çıktı, bina saçağının altında durdular. Doktor maskesini çenesine indirmişti. Cebinden sigara paketini çıkardı, başkomisere uzattı, "Değiştirmeyeyim," dedi Behzat Ç., bir 216 yaktı. Doktor otuz beş yaşlarında, zayıf, yorgunluktan suratının rengi kaçmış bir adamdı. Sağanak yağmur hastanenin beton avlusunu tapır tapır dövüyordu.

"Ben anlamıyorum," dedi doktor.

"Ne oldu doktor?"

"Kız doğum yapmış. Çok kan kaybetmiş. Zor bir doğum, bu yaşta, doktor olmadan, hastane olmadan, cinayet gibi bir şey. Rahim yırtığı var. Kanamayı durduramasak rahmini almak zorunda kalacaktık."

Doktor işaretparmağının dışıyla sigaranın külünü silkeledi sertçe, "Ben anlayamıyorum komiser bey," diye devam etti. "Ben bu insanları anlayamıyorum. Hadi insanları da anlıyorum bir bakıma, korkarlar, çekinirler, ama ben bu dünyayı anlayamıyorum galiba. Benim sinirlerim çok bozuldu ya, kusura bakmayın."

"Önemli değil."

"Siz hastaneye getirmeseniz belki de birkaç saate ölürdü bu kız."

Behzat Ç. önüne baktı, bir süre sessizce bekledi, "Bizim

bir an önce bu kızla konuşmamız lazım hocam," dedi sonunda. "Çünkü doğan bebeği de gömmüşler, durum biraz karışık."

"Sizin işiniz bizden beter," dedi doktor. "Sabah kendine gelir, konuşursunuz."

Behzat Ç., Çocuk Büro'yu aradı, çocuğun ifadesini alabilmek için çocuk polisiyle psikolog çağırdı. Melike'yi bir köşeye çekip durumu anlattı, kızın annesine de, "Gel bakayım sen böyle," dedi. Polis odasına yürüdüler. İçerideki polisler çıktılar, Melike, PVC doğrama kapıyı kapattı. Polis odası, acilin girişinde küçücük bir odaydı, bir masa bir sandalye vardı içeride, duvarda küçük bir televizyon, bir de elektrik sobası. Başkomiser sobayı çalıştırdı, sandalyeye oturdu.

"Doktor doğum yapmış diyor," dedi Melike. "'Kızı hastaneye getirdik,' demişsiniz ama getirmemişsiniz buraya. Ne oldu?"

"Öyle bir şey yok. Doğum yapmadı."

"Doktor yalan mı söylüyor? Ameliyattan çıktılar işte, kızı da öldürecekmişsiniz neredeyse. Nerede doğum yaptı bu kız, sen mi yaptırdın doğumu?"

Kadın önüne bakıyor, gözyaşlarını başörtüsünün ucuyla siliyordu.

"Bebek ne oldu? Onu da gömmüşsünüz," dedi Melike.

"Yok öyle bir şey."

"Anlat anlat," diye sesini yükseltti Behzat Ç.. "Baştan anlat bizi uğraştırma, bebeği de bulacağız, onun DNA'sından babasını da bulacağız, kimin gömdüğünü de bulacağız. Bu kız kaç yaşında?"

"On dört."

Behzat Ç. işaretparmağının dışını masaya vurdu, kolçaklarından tuttuğu sandalyede arkasına yaslandı, gözlerini tavana dikti, ayakkabısının topuklarından destek alarak tekerlekli sandalyede ileri geri gidiyordu, bir beşikte sallanır gibiydi, "Kim hamile bıraktı bu kızı?" diye sordu gözlerini tavandan ayırmadan.

Kızın annesi, dudaklarını ısırmış, gözyaşlarını bastırmaya çalışıyordu. Dayanamadı, hıçkıra hıçkıra ağlamaya başladı ama tek söz söylemedi.

"Bana bak," dedi başkomiser, gözlerini tavandan ayırıp kadının yüzüne dikmişti, "Ağlamaktan başka bir şeyler daha yap, bize biraz yardımcı ol."

Behzat Ç. sesini yükseltince polis odasının önünde durup içeri bakanlar oldu.

Behzat Ç. masadan kalktı, "Alın bunu kızım," dedi Melike'ye. "Al bunu al al! Götürün Emniyet'e!"

Melike kadının koluna girdi, çıktılar.

Behzat Ç. kafeteryaya gidip bir çay aldı, dünden kalma bir gazete bulup spor sayfasına göz atmaya başladı. Gençlerbirliği'yle alakalı kısa bir haber vardı. O gün İlhan Cavcav'ın 3. ölüm yıldönümüydü, bir anma düzenlenmişti kulüpte. Karanlık yavaş yavaş dağılıyor, hava koyu laciverte kesiyordu. Gün ağardıktan sonra hastane tuvaletine gitti başkomiser. Çamura batmış üstünü polis odasından aldığı ıslak mendillerle silebildiği kadar sildi.

Ameliyattan sonra Sevgi'yi serviste odaya almışlardı, oraya yürüdü, kapıyı tıklatıp içeri girdi. Çocuk polisiyle sosyal hizmetler görevlisi psikolog vardı yanında. Dışarıdaki rüzgâr demir doğrama pencerenin aralıklarında ıslık çalar gibi ötüyor, cama yapışan yağmur taneleri ağır ağır süzülüyorlardı. Başkomiser pencerenin dışında bir kavak ağacı gördü, kuru dalları fırtınada bir sağa bir sola yatıyor, gövdesi yerinden sökülürcesine sallanıyordu.

Çocuk polisi başkomiserin yanına geldi.

"Bir şey söyledi mi?" diye sordu başkomiser.

"Hayır. 'Allah'a oruç adamış, bugün hiç kimseyle konuşmayacakmış.' Öyle diyor."

Behzat Ç. yataktaki Sevgi'nin yüzüne baktı, halsizlikten solmuştu.

Psikolog da geldi yanlarına, bir-iki adım daha kapıya doğru gelmelerini işaret etti polislere, "Bir suskunluk devresine girmesi olağan," dedi sessizce. "Şu an şokun etkisinde. Tabii bir de narkoz var. Belli bir süre üstüne gitmemek lazım."

Behzat Ç. iç çekip yüzünü sıvazladı, elinden geldiğince sakin ve öfkesiz konuşmaya çalışıyordu, "Orası öyle de doktor hanım," dedi. "Bizim işimizde de zaman çok önemli. Bu tarz olaylarda şüphelinin kaçma ihtimali yüksek. Bize bir ifade, en azından bir ipucu lazım."

"Şu an konuşmanız yaşadığı travmayı derinleştirmekten başka bir işe yaramaz. Çocuk polisi zaten burada. Bir şey söylerse size gerekli bilgiyi verir."

"İyi de bir şey sormazsanız nasıl bir şey söylesin?"

Psikolog yüzünü buruşturup çenesini kaldırdı, biraz üstten baktı başkomisere, "Ben sorulması gerekenleri usulünce sordum," dedi. "Ama şu an daha fazla üstüne gitmenin bir manası yok. Biz üstüne gittikçe o daha çok içine kapanacak."

Sevgi elini yavaşça kaldırdı, işaretparmağıyla Behzat Ç.'yi göstermeye başladı. Bir süre şaşkınca Sevgi'ye baktılar. Behzat Ç. parmağın kendisini gösterdiğini anlayınca yavaşça ona doğru yürüdü. Yatağa eğildi.

Sevgi avucunu Behzat Ç.'nin yüzünde gezdirdi, "İnsanlara ibret olacak kişi sen misin?" diye sordu.

"Yok." dedi Behzat Ç.. "Sen söyle bakayım bana, kimse senin canını acıttı mı? Sana kötü bir şey yaptı mı?"

"Yok."

"Bu bebek nasıl oldu peki?"

Sevgi gözlerini boşluğa dikmişti, hiçbir yere ait değilmiş, zamanın dışındaymış gibiydi o an. Kuru sesi de kendine ait değildi sanki, içinde yer etmiş başka biri konuşuyordu, "Bu bebek öyle olup bitti işte," dedi yavaşça. "Ben bir köşeye çekildim, odadan hiç çıkmadım. 'Ah keşke bundan önce öleydim, unutulup gitmiş olaydım,' dedim. Ama sonra o seslendi bana, üzülmememi söyledi, bana yemiş verdi."

"O kimdi?"

Sevgi cevap vermedi, başını önüne eğdi.

"O kimdi?" diye tekrar sordu Behzat Ç..

"Ben Allah'a oruç adadım, bugün hiç kimseyle konuşmayacağım," dedi Sevgi. Başka da bir şey söylemedi.

Başkomiser hastane bahçesine çıktı, etrafta bir telaş, bir koşuşturmaca olduğunu gördü. Yerde yatan iki kişi vardı, o tarafa doğru sedye sürüyorlardı hızla.

"Ne oldu?" dedi yakınlardaki bir hastabakıcıya.

"Kavak ağacı devrildi," dedi hastabakıcı. "Aslında fırtınadan falan da değil, o ağaç ne fırtınalar gördü, dayanırdı daha. Yanlış budadılar geçen ay, o zaman da dedim, 'Böyle olmaz,' dedim. Ama bizi takan kim?"

Behzat Ç. ekip aracına bindi, silecekleri çalıştırıp hareket etti, kökünden sökülüp betona devrilen ağaca bakarak yavaşça çıktı hastane bahçesinden. Harun arıyordu, telefonu açtı.

"Ağbi gelecek misin?" diye sordu Harun. "Bu adam susuyor, bir şey demiyor, cins cins bakıyor, ben de sen gelmeden zorlamak istemiyorum."

"Bir yere daha uğrayıp geleceğim. Sen adama bir şey deme, kendine haline bırak."

"Tamam ağbi."

"Arada gözleyin."

"Tamam ağbi, ben zaten onun başındayım. Böylesini çok yalnız bırakmayacaksın."

Başkomiser, Yenidoğan'daki Âlem Fırın'a gitti, fırının sahibi Celâl, camekânın arkasındaki kasada duruyordu, camı tıklatıp fırın kapısına doğru yürüdü. Fırının camları sıcak ekmeklerin dumanıyla buğulanmıştı. Celâl yandaki kapıyı açtı, rafların olduğu kenara çekildiler. Taş fırındaki usta, arada kapağı açıyor, pişen ekmekleri kürekle alıp yenilerini atıyordu.

"Bu Âdem Usta'nın psikolojik sıkıntıları vardı dedin," dedi başkomiser. "Ne sıkıntısı vardı mesela, anlat biraz."

"Bir sefer akşam eve gidiyorduk beraber, ekmek arabasını güvercinlerin üstüne sürdü. Birden kırdı direksiyonu, birkaç tanesi de kaçamadı, ezildi."

"Başka..."

"Başka, başka," deyip ellerini ovuşturdu Celâl. "Yahu nasıl diyeyim?" dedi sonra. "Tövbe tövbe... Bana demedi ama bizim çıraklara demiş. İnsanlara rızkını veren oymuş, her şeyi o yaratmış. Kendisine hak ettiği değer verilmemiş. Baktım bizim çıraklar da bunun aklına uymuş, ağzının içine bakıyorlar. Çırakları tokatladım, kendilerine getirdim."

"Nerede bu çıraklar?"

"Aha buradalar işte, hâlâ çalışıyorlar."

Behzat Ç. hamur yoğuran çıraklara baktı.

"Onlar tabii daha ufak, çocuk," dedi Celâl. "Bu Âdem Usta da kimseyle doğru düzgün bir şey konuşmaz, ama lafını dinletecek adamı buldu mu da başından ayrılmazdı. İnce ince işlerdi."

"Siz gelin bakayım böyle," dedi çıraklara Behzat Ç.. "Kaç yaşındasınız siz?"

Çırakların biri on altı, diğeri on yedi yaşındaydı.

"Önlüklerinizi çıkarın, Emniyet'e gideceğiz," dedi başkomiser.

"Aman amirim gözünü seveyim," dedi Fırıncı Celâl. "Arabayı aldın, çırakları alma. Onlar da giderse ben yandım."

"Onlar bir süre bizde, sen başka çırak bak kendine."

"Araba."

"Yarın alırsın."

"Çok yanlış yapıyorsunuz," dedi çıraklardan biri. "Âdem Ustamız her şeye kadirdir, şu an istese biz bir adım daha atamayız, 'hık' der burada ölürüz."

Behzat Ç. konuşan çırağın ensesine sert bir tokat attı, "Yürü la yürü," dedi, "Boş boş konuşma!" Fırından çıktılar.

Behzat Ç., çırakları Çocuk Büro'da bırakıp Emniyet'e gelmişti. On beş dakika sonra sorgu odasındaydı. Harun, Âdem Usta'nın karşısında oturuyordu. Sandalyesini Behzat Ç.'ye verip yandakine geçti. Çırakların ifadeleri Behzat Ç.'nin elindeki telli dosyadaydı, masaya bıraktı dosyayı. Âdem Usta bacaklarını önüne uzatıp sandalyenin ucuna oturmuştu, dalga geçer gibi, rahat bir tavır içindeydi. Behzat Ç. bir an yerinden kalkıp onun bacaklarına bir tekme atmayı, 'Düzgün otur,' demeyi düşündü ama vazgeçti, sessizce bakmayı sürdürdü. Adam başını hafif öne eğip başparmağıyla burnunun ucuna dokunmaya başladı.

Harun elindeki patates cipsini açana kadar odadaki tek ses floresanın belli belirsiz cızırtısıydı. Behzat Ç. bir 216 yaktı. Âdem Usta gözlerini gizlemeye çalışıyormuş gibi gözkapaklarını kısık tutuyor, alttan alta Behzat Ç.'yi süzüyordu. Harun bir-iki cips attı ağzına, katır kutur yerken, "Bak kardeş," dedi. "Benim vaktim var. Ben şimdi buraya dört-beş tane daha cips söylerim, kola söylerim, akşama kadar otururum, sanki sen bir televizyonmuşsun gibi bakarım sana. Sanki sen ödüllü bir festival filmiymişsin gibi bıkmadan usanmadan seyrederim seni. Benim işim bu. Devlet bana bu yüzden para veriyor. 'Harun,' diyor, 'al oğlum cipsini kolanı, otur bu denyoların karşısına, bak bakalım bunlar ne bokun soyuymuş,' diyor. Necisin oğlum sen. Sen kimsin, ha, kimsin! Sen asıl yüzünü bir göster bakalım bize."

Âdem Usta yine başını hafif eğdi, burnunun ucuna başparmağıyla dokundu, dudağının kenarında hafiften alaylı bir tebessüm vardı.

Harun cipsi Behzat Ç.'ye uzattı, başkomiser de aldı bir tane, "Ha tabii artık işler eskisi gibi değil," diye devam etti Harun. "Biz seni eski usulle de konuşturmasını biliriz. Ama gerek duymuyoruz artık bunlara. Ha sen susma hakkını kullanacaksan gene söyle, biz seninle kaşla gözle de anlaşırız."

"Yoksa sen bizi muhatap mı almıyorsun?" diye sordu başkomiser.

"Olabilir," dedi adam.

"Niye?" diye sordu Behzat Ç., "Hepimiz ölümlü değil miyiz şu üç günlük dünyada?"

Âdem Usta ellerini masaya koydu, suratına yayılan geniş bir tebessümle baktı başkomisere. Sinir bozan gülüşü suratından taşacakmış gibiydi. Behzat Ç., 216'yı masaya bastırıp söndürdü. Yerinden kalkıp adamı yakasından tuttu, diğer elinin işaret ve başparmaklarıyla burnunu sıkmaya başladı. Sonra adamı burnunun ucundan tutarak çekti, sandalyeden kaldırdı. Adamın sırtını duvara yapıştırdı, gırtlağından sıktı, yaklaşabildiği kadar yaklaştı yüzüne, "Kim kimden korkuyor bakalım şimdi?" diye sordu. "Kim kendinden emin, kim değil!"

Öğlene doğru Tahsin aramıştı Behzat Ç.'yi, "Bana uğrar mısın?" demişti. "Az konuşalım." Sesi her zamankinin aksine telaşsız, sakindi. Behzat Ç. müdürler koridorunda yavaşça yürüyordu, bir tuhaf hissediyordu kendini, göğsünde bir gevşeme, daha önce tatmadığı garip bir rahatlık hissi vardı, sanki adımlarını boşluğa atar gibiydi. Tahsin'in makam kapısının yanındaki altın rengi tabelada, siyah harflerle İl Emniyet Müdür Yardımcısı Dr. Tahsin Atakan yazıyordu. Çok güzel bir kapı yapmışlardı Tahsin'e, elinin dışıyla kapıya vurdu başkomiser, kapıyı çalmaktan çok, ne ağacından olduğunu anlamaya çalışıyordu. Cevizdi galiba. Tahsin'in şoförü Şuayip karşıladı başkomiseri, Özel Kalem Serap da masasında çalışıyordu, "Program dışı," diye açıkladı

Şuayip. "Bilgi İşlem Şube Müdürü gelecekti, onu yarım saat sonraya alalım."

"Peki," dedi Serap.

Şuayip, Tahsin'in oda kapısını açtı, Behzat Ç.'yi içeri bırakıp kapadı. Tahsin'in masasında üst üste kitaplar duruyordu. Behzat Ç. kitaplara baktı, Tahsin bütün suratını kaplayan bir tebessümle bir tanesini Behzat Ç.'ye uzattı, kapağına baktı başkomiser. 'Olay Yeri İncelemesi ve Adli Kolluğun Görevleri, Dr. Tahsin Atakan, Polis Meslek Yüksekokulu Öğretim Görevlisi' yazıyordu kapakta.

Başkomiser, Tahsin'in sevincini paylaşan bir tebessümle, "Çıktı ha," dedi.

"Çıktı," dedi Tahsin. "Sonunda çıktı. Üç sene doktora tezini yazmakla uğraştım, üç sene de onu herkesin anlayacağı bir hale getirmekle. Ben o kuru akademik dili sevmiyorum, bunu yirmi yaşında çocuklar ders kitabı diye okuyacak. O yüzden böyle çizimler yaptırdım konu aralarında..."

Tahsin, kitap sayfalarının altındaki karikatürlerden bir-iki tanesini gösterdi.

"İyi düşünmüşsün," dedi başkomiser.

"Sadece ders kitabı olarak düşünme, bellibaşlı bütün kitapçılara dağıtıldı. Herkes okusun diye. Bu bilgiler herkese lazım. Sana da teşekkür ettim başta."

"Niye?"

"Şu banyodaki cinayet vardı ya, senin baktığın dosya, DNA'dan çözülen, onu da ekledim örnek vaka incelemelerine."

"İyi yapmışsın," dedi Behzat Ç.. Gerçi o olay DNA'dan çözülmemişti. Başkomiser önce adamları bulup konuşturmuş, sonra banyoyu bulmuş, 'Hadi bir de DNA örneği alalım, dosya sağlam olsun,' demişti en son. Ama bunları hatırlatmanın, Tahsin'in sevincine limon sıkmanın gereği yoktu şimdi, özene bezene imzalayarak uzatmıştı kitabı.

"Pide söyledim. Yer misin?" diye sordu Tahsin.

"Yok ya ben pide yemiyorum."

"Neden?"

"Ne bileyim, her gün cinayetle uğraşınca ölü pidesi gibi geliyor tadı. Pide yemeyi bıraktım, uzun zaman oldu."

Tahsin'in şoförü Şuayip pide kutularıyla girmişti o anda odaya.

"Yok dursun onlar Şuayip," dedi Tahsin. "Şimdi değil. Bize iki kahve yaptır sade."

Tahsin öksürerek sesini temizledi, elini çenesinde gezdirdi, asıl konuya gireceğini belli etti böylece, "Behzat," dedi. "Şu gömülen bebek olayıyla alakalı Orhan Müdür aradı, senle bir konuşmamı istedi, açıkçası biraz da haşlamamı istedi. Tabii bizim aramızdaki hukuk eski."

"Kendi arasaymış o zaman."

"Orhan Müdür'ü bilirsin," dedi Tahsin. "Kimseyi arayıp sesini yükseltecek bir adam değil, seni de sever. Olaya gelirsek, tamam ağır bir durum. Sizin dikkatiniz vakayı çözdü. Bak 'dikkat' diyorum, çok önemli, kitapta da hep altını çizdim bunun. Sizin dikkatiniz adli problemi çözdü. Peki sen ondan sonra ne yaptın ya Behzat?"

"Bir şey yapmadım."

"Adamın burnunu ısırmışsın."

"Evet."

"Neden?"

"Bilmiyorum."

"Nasıl bilmiyorsun Behzat, tamam, iki tane tokat atsan gene bir şey demeyeceğim. Herkesin gözü bu olayın üstünde zaten. Adamın burnunu ısırmak ne demek?"

"Bilmiyorum."

"İyi misin sen?"

"Saçma sapan konuşma be Tahsin."

"Seni biraz idari izinli sayalım mı?"

"Gerek yok."
"Behzat biz eski dostuz, ben bu olayı kapattım, adam burnunu kapıya vurdu dedim, ona göre yazdırdım tutanağı. Ama yine de seni bir görmek istedim."
"Sağol Tahsin. Başka bir şey var mı?"
"Kitap için ufak bir kutlama yapacağız, hanım çok güzel bir yer ayarladı, sen de gel akşam, bütün eskiler orada olacak."
"Şu bebeği bir çıkaralım Tahsin, ondan sonra ben sana haber ederim."
"Tespit ettiniz mi yerini?"
"Adam gösterecek. Foto-filmle de konuştum, kayda alacağız."
"Güzel. Ha, şey de var, Adliye kaleminden aramışlar, senin haberin var mı?"
"Yok."
"Adli Tıp'la savcı gelmeden mezarı açmayın diyorlar."
"Neden?"
"Ee, başkasının mezarı çünkü. Başkasının mezarına gömmüş. Fethi kabir kararı lazım. Adli Tıp'la savcı gelmeden mezar açamazsın."
Başkomiser dirseğini Tahsin'in masasına yaslayıp eliyle yorgun ve uykusuz suratını sıvazladı, "Tamam, onu da bekleriz," dedi, kitabı alıp kalktı.
Tahsin ayağa kalkıp başkomiseri kapıya kadar geçirdi, "Hadi Behzat," dedi. "Şu işi bir an önce kapatalım, bana da fenalık geldi, telefonum susmuyor. Gözünü seveyim basını biraz uzak tutun mezarlıktan."
Öğleden sonra mezarlıktaydılar. Fırtına dinmişti, güneş arada bir bulutların arasından kararsızca gösteriyordu kendini. Âdem Usta'ya çelik yelek giydirmişlerdi, burnu sargılıydı. Çevreye kordon çekip bölge karakolundan polisleri başına dikmişler, basın mensuplarını ellerinden geldiğince uzak tutmuşlardı ama bütünüyle uzak tutmanın da imkâ-

nı yoktu. İki saattir bekliyorlardı, basın mensuplarından ikisi kordonu aşıp cinayet polislerine yaklaştı, "Neyi bekliyoruz?" diye sordular.

"Savcıyla Adli Tıp ekibi gelecek," dedi Melike.

"Ama bizim akşam haberlerine yetişmemiz lazım."

"Akşam haberleri mi?" diye araya girdi Harun. "Sence ben burada, Komiser Harun Sinanoğlu olarak akşam haberlerini hazırlayan birine benziyor muyum? Bana bir bak, bana dikkatle bir bak, beni akşam haberlerini sunarken düşün. Ama çok da düşünme. Tamam mı? Çok da düşünme."

"İyi be!" dedi muhabir. "İyi ki bir şey sorduk. Hepimiz işimizi yapıyoruz burada. Ne bu afra tafra."

"Çık!" dedi Harun. "Çık kordondan dışarı, burası olay yeri."

"Benimle böyle konuşamazsın."

Harun bir şeyler daha söyleyecekken Behzat Ç. onu kolundan tuttu, "Hişş," dedi. "Yeter. Yeminle başım ağrıyor. Yeter!"

Behzat Ç. az ötedeki bir mezar mermerinde oturan Akbaba'nın yanına yürüdü. Güneş tam batmak üzereyken bulutların arasından tamamen çıkmıştı, mezar taşlarına vuruyor, fırtınadan kalma yağmur damlalarını parlatıyordu. Ağaçlarda yemyeşil bir buğu tütmeye başlamıştı. Akbaba olayın ilk saatlerinden beri ayrılmamıştı mezarlıktan, başkomiser onun yanına oturdu, "Sana dün gece psikoloğa gitmedim demiştim ya," dedi. "Psikolojikse sıkıntı yok demiştim. Aslında gittim."

Akbaba baygın ve kan çanağına dönmüş gözlerle Behzat Ç.'ye baktı, "O derece ha," dedi.

"O derece," dedi başkomiser. "Madem testlerden bir netice yok, dedim bir de kafa doktoruna görüneyim. Zor tabii, benim için çok zor. Velakin ben de yoruldum artık be Akbaba, ne bileyim böyle daha hassas biri oldum belki de. Geçen akşam televizyon seyrediyordum, beyaz kurtlarla alakalı bir belgesel, Kuzey Kutbu'nda yaşıyorlar, o anası ölen kurt yavrularını görünce, oturdum ağladım ya."

Behzat Ç. bir 216 yaktı, bir tane de Akbaba'ya uzattı, "Neyse," dedi. "Psikolog genç bir kadın, bir sürü soru sordu falan, oraları geçeyim. Sonra dedi ki, 'Stres,' dedi, 'Bazen bizim asıl kişiliğimizi perdeliyor, unutuyoruz kim olduğumuzu, öncelikle bunun farkında olmak lazım. Farkındalık çok önemli,' dedi. Ben de 'Tamam,' dedim. 'Ne iş yapıyorsunuz?' diye sordu sonra. Söyledim. Bir şey demedi. Ben de bir şey demedim, çıktım. Ama galiba biraz erken çıktım."

"Eee?" dedi Akbaba.

"Belki de sen haklısın. Dün seni dinlerken, tam orada, psikoloğun karşısındayken benim aklımdan geçen şeyleri söylediğini fark ettim. Şu adama bak mesela, kendi öz kızına tecavüz etmiş, doğan bebeği de eski çıraklarını yanına alarak başkasının mezarına gömmüş. Kendi öz kızını ve çıraklarını da bir ton yalana inandırmış. Şimdi, bu dünyada bir saat yaşamış bebeğin cesedini arıyoruz. Sonra işte bu adam yüzünden bir sürü tantana, çalan telefonlar, şunlar bunlar."

"Sen adamın burnunu ısırmışsın aga, öyle diyor çocuklar."

"Evet."

"Neden?"

"Ne bileyim, öyle icap etti. Olayı da çözdük ama kimse memnun değil, gazeteciler bile. Tamam kabul ediyorum, hayatta herkesi memnun edemezsin. Ama bir cinayetten sonra hiç kimseyi memnun edemezsin. Biz hiç kimseyi memnun edemedik lan bu hayatta."

Savcıyla Adli Tıp ekibi günün batmasına yakın beraber geldiler. Foto-Filmin amiriyle Behzat Ç. Savcılığın hazırladığı yer gösterme tutanağını imzaladılar, kamera kaydı başladı. Savcı nezaretinde mezar açıldı. Market poşetlerine sarılı, bebek cesedi çıktı mezardan.

Akbaba, Adli Tıp memurundan cesedi aldı, bir süre elinde tuttu. Suratında tuhaf bir ifade vardı, oyuncak bir bebekle oynar gibi hafif hafif sallıyordu bebeği. Behzat Ç., Akbaba'nın bir dengesizlik yapmasından korkuyordu. Bebeği onun elinden aldı, küçük tabuta yerleştirdi. Fotoğraf ve video ekibi kayıt alırken Akbaba hâlâ tabutun başında bekliyordu. Behzat Ç. "hadi gidelim" manasında koluna girdi. Akbaba yerinden kıpırdamadı.

"Bütün bunlar," dedi Akbaba. "Baştan sona yanlış. Bütün bu dünyada da, sende de, bende de, buradaki insanlarda da, şu ölen bebekte de, ırzına geçilen o kızda da yanlış bir şey var. Bu dünya böyle olmuyor aga! Bu dünyanın çivisi çıkmış! Bu dünya böyle rayından çıkmış! Bu dünyayı böyle yakasından tutup yeniden rayına oturmak lazım aga! Bu dünya böyle olmuyor aga!"

Behzat Ç., Akbaba'nın kolunu sıkıca tuttu, yavaş yavaş uzaklaştırdı onu tabutun başından. Az ötedeki bir tümseğe oturup birer 216 daha yaktılar. Yaşlı bir kaplumbağa pas rengine çalan koyu çamurun üstünde ilerliyordu. Ağır ağır geçip gitti polislerin önünden. Islak dallardaki serçeler ince ince cıvıldamaya başlamıştı. Az ötede peyzaj alanında, yeni biçilmiş çimenler üst üste yığılmıştı. Taze biçilmiş çimen kokuyordu hava. Gökyüzünde beyaz bulutlar küme küme, tiftik tiftikti ama kimse başını kaldırıp bakmıyordu onlara. Güneş vardı ama hiçbir şeyi ısıtmıyordu.

Kötü Zamanlar

Kötü zamanlardı, her açıdan, hep karanlık, hep yağmur... Kuyumcu cinayetiyle uğraşıyorlardı. Faili bulabilmek için bütün gece itin götün peşinde koşmuş, sabaha karşı Ulus'ta bir börekçiye atmışlardı kapağı. Oturdukları zaman ayaklarındaki sızıyı hissetti başkomiser. İki gündür Bent Deresi'nde, Hıdırlık Tepe'de, Çinçin'de taban tepiyorlardı. Faili bulamasalar da suç ortağını bulmuşlar, olayda kullanılan silahı ele geçirmişlerdi. O silahı bulmak için de gece vakti iki evin kapısını kırmışlar, Behzat Ç. bu sebeple yeni atanan Savcı Belgin Yavuz'la tartışmıştı. Tartışmadan beri telefonu susmak bilmiyordu, bir yandan Tahsin arıyordu, bir yandan Şevket.

"Tahsin ikidir beni de arıyor," dedi Hayalet. "Bu savcı sana ne dedi?"

"Bağırıp çağırdı. 'Gerçeği buldunuz ama hukuk dışı yollarla buldunuz, şimdi biz bu gerçeği ne yapalım?' dedi."

"Sen ne dedin?"

"'O zaman bu gerçeği bir yerimize sokalım,' dedim."

Harun inanmaz bir ifadeyle süzdü onu, "Öyle bir şey söylemedin değil mi ağbi?" diye sordu.

Behzat Ç., Cinayet Büro Amirliği'nde başkomiser, hayata karşı işlenen suçlar uzmanı, baş ve işaretparmaklarıyla burun kökünü ovdu, sakinliğinde rahatsız edici bir şeyler vardı. Börekçinin buğulanmış camlarına bakıyordu. Ankara aynıydı, insanlar da, ona benziyordu sanki, karanlık, kasvetli... Günler gitgide kısalmış, çalışanlar işe yetişmek için gecenin karanlığında yollara dökülmeye başlamıştı, ayazdan katılaşmış yüzlerle biri arkalarından itiyormuş gibi hızla yürüyorlardı.

"Neyse," dedi Harun. "Olan olmuş, boş ver. Şu böreği yiyelim. Bayram Usta! Nerede kaldı bizim börekler?"

Bayram Usta, zamanın insafsızlığına uğramış ufak tefek bir ihtiyardı. Kırışıklıklarla dolu, kararmış suratıyla gülümsedi, eldivenle fırının kapağını aralayıp içine baktı, "İki dakikaya çıkıyor komiserim," dedi. Fırının kapağı açılınca, sabaha kadar aç karnına koşturan polislerin nefsini körükleyen taze börek kokusu yayıldı içeri. Doğru düzgün bir şeyler yeme âdeti olmayan Hayalet'in bile hayli acıktığı belli oluyordu, ayrıca Akbaba, yirmi iki sene sonra o gün izne çıkmaya karar vermişti, kötü zamanlardı, sahiden.

Hayalet'in telefonu çalmaya başladı, açtı, kısılmış gözlerle bir süre dinledi, "Emin misin?" diye sordu. "O mu?" Eliyle telefonu kapatıp "Otelci Şükrü arıyor," diye açıkladı. "Şampiyon Otel, hemen aşağıda. Olayda şoförlük yapan Faik var ya, oraya inmiş."

"Dur dur dur," dedi Harun. "Şu börekler gelsin ondan sonra. Daha açık konuşayım, şu böreği yemeden hiçbir yere gitmem. Biz de insanız."

"Tamam Şükrü," dedi Hayalet telefona. "Yanda börekçideyiz, bir şeyler yiyelim, geliyoruz birazdan. Gerekirse sen adamı oyala."

Bayram Usta tepsiyi fırından tezgâha almıştı. Börekleri ince ince kesti, fazladan yarımşar porsiyon koyup tepeleme doldurdu tabakları, garson masaya getirdiğinde üstlerinde yoğun bir duman tütüyordu hâlâ. Tam o ara on beş yaşlarında cılız bir çocuk gecenin ve ıslak kaldırımların arasından koşarak geldi, dükkânın camından baktı, gözleri dehşetle büyümüştü, "Sabri Ağbi, Sabri Ağbi," diye bağırdı Hayalet'e. "Otelci Şükrü'ye bıçak dayadılar. Yetişin ağbi!"

Polisler apar topar kalktı, "Usta bunlar paket olsun," dedi Harun çıkarken. "Sen bunları güzelce paketle, sıcağa koy, soğumasın. Birazdan geleceğiz."

Börekçinin sıcağından yüzlerini ısıran sabah ayazına çıktılar, kaldırımlardaki su birikintilerine basa çıka iki sokak aşağıdaki otele koştular. Dört katlı eski bir binaydı Şampiyon Otel, dış cephesi eprimiş, lime lime dökülüyordu, yıllardır çoğu harfi yanmayan ışıklı bir tabelası vardı. Üzüntüden ve yoksulluktan kafasının içi karmakarışık olmuş insanlarla dolu olurdu genellikle. Polislere haber veren çocuk da otelde kalan konsomatrislerden birinin oğluydu muhtemelen.

Ahşap resepsiyonun önünde Otelci Şükrü'yle Faik'i gördüler. Faik, Otelci Şükrü'nün boynunu sol koluyla sıkıca kavramış, sustalısının sivri ucunu gırtlağına dayamıştı, "Ulan yavuşak," diye bağırıyordu polisler içeri girdiğinde. "Ulan ibina! Sen mi ihbar ettin beni polislere?"

Polisler silahlarını çekmişti, "Faik!" diye bağırdı Harun. "At lan o bıçağı! Biz polis değiliz, Sular İdaresi'nden geliyoruz, binada kaçak varmış onu kontrol edeceğiz."

"Siktir lan!" dedi Faik. İrikıyım biriydi, alnı dardı, kaşları doğduğu günden beri çatıkmış gibi duruyordu. Sakalının arasında iki parmak kalınlığında kılsız bir bölge vardı, muhtemelen derin bir kesik iziydi, sağ gözü kördü.

"Faik bıçağı bırak konuşalım," dedi başkomiser. "Cinayeti senin işlemediğini biliyoruz, en fazla iştirakten ceza alırsın."

"O iş öyle değil Behzat Dayı," dedi Faik. "Zaten arantım var, voltadayım altı aydır. Ben içeri girdim mi bir daha çıkışım yok, otuz yılı bağlarlar götüme. Beni bırakın efendi gibi gideyim, yoksa bu otelci Şükrü'yü de keserim, bu orospu karıları da keserim, kendimi de keserim, anasını sikerim herkesi keserim beni vurana kadar! Beni bırakın gideyim Behzat Dayı!"

Behzat Ç., Faik'e sağ gözü tarafından yavaş yavaş, adım adım yaklaşıyordu. Merdivende birikmiş konsomatrislere ve meraklılara, "Çıkın yukarı!" diye bağırdı. Mermiyi namluya sürmüş, nişan almıştı ama çok zor bir atış olacaktı, "Bir konuşalım Faik," dedi. "Her şeyin çözümü bulunur."

"Benim konuşacak bir şeyim yok. Benim kaybedecek bir şeyim de yok. Yaklaşma!"

Faik şakasının olmadığını kanıtlamak istiyordu, sustalının ucuyla otelcinin boynunu inceden kesti. Bunun üzerine Behzat Ç. otelci Şükrü'yü ayağından vurdu, o yere düşünce de Faik'in omzuna ateş etti. Otelin lobisinde büyük bir gümbürtü koptu, etrafa barut kokusu yayıldı. Konsomatrisler çığlık çığlığa bağırıyordu.

Behzat Ç., Faik'e ayağının dışıyla bir tekme çıkarıp elindeki sustalıyı aldı. Harun, Faik'e kelepçe takarken otelci Şükrü, "Beni vurdunuz, beni vurdunuz," diye inliyordu.

"Kafanı kesmesinden iyidir," dedi Behzat Ç.. "Ambulansı arayın."

Bir saat sonra Ankara Adliyesi'nde Savcı Belgin Yavuz'un odasının önünde bekliyorlardı. Uzayıp giden koridorda büyük bir uğultu ve hengâme vardı. Her boşluğu dolduran muazzam bir yaya trafiği, asık suratlı insan yağmuru... Kollarına askerlerin girdiği tutuklular, el çantalarıyla koşturan avukatlar, sanıklar, tanıklar, seyirciler, bağırıp duran mübaşirler, her biri büyük bir rutinin küçük, anlamlı parçalarıydı sanki. Önlerinden önlüklü bir garson geçince Harun yutkundu, "Bir tost mu söyleseydik?" diye sordu. O ara savcının kapısı açıldı, içeriden bir sesin, "Onlar beklesin, polisleri alın," dediği duyuldu.

Savcı Belgin Yavuz otuzlu yaşların sonunda, elmacık kemikleri sivri, çekik yeşil gözlerinde zekice bir pırıltının dolaştığı, ince, narin yapılı biriydi. Polisler içeri girince not aldığı dosyadan başını kaldırdı, sakin ama otoritesini belli eden bir sesle, "Ne yapıyorsunuz Behzat siz?" dedi. "Ne yapıyorsunuz Allah aşkına! Bir kuyumcu cinayetini soruşturun dedik, yirmi dört saatte üç yaralı var. İki konut dokunulmazlığını ihlal, bir tane de silahlı tehdit şikâyeti. Yaralıyı da ambulansa kelepçeyle bindirmişsiniz, doktor açın demiş açmamışsınız."

"O adam tehlikeli, doktor bilmez, daha toy."

"Bir sen biliyorsun."

"Ben biliyorum tabii. Ben o adamı 2006'dan beri yakalıyorum. Ben adamı akşam yemeğinde yakalıyorum, savcılar sabah kahvaltısında bırakıyor. Bugünlere böyle geldik."

Savcı elinin içiyle masaya vurdu, "Terbiyesizlik yapma, haddini bil!" dedi.

"Yalnız şöyle bir durum var sayın savcım," diye araya girdi Harun. "Üçüncü kişiyi biz yaralamadık."

"Senin adın ne?"

"Harun. Harun Sinanoğlu."

"Aferin Harun! Bravo! Üçüncü kişiyi siz yaralamadınız demek... Tebrik ederim."

"Onu kuyumcunun çırağı bıçakladı."

"Otelciyi kim vurdu?"

"Onu ben vurdum," dedi Behzat Ç..

"Neden?"

"Karışık bir durum."

"Ne demek karışık bir durum kardeşim! Siz polis misiniz kovboy musunuz!"

"Ben kısaca arz edeyim sayın savcı," dedi Hayalet.

"Et bakalım," dedi savcı, sonra yirmili yaşlardaki kâtibine dönüp "Günbay," diye ekledi. "Bunları ifade taslağı olarak not al."

Günbay iki eli bilgisayar klavyesinde, dikkatle dinlemeye başladı, Hayalet bir an ne söyleyeceğini şaşırdı, "Kuyumcuyu gördünüz sayın savcı," dedi sonra. "Olay yerini. Soygunu yapanlar üç kişi, şoför Faik, kuyumcuyu öldüren Hasan, bir de yeğeni Refik. Refik'in annesinin evini bastık, olayda kullanılan silahı sobanın baca boşluğunda bulduk. Hani kapıyı kırdılar, başımıza silah dayadılar diye şikâyet etmişler ama bunların yedi sülalesi hırsız. Ben hepsini tanıyorum. Bunlar ya hırsızlık yapar, ya adam öldürür, ya uyuşturucu satar. Dördüncü bir meslek yok ailede."

Savcı kalemin dibiyle masaya vurdu, elinin içiyle susturdu Hayalet'i, "Yorum yapma," dedi. "Somut olayı anlat."

"Kuyumcunun arkasında küçük bir depo var," diye devam etti Hayalet. "Bunlar gece geliyor, o deponun demir parmaklıklarını kesiyorlar. Sabah kuyumcu gelip dükkânı açınca alarmı kapatıyor, alarm kapanınca demir parmaklığı geçip deponun kapısını açıyorlar. Oralarda okul da var, gürültülü, kuyumcunun çırağı işe ayıkana kadar bunlar altınları çantaya koyuyor, Faik zaten arabayı kuyumcunun arkasına çekmiş, kapısı açık bekliyor. Aslında güzel plan, dedim ya bunların yedi sülalesi hırsız."

Savcı Belgin kalemin tersiyle tekrar vurdu masaya.

"Kuyumcu kameradan gördüğünde bunlar zaten depodan çıkmışlar. Silahı alıyor, kesiyor önlerini, ateş ediyor ama ıskalıyor. Hasan da sıkıyor kuyumcunun kafasına. Kuyumcunun çırağı da, eline bir bıçak almış gerizekâlı, bunları kovalıyor, Refik'e takıyor bir tane kabasından, bunlar tabii arabaya binip gidiyorlar. Hasan silahı Refik'e veriyor, o annesinin evine koyuyor, o silah bizde. Refik'i de nöbetçi eczanede yakaladık Ulus'ta, o da bizde. Şoför Faik'i otelde aldık, bir tek kaldı Hasan. Onu da herkese sorduk o çevrede, gideceği pek bir yer kalmadı. Yakında alırız."

Savcı Belgin dirseğini masaya yaslayıp elini yanağına koydu, derin bir nefes aldı, önünde birikmiş dosya yığınlarından ötürü yorgun ama kendinden emin bir hali vardı, "Peki," dedi. "Bu otelci, 'Polisler bana bilerek ateş etti,' diyor."

"Evet, bilerek ateş ettim," dedi Behzat Ç..

"Ne demek bilerek ateş ettim?"

"Anlatması zor. Olayın gidişatını görmek lazım, Faik'in geçmişini ve o andaki ruh halini bilmek lazım."

Savcı Belgin arkasına yaslandı, ellerini sandalyenin kolçaklarına koyup Behzat Ç.'yi baştan ayağa süzdü, "Siz çıkın," dedi Harun'la Hayalet'e. Kâtibine dönüp, "Günbay bu son söylenenleri sil, sen de çık," diye ekledi.

Odada yalnız kaldıklarında Savcı Belgin, işaretparmaklarını dudaklarında birleştirip bir müddet düşünceli gözlerle süzdü başkomiseri, ardından, "Otur Behzat," deyip masanın önündeki deri koltuğu gösterdi.

Başkomiser oturdu, "Bir sigara içebilir miyim?" diye sordu.

"İçemezsin. Aklından bile geçirme."

Savcı Belgin kalktı, sigaranın lafından bile rahatsız olmuş gibi camı araladı, "Anlat bakalım," dedi. "Otelciyi neden vurdun?"

"Dediğim gibi, olayın gidişatına bakınca öyle hissettim. Bir karar vermem gerekiyordu, verdim."

"Bu karar yanlış da olabilirdi."

"Evet olabilirdi. Ama Faik'in geçmişine bakınca, o andaki ruh haline bakınca, bu riski aldım. Bazen birinin bu riski alması gerekir. Sonunda işler yoluna girse bile kötü adam sen olursun. Olsun. Bu oyunda kötü adam benim. İşler o noktaya gelirse en kötü adam ben olurum. Otelci ölmedi ama bana küfrediyor, savcı ifademi alıyor, müdürler fırça atmak için sıraya girmiş, basın duysa o da tefe koyar. Herkes Faik'i unutur o zaman, Faik'in geçmişini de unutur..."

"Bence Faik'i sen de unut," diye araya girdi savcı.

"Anlamadım."

Savcı Belgin pencereden dışarı göz attı, düşüncelerini toparlamaya çalışıyormuş gibi sustu bir süre, "Biz bir karar verirken geçmişe en son bakarız," dedi. "Bizi öncelikle somut olay ilgilendirir. İnsanlar hata yaparlar, sonra da yaptıkları hatanın bedelini öderler ve hayatlarına kaldıkları yerden devam ederler. Islah olurlar, yeniden topluma karışırlar. Kanunlar bunun için vardır. Ben buna inanırım. Kanun insanları olarak biz buna inanmazsak başka kimin inanmasını bekleyebiliriz ki?.. Tekrar edeyim, ben buna inanıyorum. O yüzden buradayım."

"Ben büyük laflar etmesini beceremem sayın savcım," dedi Behzat Ç.. "Ama seneler içinde öğrendiğim bir şey var, o da şu, başkalarının işlediği suçlar bizim masumiyetimizi kanıtlamaz. Ben de buna inanırım. Katil, hırsız, polis, savcı fark etmez, aynı çarkın içindeyiz. Bugün çarkın bu tarafındaysak yarın öbür tarafında olmayacağımızın garantisi yok. Aynı bokun içindeyiz çünkü. O bokun içinden ellerini kirletmeden kimseyi çekip çıkaramazsın."

Savcının suratında sinirli bir gülüş belirdi, ellerini saçlarının arasında gezdirdi bir süre, "Kısa bir süredir beraber çalışıyoruz," dedi sonra. "Ama birbirimizi yeterince tanıdığımızı düşünüyorum. Zeki bir adamsın, tecrübelisin de... Kimi zaman ikisinin aynı anlama geldiği de olur. Ama benim emrimde çalışırken bunlar yetmez. Şunu çok iyi kavraman lazım, gayrimeşru âlemin insanlarını hepimizden daha iyi tanıyor olabilirsin, ama sen o insanların arasındayken kendini yasanın yerine koyuyorsun. Sen yasa değilsin! Yasanın uygulayıcısı da değilsin! Senin görevin sadece benim emrimle soruşturma yürütmek. Sen soruşturmayı yürüteceksin, yasayı biz uygulayacağız, hâkimler uygulayacak."

Savcı Türk Ceza Kanunu'nu alıp hafiften Behzat Ç.'nin önüne attı, "Yasa bu kitap!" dedi. "Bu kitap bana emreder, ben de sana emrederim."

Odanın havası soğumuştu, Savcı Belgin kalktı, pencereyi kapattı, "Zaten bilinmesi gereken şeylerin tekrar tekrar söylenmesi ne kadar acı değil mi?" dedi. Behzat Ç.'nin elini sıktı, bırakmadı, "Ama bunları sana bir daha söylemeyeceğim," diye ekledi. "Sana ikinci bir şans vermeyeceğim. Bu otelci meselesini şimdilik unutuyorum. Çıkabilirsin."

Behzat Ç. kalktı, kapıya yöneldi, tam çıkmak üzereyken, "Ağbin Şevket'e de söyle," diye seslendi savcı. "Dünden beri bir sürü insanı araya sokmuş, beni aratıyor. Ben böyle şeylere pabuç bırakmam. Deveden büyük fil var, fil bu kitap."

"Benim bundan haberim yok," dedi Behzat Ç.. "Ben kimseden bir şey istemedim, istemem."

Savcı Belgin, "Tamam, çıkabilirsin," dedi.

Behzat Ç. kapıyı sinirle çekip çıktı, Şevket'e telefon açıp Adliye'nin uğultusunda ağzına geleni söyledi, iki tarafın da birbirini dinlemediği, dışarıdan dinleyenin de hiçbir şey anlamayacağı saçma sapan aile kavgalarına bir tane daha eklediler.

Polisler o gün sakat mahallelerde girmedik delik, sıkıştırmadık sabıkalı bırakmadılar. Kuyumcu olayını herkes duymuştu ama Hasan'ın nerede olduğunu kimse bilmiyordu, muhbirler bile. Hasan'ın eski suç ortağı, amcaoğlu Selman'ı da soruyorlardı arada. Pazarcılık yaptığını öğrendiler, o gün Ayrancı Pazarı'ndaydı tezgâhı. Pazara vardıklarında hava çoktan kararmıştı. Yoksul kadınlarla çocuklar kalmıştı bir tek etrafta, ellerinde poşetler, pazarcıların çürükleri attıkları kasalardan meyve sebze seçiyorlardı.

Pazarcı Selman'ı buldular.

"Selman," dedi Behzat Ç.. "Bu Hasan, bizim anladığımız kadarıyla kimseye ses etmeden voltayı almış. Şimdi iki kilo altın çalıp öyle kimseye ses etmemek de mümkün değil, biliyorsun."

Selman sıkıntıyla avuç içlerini pazarcı önlüğünde gezdirdi, "Hasan benim amcaoğlum," dedi. "Hısımız. Beni arkasından konuşturma dayı. Ben o âleme tövbe ettim, beş senedir pazarcılık kovalıyorum. Aha Sabri Komiserim bilir, karıştım mı ben beş sene bir olaya?"

Behzat Ç., göz ucuyla Hayalet'e baktı. Hayalet, kafasını "karışmadı" manasında yukarı kaldırdı.

"Şimdi beni tekrar o âleme çekmek sana yakışmaz Behzat Dayı," dedi Selman.

Behzat Ç., Selman'ın koluna girdi, Hayalet'e göz etti, tezgâhın arkasına geçtiler, pazarcı kamyonlarının durduğu tenha bir köşeye çekildiler.

"Selman," dedi başkomiser. "Benim seni bir yere çektiğim yok. 2 kilo altın da umurumda değil. İşin içinde silahlı gasp var, cinayet var, ucu müebbet, Hasan'ın artık çıkışı yok, kaçarı yok. Bak burada erkek erkeğe konuşuyoruz. Ben giderim Hasan'ı alırım, başkası gider güzellikle alamaz, vurmak zorunda kalır."

Selman önüne baktı, sıkıntıyla iç çekti, gözlerini kapatıp yüzünü sıvazladı.

"Hasan yiğit çocuktur, mert çocuktur ama ticaretten anlamaz," dedi. "O kadar altını yalan ettiyse bunu pazarlayacak tek adam var o mahallede. O da Hasan'ın kan kardeşi, ta çocukluktan arkadaşı Şenol, âlemin kaşarı, ancak o elden çıkarabilir öyle bir miktarı. Hasan'ın yerini de bilse bilse Şenol bilir."

"Hangi Şenol bu?" dedi Hayalet. "Gâvur Şenol mu?"

"Evet, Gâvur."

Gece yarısından sonra ekip aracıyla Cinnah Caddesi'nden yukarı çıktılar, Hoşdere'ye yaklaşınca Harun çakarları kapadı. Yol kenarında işe çıkan dört-beş travestinin önünde durdurdu ekip aracını. Hayalet arka camı açtı, "Hele bir bakın hele," dedi.

Mini etek giymiş genç bir travesti, ellerini arabanın üstüne koyup Hayalet'e eğildi, "Bakalım bakmasına da yavrum," dedi. "Üç kişi olmaz. İki kişi hadi neyse."

"O şekil değil," dedi Hayalet. "Gâvur'u gördünüz mü?"

"Şenol'u mu?"

"Kaç gâvur var lan bu âlemde?"

Travestinin kafası güzeldi, arabanın içine dikkatle baktı, telsizleri görünce kendini tedirginlikle geri çekti, sesi değişti, "Bilmiyorum, tanımıyorum," dedi.

Behzat Ç. araçtan çıktı, "Kimlikleri ver kimlikleri," dedi yol kenarındaki travestilere. "Ver ver ver!"

Başkomiser kimlikleri toplayıp Harun'a verdi, "kenara koy beklet" manasında bir hareket yaptı. Harun GBT sorgulamalarını yapmadı, sorguları yapsa da aramaları çıksa almak zorunda kalırlardı.

Hayalet ilk konuştuğu travestiye güzellikle anlattı meseleyi, "Kızım siz yolunuza bakın," dedi. "Ahlâk Büro değiliz. Cinayet bu iş. O Gâvur Şenol'u bulamazsak döner sizinle uğraşırız bak. Gâvur'u hepimiz biliyoruz, her türlü hırsızlığı yapar, paraları da travestilerle yer. Ankara'da travestilik kovalayıp da Gâvur'u tanımamak olmaz. Kandırmayalım birbirimizi."

"Biraz müsaade et cicim o zaman," dedi travesti ona. "Bir soralım."

Travestiler sağa sola bir-iki telefon açtılar, "Onlar Füsun'la aşağı inmişler," dedi travestinin biri Hayalet'e. "Lüks Ankara Oteli'ne."

Dışkapı tarafındaki otele sürdüler, ekip aracının farları yol kenarındaki kestane ağaçlarının gövdelerini aydınlatıyordu sırayla. Telsizleri kısıp otele sessiz sedasız girdiler, resepsiyondaki genç, kayıtlarda Şenol ismini bulamadı.

Harun iri ellerini resepsiyon tezgâhına koyup, "Kimliksiz aldın mı kimseyi kardeş?" diye sordu.

"Yok," dedi genç. "Çankaya Emniyet'in kesin talimatı var. Kimlik yoksa giriş yok."

"Tıroyla gelen biri var mı?"

"Çok."

"Sahte kimlik vermiştir," dedi Hayalet. "Gâvur'da her yol var."

Harun, "Al bakayım o zaman tırolarla yukarı çıkanların anahtarlarını," dedi resepsiyonun arkasındaki gence, "Düş önüme!"

"Ağbi bir saniye sorayım."

"Neyi soracaksın lan?" dedi Behzat Ç..

"Müdüre sorayım, o açsın odaları."

"Müdürü mü olur lan böyle otelin!"

"Otelin sahibi amirim, aynı zamanda müdür."

Otelin sahibi gülümseyerek Behzat Ç.'ye yaklaştı, "Hayırdır amirim," dedi. Kulağına yaklaştı iyice, sessizce ekledi, "Biz Emniyet'in komisyonunu aksatmadık hiç, bir sıkıntı mı var?"

"Ne komisyonu lan!" dedi başkomiser. "Cinayet Büro, iş başka, al anahtarları düş önüme."

İlk açtıkları kapının ardından küfürler edildi, Hayalet yaklaşıp göz ucuyla baktı, "Şenol değil," dedi. İkinci açtıkları kapının ardındaki travesti yatak tarafından topuklu ayakkabısını fırlattı, "Bu da değil," dedi Hayalet.

"Devam edin devam," dedi Harun içeridekilere. "Ahlâk Büro değil."

Şenol'u üçüncü odada buldular, Hayalet, "Dur lan dur!" diye bağırdı. Behzat Ç. ile Harun hızla odaya girdiler, Şenol yatağın kenarındaki bornozu sırtına geçirip kendini balkona atmıştı. Polisler balkona vardıklarında Şenol çoktan su borularına tutunarak inmişti aşağı.

Koşarak çıktılar otelden. Hayalet'le Harun, Şenol'un peşinden koştu, Behzat Ç. de ekip aracına atlayıp pati çekerek kaldırdı, Şenol'un kaçış istikametine doğru üst taraftan dolandı, göz kararı bir köşede kayarak durdu. Doğru yerdeydi. Şenol üstüne doğru topukları kıçını döverek koşuyordu, Hayalet son bir gayretle arkasından yetişti, ensesinden yakalayıp getirdi onu.

Harun arkalarında kalmıştı, nefes nefese geldi, iki büklüm durdu bir süre. Doğruldu sonra, elini dalağına bastırdı, diğer eliyle bir tokat patlattı Şenol'a.

"Neden kaçıyorsun lan!" dedi.

"Dayı ben kaçmadım."

"Kimi kovaladık lan biz o zaman. Hasan nerede?"

"Hasan kim?"

Harun, Şenol'u kafasından tuttu, arabanın kaportasına vurdu iki sefer.

"Lan oğlum," dedi. "Seni şimdi bu kaportanın içine sokarım, sonra da alırım sanayiye götürürüm, kaportanın parasını da senden alırım. Hasan nerede lan? Kan kardeşin, kuyumcu mevzusu. Bilmeyen mi var?"

"Altınlar bende değil komiserim."

Başkomiser avucuyla Şenol'un sağ kulağını kavradı, yukarı doğru kaldırdı, "La oğlum," dedi. "Tanıdın mı beni?"

"Tanıdım Behzat Dayı."

"O zaman ben altın mı soruyorum burada sana, ha? Onu Gasp Büro alacak senden. İstersen altınları yut, sıçırtır gene alırlar."

"Dayı bırak kulağımı, rica ediyorum bir bırak, konuşalım."

Behzat Ç., Şenol'un kulağını bıraktı, "Konuş lan," dedi.

"Bak istersen şöyle yapalım dayı. Senin Emniyet'te şeklin çoktur. Gasp Büro'yu karıştırma bu işe, ben bu altınlardan bir kiloyu sana vereyim, sen ekibinle kırış, beni bırakın."

Behzat Ç., Harun'la Hayalet'e baktı. Harun, Şenol'a gülümseyerek yaklaştı, "Aferin lan," dedi. "Akıllı adamsın. Altının gramı kaç para?"

"964 lira. Ben sizi aldı sattıyla da uğraştırmam, trink 950 bini sayarım elinize iki güne, temiz para, kimse izini süremez."

Şenol kurtulma umuduyla sırıtmaya devam ederken Harun sert bir şamar patlattı suratının ortasına, "Ulan göt," dedi. "Biz para yiyecek olsak sana mı çökeriz? Cinayet Büro bunca sene para yemedi, sendeki altına kalana kadar biz nerelere çökerdik! Ne dosyaları kapatırdık! İt!"

Harun, Behzat Ç.'ye döndü, "Ağbi biz bunu alalım götürelim Su İşleri'nin oraya, MOBESE'nin görmediği yerde ben bunun kafasına bir tane patlatayım bizim ruhsatsızla, atalım gölete. Yemin ediyorum zaten bu adam komple ziyan, bunun nefes alması zarar."

Behzat Ç., Şenol'un tepesine çöktü, "Hasan nerede lan Hasan?" dedi. "Hasan nerede?"

"Bilmiyorum dayı."

Behzat Ç., Şenol'u mavi bornozunun yakasından tuttu, çenesine orta karar bir yumruk attı, ikinci yumruğu kaldırdı, "Bak Şenol elimde kalırsın," dedi. "Bana 'hallederiz dayı' ayağı çekme, elimde kalırsın. Yemin ediyorum elimde kalırsın. Senin için iki ihtimal var, ya elimde kalırsın geberirsin ya da seni cinayete azmettirmekten eklerim bu dosyaya, müebbet yersin. İçerideki travestiler de senin ebeni siker, yaptığın kalleşlikleri bilmeyen yok, keşke Behzat Amir vaktinde beni gebertseydi dersin."

Şenol önüne baktı, ağzındaki kanı avucuyla silip, "Tamam amirim tamam," dedi. "Bırak. Yol yapmayacağım. Samimi konuşalım."

Başkomiser, Şenol'un yakasını bıraktı.

"Hasan nerede olduğunu bana da söylemedi," dedi Şenol. "'Durum nazik, bilmesen daha iyi olur,' dedi, sormadım da zaten. Ama nerede olduğunu tahmin ediyorum. Bunun Eliza Pavyon'da bir dostu vardı, Sevil. Ben karıyı tanımıyorum ama buna yanık olduğunu biliyorum. Hasan önceki dosyasından firarken gene o karı saklamıştı onu. Anca ona gider, gidecek başka yeri yok."

Otele geri döndüler, Şenol'a pantolonunu ceketini giydirip birlikte olduğu travestinin parasını ödettiler. Behzat Ç., Gasp Büro Amiri Turan'ı aradı. Gasp Büro ekibi gelince Şenol'u onlara teslim edip Eliza Pavyon'a gittiler. Behzat Ç. içeri girerken on dört kişinin elini sıkmak zorunda kaldı, "Hoş geldin amirim," deyip hemen masa hazırlamaya giriştiler. Behzat Ç. giriş koridorundaki merdiveni çıkmadı, "Masa yok," dedi. "Masa yok! Ayı Zeki'yi çağırın bana."

Ayı Zeki mekânın sahibiydi, kollarını açarak yaklaştı başkomisere, "Vay senin gözünü seveyim," dedi. "Neredesin amirim sen ya!"

"Dur Zeki dur," dedi başkomiser. "Senin konslardan Sevil'i arıyorum ben. Onu al gel, müdüriyette konuşalım."

"Yalnız Sevil kons değil, bizim sanatçımız. Konsa da çıkar ama istediğine. Onun bu akşam programı yok, iki gün sonra gelecek, hafta sonuna, cuma cumartesi."

"Tamam adresini telefonunu ver, biz gidelim, işimiz acil."

Ayı Zeki, Behzat Ç.'nin koluna yapıştı, "Vallahi göndermem," dedi. "Mümkün değil göndermem. Cesedimi çiğner öyle gidersin. Oturun iki tek, iki tek ya, onca senenin hatırı var. Ben sana adresi de, telefonu da hazırlayacağım tekleri atana kadar. Buraya çağırayım istersen Sevil'i."

"Hayır hayır, sakın ha! Sakın arama. Sessiz!"

Behzat Ç., koluna yapışan Zeki'yle beraber merdivenleri çıkmaya başladı. Sahnede, elektro bağlama çalıp solistlik yapan sakallı adam Behzat Ç. ve ekibini görünce söylediği şarkıyı hızlıca bitirdi, "Amirim hoş geldin," dedi.

Behzat Ç. elini göğsüne götürüp adamı selamladı.

Sahnedeki adam mikrofona tıkladı, ekolu ses ayarı yaptı, ardından, "Ankara Emniyet Teşkilatımızın değerli amiri, başımızın tacı Behzat Amirimiz, hoş geldiniz," dedi. "Sabri Komiserimiz ve Harun Komiserimiz sizler de hoş geldiniz. Onlar için çalıyoruz. Dokumacı kızlar..."

Adam bağlamayla şarkının introsunu çalarken masaya rakı servisi yapıldı. Ayı Zeki, "Ben gideyim bunun abone olduğu taksiciyi arayıp adresini alayım," dedi.

Behzat Ç. onu kolundan tutup oturttu, "Hayır," dedi. "Kimseyi aramıyorsun. Benim yanımdan ayrılma. Sevil'i aradığımızı bir tek sana söyledim, kadının kulağına en ufak fısıltı giderse senden bilirim."

"Hayırdır amirim, ne yaptı bu Sevil ya? Beni de korkutuyorsun bak."

"O bir şey yapmadı. Onun yanında bir adam var, biz onu arıyoruz. Ben zaten Sevil'i tutanağa da yazmayacağım, gerekli güzelliği yapacağım, âlemin kahrını çekeni biz de kollarız, biliyorsun."

"Senin gibisi gelmez amirim, Allah razı olsun."

"Eyvallah. Sen bunun abone olduğu taksicinin numarasını ver bize."

İki büyük tepsi meze geldi masaya, şef garson tek tek indirmeye başladı tabakları. Behzat Ç., taksicinin numarasını Hayalet'e verip, "Taksiciyi alın gelin hemen," dedi. "Kapının önünde bana haber edin."

"Tamam ağbi," deyip kalktı Hayalet.

"Ağbi mezeler," dedi Harun.

"O sonra," dedi Behzat Ç.. "Meseleyi bitirelim, ondan sonra."

Harun masadaki mezelere yutkunarak baktı, gözü arkada, Hayalet'in peşinden isteksiz adımlarla yürüyüp çıktı.

Sevil, Maltepe'de oturuyordu. Hasan'ın saklandığı evin önünde, ekip aracında, eve girmek için savcının arama-yakalama kararını göndermesini bekliyorlardı. Arabanın camları soğuktan buz tutmuştu. Dışarıda yoğun bir sis vardı. Saat sabah dörde geliyordu, Harun savcının kâtibi Günbay'dan arama kararının sabah beşten önce gelmeyeceğini öğrenmişti.

"Saçma," dedi Harun. "Böyle bir prosedür yok, olay sıcak, ben bu adamı yirmi dört saat gördüğüm yerde alırım, arama kararı falan beklememe gerek yok."

"Öyle," dedi Behzat Ç.. "Ama bu savcı sokakta görürsen al, sabah olmadan eve sokmam diyor."

"Telefon açalım, dışarı çağıralım şerefsizi."

"Bekle, az kaldı zaten."

Harun bir of çekti, başkomisere bakıp gülümsedi sonra, "Ağbi ya," dedi. "Ben o zaman gideyim, şu köşede Haymanalı var, bir köfte yaptırayım mı? Bir de ayran. Beş dakikaya gelirim. Sabahtan beri bir paket bisküviyle duruyorum, açlıktan midem sırtıma yapıştı."

Behzat Ç. elini cebine attı, "Tamam," dedi. "Çabuk ol. Ben de acıktım. Hayalet'e de götür ha."

"Tabii ağbi," dedi Harun.

Hayalet bir üst sokaktaki ekip aracında, apartmanın arka çıkışını gören yerde bekliyordu.

Harun gittikten sonra Behzat Ç. camı aralayıp bir 216 yaktı, sigarayı direksiyonun altında, avucunun içinde tutuyor, evin penceresine bakıyordu. Bir ara biri perdeyi aralayıp bakmıştı sanki. Tedirgin oldu. Harun köftelerle geldiğinde WhatsApp'tan arama kararı da düştü telefonlarına. "Yürü," dedi Behzat Ç.. Hayalet'i arayıp "Biz giriyoruz," dedi. Harun yutkundu, gözü koltuğun üstündeki köftelerde kaldı, çıktı dışarı.

10 numaranın kapısını çaldılar, sabahlık giymiş, uykulu bir kadın açtı kapıyı, polisleri görünce sabahlığın dikişlerini zorlayan diri göğüslerini kapattı, bir süre sinirle süzdü onları, "Nerede kaldınız siz!" dedi sonra. "Bütün gün sizi bekledim, bu saatte mi gelinir? Geçin, içeride."

Harun'la Behzat Ç. kendilerine yol gösteren kadının peşinden gittiler, bu kadar kolay olacağını tahmin etmemişlerdi. Herhalde kadın illallah etmişti Hasan'dan, uykusunda ele verecekti onu. Behzat Ç. kadının kalçalarına bakan Harun'un ensesine vurdu çaktırmadan. Kadın onları banyoya soktu, çamaşır makinesinin önünde durdu, "İşte," dedi. "Bu!"

"Ne?"

"Teknik servis değil misiniz siz? Su kaçırıyor bu makine, her taraf battı, sizi bekliyorum iki gündür."

"Ne teknik servisi bacım," dedi Harun. "Elimizdeki telsizi de mi görmüyorsun!"

Harun'un telefonu çaldı, Hayalet arıyordu, istihbaratta küçük bir hata olmuş, on değil on iki numaraymış, bir üst kata girmeleri gerekiyormuş. Hızla kapıya yöneldiler.

Kadın hâlâ arkalarından, "Siz teknik servis değil misiniz!" diye bağırıyordu.

"Bacım biz de teknik servisiz ama insan odaklı çalışıyoruz," dedi Harun. "Şu an gitmemiz lazım!"

Üst katta Hasan işe çoktan uyanmıştı, polisleri görünce çatıya doğru kaçmaya başladı. "Hasan dur lan kaçma!" diye bağırdı Harun arkasından. "Biz polis değiliz, Ankara Barosu'ndan geliyoruz, avukata ihtiyacın varmış diye duyduk!"

Hasan çatıya varmıştı çoktan, çatının kapısını üstlerine kapattı, tekmeleyip kırdılar. Yüksekte sis iyice yoğunlaşmıştı, beş adım ötesini görmek mümkün değildi. Çatının kenarına yaklaşınca Hasan'ı gördüler.

Hasan çatının iki adım kenarında, son sınıra yaklaşıp polisleri karşısında görünce silahını çekti, namluya mermi sürüp şakağına yasladı.

"Hasan bırak o silahı," dedi başkomiser. "Gel bak güzellikle konuşalım. On sekiz yaşından beri tanıyorum seni, sen de beni biliyorsun."

"Dayı beni biliyorsan ben içeriden çıktım, üç senedir gayrimeşruya tövbe ettim, onu da biliyorsun değil mi?"

"Biliyorum Hasan."

"Evde bebe var, mama alacak param yok. İş bakayım diyorum, sabıkayı gören kapıdan kovuyor. Hükümlü kadrosundan gireyim dedim, ona da tanıdık lazımmış tepeden. Kiramı ödeyemedim, ev sahibi çıkalım diye elektriği suyu kesti. Burama geldi dayı, tak etti."

"Lan çocuğuna mama alamıyorum diyorsun," dedi Harun. "Pavyondan dost tutmuşsun."

"Ne dostu komiserim. O benim teyze kızım. Beraber büyüdük, kardeşten öte."

"Kuyumcunun kafasına niye sıktın?"

"Önce o ateş etti, sıkıyordu daha, ne yapsaydım?"

"Tamam," dedi Harun. "Tamam. Sakin. Nefsi müdafaa deriz..."

"Silahlı gaspta nefsi müdafaa mı olur komiserim, sen benimle kafa mı buluyorsun?"

"Bak Hasan," diye araya girdi Behzat Ç.. "Sen gene teslim ol, nereye kadar kaçacaksın. Biz bebeyle ilgileniriz, mamasını, ihtiyacını alırız."

"Sen kral adamsın ama nereye kadar ilgileneceksin dayı? Ben daha içeri dönmem, ben içeri adım atarsam benim daha çıkışım olmaz, cenazem çıkar hapisten, madem öyle buradan kalksın cenazem."

"Saçmalama Hasan. Allah büyüktür, içeriden kafasını kaldıramaz dediğimiz bir sürü adam afla çıktı. Daha gençsin, beş sene, bilemedin on sene dişini sıkarsın."

"Yok öyle şey dayı, sen de biliyorsun. Silahlı gasptan otuz sene, cinayetten müebbet. Önceden yaktığım infazlar da var, benim daha çıkışım yok. Ben bu kuyumcu işine girmezdim, evde bebe aç, elektrik yok, odun yok, soğuktan donacak, söyle bana ne yapsaydım?"

"Tamam Hasan, haklısın ama sen söyle, ben ne yapayım şimdi?"

"Yap bir babalık beni bırak, beni bırak gideyim, sen teslim etme."

"Bırakamam, hırsızlık olsa, gasp olsa bırakayım, dosyayı da kapatayım ama işin içinde cinayet var. Ben seni buradan bırakırım, iki sokak ötede alırlar. Her yer kamera, her yer polis noktası, eskisi gibi değil işler."

Hasan silahı Behzat Ç.'ye doğrulttu, "O zaman vur beni dayı," dedi. "Sen namert adam değilsin, sen vur da kurtar beni."

"Bırak Hasan o silahı."

Hasan silahı yana çevirdi, Behzat Ç.'nin çaprazındaki bacaya ateş etti, "Ateş de ettim işte dayı," dedi. "Ateş etti dersin, öyle yazarsın raporu, vur da kurtar beni. Bıktım bu canımdan."

"Hasan silahı bırak, yanına geleyim, konuşalım."

Behzat Ç. bir-iki adım yaklaştı, "Gelme!" dedi Hasan. "Gelme!"

Hasan silahını yere attı, döndü karşı çatıya baktı, bir-iki adım gerilip koşarak atladı. Behzat Ç. koştu ama yetişemedi. Hasan'ı havada gördü, karşı çatının pervazını ellerinin ucuyla tutmuş, bir an öyle kalmış ama tutunamamıştı. Aşağı düşüp sisin içinde kayboldu, tok bir ses duyuldu sonra.

Sisin içine uzun süre baktılar, "Ağbi bizi kimse görmedi," dedi Harun. "Savcıya ne diyeceğiz şimdi?"

"Ne bileyim Harun, ne bileyim ne diyeceğiz..."

Birinin, "Sizin yapacağınız işi sikeyim," diye bağırdığını işittiler aşağıdan. Hafif bir rüzgârla sis dağılınca aşağıda Akbaba'yı gördüler. Cesedin baş hizasında gitgide büyüyen bir kan birikintisi oluşuyordu.

"Sen izne çıkmamış mıydın?" diye seslendi Harun. "Hani deniz kenarı bir yere gidecektin."

"Otobüste sıkıldım, Ankara çıkışından döndüm," dedi Akbaba.

Sabahın alacakaranlığındaki ayaz dondurucuydu, sis yavaş yavaş kalkarken ince bir yağmur başlamıştı. Sevil, apartmanın önüne üstünde geceliği ve çıplak ayaklarına geçirdiği terliğiyle fırlamış, Hasan'a doğru koşmuştu. Akbaba onu tuttu.

Sevil, Akbaba'nın göğsünü yumruklamaya başladı, "Katiller," diye bağırdı. "Katiller!"

Sevil dizlerinin üstüne çökmüş ağlıyor, apartmanın çatısına doğru çatlamış sesiyle, "Katiller, katiller," diye bağırmayı sürdürüyordu. Başkomiser bir Sevil'e baktı, bir de çevredeki evlerin tek tek yanan lambalarına. Apartmanların balkonlarından, pencerelerinden kafalarını uzatmış, tedirginlikle aşağı bakanlar vardı.

Behzat Ç., çatının kenarındaki çıkıntıya oturup bir 216 yaktı, derin bir nefes çekip eliyle yüzünü kapattı.

"Olan oldu amirim," dedi Harun. "Yapacak bir şey yok."

Behzat Ç. sigarayı bitirince kalktı oturduğu yerden.

"Olay Yeri gelmeden şu köfteleri yiyelim bari," dedi Harun.

Behzat Ç., Harun'a baktı ama bir şey söylemedi, kötü zamanlardı, her açıdan, Gençlerbirliği bile yirmi dokuz yıl sonra küme düşmüştü. Gerçi yine çıkmıştı ama asansör takımlara benzer bir havaya girmişti artık. Önceki akşam da son on dakikada iki gol yemiş, maçı on kişi bitiren Trabzonspor'a kendi evinde 2-0 yenilmişti. Hangi birini düşünecekti Behzat Ç., hep karanlık, hep yağmur...

Cinayet'in Kızı

Behzat Ç. kendine vakit ayırabildiği nadir akşamlardan birinde, evindeki tekli koltuğa gömülüp ayaklarını sehpaya uzatmış, deri ceketini battaniye gibi üstüne örtmüş, bir yandan salep içiyor, bir yandan da göz ucuyla televizyondaki belgesele bakıyordu. İçi geçmek üzereydi ki o küçük, sarı-yeşil yılanı gördü ekranda. Yılan karşısındaki kirpiyi iki sefer soktu ama kirpinin yılan zehrine bağışıklığı vardı. Kirpi karşı saldırıya geçip yılanı yemeye başladı, yavaş yavaş hepsini yuttu. Hızlı çekimde gece güne döndü, karlı dağlar ve uçsuz bucaksız sarı ovalar aydınlandı. Bir kartal sarp yamaçlardan süzülerek indi, pençelerini açtı ve kirpiyi tam yuvasının ağzından aldı götürdü.

Başkomiser, telefonu çalmaya başladığında bir süre bakmadı, ısrarla çalmasaydı bakmaya da niyeti yoktu. Eski bir vakadan tanıdığı Seher arıyordu. Hiç selam sabah faslına girmeden, "Behzat Ağbi evde misin?" diye sordu. "Ben Seher." Sesinde hafif bir telaş ve tuhaf bir berraklık vardı. Başka bir dünyadan arıyor gibiydi.

"Evdeyim," dedi Behzat Ç.. Sonra uzun süredir onunla konuşmadığını hatırladı, "Ama ben taşındım," diye ekledi.

Cevap vermeden kapatmıştı Seher. Başkomiser elindeki telefona şaşkınca bakmayı sürdürürken kapı çaldı. Behzat Ç. yarı karanlık koridordan kapıya yürürken bacalara vuran rüzgârın ıslığı bir yükselip bir alçalıyor, üst kata çıkan merdiven boşluğunda uğulduyordu.

Kapıyı açınca karşısında Seher'i gördü, saçlarını kısacık kestirmiş, sırtına yeşil bir erkek paltosu geçirmişti. Biri bu haliyle pekâlâ erkek zannedebilirdi onu. Behzat Ç. de ilk başta tanıyamadı zaten, ta ki Seher'in gözlerindeki o kendine has, yaralı bakışı hatırlayana kadar.

"Hoş geldin," dedi başkomiser, girmesi için yana çekildi. Seher hiçbir şey söylemeden, açık kapıdan esen soğuk rüzgârla beraber içeri girdi, yolu biliyormuş gibi salona yürüdü, elinde bez bir torba vardı. Poşetler 25 kuruşa satılmaya başlandıktan sonra belediyelerin vatandaşa dağıttığı bez torbalardan biriydi.

Seher'in yüzünde yarım yamalak bir gülümseme vardı, belirsiz bir noktaya diktiği bakışları bulunduğu yer ve zamandan ayrı, bambaşka şeyler düşündüğünü belli ediyordu. Yanakları soğuktan kızarmıştı, birkaç kez burnunu çekti. Onun konuşacak durumda olmadığını anlayan başkomiser ısrar etmedi, "Dur sana bir salep yapayım," dedi. "Ev de soğuk. Isınırsın. Sonra konuşuruz."

Behzat Ç. elinde salep fincanıyla döndüğünde, "Adresi nasıl buldun?" diye sordu. "İki sene oldu buraya taşınalı."

Kirası uygun olduğu için Ostim'de, Uğur Mumcu Mahallesi'ndeki ara sokaklardan birinde, üç katlı müstakil bir evin kiraya verilmek üzere bölünmüş zemin katına taşınmıştı. Ev sahibi üst katta oturuyordu. Evin girişinde üst kata uzanan çıkmaz bir merdiven vardı. On iki basamağın sonunda, mavi boyası yer yer dökülmüş, sevimsiz, demir bir kapı kilitli duruyordu. Evin bahçesinde kurumaya yüz tutmuş yaşlı bir ıhlamur ağacı vardı. Ev pek güneş almıyor demişlerdi ama

yerleşince anlamıştı ki hiç almamıştı. P
komiserin, zaten Ankara'da ve özellikl
raz karanlık olmayan ne vardı ki...

Behzat Ç. fincanı uzattı, Seher titre
tamadı, düşürdü. Behzat Ç. yerdeki k
bez almaya giderken gördü. İrili ufaklı kan
kapısından salonda Seher'in oturduğu koltuğa kadar be
aralıklarla uzanıyordu. Seher'in sıkı sıkı tuttuğu bez torbaya baktı, torbadan halıya kan damlıyordu. Başkomiser onun yanına gitti, önüne diz çöküp elindeki torbayı yavaşça aldı. Kalktı, salonun köşesindeki pencereye çekildi, sokak lambalarının sarı ışıkları hafiften pencereye vuruyor, rüzgârda sallanan ıhlamur ağacının gölgesi perdeye yansıyordu. Behzat Ç. torbayı yavaşça açtı, içinde kesik bir erkek başı vardı. Seher'e döndü, kız koltuğun ucuna ilişmiş, titreyen eline bakıyordu.

Kırk beş dakika sonra Olay Yeri İnceleme ekipleri gelmiş, uzman personel Sıtkı ile Behzat Ç. yere diz çöküp kesik erkek başının üstüne eğilmişlerdi. Otuzlu yaşlarda birine ait olduğu belliydi, arka tarafı yuvarlakça çıkıntı yapmış, biçimsiz bir kafaydı. Behzat Ç., "Ne düşünüyorsun?" diye sordu.

"3600 ek göstergeyi düşünüyorum," dedi Sıtkı. "3600'ü verseler emekli olacağım. Olay yerine salep mi döktün?"

"Hayır, salep zaten dökülmüştü, olay yeri üstüne geldi."

"Sen niye salep içiyorsun ki?"

"Üşüdüm kodumun yerinde."

"Senin için içkiyi bıraktı diyorlar..."

"Benim için bir sürü şey söylüyorlar Sıtkı, boş ver."

Sıtkı ayağa kalktı, hafif kambur duran irikıyım biriydi. Üstünde açık mavi, bol bir kot pantolon vardı, kemerinin tokasından tutup yukarı çekti pantolonunu, "Kombi yanmıyor mu?" diye sordu.

"Kestiler. Kredi borcum var."

..ı yok ki..."

..ıim yoktu. Harun evlenirken çektim mecburen."

..sen kendin zor geçiniyorsun zaten. Bir de tutup niye Ha..un'a kredi çekiyorsun?"

"Evleniyordu dedim ya..."

Salon kapısına doğru geçtiler, Sıtkı, Behzat Ç.'ye sigara uzattı, kendi 216'sından yaktı başkomiser.

"Hani bir çocuk vardı," dedi Sıtkı. "On yaşında, dedesini keserle öldüren. 'Bu çocuk bu işi nasıl yaptı, bu kafayı nasıl parçaladı,' diye hayret etmiştik. Bu olay da biraz onu hatırlattı bana. Kaç yaşında bu Seher dediğin kız?"

"Yirmi falan işte, öyle olması lazım."

"Sen nereden tanıyorsun?"

"Babası vardı kumarbaz, Kutlu Mahallesi'nde, karısını bıçakladı öldürdü. On-on iki sene kadar oluyor. Sen hatırlamıyor musun?"

"Hatırlayacağım da hep aynı ya... Çıkaramadım."

"Seher ufaktı o zaman. Başka kimsesi yoktu, bizim büroda baktık on beş gün, alıştık da birbirimize, görenler 'Cinayet'in kızı' diyordu. Sonra devlet aldı, yetiştirme yurduna yerleştirdi. Oraya bırakırken çok ağladı, 'Beni bırakmayın,' diye."

Sıtkı sigarasından derin bir nefes aldıktan sonra iç geçirir gibi bıraktı dumanı, sıkıntılı gözlerle önüne baktı, "Bazıları böyle işte," dedi. "Hayata sonbahardan başlar."

"Evet ama azimli kızdı," diye açıklama ihtiyacı duydu Behzat Ç.. "Ara sıra ziyaretine gidiyorduk. O da hep arardı, bayramlarda, kandillerde falan. On sekiz yaşından sonra ayrıldı yetiştirme yurdundan, tekstile yerleştirdik. İki senedir falan haber çıkmıyordu. Ben de bu akşam gördüm. Bayağı değişmiş..."

"Ona şüphe yok. Yanında kesik kafalarla dolaşıyor."

"Ondan demiyorum. Saçlarını falan kestirmiş kısacık, üstünde acayip bir palto. Uyuşturucunun etkisindeydi zaten, konuşamıyordu, hastaneye yolladık."

Hayalet, elleri montunun cebinde, sessizce girdi salona. Manzarayı görünce suratı asıldı.

"Şu kafaya bir bak bakalım, tanıyabilecek misin?" diye sordu Behzat Ç.. "Ben fotoğrafını çektim, Risk-Analiz'e yolladım ama sonuç çıkmadı. Risk-Analiz'in başındaki eleman da söylenip durdu, yemek yiyormuş fotoğraf geldiğinde."

Hayalet yere çömelmiş dikkatle inceliyordu kesik başı, "Bu bizim şey ya," dedi. "Şey..." Gözlerini kapatmış, başparmağını bir gözünün üstüne bastırmış düşünüyordu.

"Kim?"

"Şey bu ya şey... Seyhan bu! Sakal bırakmış, ondan ilk başta tanıyamadım. Ağbisi vardı bir de bunun, Tombul Gökhan. Bilardo işletiyorlardı Kuşcağız Mahallesi'nde. Kaç sefer bastık orayı, arantısı olan bir sürü adamı topladık. Gerçi Tombul Gökhan'la Seyhan'ın gayrimeşruları yok ama bunlar yaramaz adamlar."

"Neden?"

"Bunları kimse sevmez. Anneleri bile sevmiyordu bunları, on sekiz yaşına kadar dövdü, ondan sonra da sokağa attı. Evlat olsa sevilmez diyeceğin adamlar bunlar işte, Tombul Gökhan'la Seyhan. Seyhan'ın da kafasını kesmişler zaten!"

"Seher'in Seyhan'la ne işi var ki?"

Hayalet, salonun köşesine yürüdü, pencereden bakarken çenesini sıvazlıyordu, gözleri düşünceliydi, "Bizim kız tekstilden ayrılmış," dedi. "Sokakta kalmaya başlamış. Erkek gibi giyiniyormuş. Gördün zaten..."

"Niye daha önce söylemedin?"

"Ben de yeni öğrendim. Bu akşam aradı, senin adresini istedi."

"İlgilenemedik kızla..."

"Hangi birine yetişeceksin..."

Savcı Belgin'in kâtibi Günbay geldi, bir-iki çekingen adım atıp salon kapısına yaklaştı, göz ucuyla polislere baktı, "İyi akşamlar," dedi. "Savcı hanımın toplantısı var da beni gönderdi. 'Sen önceden olay yerini gör, not al, fotoğrafını çek, bana yolla,' dedi. Kendisi sonra gelecekmiş."

"Olay yeri şimdilik burası," dedi Behzat Ç.. "Benim evin salonu." Eliyle kesik başı gösterdi. Günbay baktı ama ilk anda anlayamadı neye baktığını, sonra bir eliyle duvara tutundu, gözleri karardı, eli ayağı boşandı, birdenbire olduğu yere yığıldı kaldı. Hayalet, Günbay'ın başına yürürken Behzat Ç.'nin telefonu çalmaya başladı, "Cesedin kalanını buldum," dedi Akbaba. "Batıkent Polis Merkezi'nin arkasındaki inşaatlardan birinde. Buraya gelin."

On beş dakika sonra Behzat Ç., ekip aracını Akbaba'nın bahsettiği inşaatın karşısına park etmişti. Yan koltukta oturan Günbay'a döndü, "İstersen sen gelme," dedi. "Ben fotoğraf çeker savcıya yollarım."

"Yok yok," dedi Günbay. "Ben evde öyle bir manzarayla karşılaşacağımı beklemiyordum. Birden fena oldum, şimdi iyiyim. Alışkınım yoksa böyle şeylere..."

Behzat Ç., Günbay'ın yalan söyleyen gözlerine dikkatle baktı, "Sen bilirsin koçum," dedi.

Akbaba'nın bahsettiği inşaat yapımı süren bir sitenin şantiyesindeydi. Arabadan çıkıp yürümeye başladılar, şantiye alanı siyaha çalan sertleşmiş bir çamurla kaplıydı. Çamurların üstünde lastik bot izleri seçiliyordu. Sokak lambasından elektrik çekilmiş ama yanmayan birkaç ampul, ağaçtan başka her şeye benzeyen cılız ve tozlu birkaç ağaç, tüylerinde çamurların keçeleştiği iki köpek ve bıçak gibi bir ayaz vardı orada. İşçi konteynırlarından yükselen kömür kokusu genizlerini yakmıştı. Günbay omzundaki laptop çantasıyla yürümekte zorlanıyor, polislerin biraz arkasında kalıyordu.

Başkomiser cesedin bulunduğu bloğun önünde birikmiş kalabalığa göz gezdirdi. Şişmanca biri birden öne atılıp eline yapıştı, öpmeye çalışıyordu, Behzat Ç. elini kurtardı, "Başın sağ olsun Gökhan," dedi.

Tombul Gökhan'ın gözleri yaş içindeydi, "Behzat Dayı bize bunu kim yaptı?" diye sordu. "Gözünü seveyim bul. Benim bu hayatta başka kimsem yoktu ki... Bir tek Seyhan vardı. Elini ayağını öpeyim bul bunu yapanı! Biz zaten gün yüzü görmedik ki! Biz çok çektik üvey anne elinden."

"Sizin anneniz üvey miydi?" diye sordu Hayalet.

"Üveydi Sabri Ağbi. Çok çektik elinden. Gün yüzü görmedik. Herkes bize köpek muamelesi yaptı bu hayatta. Bir kardeşim vardı, onu da elimden aldılar. Onu da bıçakladılar."

Behzat Ç., Tombul Gökhan'ın omzuna dostça dokunup inşaatın karanlık girişine yöneldi. Harun'a başıyla selam verdi, "Bu Gökhan, bilmiyor mu kardeşinin kafasının kesildiğini?" diye sordu.

"Yok ağbi," dedi Harun. "'Ben göremem' dedi, hiç çıkıp bakmadı. Bilardocunun garsonlar baktı, onlar da söyleyememiş, 'Bıçaklandı,' demişler."

"Akbaba cesedi nasıl bulmuş?"

"Akbaba işte... Bir şey söylediği mi var? Bulmuş..."

Akbaba cesedin başına lüks lambası koymuş, ters çevirdiği bir tenekenin üstünde, dirseği dizinde, avucu yanağında oturuyordu. Elinde cerrahi eldivenler vardı. Behzat Ç. lüks lambasını tutacağından kaldırıp çevreye şöyle bir baktı, boş şarap şişeleri, tuğlaların içinde sönmüş bir ateş ve uyuşturucu kullanımından artakalmış yanık folyolar gördü, "Bu adamın kafası nasıl kesilmiş?" diye sordu.

Akbaba iki parmağının arasında tuttuğu büyükçe maket bıçağını gösterdi. Bıçağın ucunda henüz kurumamış kan lekeleri vardı. Polislerin biraz arkasında duran Günbay, elinin dışıyla ağzını kapattı, Harun son anda dirseğinden tutmasa yine düşecekti. Harun tutunca Günbay doğrulur gibi oldu. Sonra birden yine düştü.

Harun bacaklarından tuttu, Hayalet'le Behzat Ç. de koltukaltlarına girdiler, Günbay'ı ekip aracına taşıdılar. Yüzüne pet şişeden su çarpıp kendine getirdiler. Günbay burnunu çekip ince ince ağlamaya başlamıştı, "Bıktım Behzat Amirim," diyordu. "Bıktım bu kadından. Önceki savcı böyle değildi. Savcı Belgin geldiğinden beri ne gecemiz belli ne gündüzümüz. Gecenin köründe bile arıyor, dosya soruyor. Kız arkadaşımla kaç sefer kavga ettim onun yüzünden. 'Bu kadın niye her gece arıyor,' diyor, haklı. Hadi tamam o da neyse, ama beni niye buraya yolluyor ki... Ben daha yirmi üç yaşındayım, tarih öğretmeni olacaktım, puanım yetmedi, atanamadım. Zabıt katipliğine başvurdum. Bana da yazık değil mi?"

"Haklısın," dedi Behzat Ç.. "Ama diğer yandan bu savcı iyi, çalışkan kadın, hakkını yemeyelim. Bir olay oldu mu kırk saat ulaşamadığımız savcıları biliyorum, ona hemen ulaşıyoruz. Gerçi bu akşam gelemedi ama bu saatte bile toplantıdaymış, disiplinli kadın."

"Ne toplantısı," diye çıkıştı Günbay. "Veterinere gitti, kedisi hastaymış, kedisinden başka kimseyi sevmez. İşin aslı bu, başta 'Söylemeyeyim,' dedim ama benim de burama geldi."

Hayalet, elinde Seyhan'ın telefonuyla geldi, "Ağbi bir baksana," deyip Behzat Ç.'yi kenara çekti, telefondaki birkaç mesajı gösterdi. Başkomiserin suratı asıldı, "Vay adiler," diye söylendi.

O ara şantiyede hızla ilerleyen siyah bir araba gördüler, polislerin önünde durdu, içinden Savcı Belgin indi, bacaklarında tayt gibi yapışmış bir kot pantolon vardı, "İyi akşamlar beyler," dedi. "Ceset nerede?"

Başkomiser yukarıyı işaret etti. Harun, "Toplantı nasıl geçti sayın savcım?" diye sordu.

"Güzel. Geçen yılın genel bir değerlendirmesini yaptık başsavcıyla. Hadi, biraz çabuk olalım. Olay yeri ekipleri geldi mi? İnşaatın önündeki şu kalabalığı uzaklaştırın. Şantiyenin karşısındaki apartmanları kontrol edin, fotoğraf çeken, kayıt alan olmasın."

Yukarı çıkarken Savcı Belgin'in soruları ve talimatları uzayıp gitmeye devam ediyordu. Boş iskemleyi ve tabureyi gösterip "Günbay nerede?" diye sordu.

"Rahatsızlandı."

"Memnun değilim bu çocuktan."

"Olur mu savcım?" dedi Harun. "O sizden çok memnun, yere göğe sığdıramıyor."

Savcı Belgin, Harun'un sesindeki alaycı tınıyı fark edince birden buz gibi baktı, "Çok konuşuyorsun," dedi. "Sen biraz az konuş. Geç bilgisayarın başına, tutanağı yaz."

"Emredersiniz savcım."

Savcı Belgin kuru bir sesle tutanağı yazdırmaya başladı, "02/03/2020 günü saat 23.15 sıralarında polisten alınan duyum uyarınca olay yerinde inceleme ve ölü muayene işlemi yapılması gerektiğinin bildirilmesi üzerine Cumhuriyet Savcısı olarak intikal edildi. Batıkent Mahallesi, 314 taksim 5 Sokak No 24'teki kaba inşaat halindeki binanın, dördüncü katına çıkıldı. Ön daire tarafında, duvar dibinde, otuz yaşlarında başsız bir erkek cesedi tespit edildi..."

Savcı rutin sesiyle tutanağı yazdırırken Behzat Ç. inşaatın penceresiz boşluğundan bir zamanlar metronun son istasyonu olan Batıkent'e ve ötelere, kalbe yürüyen bir yara gibi büyüyen kente bakıyordu. Uzaklarda ışıklar yanıyor, karanlığın içinde titreyen mumlar gibi kırpışıyordu.

Hayalet, adresi iki saat sonra buldu. Kuşcağız Mahallesi'nde yıkılmak üzere olan gecekonduların arasında yürüyor, kapı numaralarına ve karanlık pencerelere göz gezdiriyorlardı. Evi bulduklarından emin olunca Behzat Ç., çürümüş tahta kapının mandalını kaldırdı, bahçeye sessizce girdiler. Harun, telsizin dibiyle kapıya sertçe vurdu iki sefer. Titrek bir kadın sesi, "Kim o?" diye sordu.

"Aç kapıyı," dedi Harun. "Tayfun'la konuşmamız lazım."

Kapı hafifçe aralandı, yirmili yaşlarda, yüzü kederden solmuş, başörtülü bir kadın çıktı karşılarına. Kucağında bir bebek vardı, "Tayfun evde yok," dedi.

"Yalan söyleme bacım. Zorluk çıkarmayalım birbirimize akşam vakti."

O ara Behzat Ç., Tayfun'u cepten aramıştı, telefonunun çaldığını duyunca içeri girdi. Oturma odasına göz gezdirdi, sobanın başında cılız, esmer bir çocuk duruyordu. Soba borusundaki tellere bebek bezleri asılmıştı, belli aralıklarla suları damlıyor, soba demirinde cız cız ediyordu. Tayfun arka odadan çıktı, başkomiser genç kadına ve çocuklara baktı. Tayfun'a gözleriyle sokak kapısını işaret etti. Tayfun önden yürüdü, o da peşinden, evden çıktılar.

Ekip aracına binmek üzereyken salonda gördükleri cılız çocuk peşlerinden atıldı. Tayfun döndü, "Oğlum içeri gir," dedi. "Amcalarla bir şey konuşup geleceğim."

"Burada konuşun."

"Burada olmaz. İşim bitsin geleceğim."

"Gelecek misin?"

"Geleceğim."

"Söz mü?"

"Söz."

Ekip aracına binmiş uzaklaşırken çocuk bahçe kapısında durmuş kararsız gözlerle arkalarından bakmaya devam ediyordu. Arabayı beş-altı sokak ötede boş bir arsaya çektiler. Behzat Ç. arkada Tayfun'un yanında oturuyordu, Harun da döndü, iki koltuğun arasından bakmaya başladı.

"Ne yaptınız Tayfun siz?" diye sordu Behzat Ç..

"Bir şey yapmadık amirim."

Behzat Ç., sesini yükseltip sorusunu yineledi. Tayfun önüne bakmaya başladı. Harun cep telefonundaki fotoğrafı gösterip "Bak şuna," dedi. "Seyhan, Seher'e tecavüz etmiş. Sana da çıplak fotoğrafını göndermiş, 'Gel bir kıyak yapayım,' diye mesaj çekmiş. Sonra sen de gitmişsin inşaata..."

Tayfun başını eğdi, önüne baktı.

"Anlat la anlat," dedi Harun. "Zaten öğreneceğiz, samimi yap sen anlat, sonradan göt altına gitme."

"Kız eroine düşmüş komiserim," dedi birden Tayfun. "Saçlar falan kesik ama sağlam kız, eti sıkı, Seyhan buna kafayı takmıştı, 'İlla ki sikicem,' diyordu. 'Oğlum,' dedim 'sokakta yaşıyor, hastalık falan kaparsın.' Neyse bunu düşürmüş işte dün akşam, kız zaten pilot, bu da yapmış. Bana çıplak fotoğrafını attı. Ben de gittim. Gittiğimde agresifti, tribe girmişti. 'Eşya bulalım,' dedi Seyhan, 'az sakinlesin sen de yap.' Torbacıyı aradı. Biz torbacıyı beklerken kız çekti maket bıçağını, vurdu Seyhan'ın gırtlağına, tam damara denk geldi. Kan fışkırdı. Bana da salladı ama montumu yırttı, kaçtım gittim."

Tayfun yırtık montunu gösterdi.

"Sen evli barklı adam değil misin lan?" dedi Harun.

"Öyle ama kendi isteğiyle veriyordu, zorlama yok."

"Nasıl zorlama yok lan, eşyayla bayıltmışsınız kızı..."

Behzat Ç., Tayfun'un dudağının kenarında ince bir tebessüm görünce elmacık kemiğine sert bir dirsek attı birden, çenesine de telsizi geçirdi. Harun bileğine asılmasa telsizle bir-iki sefer daha vurup suratını dağıtacaktı. Başkomiser bileğini kurtarıp arabadan dışarı attı kendini, bir an kendinden korkmuştu. Boğulacak gibiydi, derin derin nefes almaya çalıştı. Elinin dışıyla ağzını kapattı, midesi ağzına gelmişti, kendini tutmaya çalıştı ama nafileydi, az ötedeki molozların üstüne kustu. İki büklüm olmuş, eliyle gözlerini kapatmıştı, derin derin nefes alıyordu, ellerini çektiğinde kusmukların içinde salep parçaları gördü.

Ertesi gün Seher'le Ankara Adliyesi'ndeydiler. Bahçede çay içtiler, vakit gelince ağır adımlarla kalabalığı yarıp savcının odasına çıktılar. Tecavüzü kanıtlayan bir rapor eklemişlerdi dosyaya. Behzat Ç. kapıyı tıklatıp içeri girdi, Seher bir adım arkasındaydı.

"Elleri niye bağsız?" diye sordu Savcı Belgin.

"Gerek görmedim," dedi Behzat Ç..

"Ne demek gerek görmedim. Adamın kafasını kesmiş bu kız. Mevcutlu getirin dediğimde kelepçeyi vuracaksınız."

"Vurmuyorum."

"Vuracaksın! Mevzuata uyacaksın."

Behzat Ç., savcının gözlerinin içine bakıyordu, "Her şey mevzuat değil," dedi sessizce. "Biraz da usul racon öğrenin. Biz kadınlara kelepçe vurmuyoruz, eskilerden böyle gördük. Ayrıca bu kıza tecavüz etmişler, rapor da burada."

"Tamam, çıkın dışarı."

Polisler dışarı çıktı, Savcı Belgin, Seher'in ifadesini almaya başladı. Yarım saat sonra tutuklanma talebiyle mahkemeye sevk etti. Kısa bir duruşmanın ardından sulh ceza hâkimi Seher'i tutukladı. Ekip aracıyla cezaevine doğru yola çıktılar.

Behzat Ç., mahkûm kabul odasının önünde başgardiyandan biraz müsaade isteyip Seher'i kapı altı avlusuna çıkardı. Seher durmak bilmeden ağlıyordu. Başkomiser, parmaklarıyla onun gözlerindeki yaşları sildi, acısının birazını kendine almak ister gibi ellerini tuttu, "Güçlü ol," dedi. "Kendini bırakma. İçeriye sana para da yatıracağım. Bir ihtiyacın olursa bana başefendiyle haber yolla. İstersen mektup da yaz. Emniyet Müdürlüğü, Asayiş Şube, Cinayet Büro yaz adrese, bana gelir.

Bir 216 yaktı, Seher'e de bir tane uzattı. Bir şeyler daha söylemek istiyordu ama nasıl diyeceğini tam olarak bilemiyordu. "Bak kızım," dedi sonunda. "Bu hayatta kaderinden daha kuvvetli insanlar gördüm. Sen de onlardan birisin. Bugüne kadar öyle geldin. Bundan sonra da öyle devam etmelisin. Daha çok gençsin, bunu sakın unutma, bugünler de elbet geçer."

"Geçer mi sahiden Behzat Ağbi?"

"Hayatta her şey geçer ama nasıl olduğunu sorma."

Odadan bir memur çıktı, "Amirim," dedi. "İçeri almamız lazım artık."

"Behzat Ağbi beni bırakma," diye ağlamaya başladı Seher.

Behzat Ç. ne diyeceğini bilemedi, Seher'i yanaklarından öptü, sonra da hızla dönüp yürüdü.

Cezaevinin önüne çıktılar, gökyüzü karanlıktı, bulutlar iyice alçalmış, ince ince kar yağmaya başlamıştı. İnsanın bütün umutlarının paramparça dağıldığı günlerden biriydi. Behzat Ç. çevresindeki insanlara baktı. Gördüğü sadece yorgun, umutsuz ve hüzünlü yüzlerdi. Çöp konteynırlarının kenarında yerleri koklayan, bir gözü şaşı ve kulağı kesik bir köpek vardı, onun duruşundan bile keder akıyordu. "Belki de burası bizim mutsuzluğumuzun başkentidir," diye düşünüyordu Behzat Ç.. "Ve belki de, hâlâ yaşamaya devam ediyorsak artık buna alıştığımız içindir, elimizden başka bir şey gelmediği içindir."

Çekiç ve Gül

Boz bulanık, sulu bir kar yağıyordu. Kardan ziyade karla karışık çamur yağıyordu demek daha doğru olurdu gerçi. Kahverengiye çalan kar taneleri ekip aracının yan camına yapışıyor, yavaş yavaş eriyip kara damlalar halinde süzülüyorlardı. Tepe lambasını takmışlardı, çakarlar da çalışıyor, siren sesi Atatürk Bulvarı'nı cayır cayır yakıyordu. Bulvardan Esat Caddesi'ne saptılar. Diğer araçların yanından kıl payı geçen Harun, "Bence raconu bilmediklerinden değil," dedi. "Süzme orospu evladı olduklarından böyle yapıyorlar."

Behzat Ç. deri ceketinin içine giydiği çelik yeleğin cırt cırtlarını düzeltti. "Sırf ondan da değil," diye ekleme ihtiyacı duydu. "Aynı zamanda beyin özürlü oldukları için, altı ayda bir düzenli olarak kollarını bacaklarını kırdırmaktan zevk aldıkları için böyle yapıyorlar."

Saat gece on bire geliyordu. Yarım saat kadar önce Akay Kavşağı'nda iki uyuşturucu çetesi arasında silahlı çatışma çıkmış, çok sayıda kişi yaralanmıştı. Polisleri asıl öfkelendirense olayın kendisinden çok, yeriydi. Meclis'i merkez alan iki kilometrekarelik protokol bölgesinde bir Allah'ın kulu silah sıkamazdı, eğer böyle bir nane yerse de bedelini cayır cayır ödeyeceğini bilirdi. Bilmiyorsa da hayatı boyunca hatırlayacağı acı bir tecrübeyle öğrenirdi. Ankara'da gayrimeşru yaşayan, o âlemi kovalayan herkesin bir şekilde kabul ettiği, en eski racondu bu.

Harun, ellerinde otomatik tüfekler olan polis ekiplerini görünce frene bastı. Camlarına kadar çamura batmış ekip aracı hafif yan dönerek durdu. Silahlarını çekip indiler. Köşedeki büfenin önünde, kır saçlı, şişman bir adam vardı, "Gelin gelin," diye bağırdı polisleri görünce. "Adamlar ortalığın amına koydular gittiler, siz anca gelin. Zaten lazım olduğunda ortada bir tane polis bulamazsın."

Behzat Ç. cevap vermedi, adama şöyle bir bakıp yürüdü. Akbaba yolun kenarında, yerde yatan bir yaralıya kalp masajı yapıyordu. Giydiği cerrahi eldivenler kan içinde kalmış, yapış yapış olmuştu. Yaralı, bir pizza şirketinin motorlu kuryesiydi, yirmi yaşında yoktu, daha doğru düzgün sakalı çıkmamıştı.

Hayalet isteksiz adımlarla yaklaştı, Behzat Ç.'nin yanında durdu, yakasını düzeltti, kollarını göğsünde kavuşturup pöfledi.

"Eee?" dedi başkomiser.

Hayalet içinden konuşmak gelmiyormuş gibi bir süre sustu, "E'si," dedi. "Adamlar buhar oldu. Her yerde kapama noktası var, birinden bile haber çıkmadı. Ya çok hızlı kaçtılar ya da kaçarken araç değiştirdiler."

"Pusuyu kuran kim?"

"Kim olacak, Sarıcaların yeğeni yok mu, Kedi Ferdi. Piç Enginler aşağıda gazinoya gelmiş, bu da burada pusu kurmuş. Piçler geçerken atmaya başlamışlar. Şu ileride bir ölü var, o Piç Engin'in yeğeni. Dört de yaralı var, alakasız, yoldan geçen şahıslar, biri bu pizzacı."

Akbaba kalp masajı yapmayı bıraktı, gözlerini devirerek

başkomisere baktı, başını iki yana salladı, "Pizzacı artık yaralı değil," dedi. "Cenaze aracı çağırın."

İlk gelen ekiplerin ardından bütün birimler yavaş yavaş olay yerine intikal etmeye başlamıştı. Önce Çankaya İlçe Asayiş geldi, ardından Narkotik Şube, Organize ve Gasp Büro. Onların ardından Asayiş Şube Müdürü Yemliha Esercan geldi. Son olarak da Asayiş'ten sorumlu İl Emniyet Müdür Yardımcısı Dr. Tahsin Atakan çıktı sahneye. Şoförü kapısını açınca indi, olay yerini gezip asayiş şube müdüründen bilgi alırken koruması bir adım yamacından ayrılmadı. Tahsin, bütün bunların sorumlusu oradaki polislermiş gibi etrafa ters ters bakıyordu. İyi bir fırça yediği her halinden belliydi. Behzat Ç.'nin yanına gelince durdu, "Bu adamlar bu cesareti nereden alıyorlar Behzat?" diye bağırdı. Behzat Ç. başını yana çevirip içinden küfretti.

"Orhan Müdür'le de görüştüm," diye devam etti Tahsin, Ankara emniyet müdüründen bahsediyordu. "Bu dosyayı senin almanı istiyoruz. Yalnız polisin burada olduğunu artık herkes anlasın. Biraz gürültü yapın, ses gelsin."

"İstersen adamları kovalarken teneke çalalım."

Tahsin'in gözleri büyüdü, "Sen benimle taşak mı geçiyorsun?" dedi.

Behzat Ç. yüzünde sinirli bir tebessümle Tahsin'e yaklaştı, "Sen biraz şöyle gelsene," dedi. "Bir yalnız konuşalım."

Tahsin'le Behzat Ç. trafik lambalarının olduğu tarafta bir köşeye çekildiler. Başkomiser sinirden dudaklarını kemiriyordu, "Geçen sene Piç Enginler Karahanların oğlunu vurdu," dedi. "Alalım Piç Engin'i dedim, 'Yok o değilmiş,' demediniz mi? Gelelim öbür tarafa, altı ay önce bu Sarıcaların yeğeni Kedi Ferdi, Eski Movempik Otel'in kulübünde güvenlikleri vurmadı mı, tam Ferdi'yi alacaktım, 'Yok o işi tepeden bağladılar, iki taraf uzlaştı, şimdi ortalık karışmasın,' demediniz mi? Üç ay önce yine ben bu Ferdi'yi üniversite yurtlarında uyuşturucu sattırıyor diye bizzat almadım mı, ağzını burnunu kırıp sikip atmadım mı Samsun Yolu'na, o zaman ne yaptınız, 'Sen Narkotik'in işlerine ne karışıyorsun?" demediniz mi? Sen şimdi bana neyin hesabını soruyorsun?"

Tahsin önüne baktı, başparmağıyla burnunun kenarını kaşıdı, "Senin baktığın yerden öyle gözükebilir ama yukarıda işler karışık," dedi. "Üstümüzde çok baskı var. Ama şimdi bunları konuşmanın yeri de değil, zamanı da... Olmadı önümüzdeki hafta ekibini de al gel, bir yemek yer, konuşuruz."

"Biz yemek yerken konuşmuyoruz."

Tahsin sakin bir sesle, "Sabrımı zorlama," dedi. "Sen şimdi bu dosyayı alıyor musun?"

"Narkotik'e verin."

"Narkotik'te sıkıntılar var."

"Var tabii! Narkotik'te üç-beş tane çakal var, hem Sarıcalardan, hem de Piç Enginlerden para yiyorlar. Organize'ye verin diyeceğim, Organize'nin amiri Şefik'in de götünden haberi yok, 'Kim sikti?' diye arıyor."

Tahsin elini beline koydu, yorgun ve hafif alaycı bir ifade vardı yüzünde, "Bu işi neden sen al diyoruz, bunu biliyor musun?" diye sordu. "İşler boka sardığında sorumluluk almaya alışkın birine ihtiyaç duyuyoruz, ondan. Al bu işi, bu çakallardan üç-beş tanesinin kolunu bacağını kır, gözlerini iyice korkut, bir daha elleri bellerine gitmeden önce kırk sefer düşünsünler. Orhan Müdürle bunu konuştuk. Uygun bir biçimde başsavcıya da anlattık, orada da bir sıkıntı çıkmayacak."

Başkomiser önüne bakıp gülümsedi, iç geçirip çenesini sıvazladı, "İyi, güzel konuşmuşsunuz da," dedi. "Bu işin seyri öyle değil Tahsin. Kollarını bacaklarını kırmakla akıllansalardı bugüne kadar akıllanırlardı zaten. Bunlar kıyıcı, zalim adamlar. Yemedikleri halt mı var? Sıkmadıkları bir cami minaresi kaldı. Ben bu işi alırsam bunlardan birkaç tanesi benim elimde kalır. Ondan sonra işin rengi değişir, vur dedik öldürdün dersiniz."

"Ee, ne yapacağız o zaman?"

"Ne bileyim! Müdür olan sensin. Şoförün var, koruman var. Birine söyle, senin yerine düşünmeye de başlasın."

Tahsin sıkıntıyla elini saçlarının arasında gezdirmeye başladı, o an bir şeyi keşfetmiş gibi parlayan gözlerle Behzat Ç.'ye baktı birden, "Sana bir şey söyleyeyim mi?" dedi. "Şu an buradaki en neşeli adam sensin! Çünkü işler boka battığında içten içe sevinmeye başlıyorsun. Daha beter olsun diye dua ediyorsun. Krizle besleniyorsun."

"Konu benim psikolojimse şöyle uzanayım, sen tahlil etmeye devam et, nasılsa doktor olan sensin. Ama bu işi çözmek istiyorsan beni dinle..."

"Söyle."

"Sen hem bu iş çözülsün istiyorsun, hem biraz gürültü çıksın istiyorsun, hem de kimse ölmesin istiyorsun, değil mi?"

"Evet."

"Çok şey istiyorsun. Ama yine de, bu meseleyi senin istediklerine yakın biçimde çözecek adam belli. Gasp Büro'dan Turan. Turan akıllı çocuktur, hem kimseye eyvallahı yoktur hem de işleri bir biçimde kitabına uydurmasını bilir."

Tahsin, "Turan ha," dedi, eliyle çenesini sıvazlayıp düşünmeye başladı. O ara Harun elinde tepsi gibi tuttuğu pizza kutusuyla yaklaştı, "Ağbi," dedi ağzındaki iri lokmayı çiğnerken. "Kuryenin telefonu çaldı, konuştum, pizzaları başkasıyla göndereceklermiş. Ziyan olmasın, yer misiniz?"

Tahsin başını iki yana sinirle salladı. Behzat Ç. pizzadan bir dilim aldı, Tahsin'in suratına bakarak ağır ağır, tadını çıkara çıkara yemeye başladı. Etrafta hâlâ inceden bir barut kokusu vardı. Trafik durmuştu ama trafik lambaları çalışmaya devam ediyordu. Çamurla karışık kar taneleri savrularak iniyor, trafik lambalarının önünde sırasıyla kırmızıya, sarıya, yeşile dönüyorlardı. Olay yeri şeridinin arkasında cep telefonlarıyla çekim yapan bir kalabalık birikmişti. Ambulansların ışıklarıyla polis arabalarının ışıkları birbirine karışıp o kalabalığa vuruyor, onlara gizemli bir hava katıyordu. Televizyon kameramanları ambulansa bindirilen yaralıların dibine kadar sokulmuştu. Kameraların karşısında birkaç muhabir, ellerindeki mikrofonlara, olay sanki o an oluyormuş gibi bağıra çağıra anlatıyorlardı olup biteni. Behzat Ç. pizza dilimini bitirmişti. Bir 216 yakıp derin bir nefes çekti, sonra da ağır ağır tüttürmeye devam etti sigarasını. Göğe baktı, tek yıldız yoktu, simsiyahtı. Yerlere baktı, kan kızılıydı. Tahsin çoktan gitmişti.

İki gün sonra öğle saatlerinde, Behzat Ç. odasında oturmuş, yeni memurlardan Komiser Yardımcısı Melike'nin uzattığı tutanakları sırasıyla imzalıyordu. Kapı hafifçe tıklatıldı, Gasp Büro'dan Başkomiser Turan girdi içeri. Kırklı yaşların başında, saçlarını beş numaraya vurdurmuş, çok uzun boylu olmayan ama kalıplı bir adamdı. Uçlarından beyazlamaya başlamış bıyıkları, kalın bir yay biçiminde çenesinin iki yanına kadar uzanıyordu. Yüzünde sıkıntılı bir ifade vardı, "Ağbi biraz konuşabilir miyiz?" diye sordu. Behzat Ç. eliyle oturmasını işaret etti. Tutanaklar bitince Melike çıktı.

Behzat Ç. yüzünde arkadaşça bir tebessümle, "Hoş geldin Turan," dedi. "Çay, kahve ne içersin?"

"Bir şey içecek durumda değiliz ağbi."

"Ne oldu?

"Ferdi öldü."

"İyi olmuş. Sen mi vurdun?"

"Yok ağbi öyle değil, büroda öldü."

Behzat Ç. imza attığı kalemin kapağını kapatıp masaya bıraktı. Arkasına yaslanırken sıkıntıyla derin bir nefes aldı, sonra iç geçirir gibi ağır ağır bıraktı o nefesi, "Bir bakalım Turan," dedi. "Önce bir bakalım."

Gasp Büro'ya geçip sorgu odasına girdiler. Sarıcaların yeğeni Kedi Ferdi, iki bileğinden masaya kelepçelenmiş olarak döner sandalyede oturuyordu, başı önüne düşmüştü. Tokatlandıkça bir sağa bir sola döndüğü, bu yüzden kelepçeli bileklerinin şiştiği, kanadığı belliydi.

"Bu pezevenk dokuz canlıdır, öldüğünden emin misiniz?" diye sordu Behzat Ç.. Parmağıyla Ferdi'nin alnına bastırıp başını kaldırdı, nabzına baktı, suratı beyaza kesmişti.

"Tokatlarken sesi çıkmaz oldu," dedi Turan. "Bayıldı zannettik yok, numara yapıyor zannettik yok, bir kova su döktük yok, bir baktık ölmüş..."

"Niye büroya getirdiniz? Dışarıda sorgulasaydınız ya..."

"Yemliha Müdür istedi, 'Ben şube müdürüyüm, ben de göreceğim,' dedi, topladık hepsini getirdik. Ben dedim bu işi bana vermeyin diye. Adam adını bile inkâr ediyor, bir de küfrediyor. Olan oldu, elimizde kaldı. Ne yapacağız?"

"Bir düşüneyim."

Behzat Ç. bir sandalye çekip Ferdi'nin karşısına oturdu. Ferdi otuz yaşlarında, esmer, sivri suratı kirli sakallı, ölüsü bile bir işler karıştırıyora benzeyen biriydi. "Kimliğin sahteydi, gülüşün sahteydi, senin her şeyin sahteydi lan Ferdi," diye mırıldandı kendi kendine başkomiser. "Sahiden öldün mü şimdi?"

Kedi Ferdi, gururu çoktan unutmuş kolpacılardan biriydi. Diğer yandan yürekli bir tarafı da vardı. Behzat Ç. bir seferinde ona, "Sende bu yürek varken daha çok dayak yersin Ferdi," demişti. Onun işlediği suçların yüzde birini sıradan bir vatandaş işleseydi kırk sefer müebbet yerdi. Ama o her seferinde yırtmıştı. Kimi zaman amcaları kurtarmıştı, kimi zaman da yüksek mevkilerdeki bağlantıları. İşte bugün ölüsü de başlarına bela olmuştu. Başkomiserin hızlı düşünmesi gerekiyordu, "Bürodaki bütün kameraları kapatın," dedi Turan'a. "Alt katta tadilat yapan ustalardan bir çekiç bulun bana. Bir de çekmecemdeki votkayı getirin."

Behzat Ç. istedikleri gelince çekici eline alıp tarttı, votkayı masaya koydu, kalktı. "Ferdi'nin adamları nerede?" diye sordu.

"Yan odada. Çatışmaya girenlerin hepsini getirdik."

Behzat Ç. yan odaya geçti, çatışmaya giren beş kişinin karşısında durdu, elindeki çekiçle avucunu vurdu birkaç sefer. "Yapıştırın elleri," dedi polislere. Gasp Büro polisleri adamların sağ ellerini masaya yasladılar. Behzat Ç. sıradan girişti, hepsinin sağ elini çekiçle kırdı. O anda feryat figan nafileydi. Sorgu masası boydan boya kan olmuştu. Adamlardan biri için sonradan, "Bu solaktı," dediler. Behzat Ç. onun sol elini de kırdı. Bütün bunları yaparken kendinden biraz korkmuş ama bir an bile tereddüt etmemişti.

İçi rahattı, "Şimdi siktirin gidin," dedi adamlara. "Bir daha da ortalıkta dolanmayın. Su tabancası bile taşıdığınızı görmeyeceğim bundan sonra. Gözaltına falan da alınmadınız, soran olursa Emniyet'e hiç gelmediniz. Bizi gözaltına aldılar diyen olursa gelir bununla kafasını da kırarım."

Adamlar ellerini tutmuş iki büklüm çıkarken, gözlerindeki minnet ifadesiyle başkomisere bakıyorlardı, "Sağ ol Behzat Dayı," dediler.

Behzat Ç. bir-ikisini ensesinden tokatladı, "Dayınızın amına koyayım dayınızın," diye bağırdı arkalarından.

Yandaki odaya döndü tekrar, votkadan bir yudum alıp kalanı Ferdi'nin üstüne döktü, "Otopark tarafından çıkarın bunu," dedi. "MOBESE'lerin görmediği bir parka atın. Hacıbayram'ın arka taraflarına falan. Soran olursa bizimle alakası yok, içkiyle hapı karıştırmış, ölmüş dersiniz."

"Savcı biliyor burada olduğunu."

"Savcı bilmiyor, onu Tahsin'le halledeceğiz."

"Adli Tıp?"

"Adli Tıp falan yok, iş oraya kalmayacak. Ceset bulununca biz gideceğiz zaten."

Turan, başını öne sallayıp sessizce onayladı bu fikri.

Tahsin'in makam aracında Yenimahalle'den Dikmen'e doğru yola çıkmışlardı. Makam şoförü Şuayip tıkanan trafiği çakarların yardımıyla, olmadı anonsla açıyordu. Tahsin, 'Genel Müdürlük'te acil işim var, illa konuşacaksan gel arabada konuşalım,' demişti.

Behzat Ç. 'yalnız konuşmamız lazım,' demiş ama dinletememişti, şimdi de nereden başlayacağını bilemiyordu.

Tahsin bunu sezince şoförüyle korumasını kastederek "Arkadaşlar yabancı değil," dedi. "Bu arabada neler neler duydular, sen anlat çekinme."

Behzat Ç. olup bitenleri sakin bir sesle anlattı. Biraz duygularını katsa, biraz süslese belki bu kadar etki yaratmazdı. Tahsin bir süre hiçbir tepki vermeden yolu seyretti. Sonra pencereyi açtı yarıya kadar, hava ayaz, gökyüzü çelik mavisiydi.

"Üç sene önce sigarayı bıraktım," dedi Tahsin. "Şimdi düşünüyorum da belki de bu hayattaki en büyük başarım budur. 1. sınıf emniyet müdürü oldum, Polis Meslek Yüksekokulu'nda ders veriyorum. Küçük kızım satranç şampiyonu oldu bu sene, büyük kızım Amerika'da okuyor. Ama bütün bunlar boşmuş gibi geliyor. Sanırım bu hayattaki en büyük başarım sigarayı bırakmak oldu."

"CV'ne ekle istersen."

"Şuayip sağa çeker misin?"

Şuayip arabayı Dikmen Yokuşu'nun bitiminde uygun bir yere çekti.

"Bu biraz fazla," dedi Tahsin. "Ferdi, Gasp Büro'da ölüyor, cesedine votka döküp MOBESE'lerin görmediği bir parka atıyorsunuz. Tamam, başsavcı, 'Polisin bu olayda rutinin bir parça dışına çıkmasını anlayabiliriz,' dedi ama bu biraz fazla..."

"Başsavcıyı arayacak mısın?"

Tahsin birden, "Ne araması Behzat!" diye parladı. "Ben başsavcıyı arayıp, 'Adam elimizde öldü, gözaltı kararlarını yok edin,' diyemem. Artık o devir geçti, adamı sikerler. Başka bir şey düşünmemiz lazım."

Arabadan çıkıp, tepeden aşağı, Meclis tarafına bakmaya başladılar. Tahsin ellerini arkasında kavuşturmuştu, "Bu çok kötü oldu," dedi. "Başsavcı, Yargıtay üyeliğine atanmak üzere. Bekliyor adam. Böyle bir dönemde böyle bir olay, hepimizi öttürür. Vallahi hepimizi öttürür ya."

"Daha iyi ya işte," dedi Behzat Ç.. "Skandal istemez, olayı kapatmaya çalışır belki."

"Kapatsa bile sonradan bizi daha beter eder. Hiçbirimiz Ankara'da kalamayız. Orhan Müdür önümüzdeki seçimlerde aday olacaktı, ben de Ankara'ya müdür olacaktım, bu sefer kesin demişlerdi, söz vermişlerdi, mahvettin beni, hepimizi mahvettin."

Behzat Ç.'nin telefonu çalmaya başladı, açtı baktı, suratı asıldı, "Tamam Turan," dedi. "Oyalayın biraz, ben sizi arayacağım."

"Ne oldu?"

"Ferdi'nin avukatları gelmiş," dedi Behzat Ç.. "Sorguya katılmak istiyorlarmış. Bir çözüm bulacaksak daha hızlı olmamız gerekiyor."

"Ağbini mi arasan? Reşat'a söylese, Bakanlık'tan birilerini devreye soksalar..."

"Saçma sapan konuşma Tahsin."

"O zaman Turan gider, seni savunuruz ama nereye kadar savunalım."

Tahsin'in şoförü Şuayip, kapıyı açıp çıktı, o ana kadar duymamış gibi davranıyordu ama direksiyon koltuğundan dinlemişti bütün olup bitenleri, "Benim aklıma bir fikir geldi müdürüm," deyince ona döndüler. Kırk beş elli yaşlarında topluca biriydi, saçları tepeden dökülmüş, bıyık bırakmıştı. Birbirine yakın gözleri yüzüne biraz aptalca bir ifade veriyordu ama tok bir sesle, "İlk defa mı Emniyet'te adam ölüyor," diye söze başlayıp bu izlenimi yavaş yavaş kırdı. "Düştü öldü derdik, Savcılık da biraz mırın kırın eder, dosya kapanırdı. Cesedin atılması yanlış olmuş. Bu durumda yapılacak tek şey kalıyor, hani anlarsınız ya, eski günlerdeki gibi, hemen bir firar tutanağı düzenleyip Savcılığa yollayın. Adam Emniyet'ten firar etti deyin. Tadilat nedeniyle binadaki zafiyetten faydalandı dersiniz, çok sorgulamazlar. Adamın firar tutanağı cesedi bulunmadan önce Savcılığa giderse bu iş çözülür. Dışarıda hasımları dövmüş, ölmüş dersiniz."

Şuayip'in konuşmasının ardından Behzat Ç.'ye bir an, her şey yerli yerindeymiş, her şeyin bir anlamı varmış gibi geldi, "Eyvallah," deyip tutanağı yazdırmak için Gasp Büro'yu aradı.

O gece sabaha kadar, olay yerine giden ilk ekip olmak için yakınlardaki bir kahvede Ferdi'nin cesedinin bulunmasını beklediler. Behzat Ç., Ferdi'nin peşinden koşmakla geçen, ziyan olmuş günleri, geceleri düşündü. Ölümü bile değiştirememişti bu durumu. Gün ağırmış ama henüz bir haber çıkmamıştı. Öğlene doğru Gasp Büro'dan Turan'ı da alıp olay yerine bizzat gitmeye karar verdiler. Ferdi'nin cesedi bırakıldığı yerde değildi, yakın çevrede de yoktu.

Hayalet işin aslını anlamak için bir-iki saat etrafta tur attı, sonra geldi başkomiserin yanında durdu. Canı sıkkındı, "Yok," dedi. "Adamın cesedi de buhar oldu. Şu aşağı sokakta birkaç tip var, hepsi tam gaz yolunda, adamın ölüsünü bile çalarlar. Onları da sıkıştırdım ama yine yok."

Behzat Ç. dudaklarını sımsıkı kapatıp bir süre Hayalet'e baktı, ellerini beline koydu sonra, çözüm oralarda bir yerdeymiş gibi sağa sola iki-üç adım gidip geldi birkaç sefer. Karşıdaki apartmanların çatı kiremitlerine kargalar tünemişti. Bir nakliye kamyonu kornasını uzun uzun öttürünce hepsi havalandılar. Ferdi'nin cesedi gün boyu bulunamadı.

Bu muammayı on beş gün kadar takip ettiler. Hayalet biraz daha uğraştı, sonra baktı siniri bozuluyor, o da bıraktı. Behzat Ç. bir gece tekli koltuğunda uykuya dalmışken rüyasında gördü Ferdi'yi. Karmakarışık bir rüyaydı, ne gördüğünü tam hatırlamıyordu ama tuhaf, kötü bir his bırakmıştı üstünde.

Ardından bir buçuk ay daha geçti, Çukurambar'da bir mekânın kurşunlanması olayına bakıyorlardı. Behzat Ç. olay yerini incelerken Hayalet birden yanında belirdi, "Ağbi bu işte Ferdi'nin adı geçiyor," dedi.

"Hangi Ferdi?"

"Ölü Ferdi. Mekânın sahibi içeride uyuşturucu satılmasına izin vermemiş. Ferdi de burayı kurşunlamış adamlarıyla. Dedikodu değil, kaynak güvenilir."

Hayalet'in yüzünde neşeli bir ifade vardı, Behzat Ç. de gülümsedi.

İki gün sonra gece vakti, Ferdi'nin adamlarıyla beraber saklandığı Altındağ'daki izbe binanın adresini tespit etmişlerdi. Gasp Büro da katılacaktı baskına, on beş kadar polis, sessizce ilerlediler sokakta. Bir kadın zemin kat balkonundan bulaşık suyu dolu leğeni boşalttı sokağa. Çevredeki kediler ürkerek sağa sola kaçıştılar. Bütün polisler birden dönüp kadına baktılar, kadın ne olduğunu tam olarak anlayamasa da birden dönüp sessizce içeri girdi, mutfak penceresinden, görebildiği kadarıyla izlemeye devam etti polisleri. Ferdi'nin saklandığı bina eskiden oto tamir atölyesi olarak kullanılıyordu, pencere döşemeleri ve tahta kapısı çürümeye yüz tutmuştu. Kapıyı omuzlayıp girdiler içeri, adamların elleri bellerine gidecek oldu, birden tepelerine çöküp hepsini tokatladılar, silahlarını aldılar, artistlik yapan bir-iki tanesini de iyice ezdiler.

Ferdi bütün bunlar olurken hiç yerinden kıpırdamamıştı. Behzat Ç.'ye bakıp gülümsüyordu. Kan çanağına dönmüş baygın gözlerinde biraz dalgın ama neşeli bir hal vardı. Behzat Ç. de Ferdi'yi görünce eski bir dostunu görmüş gibi sevinmişti. Ferdi kollarını iki yana açtı, "Ooo Behzat Dayı," dedi. "Hoş geldin. Hepiniz çelik yelek giymişsiniz, bu sene moda bu mu?"

"Bu sene moda sizin kahpeliğiniz Ferdi. Biz de ona göre giyindik."

"Yine formundasın dayı."

"Kes lan!"

Behzat Ç., Ferdi'nin karşısına oturdu, 216 paketini uzattı, kendi de yaktı bir tane, "Ölüler uyuşturucu satmaz Ferdi," dedi. "Ama senin ölün bile akıllanmıyor be pezevenk! Senin ölün niye böyle?"

"Valla şimdi o iş biraz karışık. Benim bünye biraz garip. Ben çok hap atınca bazen nabzım duruyor ama sonra düzeliyorum. O gece de bir uyandım, götüm ıslak, ulan dedim bana bir şey mi yaptılar? Sonra bir baktım parktayım, yağmur yağmış. Hani Emniyet'teydik, bir öyle bir böyle dönüyorduk sandalyede. Neyse, Piç Enginler iki cinayeti de üstlenmiş, o dosyayı kapatmışsınız diye duydum."

"Haa," dedi Behzat Ç.. "Öyle oldu. Sen ölmeseydin cinayetin birini sana verecektik."

"Allah razı olsun, senin de tabii kendine göre bir adalet anlayışın var."

"Beni asıl kızdıran şeyi biliyorsun. Niye böyle bir itlik yaptın, niye raconu çiğnedin?"

Kedi Ferdi uzun uzun güldükten sonra, "Emniyet'in bu hassasiyetlerine bitiyorum ha!" dedi. "Sen şimdi bana Meclis'in yanında niye gürültü yaptın diye kızıyorsun. Olayın kendisinden çok buna kızıyorsun. Eski raconmuş. Yahu başkomiser adamlar Meclis'i bombaladı be, kaç sene oldu ki şunun şurasında, eski racon mu kaldı!"

Behzat Ç. 216'yı ayakkabısının topuğunda söndürdü, ellerini masaya yasladı, ciddi bir yüzle Ferdi'ye baktı, asıl konuya girmenin zamanı gelmişti, "Bu Çukurambar'daki mekân işi ne?" dedi. "Bak sana bir defa soracağım, gül mü yoksa çekiç mi?"

"Gül ne?"

"Gül şu, siz bu olayı kabul edin, buradan efendi bir şekilde Emniyet'e gidelim, size çay söyleyeyim. Kelepçe yok, küfür yok, tokat yok. İskambil kâğıdı bile göndereceğim nezarette. O da sırf ölmeyip de yaşadığın için, seni sevdiğimden."

Ferdi, "Eyvallah Behzat Dayı," dedi. "Yemin ederim duygulandım, gözlerim yaşardı. Ama bizim asıl işimiz fırçasız oto yıkama, sen de biliyorsun, sekiz yerde şubemiz var. Bizim öyle uyuşturucuyla, mekân kurşunlamayla falan işimiz olmaz. Ben zaten sigara bile kullanmayan bir insanım, az önce sen ikram ettin diye aldım. Silahları soruyorsan işyerlerimizin güvenliği için mecburen taşıyoruz, onların da ruhsatlarını takdim edebilirim."

Kedi Ferdi için herhangi bir polisin karşısında yalan söylemek su içmek kadar doğal bir şeydi. Yalan söylerken yüzündeki alaycı ifadeyi gizleme gereği bile duymuyordu. Behzat Ç. geçen seneler içinde Ferdi'nin bu huyuna da alışmıştı, başka polisleri deli eden bu adam, ona bir yönüyle sevimli geliyordu artık.

Behzat Ç., Ferdi'ye ve adamlarına tek tek göz gezdirdi. Adamlardan birini tanıdı, üç ay önce elini kırmıştı. Elinin üstünde hafif bir eziklik göze çarpıyordu şimdi, o kadar. Her şey büyük bir burgacın kendi ekseninde dönüşü gibi saçma sapan bir tekrar içindeydi sanki. O an yoğun bir his Behzat Ç.'nin yakasına yapıştı, hiçbir şey yerli yerinde değilmiş gibi bir hal, absürt bir yıkıcılık ve tarif etmesi güç bir dengesizlik haliydi bu.

Behzat Ç., Cinayet Büro Amirliği'nde başkomiser, hayata karşı işlenen suçlar uzmanı, ayağa kalktı, kemerine sıkıştırdığı çekici çıkardı, "Solak olan varsa baştan söylesin," dedi.

Yanık

O sabah direksiyonda Behzat Ç. vardı, Kutlu Mahallesi'nde aradıkları adrese yaklaşmış, bu arada yağmur şiddetini artırmıştı. Ekip aracının eskimiş silecekleri gıcırdıyordu. Harun boğuk ve alçak bir sesle söze devam etti, "Sonra ona 'Ağlama. Ağlayıp eline ne geçecek? Güzel şeyler düşünmeye çalış,' dedim."

Karısı Münevver onu terk etmeden önce Harun'un söylediği son sözler bunlar olmuştu. Harun'un boynuna ve beline bağlı "kanguru" denilen şeyde, bir buçuk yaşındaki oğlu Behzat vardı. Yüzü babasına dönük duruyor, küçük parmaklarını onun yanağında gezdiriyordu. Harun, oğlunun parmaklarını öptü. Karısının onu terk etme nedeni pavyonda tanışıp ilişki kurduğu bir kadındı. Behzat Ç. herhangi bir şey sormadığı halde, Harun açıklama ihtiyacı duyuyordu. Söyleyeceklerini toparlamaya çalıştığı yüzünden belliydi, iç çekti, sileceklerin gıcırtısı o anda iyice artmıştı sanki, "Duygusal boşluğa geldim," dedi sonunda. "Melisa olayında kesinlikle duygusal boşluğa geldim. Ama duygusal boşluğa neden geldiğim de çok açık, bunları söylemek belki ayıp ama bizim aramızda karı koca ilişkisi kalmış mıydı kaç aydır? Hadi tamam, tamam ama bir kadın çocuğunu bırakıp gider mi ya! Bir anne çocuğunu bırakıp gider mi! Ben şimdi bu çocukla ne yapacağım? Bu çocuğun suçu ne! Bence delirdi! Bunun başka bir açıklaması yok, delirdi."

Evi nihayet buldular. Behzat Ç. arabayı evin karşısındaki çöp konteynırlarının az ilerisine park etti, "Çocuğun sütünü, mamasını aldın mı?" diye sordu.

"Aldım ağbi," dedi Harun. "Çantada."

Arabadan çıktılar, yerler vıcık vıcık çamurdu. Yığılmış çöplerin kokusu, yağmur kokusuna karışıyordu. Harun, oğlu Behzat'ın başını öptü. Bahçenin yeşil tahta kapısını sessizce açıp avluya girdiler. Ev, sıvaları dökülmüş, iki katlı bir gecekonduydu.

Behzat Ç., Harun'u arkasına aldı, "Sen şöyle geride dur," dedi. Evin rengi solmuş ahşap kapısına elinin tersiyle üç defa sertçe vurdu, "Sami, Sami!" diye seslendi. "Aç kapıyı, polis!" Aralık perdeye vuran loş ışıktan, içeride birilerinin olduğu belliydi ama cevap veren olmadı. Behzat Ç. kapıya daha sert vurdu, yine seslendi. Biraz bekledikten sonra kapının kilidine sert bir tekme attı, bir tekme daha, çürümeye yüz tutmuş kapı üçüncü tekmede kırıldı, başkomiser silahını çekip eve girdi.

İçeride keskin bir esrar kokusu vardı, duvarlar sararmış, yer döşemeleri öbek öbek kirlerle kararmıştı. Behzat Ç. salona girdiğinde yere devrilmiş sandalyeler, yan yatmış bir koltuk, kırılmış tabak çanak ve sağa sola atılmış boş şarap şişeleri gördü. Süngerleri çıkmış kanepede oturan adama baktı. Otuz yaşlarında, ince uzun, yüzünde büyükçe bir siyah leke olan, esmer bir adamdı, Kara Kadir dedikleri o olmalıydı. Önündeki boyası çatlamış kahverengi sehpada kanlı bir bıçak, ağzına kadar dolu bir küllük, yarım bira şişesi ve iskambil kâğıtları vardı. Kadir polisleri görmemişti ya da görmemiş gibi davranıyordu. Bakışlarını önüne eğmişti, dudaklarının arasından anlaşılmaz sözler mırıldanıyordu. Behzat Ç. cebinden çıkardığı kâğıt mendille sehpanın üstündeki bıçağı aldı, Kadir'le göz göze geldiler, döndü, koltuğun arkasında sırtüstü yatan adama yürüdü, Sami'ydi bu, göğsünden bıçaklanmıştı, açık gözlerinde dehşetli ve şaşkın bir ifade vardı. Başkomiser eğildi, Sami'nin boynuna iki parmağını yaslayıp bekledi biraz. Kalktı, Kadir'in karşısındaki tekli koltuğa oturdu. Harun pencereyi açmıştı, Behzat'ı dışarıdan gelen temiz havaya doğru tutmuş, sırtını ovuyordu. Behzat'ın keyfi yerindeydi, işaretparmağıyla sağı solu gösterip anlaşılmaz sesler çıkarıyordu.

Kadir elindeki kanlı kartları başkomisere gösterdi, "Ben kupa 7'ye elden bitiyordum," dedi, "o sinek beyi çekti, üstüne de maça 2'li, joker. Ama kart çaldı, kart çalmadan olmaz. 10 kâğıt olması lazım, 11 kâğıt var, bak 11 kâğıt."

"Yanık mı oynuyordunuz?" diye sordu Behzat Ç..

"Evet," dedi Kadir. "Önceki oyunda da böyle yaptı. Yaktı beni. Diğer oyunda da böyle yaptı. Pis herif. Kodumun çocuğu, buldu belasını." Behzat Ç., telefonla arayıp Olay Yeri İnceleme Ekipleri'ni çağırdı, Kadir'e de "Kalk elini yüzünü yıka kendine gel," dedi, "Ayıl! Emniyet'e gideceğiz."

Harun, Kadir banyoya gittiğinde kapıyı aralık bırakmasını söyledi, bir sıkıntı çıkmasın diye çevreyi kolaçan etmeye başladı, o ara arka odanın kapısını açtı, "Ha siktir," diye bağırdı gayriihtiyari. "Ha siktir ya!"

Behzat Ç. kalktı, arka odaya gidip içeri baktı, suratı asıldı.

İki saat sonra havasız, rutubet kokan, floresanların iç karartan beyaz aydınlığındaki sorgu odasındaydılar. Kadir'in karşısında Harun oturuyordu, iri ellerini masaya yaslamıştı. Behzat Ç. biraz daha arkada, çaprazda oturuyordu, ayaklarını öne uzatmış, kollarını göğsünde kavuşturmuştu. Akbaba sırtını kapıya yaslamış ayakta duruyordu, bir eli arka cebindeydi, diğer elinde telsiz vardı. Sesini hafif kıstığı telsizden arka arkaya anonslar geçiyordu.

"Kötü bir gün," dedi Harun. "Her açıdan kötü bir gün. Ama ben sana nedenleri sormayacağım. Bizim işimiz nedenlerle değil, en azından bugün değil. O yüzden bana karoymuş, kupaymış, sinek beyiymiş, maça kızıymış deme. Bunları asla deme!"

"Eyvallah ağbi," dedi Kadir.

"Polislere neden aynasız dendiğini biliyor musun?"

"Hayır."

Harun kapının yanında duran Akbaba'yı gösterdi, "Şu adama bir bak," dedi. "Hiç aynanın karşısında vakit geçiren birine benziyor mu? Polislere aynasız deniyorsa işte bu adamın yüzünden deniyor. Normalde sorguya girmez, böyle şeylerle ilgilenmez, ama bugün sırf seni merak ettiği için burada. Sen şimdi karşında böyle bir adam görüyorsan, 'O zaman ben nerede yanlış yaptım,' diye düşüneceksin. Tamam, hiç kimse mükemmel değildir, ama sen biraz bokunu çıkarmışsın be Kadir! Şimdi böyle bir haltı nasıl yediğini bana en başından itibaren anlatacaksın. Tamam mı koçum, tamam mı Kadir?"

Kadir derin bir nefes aldı, dirseklerini masaya yaslayıp ellerini kenetledi, yorgun bir hali vardı. Genizden gelen kısık bir sesle konuşuyor, bu ses insanın üzerinde tuhaf bir etki bırakıyordu, "Bizim restoran Köroğlu'nda," dedi. "Şık bir yer, hep zenginler geliyor. Ben bulaşıktayım, Sami servis şoförü, getir götüre bakıyor. Başıma ne geldiyse onun yüzünden geldi zaten. Ben yoklukla büyüdüm, elim hep dar, cebimde 10 lira varsa iyi diyorum. Kazandığımı eve yolluyorum."

"Ev nerede?" diye sordu Behzat Ç..

"Bala'da. Hanımla çocuk orada, ben buraya çalışmaya geldim."

"Bala'dan buraya bulaşıkçılık yapmaya mı geldin?"

"Dayım ayarladı bu işi, daha önce aşçılık yapmıştı burada. Hep bulaşıkla devam etmeyeceğim, aşçı yamaklığına geçme imkânım var. Parası da iyi, asgari ücret. Ben aslında boya işindeydim Bala'da, müteahhit Ekber Bey var, onun yanında, inşaatların boyasını yapıyorduk. Ama orada bir terslik çıktı."

"Ne tersliği?"

"İnşaatın elektrik kabloları çalındı, benden bildiler."

Polisler anlamlı bir sessizlik içinde Kadir'in konuşmaya devam etmesini beklediler. Behzat Ç. gözlerini Kadir'den ayırmadan bir 216 yaktı.

"Recep Ağbi de dün eşyalarımı toplamış, resepsiyona indirmiş," dedi Kadir. "Yavuz Otel'de kalıyorum, otelin parasını veremedim bir aydır. Recep Ağbi kadınların yanında bana ağır konuştu. Sinirden elim ayağım titredi, bir şey diyemedim. Ama kadınların yanında beni eksiye düşürdü. Başkası olsa 'orospu' der geçer ama ben diyemedim. İçime oturdu. Ben bu hayatta kendimi hiç eksiye düşürmedim. Bir köşeye çekip söyleseydi tamam, yanlış yaptı."

"Otelciyi bırak şimdi, Sami'ye dön," dedi Harun.

"Ben avans aldım dün, 1.000 lira. Yarısını eve gönderecektim, yarısını otele verecektim. Sami dedi ki 'Üç Kardeşler'e gidelim, kahveye. Küçük oyuna otururuz, 20'lik. İki el oynarız, bir çorba içer kalkarız.'"

"Çorba ne iş?"

"Feridun Ağbi iyidir, orası 24 saat açık, devamlı müşterilere sabah çorba veriyor, akşam yemek veriyor, Ramazan'da iftar veriyor. Oyun büyükse sigaralarını da alıyor, fincanda viski yolluyor, Feridun Ağbi elinden geleni yapıyor, karşılığını da alıyor, kahve hep ağzına kadar dolu. En ufak oyundan 200 lira para kalıyor ona, oyun büyükse 1.000 lira 2.000 lira. Biz gittik Sami'yle 20'lik yanığa oturduk, o benim koltuk altımdaydı, parayı toparladık, el gitgide büyüdü, Lale Pavyon'un garsonları geldi, dediler 50'liğe dönelim."

"Tamam orayı geç, bütün parayı kumara gömdünüz."

"Gömdük ama bir sor nasıl gömdük."

Harun elini masaya vurdu, "Sormuyorum lan," dedi "sormuyorum!"

"İzzet de aynı masada mıydı?" diye sordu Behzat Ç..

"Evet. Ama o 50'liğe geçtikten sonra girdi. Kazandıklarımızı iki elde topladı. Son elde ben tek kâğıda bitiyordum, Sami de. İzzet sinek as çekti, bir de karo 7'li. Ben 28 sayı yedim, Sami 14... Biz orada bittik. Benim otel parası gitti, eve göndereceğim para gitti. Sami dedi ki, 'Ben böyle kâğıdın anasını avradını...' kâğıtları yırttı attı. Feridun Ağbi bir şey demedi, kardeşleri gibi değil, iyi adam, halden anlıyor. Biz yan masaya geçtik, çay söyledik, oyuna sabah oturmuşuz akşam olmuş. Oranın çayı da güzeldir ama bir acı geldi o an biliyor musun, böyle boğazımı yaktı, içim kalktı. Sami dedi ki, 'Senin gözüne ne oldu?' Gözlerime kan oturmuş, kıpkırmızı olmuş. Bazen böyle oluyor, geçen seneden beri böyle, bazen gözlerime kan oturuyor, kıpkızıl oluyor. Sigara dumanından mı havasızlıktan mı bilmiyorum. Belki de stresten. Sonrası malum..."

"Nesi malum lan," dedi Harun. "Müneccim mi sikti bizi, nereden bilelim?"

O ara odanın önünde Asayiş Şube Müdürü Yemliha Esercan belirdi, odadaki tuhaflığı sezip sağa sola ve cama şaşkınca baktı. Şoförü yanındaydı. Behzat Ç. dışarıyı işaret edince Akbaba kapıyı açıp kenara çekildi. Yemliha Müdür odaya girince polisler ayağa kalktı. Kadir, polisler ayağa kalkınca bir an kararsız kaldı, ne yapacağını bilemedi, oturduğu yerde hafifçe doğruldu.

Yemliha Esercan gözkapakları şiş, bıkkın suratlı, zayıfça, elli beş yaşlarında bir adamdı, "Bu cam niye ters Behzat?" diye sordu, "Öbür taraftan içerisi görünmüyor."

"Öyle taktılar," dedi başkomiser.

"Söyleyin düzeltsinler."

"Yetkili bayii değillermiş, garantisi gitmesin diye böyle bıraktık."

"Ben bir konuşayım o zaman."

Behzat Ç., Harun ve Akbaba'yla göz göze geldi, "Yok yok, biz hallederiz," dedi.

Yemliha Müdür ortada bir tuhaflık olduğunu sezdi ama çok üstelemedi, "Kadir bu mu?" diye sordu.

"Evet müdürüm."

Müdür sandalyeyi çekip Kadir'in karşısına oturdu. Masadaki tutanaklara ve olay yeri fotoğraflarına şöyle bir göz attı, "Ulan siz adam gibi kumar oynamasını beceremiyor musunuz?!" diye bağırdı birden. "Adam gibi içmesini sıçmasını beceremiyor musunuz?! İlla ortalığın anasını mı sikmeniz lazım? Her sene bunun gibi bir yavşak mutlaka çıkıyor. Bunu sorguladığımıza yazık, mesaiye yazık. İbret-i âlem olsun diye Kızılay Meydanı'nda sallandıracaksın böylesini! Puşt!"

Yemliha Müdür birden doğrulup Kadir'in kafasına sert bir tokat attı, ikinciyi vuracakken Behzat Ç. araya girdi. Müdür yakasında emniyet rozeti olan ceketini düzeltip kapıya yöneldi, "Talimat verdik, raporlar hızlı gelecek," dedi çıkmadan, "Bunun da sorgusunu çok uzatmayın, Savcılığa sevk edin, tutuklasınlar." Müdürün şoförü her an Kadir'in üstüne atlayacakmış gibi duruyordu. Müdür çıktıktan sonra bir süre daha Kadir'e düşmanca baktı, döndü o da çıktı.

Behzat Ç. ile Harun yeniden oturdular, Akbaba da gitti kapıya sırtını yasladı. Ortalığa derin bir sessizlik çökmüştü. Kadir birden bütün kanı çekilmiş gibi durgunlaşmıştı. Sanki ruhu yanmış, uçup gitmişti. Belki de faili olduğu hadisenin gerçek boyutlarını o an idrak ediyordu. Yerin dibinden geliyormuş gibi ölgün bir sesle, "Ağbi bir sigaranız var mı?" diye sordu.

Behzat Ç. bir sigara uzatıp yaktı, "Sana niye Kara Kadir diyorlar?" diye sordu. Kadir bir süre cevap vermedi, dalgın gözlerle arka arkaya iki-üç nefes çekti sigaradan, "Rengim biraz kara ağbi," dedi sonunda. "Bütün hayatım kara. Benim bütün hayatım baştan sona acı... Baştan sona hakaret..." Bulaşık yıkamaktan çatlamış, morarmış, yaralarla kaplı ellerini Behzat Ç.'ye gösterdi, "Ne yapayım?" dedi, "Eğitimim üçüncü sınıf."

"O ne demek lan?" dedi Harun.

"Ben üçüncü sınıfa kadar teyzemin oğlunun kimliğiyle okudum. Babam cinayetten aranıyordu, nüfusa gidip bana kimlik çıkaramadı. Sonra teslim oldu, altı ay yattı çıktı, bir suçu yokmuş zaten, arkadaşı yapmış olayı. Çıkınca okula geldi, müdürle konuştu, dedi ki 'Müdür bey, biz size bugüne kadar böyle böyle bir yalan söylemek mecburiyetinde kaldık.' Müdür kızdı, 'Böyle olmaz, gidin nüfusa kimlik çıkarın, çocuğu okula baştan kaydedelim,' dedi. Kimlik çıkardık, ben dokuz yaşında vatandaş oldum, tekrar kayıt yaptırdık ama beni birinci sınıfa aldılar baştan. O öğretmeni sevmedim, her gün dövüyordu, bıraktım okulu."

Behzat Ç. bir 216 yaktı, sigara dudağının kıyısındayken iki parmağıyla alnını ovuşturdu, "Kadir," dedi biraz sert, ciddi ama anlayışlı da bir ifadeyle. "Bizim işimiz seni yargılamak değil, ifadeni almak. O ifadeye de ilkokul üçüncü sınıfa kadar teyzenin oğlunun kimliğiyle okula gittiğini yazamayız. Yani, ne bileyim, ifadelere böyle şeyler yazılsaydı mahkemeler kime ceza verebilirdi?.. Bir cinayetin ardından kimse böyle şeyler duymak istemez, duysa da bunları dikkate almaz. O yüzden ilkokul bahsini unutalım. Parayı kaybettiniz, yan masaya geçtiniz, sonra ne oldu, bana onu anlat."

Kadir bir süre önüne bakıp düşündü, "Sami restoranın aracını servise çekmiş," dedi. "Aracın bakım parasını koymuş masaya. Bana onu anlattı. 'Sabah sıkıntı çıkacak, çalışanları evinden alamayacağım,' dedi. Bir yandan da yan masadaki oyunu takip ediyorduk. Santral'in garsonları da gelmişti, onlarda da iyi para var, biz batınca girdiler oyuna. El birden yükseldi, hesap tutana sorduk, ortada 8.200 lira var dedi. Feridun Ağbi de bir kenardan izlemeye başladı. İzzet bütün eli yine topladı. Zaten adama şu namussuz kartlar bir kez gülmeye başlamasın, hep güler, hep. O ara benim hanım aradı, tuvalete gittim, ev sahibi kapıya gelmiş, 'Çıkın,' demiş. 'Parayı gönderdin mi?' dedi. Bir şey diyemedim. Böyle enseme bir soğukluk geldi. Sırtımı tuvalet kapısına yaslayıp yere çöktüm. Utanmasam ağlayacaktım, bu İzzet bana bir sefer tekme atmıştı mutfakta, ayakaltında dolaşma diye tekme atmıştı. O da beni eksiye düşürmüştü. İşe yeni girdiğimden yutmuştum. Tuvaletten döndüm, İzzet bütün paraları toplamış kalkmış, yeni oyuna girmedi. Feridun Ağbi viski yollamıştı, onu içiyordu. Masadakiler söylenmeye başladı, 'İşim var, eve gidiyorum,' dedi İzzet. Feridun Ağbi'ye dua etsin, başka yer olsa koparırlardı onu. Yok öyle yağma, sonradan oyuna gir, herkesi iki elde toparla git. İzzet çıkınca Sami'ye dedim ki, 'Kalk kardeş,' baştan anlamadı, sonra sırıtmaya başladı. Yüzümüzü gözümüzü kapatacaktık, karanlık bir yerde yıkıp paraları alacaktık. Bu benim fikrimdi, amacımız buydu, ötesi yoktu, yalan yok. İzzet sanki niyetimizi anlamış gibiydi. Işıkların oradan sağını solunu kontrol edip gidiyordu. Yolu uzattı ama ara sokaklara sapmadı. Evine gitti. Bende hiç şans yoktu o gün. 'Dönelim,' dedim, Sami 'Dur,' dedi, beni parkın oraya çekti. Bir sigaralık yaptı. Birden nasıl vurdu biliyor musun kafası, yamulttu beni. 'Girelim eve, gırtlağına çökelim, alalım parayı,' dedi Sami. 'Komple işini bitirelim, fişini çekelim,' dedi. Uyardım, dedim ki: 'Onda emanet var.' Kulak asmadı, 'Bende de var,' dedi. 'Bir dur,' dedim, 'ev sahibini arayayım.' Çekildim köşeye. Ev sahibine 'Bize biraz müsaade et,' dedim. Dört yıllık kiracısıyız, hiç aksatmamışız. Boya işinden çıkana kadar durumum iyiydi benim, hep günü gününe vermişim kirayı. Şimdi iki ay geciktirdik diye 'Çıkın,' diyor, böyle olmaz. Bu durumu insanca anlatayım dedim. İnsanca konuşmak istedim. Dinlemedi. Güya hacı olacak, bir de hacı olacak. 'Be kodumun çocuğu,' dedim sonunda, anasına avradına bacısına sövdüm. Kapattım. Tekrar aradım. Açmadı. Mesaj çektim, 'Senin," dedim 'feryadını ızdırabını...' Teyzemin oğlunu aradım, o da Bala'da, dedim 'Durum böyle böyle...'"

Kadir öksürmeye başladı, sesi gitgide kısılmıştı. Harun çıktı, bir şişe su getirdi.

"Bir sigaran daha var mı ağbi?" diye sordu Kadir.

Behzat Ç. sigarayı uzattı, yaktı.

"Teyzemin oğlu beni sever," dedi Kadir. "Sahiden sever. Ama onun da durumu yokmuş. Arabayı çarpmış bir hafta önce, trafik sigortasının süresi geçmiş, o da borç arıyormuş. Telefonu kapattım, parkın karanlık köşesine gittim, ağladım, yemin ediyorum ağladım. Sonra Sami geldi, bir sigaralık daha yapmış."

Kadir sigaradan son bir nefes daha aldı, söndürdü, dirseğini masaya yaslayıp elini alnına koydu, gözlerini kapatıp bir of çekti, "Gittim kapıyı çaldım ağbi," dedi "İzzet hemen açmadı, tedirgindi. 'Ağbi dolabın anahtarı sende kalmış,' dedim. Bir sefer dolabın anahtarları onda kalmıştı, beni yollamışlardı almaya. 'Dolabın anahtarları bende değil,' dedi. 'Ağbi beni Hacı Ali Usta yolladı, anahtarlar sendeymiş, sabah dolapları açmam, ciğerleri çıkartmam lazım,' dedim. 'Dur bir bakayım,' dedi ama kapıyı yine açmadı, 'Ağbi bana bir bardak su versene,' dedim, 'buraya kadar yürüyerek geldim.' Kapıyı açınca Sami arkadan yüklendi, gırtlağına çöktü, ben de verdim peşinden emaneti. Herhalde atardamarına geldi, hayvan kesmişiz gibi kan aktı. Üstünü aradık, paraları çoraplarına saklamış. Bir baktım, arka odanın kapısı açıldı, küçük bir kız, 'Bu kız kimin kızı?' dedim, İzzet'in kızıymış. Karısından ayrı yaşıyordu. Kızı o akşam onda kalıyormuş. Ben kızın evde olduğunu bilseydim girmezdim içeri. Sami, 'Bu kız bizi gördü, polise söyler,' dedi. 'Çocuğu da yanımıza alalım,' dedi. Kız ağlamaya başladı. 'Amca beni götürmeyin,' dedi. 'Annemi arayın,' dedi. 'Çocuğu alalım,' diyen Sami, yemin ediyorum Sami."

O an odanın kapısı birden açıldı, içeri girenin öbür taraftan gelişini görememişlerdi bile, Harun'un karısı Münevver'di bu. Yüzünde delice bir ifade vardı, Harun'u yakasından kavradı, "Behzat nerede?!" diye bağırdı. "Behzat nerede?!"

"Sakin ol," dedi Harun. "Melike bakıyor."

"Melike kim?!"

"Melike bizim burada memur arkadaş, sakin ol."

Behzat Ç. ile Harun yanlarına Münevver'i alıp odadan çıktılar. Büroda Melike'yi buldular, Behzat onun yanında değildi. Çocuğu Hayalet almıştı. Hayalet'in nerede olduğunu sordular. Hayalet'in nerede olduğunu kim bilebilirdi ki! Cep telefonunu sadece birini aramak istediğinde açardı.

"Siz benden çocuğumu saklıyorsunuz!" diye bağırmaya başladı Münevver.

Behzat Ç., Harun'a pis pis baktıktan sonra dönüp "Sakin ol kızım," dedi. "Ben şimdi bulacağım onları."

On beş dakika sonra Hayalet'i Emniyet'in bahçesinde buldular. Hava alsın diye Behzat'ı dışarı çıkarmıştı. Münevver, Behzat'ı göğsüne bastırmış ağlıyordu, Behzat da ağlamaya başladı.

Başkomiser, Harun'la Hayalet'i yukarı yolladı, "Gel kızım," dedi Münevver'e, "biraz konuşalım." Bir bankta oturdular, yağmurdan sonra güneş açmıştı. Etraf pırıl pırıldı. Münevver başörtüsünün ucunu eliyle düzeltti, iri mavi gözlerinde yaşlar birikmişti.

"Ne oldu?" diye sordu başkomiser.

"Ben bıktım artık Behzat Ağbi," dedi Münevver. "Her zaman eve sarhoş geliyor. Tamam işi ağır, biraz rahatlamak istiyor. 'Ben bu iti kopuğu, ben bu cinayetleri ayık kafayla çekemiyorum,' diyor. Tamam bir şey demiyorum, kocamdır seviyorum, ama yıkıla yıkıla da eve girilmez ki, bunun bir ölçüsü yok mu? Kaç sefer merdivenlerden kaldırdım, taşıdım. Bir de öbür kadın çıktı. Melisa mıymış neymiş! Gece üçte bile telefon açıyor, fısır fısır konuşuyorlar, sonra 'Cinayet var,' diyor, çıkıyor. Biliyorum, ona gidiyor. Benim de bir gururum var Behzat Ağbi, benim de bir gururum var ya! Düğünde takılan burma bilezikler vardı, onları da aldı bozdurdu, kadınla yedi!"

"Nasıl ya! Nasıl?" dedi Behzat Ç., elini alnına vurdu, Harun 'Düğündeki takıları bozdurmayacağız, onlar Münevver'in,' demişti. Behzat Ç. bu yüzden kredi çekmişti, iki senedir maaşının yarısıyla o krediyi ödüyordu.

"Bunları anlatmak belki ayıp ama sen yabancı değilsin," dedi Münevver. "Artık canımdan bıktım. Canımdan bıktım ağbi. En sonunda bu sabah çantaları topladım, ben halamın yanına gidiyorum dedim Eskişehir'e, o da köpürdü. Bağırdı çağırdı, çocuğu aldı kaçırdı benden."

"Sen çocuğu bırakıp gitmişsin, öyle dedi."

"Ne bırakması Behzat Ağbi, ben çocuğumu nasıl bırakırım!"

Behzat Ç. iç çekti, arkasına yaslanıp kollarını göğsünde kavuşturdu, başını önüne eğdi. Gözlerinde sert bir ifade vardı ama o an çok güçsüz hissediyordu kendini. Dışarıdan bakınca ilk anda anlaşılmayan ruhsal bir yenilgiye uğramıştı.

"Bak kızım," dedi sonunda, "ben bir sefer evlendim boşandım, ondan sonra kendimi toparlayamadım bir daha. Hayatım rezil oldu, siz yuvanızı dağıtmayın. Sen al çocuğunu evine git. Ben Harun'la konuşacağım."

"Yok Behzat Ağbi, ben halamın yanına gideceğim."

"Ben Harun'la bir konuşayım. Eğer akıllanmazsa, ben alır götürürüm seni halanın yanına, merak etme."

Münevver, "Tamam," deyip kalktı, yavaş yavaş uzaklaştı. Behzat Ç. bir süre hiç kıpırdamadan, düşünceli gözlerle oturdu bankta. Sonra ağır adımlarla yukarı çıktı, büroda kendisini bekleyen Harun'a hiçbir şey söylemeden odasına geçti. Masasının kenarındaki çekmeceyi açıp votka şişesini çıkardı, emniyet amblemli fincana iki parmak koydu, bir dikişte içti, iki parmak daha koydu. Bir 216 yakıp pencereden dışarı bakmaya başladı, otoparka vuran güneş arabaların camlarına yansıyordu. Gökyüzü derin maviydi. Dünya ne ölene üzülüyor, ne de arkada kalana acıyordu. Hiç kimseyi ve hiçbir şeyi umursamadan kendi yolunda akıp gidiyordu. Ve başkomiser üstüne basıla basıla yere yapışmış bir sakız gibi hissediyordu kendini. Fincanı tekrar başına dikti, kalktı, masanın karşısındaki demir dolabı açıp üstünde OHAL yazan kalın sopayı aldı. Bir hışımla büroya dalıp Harun'un sırtına indirdi sopayı, Harun sendeleyince bir daha indirdi. Harun yere yıkıldı.

"Ulan it!" dedi başkomiser. "Ben senin sikinin keyfi için mi iki senedir kredi ödüyorum. İki ay geciktirdim diye dünyanın faizi bindi üstüne. Bankaya çağırdılar. Ulan bu yaşımda beni yeniden yapılandırdılar!"

Behzat Ç. sopayı bir daha indirdi. Harun, "Vur ağbi vur," dedi yattığı yerden. "Harun Sinanoğlu'na vurmayan bir sen kalmıştın bu hayatta, sen de vur! Ama ben sana dedim, evlenmek istemiyorum dedim."

"Şimdi ben mi suçlu oldum lan!"

"Sen oldun tabii. Sen dedin 'İlle bu kızla evlen,' diye, 'böyle bir kızı bir daha bulamazsın,' diye, 'ben destek olurum,' diye... İşte görüyorsun sonumuzu."

Behzat Ç., Harun'un başına eğildi, sopayı vuracakmış gibi kaldırdı ama vurmadı, "Ulan ben mi dedim pavyondaki karıya git diye?" dedi. "İnsan hanımın bileziklerini bozdurup pavyondaki karıya yedirir mi lan! İnsan hanımının yanında pavyondaki karıyla telefonda konuşur mu lan! O kızın bir gururu yok mu?! Madem bir bok yiyecektin, adabıyla yeseydin. Biz de geçtik o yollardan. Biraz erkek ol lan! Kalk ayağa."

Harun ayağa kalktı, üstünü başını silkeleyip bir sandalyeye oturdu. Bir köşede donmuş halde olup biteni izleyen Melike'ye baktı, "Bunları yalnız konuşabilirdik," diye homurdandı. "Beni başkalarının yanında eksiye düşürmene gerek yoktu."

"Siktir lan," dedi başkomiser. "Çocuğu niye kaçırdın!"

Harun cevap vermedi.

"Çocuğu niye kaçırdın?!" diye bağırdı Behzat Ç..

"Yoruldum çünkü," dedi Harun. "Yoruldum. Terk edilmekten yoruldum. Sana açık söyleyeyim, ben terk edilmekten yoruldum artık."

Harun'un gözleri dolmuştu, dişlerini sıkmış önüne bakıyordu.

"O zaman niye 'Karım çocuğu bıraktı gitti,' dedin. Niye böyle salakça bir yalan söyledin bana? Buna ne gerek vardı?"

"O durum biraz karışık ağbi. Anlatsam anlamazsın."

"Bir dene bakalım."

"Bir sigara versene ağbi."

Behzat Ç. bir 216 uzatıp yaktı. Harun arada sırada sigara içerdi, ölmek istediği günlerde. Titreyen elleriyle dudaklarına götürdü sigarayı, birkaç nefes çekti.

"Ben hâlâ Eda'yı seviyorum," dedi. "Sabah kafam güzeldi, Eda'yı aradım. 'Karım beni terk etti, çocukla bir başıma bırakıp gitti,' dedim. Belki döner diye. Ona öyle deyince, sana da öyle dedim işte."

Behzat Ç. birden sopayı atıp Harun'un gırtlağına yapıştı, sandalyeden yere devrildiler, Melike çığlık attı.

Hayalet koşarak büroya girdi, Behzat Ç. ile Harun'u ayırmak için üstlerine atladı, "Ağbi bırak," dedi Behzat Ç.'ye. "Bırak. İçeride sıkıntı büyük, Akbaba çıldırdı, beni dinlemiyor. Bir gel!"

Koşarak sorgu odasına girdiler. Akbaba, elindeki toplu tabancayı yana doğru tutmuş, Kadir'in başına dikilmişti. Masanın üstünde beş kurşun vardı.

"Yaklaşmayın aga," dedi yüzündeki tuhaf tebessümle, "Rus ruleti oynuyoruz. Ben zaten öleceğim de, bu belki benden önce gider dedim. Ama çok şanslı pezevenk."

Kadir ter içinde kalmış, gözlerine kan oturmuştu. Ağzından tükürükler saçarak "N'oldu lan!" diye bağırdı Akbaba'ya. "N'oldu! Hadi devam et! Ben iki sefer sıktım, sıra sende. Benim kimseden korkum yok lan! Bir can borcumuz var, onu da ödeyelim! Hadi ödeyelim!"

Akbaba silahı kaldırıp şakağına dayayacağı anda Behzat Ç. onun üstüne atladı. Bileğinden tutup silahı almaya çalıştı. Silahı çektiğinde büyük bir gümbürtü koptu. İlk başta ne olduğunu anlamadılar. Harun bir süre sonra bir yanma hissetti, "Ağbi galiba beni vurdunuz," dedi. Ceketini çıkardı, seken kurşun Harun'un omzuna gelmiş, köprücük kemiğini kırmıştı.

Kendini ilk toparlayan Akbaba oldu. Melike'nin getirdiği kâğıt makasıyla Harun'un gömleğini kesip sargı bezi yaptı, tampon yapıp kan akışını durdurdu. 112'yi aradılar, Harun yürüyerek indi aşağı. Yemliha Müdür, "Sorgu odasına silahla mı girdiniz?" diye sordu ambulansı beklerken.

"Hayır müdürüm," dedi Behzat Ç. "Bu bir kaza."

"Behzat," dedi Yemliha Müdür. "Bana yabancı gibi davranma. Savcı gelip sorgu odasını incelemek, şüpheli şahısla da konuşmak istiyor. Bu bir kazaysa tamam... Değilse biz de önlem alalım."

"O zaman siz gerekli önlemleri alın müdürüm, Orhan

Müdür aracılığıyla savcıyı oyalayın. Savcı, odayı ve şüpheli şahsı bugün görmesin. Akbaba'yı bu sabahtan geçerli olmak üzere idari izinli gösterip eve yollayın. Ben hastane süreci bitince size katılırım, işleri bir hal yoluna koyarız."

112 gelince Harun sedyeye yatmak istemedi, Behzat Ç.'nin zorlamasıyla yattı. Ambulans trafiği iki yana açarak hızla Gazi Hastanesi'ne ilerliyordu. Behzat Ç., Harun'un yanına binmişti. Harun gülümsüyordu ona, "Kötü bir gün," dedi. "Ama neden diye sorma."

Harun'u ameliyata aldılar, iki saat sürdü ameliyat. Kolunda bir sakatlık kalmamıştı ama tam iyileşmesi yirmi günü bulacaktı. O günden sonraysa her yağmur öncesi ağrıyacaktı o kemik.

Ertesi gün Harun, hanımı Münevver'le barışmış evinde dinleniyordu. Behzat Ç.'yse Akbaba'ya doktor raporu aldırıyor, onu idari izinli saydırıyor, Tahsin'in şoförü Şuayip ve Şube Müdürü Yemliha Esercan'la Emniyet'te işleri yoluna koymaya çalışıyordu. Harun, arada sadece Hayalet'ten bilgi alabiliyordu.

Behzat Ç. bütün resmî işleri yoluna koyup savcıyı bu olayın bir kaza olduğuna ikna ettikten sonra, sorgu odasında, yine Kadir'in karşısına oturdu. Akşam olmuştu, bu sefer baş başaydılar, kapıyı da kilitlemişti. Kara bir atmosfer vardı beyaz floresanlı odada.

"Çocuğu nasıl öldürdünüz Kadir?" diye sordu Behzat Ç..

"Sami'nin fikriydi."

"Nasıl öldürdünüz Kadir?"

"Çocuğu alıp Sami'nin evine gittik. Sami bir sigaralık daha sardı, dedi ki 'Yanık oynayalım, kaybeden çocuğu öldürür.' Ben Sami'nin evdeki kartlara güvenemedim. Gittim kahveye yeni kâğıt aldım. Sami yoldayken aradı, 'Üç şişe de şarap al,' dedi. Çocuğa da gofret aldım. Oyunu ben kaybettim. Sami dedi ki, 'Kumar erkek oyunudur, kaybettin mi ağlamak yok, gerekeni yapacaksın.' Arka odaya gittim, çocuğu kestim. Sami bana çok içirdi. Dedi ki 'Elimizdeki paraya da yanık oynayalım, sonra çocuğu atarız bir yere.' Oynamaya başladık, hile yaptığını anladım. Önceki oyunda da hile yapmıştı, çocuğu benim kesmem gerekmiyordu. Emaneti çektim, onu da kestim. Biz en başta 'Kızı öldürelim mi?' diye tartışırken ne olmuştu biliyor musun? Kız arka odadan gelmişti, 'Amca beni öldürmeyin, sizi polise söylemem,' demişti. Söyler miydi acaba?"

Behzat Ç. cevap vermedi, odadan sessizce çıktı.

Kayıp Silah

Dışarıdan bakınca pek öyle gözükmese de polisler duygusal insanlardır. Emniyet dünyasına yabancı olanların anlamakta zorlanacakları abuk subuk inançları vardır ve bunlardan birini kafaya taktıkları zaman bir daha eskisi gibi yaşayamazlar. Bir polisin silahını almanız için onu öldürmeniz gerekir. Eğer o silahı onun elinden zorla alırsanız öldürmekten beter edersiniz. Derler ki, "Ha bir polisin yatağından karısını almışsın zorla, ha silahını almışsın, bu aynı şeydir. Silah, polisin namusudur." Ve Harun'un silahını almışlardı. Hıdırlıktepe civarında, bir hafta kadar önce, yarı karanlık bir sokakta. O günden sonra sadece Cinayet Büro değil, bütün Asayiş Şube, aciliyeti olan dosyalar hariç bütün işleri bir yana bırakmış, Harun'un silahını arıyordu.

Silah, namus, yatak, karı, ölmekten beter olmak, falan filan, Behzat Ç. geçen onca senenin ardından bütün bu lafları biraz komik buluyordu. Ama bu, böyle bir şeydi, ondan bağımsız bir gerçek. İnsanın kalıplaşmış fikirleri bir yana bırakıp kendi aklıyla düşünüp karar veremeyeceği, dört yanı çevirmiş bir gerçek. Başkomiserin bu olayı ciddiye alıyormuş gibi görünmesi elzemdi. Ve ciddiye alma rolünü o kadar güzel oynuyordu ki belki de gerçekten ciddiye alsa bu kadar öfkeli görünmezdi.

Konuyla alakasız bir sürü adamı hırpaladıktan sonra Hıdırlıktepe, Çinçin ve Yenidoğan'a, üç kardeş semte haber göndermişti, "Silahı kim aldıysa Cinayet Büro'ya getirsin, bir şey yapmayacağım, söz," demişti. Behzat Ç. hayatta hiçbir zaman güvenmeyeceği bu adamlara ilk defa bir söz veriyordu. Dört gün sonra ergenlik sivilceleri henüz doğru düzgün kurumamış, on yedi yaşlarında bir genç silahı getirmiş ve başkomiser onun ağzını burnunu kırmıştı. Çünkü silahın bulunması meselenin sadece ufak bir kısmıydı, asıl mesele silahı kimin aldığıydı.

Silahın geldiği akşam Hayalet, Ulus'un anacaddeye açılan sokaklarından birinin köşesinde bekliyordu onları. Behzat Ç. ekip aracını neredeyse caddenin ortasına bırakıp hızla indi aşağı, aynı araçtan inen Akbaba yarım adım arkasından geliyordu. Gasp, Hırsızlık, Kumar ve Ahlâk Bürolarından on beş kadar sivil polis de sokağın köşesinde başkomiseri bekliyordu, köşeyi dönünce peşine takıldılar. Polis Meslek Yüksekokulu'ndan bile birkaç öğrenci vardı aralarında, üstlerine polis yeleği giyip kafilenin peşine takılmışlardı. Işıklı tabelaları yanıp sönen orta halli pavyonlardan birinin önüne yaklaştılar. Akbaba kapıyı bekleyen takım elbiseli irikıyım adamlara pençeleyecekmiş gibi elini kaldırınca adamlar iki yana açıldılar. Merdivenlerden aşağı bir müzik selinin ortasına doğru yürüdüler. Behzat Ç. dirseğinden tuttuğu bir garsona, "Bana İlhan'ı bul," dedi. Orkestraya da "Müziği kes!" diye bağırdı.

Pavyonun sahibi İlhan iki elini havaya kaldırıp sağa sola sallayarak orkestrayı susturdu, Behzat Ç.'ye doğru koşar adımlarla yaklaştı. Sahnedeki kadın, öfkeli gözlerle sağa sola bakıyordu o esnada, şarkının neden bölündüğünü anlamaya çalıştığı belliydi, "Hayırdır beyler, ne oluyor!" dedi sinirden titreyen bir sesle. "Bu ne hengâme! Biraz efendi olun, saygılı olun ya." Garsonlar koşup elinden mikrofonu aldılar, biraz ite kaka da olsa kulise götürdüler onu.

"Amirim hoş geldiniz," dedi İlhan. Elli yaşlarında, saçları önden yay biçiminde dökülmüş, tombul, güleç yüzlü biriydi, "Buyurun oturun," diye ekledi. "Hemen hazırlatayım masalarınızı."

"Oturmaya gelmedik İlhan! Büfeci Fehmi nerede?"

Büfeci Fehmi, saçlarını üç numaraya vurdurmuş, kısa boylu, bitirim bir tipti, otuz yaşlarında vardı. Localardan birinde oturuyordu, elini kaldırdı, "Buradayım amirim," dedi. "Buyur gel."

Behzat Ç. hızla o tarafa gitti, Fehmi'nin gözbebekleri kaymıştı, gülüyordu, kafası o kadar güzeldi ki durumun ciddiyetinin farkında değildi. Başkomiser kulağına doğru sert bir tokat attı. Fehmi kafasını kaldırınca bir daha vurdu. Fehmi'nin adamları doğrulacak gibi olunca "Hişşş!" dedi Akbaba onlara, sonra masadaki konsomatrislere döndü, "Siz başka masaya geçin," dedi. "Kalk hadi kalk!"

Fehmi, "Amirim ayıp oluyor herkesin içinde," dedi.

"Amirini sikeyim Fehmi! Ben senin amirini sikeyim! Ben size ne dedim lan, ha! Ben size ne dedim! 'Silahı kim aldıysa Cinayet Büro'ya getirsin,' demedim mi? 'Bir şey yapmayacağım, söz,' demedim mi? Sen benim sözümü yediğimi gördün mü lan bugüne kadar?"

"Öyle amirim!"

"Ulan o zaman niye çoluğun çocuğun eline silahı tutuşturup bana gönderiyorsunuz? Bana niye çoluğu çocuğu dövdürüyorsunuz silahı kim gönderdi diye?"

"Amirim durum öyle değil, dur anlatayım!"

"Anlatma Fehmi! Bana masal anlatma! Silahı kim aldı lan? Onu söyle, silahı kim aldı?"

Fehmi önüne baktı, "huh" diye nefes verip yüzünü sıvazladı, kendine gelmeye çalışıyordu, ellerini iki yana kaldırıp

"Yemin ederim," dedi. "Yemin ederim ben de bilmiyorum silahı kimin aldığını. Sen öyle haber yollayınca, ben de dedim ki bizim yeğenlere, aha bak yüzleri burada, yüzleri burada, demedim mi lan! 'Silahı kim aldıysa söyleyin getirsin, Behzat Amirime gönderelim, bu iş büyümesin.' Gece vakti getirmişler, benim büfeye bırakmışlar zulaya, ben de sabah gidince gördüm!"

"Bilmiyorsun yani silahı kimin aldığını!"

"Yok amirim."

Behzat Ç., Fehmi'yi ensesinden tutup kafasını masaya vurdu, meyve tabaklarının üstüne, kaldırdı bir daha vurdu, "Ben sizin yolunuzu yer miyim lan Fehmi!" dedi. "Siz bana yol yapabilir misiniz lan?!"

Adamları tek tek tokatlayıp "Alın bunları, alın!" dedi. Behzat Ç.'nin arkasındaki polisler masadaki adamları kollarından çekip aldılar. Behzat Ç. hırsını alamadı, gitti Fehmi'nin ensesine bir tane daha vurdu arkadan. Fehmi ona döndü, yüzüne ezik bir çilek parçası yapışmıştı, "Amirim sana yakışmıyor bu hareketler," dedi. "Başkası yapsa neyse, sen usul racon bilen adamsın, sana yakışmıyor."

"Siktir lan! Siktir!"

Masada on sekiz yaşlarında bir genç vardı, ortadan biraz uzun boylu, zayıftı, kolları vücuduna göre uzundu sanki, gözlerinde endişe okunuyordu, polisin biri onu da kolundan çekince, "Onu bırakın," dedi başkomiser. İlhan'a döndü, "Müdüriyet nerede İlhan?" diye sordu. "Yalnız konuşacağımız bir yer ayarla."

"Buyur amirim," deyip yol gösterdi İlhan.

Behzat Ç. başıyla işaret edince, genç adam onun önüne düştü. İçeri geçtiler. Behzat Ç. müdüriyetin kapısını kapattı, döndü bir tane tokat patlattı gence.

"Ben sana bu adamlarla gezmeyeceksin demedim mi lan Yılmaz?" dedi. "Ha! Demedim mi?"

Yılmaz önüne bakıyor, hırsından titriyordu. Üstünde tiril tiril beyaz bir gömlek vardı, üstten iki düğmesi açıktı, altın bir kolye gözüküyordu boynunda.

"Cevap ver lan," dedi Behzat Ç.

Yılmaz gözlerini kapatıp dişlerini sıkmıştı, başı önündeydi, "Allah razı olsun," dedi. Sesi biraz çatlak ve ağlamaklı çıkınca kendini toparlayıp baştan aldı, "Allah senden razı olsun dayı," dedi. "İşe soktun, iki ay her gün çalıştım. İnanmazsan sor, her gün çalıştım. Gece dörtte hale gittim, akşam dokuzda pazarı bıraktım. Bütün gün sırtımda küfe taşıdım, ama tezgâhçının bana verdiği para günde en fazla 100 lira."

"Günde 100 lira az para mı lan? Ayda 3.000 lira yapar. Adam olana çok bile! Ama yok ben cigaralık içeceğim, viski içeceğim, karılarla gezeceğim dersen o zaman yetmez tabii!"

"Ağbi o zaman ne olacak, biz yaşamayalım mı! Bizim arabamız olmasın mı! Biz canımız çekti mi bir cigara içemeyelim mi, bir viski içemeyelim mi, bizim manitamız olmasın mı, biz evlenmeyelim mi? İlla kıt kanaat sürünelim mi bu mahallede doğduk diye! Bana bunun cevabını ver!"

Behzat Ç. söylenenleri kafasında tartıyormuş gibi gözlerini kısmıştı, o anda çok güçlü bir öfke dalgası hücum etmişti sanki beynine, sahici bir öfke. Masanın önündeki deri koltuğa oturdu, Yılmaz'a da, "Otur," dedi. 216 paketini tuttu.

"Estağfurullah dayı," dedi Yılmaz.

"Al!"

Yılmaz sigarayı aldı. Başkomiser sigarasını yakmaya çalışınca çakmağı onun elinden alıp kendi yaktı sigarasını. Elleri titriyordu sigarayı içerken, gözlerini yerden kaldırmıyordu.

Behzat Ç. sigarasını yaktı, "Bir bana bak," dedi Yılmaz'a. Yılmaz başını kaldırınca, "Başka türlü nasıl yaşayacaksın?" diye sordu. "Bu çakalların yanında nasıl yaşayacaksın? Bu adamların torbacısı olacaksın, ayakçısı olacaksın! Yarın öbür gün cebinde 10 gram eşya bulacaklar, 12 yıl ceza yiyeceksin. Süreceğin keyif 10 gün, yiyeceğin ceza 12 yıl! Yerlerde yatacaksın, tuvalet temizleyeceksin, her gün aşağılanacaksın! Yirmi yaşında içeri gireceksin, otuz yaşında çıkacaksın! Seni gören elli yaşında zannedecek."

"O zaman ya pazarcılık yapıp sürüneceğiz ya da hapse gireceğiz. Bize başka yol yok mu bu hayatta?"

"Yok! Yok! Ben mi yarattım bu ülkeyi! Ben mi kurdum bu düzeni! Ben sana iş bulacağım dedim, gittim buldum, adamlara da, 'Bu genci ezmeyin, hakkını verin,' dedim. Kazanacağın en fazla 3.000 lira zaten! Ben kendim ne kadar maaş alıyorum ki sana ne kadarlık iş bulayım? Ulan banka kredi borcunu otomatik düşüyor, benim cebimde de 3.000 lira kalıyor her ay. Ben de 3.000 lirayla geçiniyorum."

"Senin ağırlığın var dayı, senin paraya ihtiyacın yok. Senin şeklin para zaten. İstediğin yerde oturursun kalkarsın, kimse de senden beş kuruş almaz. Ama biz farklıyız, bizim cebimizde para olmasın hemen it muamelesi yaparlar."

"O duruma düşürmeyeceksin o zaman kendini!"

Başkomiser bir şeyler daha söyleyecekti ama sustu, az evvel söylediği sözler gülünç görünmüştü bir an gözüne, "Neden uğraşıyordu ki bütün bunlarla, ona mı kalmıştı insanları düzeltmek? Bütün hayatı boşa kürek çekmekle geçmişti zaten, o bir suçu çözene kadar on tane yeni suç işleniyordu. Çok yorgundu, belki de bir kenara çekilmeliydi artık. Yaptığı işe gerçekten inananlara bırakmalıydı yerini."

Az evvel sahneden indirilen kadının çın çın öten bir sesle, "Basiretsiz! Sünepe!" diye bağırdığını işitti kulisten. "Sen kimsin lan İlhan sen kimsin! Sen benimle nasıl konuşuyorsun?"

"Yeliz bağırma Allah'ını seversen."

"Bağırırım lan! Bu mu senin sanatçıya saygın! Eskiden mekâncılar mekâncıydı, senin gibi götünden korkan pezevenkleri garson bile yapmazlardı. Benim de bir ağırlığım var bu âlemde."

Behzat Ç. yaktığı sigarayı masanın üstündeki tabakta söndürdü. Sonra tabağı Yılmaz'a da uzattı, "Seçimini yapacaksın!" dedi. "Artık sana karışmıyorum. Bak senin baban çok delikanlı adamdı, hasbelkader birini vurdu, uzun ceza yattı, çok çile çekti. O kimseye ağız eğmeyen adam geldi senin için benle konuştu. Seni babanın hatırına iki sefer görmezden geldim, üçüncüde alırım, tutar kulağından atarım Savcılığa. Şimdi üstünde eşya varsa bana ver, çık git."

"Yok dayı üstümde bir şey."

"Ver lan ver! Köşede Yunuslar var, ince arama yapıyorlar. Bedavadan paket olma!"

Yılmaz donundan çıkardığı poşetleri hızla masanın üstüne çarpıp çıktı. Başkomiserin suratı asıldı, masada 5'er gramlık dört paket eroin vardı. Kapının tıklatıldığını duyunca poşetleri alelacele cebine attı. İlhan kapıyı hafifçe aralayıp başını uzatmıştı, "Amirim gelebilir miyim?" diye sordu.

"Gel İlhan gel."

İlhan, Behzat Ç.'nin karşısına oturdu. Hemen arkasından tepsiyle bir komi, bir de garson girdi odaya. Garson kominin elindeki tepsiden iki kadeh rakı, çerez, meyve ve peynir indirdi önlerindeki sehpaya. O kadar hızlı gelişmişti ki bu hadise, Behzat Ç. bir şey diyememişti, silah işini çözene kadar içmeye niyeti yoktu halbuki. Başkomiserin tedirgin yüz ifadesini görünce, "Ne zamandır uğramıyorsun," dedi İlhan. "Bir kadeh rakımızı iç gözünü seveyim."

"Eyvallah İlhan. Sigarayı tabakta söndürdüm, kusura bakma."

"Ya senin Allah'ına kurban, lafı mı olur?"

İlhan hızla kapıya yürüyüp "Oğlum çabuk kül tabağı getir!" diye seslendi dışarı. Behzat Ç. rakıyı arka arkaya iki yudumda içti. İlhan rakıyı tazelemek isteyince elini kadehin üstüne kapadı, "Yeter," dedi. Gözlerini işaret ve başparmaklarıyla ovdu, derin bir nefes aldı. İyi gelmişti, müzmin baş ağrısının hafif hafif dindiğini hissediyordu. Sahneden indirilen Yeliz hâlâ kuliste bağırıp çağırıyor, kendini tutmaya çalışan garsonların arasından sesini İlhan'a duyurmaya çalışıyordu. İnce bir baş ağrısı yokladı yine.

"O İlhan kim?" diyordu Yeliz. "Onun bana verdiği viskinin yüz katını eskiden kulise döküyorlardı, sahneye çıkarken üstüne basıp da geçeyim diye. Cimri pezevenk! Sahnemi böldüğü yetmiyormuş gibi bir de iki şişe viskinin lafını etti."

İlhan odadan çıktı, suratında büyük bir öfke parlamıştı birden, "Ben sana viskinin lafını etmedim!" dedi. "Ben öyle bir insan mıyım lan! Az iç dedim sadece!"

Akbaba, Behzat Ç.'nin yanına geldi, "Aga Fehmileri ne yapalım?" diye sordu.

Aralık kapının ötesinden kadının cıyıldaması duyuldu, "Sus! Cimri pezevenk!"

"Emniyet'e götürmeyin, zulaya çekin. Ahlâk Büro'ya da söyleyin, kimlikleri toplasın, GBT yapsın içeride. Biri de şu karıyı sustursun."

Yeliz, Behzat Ç.'nin lafını duyunca, "Ne!" diye bağırdı. "Sen kime karı diyorsun lan!"

Behzat Ç. onun bu lafı işiteceğini ummamıştı, çok güçlü bir kulak vardı demek ki kadında, biraz mahcup hissetti kendini. Dikkatle baktı ona, ateş saçan mavi gözleriyle garsonların arasından kurtulup üstüne yürümeye çalışıyordu. O itiş kakış esnasında göğüsleri dekoltesinden her an fırlayacakmış gibi oluyordu.

İlhan telaşla araya girip, "Amirim kusura bakma!" dedi.

"Sen kime karı diyorsun lan! Sen kimsin hıyar!"

Ahlâk Büro'dan iki polis bu lafı duyunca birden onun üstüne yürüdüler, kaşlarını çatıp dişlerini sıkmış, her an saldıracakmış gibi bakıyorlardı.

Behzat Ç., "Bırakın," dedi polislere. Yeliz'e dönüp mümkün mertebe sakin bir sesle, "Hanımefendi bağırmayın!" dedi.

"Demin karıydık, şimdi hanımefendi mi olduk? Bana karı diyen adamın tipine bak, bunun nesi polis! Mağara adamı bu! Bu mu Emniyet Teşkilatı, bunlar mı huzuru sağlayacak!"

Behzat Ç. sinirlendi, böyle bir tepki beklemiyordu, "Bak bağırıp durma!" dedi. "Hakaret etme! Alırım seni!"

"Al lan al!" dedi Yeliz. "Almazsan adam değilsin! Bak herkese söylüyorum, bu adam beni almazsa adam değil."

Behzat Ç.'nin bir an güleceği geldi, bu kırk yaşlarında gösteren kadının gözü kara öfkesinde samimi ve çocukça bir hal vardı.

Ahlâk Büro'dan bir memur, "Hakaretten işlem yapalım amirim," dedi.

"Yapın lan! Yapın! Çok korktum! Yapmazsanız amınıza koyayım!"

Ahlâk Büro önlüğü giymiş genç memur, Yeliz'i bileğinden yakalayıp çekince Behzat Ç. araya girdi. Yeliz, memuru tırmalamaya çalışırken onu tuttu. Yeliz topuklu ayakkabıyla sendeleyince duvara yapıştılar. Behzat Ç. elinden kurtulmaya çalışan Yeliz'i zor zapt ediyordu, bıraksa memura saldıracak, mevzu büyüyecekti, bırakmasa durum yakışıksız görünmeye başlayacaktı, "Gözünü seveyim bir sakin dur!" dedi.

"Ne sakin duracağım lan! Bırak beni! Taciz etme! Programımın içine ettiniz zaten! Bir de taciz ediyorsun. Benim burada dinleyenlerim var!"

"Sana program yapma diyen yok. Alacağımızı aldık zaten. Bir kimlik kontrolü yapıp gideceğiz. Ondan sonra devam edersin programına."

"Sahiden mi?"

"Evet. Kimseye saldırmayacaksan bırakıyorum."

"Bırak. Ben kimseye saldırmıyorum. Ama gerekirse kendimi savunmasını bilirim."

Yeliz üstüne başına çekidüzen verdi, "İstersen programa kal," dedi. "Müzik insanca bir sanattır, sana iyi gelir."

"Gerek yok biz gidelim, görevdeyiz."

Yeliz birdenbire o öfkeli halini bırakmış, şuh bir tavırla konuşmaya başlamıştı, "Görevin bitince gel o zaman," dedi.

"Tamam, geliriz."

"Sizin için bir şarkı söyleyeyim en azından bu akşam. Yok mu istediğin bir şarkı?"

"Yok, sağ ol."

"İste bir şarkı ya, ne var yani, bu kadar zor mu? Benim repertuarım geniştir."

Behzat Ç. biraz düşündükten sonra, "Sorma Ne Haldeyim," dedi.

Yeliz arkasına döndü, "Duydun mu Vecdi?" diye seslendi. Vecdi uzun zamandır Yeliz'le çalışıyordu, onun bağlamacısıydı. Altmış yaşlarında, gözleri çukura kaçmış, mahzun duruşlu bir adamdı. İnceden gülümsedi, hayatta başına gelmedik iş kalmamış adamların sakinliğine benzer bir hal vardı üstünde. Bütün bu kavga gürültü sürerken hep oradaydı ama hiç belli etmemişti kendini.

"Duydun mu Vecdi?" diye yineledi Yeliz. "Sorma Ne Haldeyim. Bütün şarkıları söyleyeceğim bu akşam, bir tek onu söylemeyeceğim. Sorma Ne Haldeyim yok bu akşam. Bu akşam bütün şarkılar var, bir tek o yok. Sizin için yok. Sadece sizin için yok. Onun yerine bu akşam Ben İnsan Değil Miyim'i söyleyeceğiz. Mağara adamları için söyleyeceğim, Ben İnsan Değil miyim!"

Yeliz sırtını dönüp elini sallaya sallaya kulisteki odasına yürüdü, Vecdi peşinden girdikten sonra da kapıyı sertçe çarptı.

Behzat Ç. çevresindeki polislere, "Yürüyün yürü," dedi. Onlarla beraber yürüyen İlhan'a döndü sonra, çok sessizce, "İlhan bu karıyı nereden buldunuz?" dedi. "Bu ne ya!"

"Asıl solist gelmedi amirim, bir haftalığına anlaştık. İdare et bu seferlik, bir daha iş vermeyeceğim zaten."

"Yok, iş ver, kimsenin ekmeğiyle oynamayalım da... Ama bu nasıl bir çenedir?"

"Sorma amirim. Kimse iş vermiyor buna, ben veriyorum, yediği önünde yemediği arkasında, her şeyini alıyorum, dört yıldızlı otele de yerleştirdim, yine bana cimri pezevenk diyor. Başka mekâncı olsa çeker vurur bu karıyı, beni biliyorsun, saygımız sanata."

Behzat Ç.'nin devresi emekli bir müdürün soğuk hava deposu vardı, acil durumlarda zula olarak kullanıyorlardı orayı. Büfeci Fehmi soğuktan beyaza kesmiş suratıyla Behzat Ç.'yi görünce yeminler etmeye başladı hemen, akıllı adamdı. Yeğenlerinden birini öne attı, tokatladı onu, "Arkadaşını ele vermek istemiyor," dedi. 'Adam ispiyon etti demesinler,' diye ona söyletti silahı alanı.

Silahı Tugay diye biri almıştı, hırsızlıktan yirmi kadar dosyası vardı ve ortalıktan kaybolmuştu. Ama polis birini bulmaya gerçekten niyetlendiyse nereye kaybolabilirdi ki? İki gün sonra Etlik tarafında, izbe bir evde olduğunu öğrendiler. Behzat Ç. oraya gidene kadar birkaç ekip çoktan tedbir almıştı çevrede. Kapıyı kırıp girdiler ama Tugay'ı bulamadılar, Hayalet on dakika sonra kömürlükten çıkardı onu. Ekip aracına giderken polislerin yumruklarından korunmak için kollarıyla yüzünü kapatmıştı. Behzat Ç. araya girip Tugay'ı kendi bileğine kelepçeledi. Ekip aracına Hayalet'ten başka kimseyi almadı, "Çabuk yürü," dedi ona da.

Arabayı Çubuk Çayı civarında, Devlet Su İşleri arazisinde tenha bir yere çektiler. Behzat Ç. kelepçeyi çözdü, "Nasıl aldın silahı?" diye sordu. Tugay ufak tefek bir gençti, Harun'un yanında pire gibi kalırdı. Korkudan titreyen bir sesle, "Amirim ben o ağbinin polis olduğunu bilmiyordum," dedi. "Bilsem alır mıyım? Ben onu gece vakti gördüm mahallede, elinde bir poşet vardı, spor ayakkabı poşeti. Bir yerin adresini sordu, söyledim. Takip ettim, kafam da güzeldi, torbayı elinden alıp kaçayım dedim, yakaladı beni. Üstümde demir vardı emanet, onla kafasına vurdum. Düşünce torbayı aldım, silahı son anda gördüm belinde, onu da aldım. Poşetten ayakkabı çıkmadı zaten."

"Ne çıktı?"

"Yemek çıktı. Sonradan öğrendim, burada o polis ağbinin hanımının bir akrabası varmış yoksul, ona yemek getiriyormuş. Ben silahın kabzasındaki Türk bayrağını görünce anladım polis silahı olduğunu. Sonra baktım mahalleye polisler doldu. İyice korktum. Gittim Fehmi Ağbi'ye anlattım durumu. Bizim de akraba oluyor baba tarafından. Kızdı bana. 'Silahı getir, ortalıktan kaybol,' dedi. 'Ben bir şekilde hallederim bu işi,' dedi. Durum bu ağbi. Çok özür dilerim. O komiseri getir, ondan da özür dileyeyim."

Behzat Ç. onu Emniyet'e götürmedi, ifadesini telefonda yazdırıp hastaneye getirtti, imzalattı. Doktor raporu alıp Savcılığa çıkardı. Adamın kaşının gözünün patlamasından ötürü Savcı Belgin bir hayli fırçaladı Behzat Ç.'yi. Adamı mahkeme tutuklayınca da İnfaz Büro'dan iki memurla cezaevine yolladı.

Ekip aracına binmiş Adliye'den çıkmak üzereyken Harun'u gördü. Daha olayın olduğu ilk akşam onu zorla evine yollamış, "Bu iş çözülene kadar ortalıkta gözükme," demişti. Harun arabanın önünü kesti, iki sefer kaportaya vurdu eliyle. Behzat Ç. motoru kapatıp indi.

Harun, "Bana böyle bir şeyi nasıl yaparsın?" diye bağırdı. "Ben o adamı görmeden, suratına bakmadan, o adamı nasıl yollarsın cezaevine?"

"Yollarım."

"Herkesi kırdın geçirdin, bir tek silahı alana tek fiske vurmadın değil mi?"

"Evet."

"Niye!"

"O silah senindi, ne olursa olsun silahını vermeyecektin!"

Harun elini saçlarında gezdirip sinirle güldü, "Ondan değil," dedi. "Geçeceksin o silah namustur hikâyesini, ondan değil. Sen bu çakallara bir söz verdin, silahı alana bir şey yapmayacağım diye. Şimdi de o sözünü tuttun, namın yürüdü, Behzat Dayı Behzat Dayı... Yürü bakalım. Silahı kaptıran polisi ezdi ama silahı alana bir şey yapmadı, dayı çok büyük adam, dayı çok taşaklı adam."

Harun alkışlamaya başladı, "Bravo," dedi. "Bravo."

"Şimdi beni suçlamaya kalkma! Ben gerekeni yaptım!"

"Gerekeni yapmadın! Sen beni sikip attın! Gereken hep benim sikilip atılmam mı! Bu hayatta gereken hep Harun Sinanoğlu'nun sikilip atılması mı?"

Behzat Ç. onu yakasından kavradı, "Ne diyorsun lan sen?" dedi.

Harun kendini kurtarıp "Yeter be yeter!" diye bağırdı. "Beni ezdiğin yeter! Senelerce ezdin, aşağıladın, insan yerine koymadın! Dilekçemi verdim zaten, başka büroya gidiyorum. Hep kendi kafan, hep kendi anlayışın. Düşündün mü bir sefer ben ne hissediyorum diye? Benim silahımın alınıp alınmaması senin sikinde miydi sanki? Bir haftadır şov yapıyorsun! Bir oradasın bir buradasın! Ona tokat, buna tekme, öbürüne tehdit! Uçan kuşa kadar herkesi tehdit ettin bir haftadır, herkese kendince bir ders verdin."

"Senin için yaptım bunu! Seni korumak için!"

"Benim için mi?"

"Evet! Senin için! Ulan silahını kaptırdın, bütün büroyu rezil ettin! Ben sana bunu yansıttım mı? Ben sana hiçbir şey dedim mi?"

"Demedin! Sorun da bu zaten. Sen bana hiçbir şey demedin! Benim silahımı aldılar, benim hayatım bitti. Ama öyle olunca sen bir canlandın, sana bir enerji geldi, sana bir yaşama sevinci geldi. Ben seni çok iyi tanıyorum ağbi. Senin bu silah işini zerre kadar umursamadığını çok iyi biliyorum. Sen bir işi ciddiye aldın mı susarsın ağbi, konuşmazsın. Ama sen sürekli konuşup duruyorsun bugünlerde. Sen bütün hayatın boyunca bu kadar konuşmadın be, bu hafta konuştuğun kadar konuşmadın. Benim ne hale düştüğümü önemsiyor musun? Kaç kişi geldi, benle konuştu. 'Hepimiz polisiz, hepimizin başına böyle bir şey gelebilir,' dedi, 'üzülme,' dedi. Sen ne dedin, hiçbir şey. Herkesle konuştun, bu Ankara'da ne kadar it çakal varsa hepsiyle tek tek konuştun, bir tek benle konuşmadın. Sadece öyle pis pis baktın, sana küfretmişim gibi. Bu mu ağbi kardeşlik? İnsan bir sefer de 'Üzülme Harun, ben senin yanındayım,' demez mi ya! Ben senden silahı istemedim, silahı alanı da istemedim. Ben senden birazcık anlayış istedim, senden tek istediğim buydu. Bir sefer elini omzuma koysaydın, 'Üzülme koçum,' deseydin... Ne olurdu? Bu yeterdi ağbi, bu yeterdi bana!"

Behzat Ç. o anda neye uğradığını şaşırmıştı, Harun'un gözyaşlarıyla ıslanan suratına baktı, "Ne ağlıyorsun herkesin içinde, saçmalama!" dedi.

"Ağlarım lan! Ağlarım!" dedi Harun. "Ne olmuş? Ben üzüldüğüm zaman ağlarım, sevindiğim zaman da gülerim. Çünkü ben insanım, senin gibi makine değilim."

Harun elinin dışını Behzat Ç.'ye sallayıp döndü, hızla yürüdü. Başkomiser onun arkasından uzun süre baktı ve içinde bir şeylerin kopup dağıldığını, paramparça olduğunu hissetti. Harun'un haklı olduğunu biliyordu.

Ulus'a gidip ara sokaklardaki bir birahaneye girdi, sokağa bakan uzun masalardan birine oturup bira söyledi. Hızlı hızlı içtiği biralar iyi gelmişti ona, iyi gelmişti ama bunun geçici olduğunu biliyordu, o paramparça ruh halinin geri geleceğini çok iyi biliyordu. "Ve acaba," diye düşünüyordu, "ben insanlıktan çıktım mı, benim içimde hiç mi duygu kalmadı, sahici, sıcak bir duygu?"

Karşıda bir balkonun pervazına ekmek parçaları ufalanmıştı. Elektrik tellerinden havalanan serçeler ekmek kırıntılarını yemek için pervazın üstünde tedirgince ilerliyor ama en ufak gürültüde hemen korkup havalanıyor, yine tellere konuyorlardı. Dakikalarca böyle yinelenip durdu bu olay. Behzat Ç. gözlerini serçelerden ayıramıyordu. Neredeyse, "Yeter! Biraz sessiz olun," diyecekti çevresindekilere.

Tam olarak ne zaman hatırlamıyordu ama o gece İlhan'ın pavyonunda bulmuştu kendini. Garsonlar çevresinde koşturup duruyor, İlhan sürekli bir şeyler anlatıyordu. Sahnede yine Yeliz vardı. Bir şarkının ortasında nota sehpasının kenarına koyduğu viski kadehini kaldırıp Behzat Ç.'yi selamladı, o da rakı kadehini kaldırdı. Şarkı arasında, "Amirim sizin için ne söyleyelim bu akşam?" diye sordu. Behzat Ç.'nin aynı numaraya gelmeye niyeti yoktu, cevap vermedi. Ama Yeliz ısrar edip duruyordu, öyle ki başkomiserin sessizliği yakışıksız kaçmaya başlamıştı artık, "Ben İnsan Değil miyim?" dedi sonunda.

Yeliz, "Duydun mu Vecdi?" diye sordu. "Ben İnsan Değil miyim? Ama maalesef o şarkı yok, bu akşam bütün şarkılar var, bir tek o yok. Sizin için yok. Sadece sizin için yok. Evet, Sorma Ne Haldeyim."

Vecdi elektro bağlamasıyla Sorma Ne Haldeyim'e ustaca bir giriş yaptı. Behzat Ç. biraz dalgın, biraz kederli bir ifadeyle dinlemeye başladı şarkıyı, büyülenmiş gibiydi. Yeliz'in sesi çok güzel olduğundan değil, bambaşka bir şey vardı o seste, o tavırda, sanattan daha derin, insanca bir şey.

Programın sonuna kadar oturdu başkomiser. Yeliz sahneden indikten on dakika sonra onun yanına geldi, "Hani görevin bitince gelecektin?" diye sordu.

"Yeni bitti."

"Eee?"

"Sesin buralar için çok iyi."

Yeliz elinin dışıyla ağzını kapatıp uzun uzun güldü.

"Bunu herhangi biri söylemiyor," dedi başkomiser. "Yirmi beş yıldır buralarda şarkı dinleyen biri söylüyor."

"Bana mı yürüyorsun?"

"Hayır."

Yeliz, gözlerini Behzat Ç.'den ayırmadan bir sigara götürdü dudağının kıyısına, "Hayatında kimse var mı?" diye sordu.

Başkomiser sigarayı yakıp, "Yok," dedi.

"Yürüyorsun işte."

"Hayır."

"Ne zamandır hayatında kimse yok?"

"Uzun zamandır."

"Ne kadar uzun zamandır?"

"Beş yıldır."

"Neden?"

"Beni kim ne yapsın?"

"Orası muhakkak da, sen ne yaptın peki beş yıl?"

Behzat Ç. önüne baktı.

"Pek otuzbirci bir tipin de yok," dedi Yeliz. "Ne yaptın beş yıl, sadece orospularla mı birlikte oldun?"

"Ben öyle demiyorum. Bu işi para için yapanlar daha dürüst geliyor bana."

"Ben öyle bir şey yapmıyorum."

"Biliyorum."

"Nereden biliyorsun?"

"O işi para için yapacak birine benzemiyorsun."

"Hayatında hiç mi kimse olmadı?"

Behzat Ç. önüne baktı, uzun süre cevap vermedi ama Yeliz ısrarla bir cevap bekliyordu.

"Oldu," dedi sonunda başkomiser. "Karım vardı, uzun zaman önce boşandım. Biri daha vardı ama artık yok. Öldü."

"Neden?"

"Boş ver. Sadece sesin güzel. Bunu söylemeye çalışıyorum. Başka bir şey yok. Ben basit bir adamım, bir şey söylüyorsam, o şeyi söylüyorumdur, başka bir şey değil. Yeteneklisin."

"Yetenek mi!"

Yeliz yine elinin dışını ağzına götürmüştü, gözleri yaşarana kadar güldü.

"Boş ver," dedi sonunda. "Böyle lafları çok duydum ben. Yeteneğimin yarısını pezevengin biri yüzünden heba ettim, aşk yüzünden. Diğer yarısını da içkicilik yüzünden. Geriye kalan bu enkaz işte. Şu an bambaşka bir yerde olabilirdim. Ama artık umursamıyorum."

Yeliz'in gözlerinden bir keder dalgası geçti, "O kadar yalnızım ki ölsem hiç ölmemiş gibi olacağım," dedi. "Yokluğumu bir tek üçüncü sınıf pavyonların sahipleri fark edecek, o da programa çıkaracak kimseyi bulamadıklarında, hani diyecekler ara sıra program yapan cazgır bir karı vardı, sürekli viski içerdi, ne oldu ona? Öldü. Allah taksiratını affetsin. Aslında sesi de fena değildi."

Behzat Ç. toparlanıp gitmeye hazırlanan orkestra üyelerine baktı, "Bana da böyle bir şey söylerler herhalde," dedi. "Ben de bugün ölsem yokluğumu bir tek teşkilattaki üç-beş kişi fark eder, onlar da, 'Bu Cinayet Büro'nun başında sürekli sigara içen asık suratlı bir herif vardı, ne oldu ona?' derler. 'Öldü.' 'Vah vah, aslında iyi adamdı. Aslında...' Her şeyi anlatan kelime de bu, biliyor musun: 'Aslında...'"

Yeliz dirseğini masaya dayayıp Behzat Ç.'ye yaklaştı, "Aslında iyi adamsın," dedi. "Ama seni tanımak lazım. Böyle ilk görüşte anlaşılmıyor."

Yeliz elini Behzat Ç.'nin yüzünde gezdiriyordu, başkomiser kendini geri çekti, derin bir nefes alıp kalktı.

Yeliz, "Ne yapıyorsun?" diye bağırdı arkasından.

Behzat Ç. döndü, "Yürüyorum," dedi.

"Biraz centilmen ol, üstümü değiştireyim, beni de eve bırak."

"Evlere servis yapmıyorum."

"Kazma herif. Hödük! Senle konuşanda kabahat zaten. Seni insan yerine koyup konuşanda hata. Hayvan!"

"Şaka yaptım," dedi Behzat Ç.. "Ara sıra yaparım. Arabada bekliyorum."

"Hangi araba? Nereden bileceğim hangi araba?"

"Pavyonun önüne çık, otuz metreden anlarsın ekip aracı olduğunu. Park yasağı levhasının tam önünde."

"Beni seviyor musun?"

Behzat Ç. bir an durdu, "Hayır," dedi.

"Gelmiyorum o zaman."

"Geliyorsun."

"Bok geliyorum."

Behzat Ç. arabada bekledi, Yeliz yarım saat sonra geldi. Yanına oturup, "Bak geldiysem yanlış anlama," diye başlayan uzun bir konuşmaya girişti. Başkomiser onu dudaklarından öperek susturdu. Yeliz kendini geri çekip bir tokat attı, "Pis herif," dedi, "buna ne hakkın var?" Sonra birden durdu, o öptü Behzat Ç.'yi.

Başkomiser o zaman içinde bir hafiflik duydu, farkında olmadan mutluydu ve bu yeni duyguyu anlamaya çalışıyordu. Çiğ bir mutluluk değildi bu, mutsuzluğunun en derininde bulmuştu çünkü onu. Gelmiş geçmiş bütün kederlerinin içinde atıyordu bu yeni mutluluğunun nabzı. Gün ağarmak üzereydi. Behzat Ç. ekip aracının mavi tepe lambasını taktı, sireni açtı, çakarları çalıştırdı, eve hızla vardılar. Daha bahçeden eve koşarken soyunmaya başladılar. Yeliz topuklu ayakkabılarını fırlattı evin kapısına. Behzat Ç. evin kapısını anahtarla açamayınca bir tekmeyle kırdı. İçeri yıkıldılar. Yatak odasına geçtiler, uzun zaman sonra deprem oluyormuş gibi sarsıldı eski yatak.

İtibar

Behzat Ç. kırk sekiz saat aralıksız çalıştığı bir cinayet soruşturmasının ardından evindeki tekli koltuğa oturup ayaklarını sehpaya uzatmış, önce hafiften içi geçmiş, sonra da birdenbire uykuya dalmıştı. Zihninin uyanık bölümüyse televizyondaki belgesel kanalını mırıl mırıl anlatılan dehşetli bir masal gibi dinlemeye devam ediyordu hâlâ. Bir elinde kumanda, diğerinde yarım bira şişesi vardı. Telefon çalmaya başladığında bir süre duymadı. Yorgun ve yaralı insanlara has o parça parça kâbuslarla gerçeklik arasındaki ince çizgideydi o an. Biri dokunmuş gibi birden gözlerini açtı. Yüzünde koltuğun izi çıkmış, gömleğine sigara külleri dökülmüştü. Kendine gelince, hâlâ çalmakta olan telefona hayal kırıklığı dolu gözlerle baktı. Nasıl bir kâbus gördüğünü hatırlamıyordu ama o kâbusu gerçek dünyaya yeğlerdi.

Hayalet'ti arayan, "Bir durum var ağbi," dedi. Söze nasıl devam edeceğini bulmaya çalışır gibi bekledi biraz, "Çayyolu'nda bir intihar olayındayız," diye devam etti sonra. "Ali Baki'nin ekip devralacak ama ben şöyle bir baktım, amir olarak bu dosyayı sen alsan daha iyi olur."

"Niye?"

"Şimdi telefonda bir şey söylemeyeyim, gelip kendin görsen daha iyi."

Başkomiser bir süre cevap vermedi, "Tamam," deyip kapattı sonra. Koltuğun kolçağındaki küllükte filtresine kadar yanıp sönmüş bir izmarit vardı. İzmariti küllüğe fiskeleyip yeni bir 216 yaktı. Biradan bir yudum çekti, tadı geçmişti. Şişeyi sehpanın üzerine bırakırken şiddetli bir ağrı duydu belinde. Elini beline bastırıp yavaşça kalktı. Sigara dudağının kıyısında tuvalete gitti.

On dakika sonra Harun, camlarına kadar çamura batmış ekip aracıyla başkomiserin evinin önündeydi. Yaza doğru bir bahar gecesiydi ama insanı üşütecek denli serindi hava. Birkaç sokak ötede bir köpek, hüzünlü bir şeyler anlatmaya çalışır gibi kesik kesik havlıyordu.

Behzat Ç. sırtını mümkün mertebe dik tutmaya çalışıp yavaşça oturdu ön koltuğa. Harun göz ucuyla ona bakıp "Ne oldu ağbi?" dedi. "Niye öyle duruyorsun?"

"Yok bir şey."

Harun arabayı sarsarak hızla yola koyulunca başkomiser yüzünü ekşitti, eliyle basket topu sektirir gibi bir hareket yaptı. Harun, "Tamam," deyip yavaşladı, sonra direksiyona vurdu, "Bu Hayalet var ya," diye devam etti. "Yaşlandıkça iyice duygusallaştı. Ottan boktan nem kapar hale geldi. Zaten kırk yılda bir eve gidiyoruz, hepimizin çoluğu var çocuğu var. Tamam, belki benden başka evli yok aramızda. Ama sorun da o zaten. Ne yani, ben de boşanınca hep birlikte rahatlayacak mıyız?"

Başkomiser cevap vermeyince Harun üstelemedi, Abidinpaşa'dan Dikimevi'ne doğru devam ettiler. Sokaklarda kimse yoktu. Köşe başlarında bir-iki taksi bekliyor, çorbacılardan çıkanları alıp götürüyorlardı hemen. Kaldırımlar sessiz, yarı karanlık ve hüzünlüydü.

"Ağbi senin en çok bu huyunu seviyorum," dedi Harun.

"Ne huyu?"

"Konu ilgini çekmedikçe hiçbir şey söylemiyorsun. Sanki konuşsan para kesecekler kelime başına, öyle bekliyorsun."

"Harun gece vakti kafamı sikme!"

"Ha şöyle, biraz neşelen ya."

Harun elini aracın teybine uzattı, "Bak bu şarkı yeni çıktı," dedi.

"Açma!"

"Seveceğini düşünüyorum."

"Hayır!"

Celal Bayar Bulvarı'na çıkıp aydınlatma direklerinin alçalıp yükselen ışıkları arasında yol almaya devam ettiler. Behzat Ç. camı aralamış, gecenin serin havasını çekiyordu ciğerlerine. İnsanlar uyuyup arabalar azalınca şehrin kokusu da tazelenmişti.

Çayyolu'ndaki siteye girip apartmanın önünde ekip amiri Ali Baki'yi gördüler, yanında genç memurlardan Erhan da vardı. Onları bekliyorlardı, Ali Baki, başkomisere olay tutanağını teslim etti. Bir kenara çekilip ayaküstü sohbet ettiler. Behzat Ç. olayın niteliğine dair bir şey sormadı, o da söylemedi. Ali Baki kızgınmış gibi davranıyordu ama başkomiser, onun bu dosyayı devretmekten dolayı gizli bir memnuniyet duyduğunu hissediyordu. "Neyse," dedi sonunda Ali Baki. "Bu Hayalet'in yaptığı ayıp, ona da söyledim, bizim de bu teşkilatta bir adımız var, mesleğe dün başlamadık. Bak yanımda Erhan da var, böyle mi yetişecek bu gençler? 'Cinayetçi dosyayı aldı mı bırakmaz,' diyoruz her zaman. Ama yine de ağbimizdir, canı sağ olsun. Ben konuyu uzatmıyorum."

"Eyvallah Ali Baki," dedi başkomiser.

"Biz gidiyoruz o zaman amirim, size kolay gelsin."

Ekip Amiri Ali Baki'yle Komiser Yardımcısı Erhan araçlarına binip gittiler. Başkomiserle Harun bir süre onların arkasından baktılar.

"Ben sana söyledim ağbi," dedi Harun. "Senin bu Hayalet'i bir kenara çekip konuşman lazım."

Behzat Ç. cevap vermedi, yukarıya, on sekiz numaraya çıktılar. İçinde zengin birilerinin yaşadığı belli olan, temiz, düzenli bir evdi. İntihar ettiği söylenen Didem Maral yatak odasında boylu boyunca uzanıyordu. Başının çevresinde bir kan gölü oluşmuştu. Yirmili yaşların ortasında, zarif, güzel bir kadındı. Akbaba hemen yanı başına çömelmişti, Behzat Ç. de onun karşısına çömeldi yavaşça, kadının narin, uzun parmaklı ellerini kaldırdı, burnuna götürüp kokladı. Akbaba, kadının şakak bölgesindeki kurşun girişini gösterip "Bitişik atış aga," dedi.

Başkomiser ayağa kalktı. Hayalet'i pencerenin kenarına çekti. Hayalet ellerini ceplerine sokmuş, dudaklarını büzmüştü, yüzünde karamsar bir ifade vardı, "Hiç bana öyle bakma," dedi. "Bu iş göründüğü kadar basit değil."

"Konuyu anlat."

"Kocası bulmuş. Adam bir şirkette yönetici. Ben şöyle bir baktım, yolu karakola hiç düşmemiş, trafik cezası bile yok. Kadın da bunalımdaymış. Sosyal medyada mı ne bir şey olmuş, bakıyoruz. Olay intihar gibi gözüküyor ama..."

"Silah nerede?" diye sordu Behzat Ç..

"Gariplik de o zaten, kadın yatak odasında intihar etmiş ama silah salonda."

Behzat Ç. yatak odasından çıktı, duvarları fotoğraf çerçeveleriyle kaplı koridordan geçip salona girdi. Silah üçlü koltuğun önünde, halının üstündeydi. Camlı büfenin yanında bölge karakolundan gelmiş lak lak eden iki polisi görünce, "Oralara basmayın," dedi. "Çıkın dışarı! Kapıya da bir tane olay yeri şeridi çekin. Kimseyi içeri sokmayın."

Polisler, "Emredersiniz amirim," deyip çıktılar.

Başkomiser silahın başına eğildi, yeni model Barettalardan biriydi, 15 + 1. Silahı kâğıt mendille kabzasından tuttu, burnuna götürüp namlusunu kokladı. Kadının kocası mutfaktaki yemek masasında oturuyordu, kırk yaşlarında, sivri çeneli biriydi, yüzünde yorgun ve her şeye boş vermiş bir ifade vardı. Bir yavru köpek ayaklarının dibine sürtünüp duruyor, adamın kucağına tırmanmaya çalışıyor ama adam onu umursamıyordu, "Başınız sağ olsun," dedi başkomiser. Adam cevap vermedi, gelenin kim olduğunu anlamaya çalışır gibi baktı bir süre.

"Ellerini uzatır mısın?" dedi Behzat Ç., şaşkın gözlerle bakan adamın ellerini tuttu sonra, kaldırıp kokladı, "Kaçta geldiniz eve?" diye sordu.

"Gece bire doğru. Yetiştirmem gereken işler vardı, o yüzden çıkamadım."

"Silahı salona siz mi götürdünüz?"

"Hayır, ben hiçbir şeye dokunmadım."

"Üstünüzdeki kıyafetleri, bir de cep telefonunuzu almamız lazım. Arkadaşlar yardımcı olacak."

"Başka bir şey sormayacak mısınız?"

"Şimdi değil."

Adam mutfaktan çıkınca yavru köpek arkasından havlamaya başladı. Hatta bir ara Behzat Ç.'ye saldıracak gibi hırladı. Başkomiser köpeğe sakin gözlerle uzun uzun baktı, köpek susunca da ensesini okşadı.

Yarım saat sonra Olay Yeri İnceleme'den uzman memur Sıtkı kadınla kocasının el svaplarını almış, salondaki silahı delil poşetine koymuştu. İri ellerini pencerenin pervazına yaslamış, sitenin sessiz ve düzenli bahçesine bakarak sigara içiyordu. Başkomiser onun yanına gitti, "Ne düşünüyorsun?" diye sordu.

Sıtkı bıkkınlıkla iç geçirip "3600 ek göstergeyi verecekleri yok," dedi. "Emekliliğimi isteyecek oldum. İzne çık dediler. Benim çapımda kıdemli personelleri yokmuş, öyle bir konuştular ki zannedersin ben gidersem sistem çökecek. Ayvalık'a gideceğiz şimdi. Hanımla çocuklar çok mutlu. Peki hangi parayla? Durup dururken en az 5.000'lik ettiler beni. En az. Bu emeklilik lafını hiç açmayacaktım."

Behzat Ç. ona hak verir gibi başını öne arkaya salladı hafifçe.

"Senin yüzüne ne oldu?" diye sordu Sıtkı.

"Ne var."

"'Ananızı sikeyim,' der gibi bakıyorsun."

"Kişisel algılama, belim ağrıyor."

Behzat Ç. delil poşetini gösterip "O silahın kabzasında tırnak izi gibi bir şey vardı," dedi.

"Olabilir. Silah tutmasını bilmiyordur, tırnaklamıştır."

Sıtkı o güne kadar binlerce silah incelemişti, sadece Ankara'daki silahlar değil, o bölgedeki adli vakalarda kullanılmış bütün ateşli silahlar onun çalıştığı laboratuvarda inceleniyordu. Başkomiser bu olayda onun tecrübesine gerçekten ihtiyaç duyduğunu hissediyordu o anda, "Sıtkı," dedi ciddi bir ifadeyle. "Sen ayaklanıp yürüyen silah gördün mü hiç?"

"Ben konuşan silah bile gördüm," dedi Sıtkı. "Otuz iki kelime biliyordu."

Başkomiser sokak kapısının önünde bağırış çağırış sesleri duyunca Harun'la beraber oraya yöneldi. Kapının önünde otuz beş yaşlarında, beyaz tenli, dalgalı saçları kulaklarının üstüne doğru inen, temiz suratlı bir adam vardı. Ellerini iki yana açmış, mağrur ve sinirli bir ifadeyle homurdanıp duruyordu. Behzat Ç. onun neler söylediğini anlayamadı, memuru bir kenara çekip ne olduğunu sordu.

"Amirim sen içeri kimseyi bırakmayın deyince," dedi memur. "Biz de bu adamı bırakmadık. Üst komşusuymuş, 'Buranın sorumlusu kimse onunla görüşeceğim,' dedi. Kartını verdi, 'Amirinize götürün,' dedi. Karttan da bir bok anlamadım."

"Nesini anlamadın lan! Önemli bir adammış işte."

"Ona sıra gelmedi ki, birden bağırıp çağırmaya başladı."

Behzat Ç. göz ucuyla elindeki karta baktı, sesinde öfkeli bir tınıyla, "Kardeş sen memura niye bağırıyorsun?" diye sordu.

"Kardeş mi? Haddini bil! Benimle böyle konuşamazsın."

"Amına bile korum."

Behzat Ç. kartını adama fırlattı, "Sen kartvizitine güvenip memuru mu eziyorsun lan! Çık dışarı."

"Ben sizinle bir şey görüşecektim. Ama beni dinlemediniz. Bir de küfür ediyorsunuz! Bunun hesabını soracağım size!"

Harun kapının önüne çıktı, adam başka bir şey söyleyecek mi diye gözlerini ona dikti. Adam başını sinirle sallaya sallaya yukarı çıktı.

On beş dakika sonra Behzat Ç.'nin telefonu arka arkaya çalmaya başladı, arayanlara şöyle bir bakıp sesini kıstı, olay yerini incelemeye devam etti. Kadını bunalıma sürüklediği söylenen videoyu seyretti. Kadının kocasına yaptığı işle ve silahla alakalı bir-iki soru sordu. Adam bir silah şirketinde yöneticiydi, zorunlu olarak vermişlerdi o silahı.

Behzat Ç. adamla konuşurken Harun geldi mutfağa, "Ağbi bir saniye bakar mısın?" dedi.

Behzat Ç. kalktı, "Ne oldu?" dedi.

"Emniyet Müdürü arıyor."

"Özel kalemi mi?"

"Hayır kendisi."

Behzat Ç. telefonu kulağına götürdü, "Evet müdürüm," dedi. Bir süre dinledi. Telefonu kapattı. Emniyet'e doğru yola çıktılar.

Başkomiser yirmi dakika sonra protokol katında, müdürün odasına açılan, zarifçe ışıklandırılmış pırıl pırıl koridorda yürüyordu. Kenarları altın rengine boyalı kapının önünde bekledi biraz, gömleğindeki griye çalan sigara külü lekelerini elinin dışıyla silkeleyip girdi. Müdürün özel kalemi düşmanca bir yüz ifadesiyle karşıladı onu, içteki odaya götürüp kapıyı çaldı, eliyle girmesini işaret etti. Emniyet Müdürü'nün odasında Tahsin de vardı. Makam masasının önündeki koltukta oturmuş, ellerini kolçaklara koymuştu. Gözlerini Behzat Ç.'den ayırmıyor, bir şeyler söyleyecekmiş de kendini tutuyormuş gibi bir ifade takınıyordu. Behzat Ç. onun karşısına oturdu.

Orhan Müdür elli yaşlarında, alnındaki çizgiler kalınlaşmış, gözaltı torbaları şişmiş, geçen yıllarla suratı kararmış bir adamdı. Asabi yüz ifadesinin aksine sakin bir mizacı vardı, tane tane konuşuyor, söylediklerinin doğru anlaşılmasını önemsiyordu, "Adamın üst komşusu Bakanlık'ta danışmanmış," diye başladı söze. "Seninle konuşmak istemiş. Adamı evden kovmuşsun."

Behzat Ç. dört senedir çalıştığı bu yeni müdürün, sakin ve mülayim hallerini severdi. Bu müdür asayiş kökenli olduğundan çalıştığı önceki müdürlere nazaran sempati de duyardı ona, "Sayın müdürüm," dedi mümkün mertebe kibar bir ifadeyle. "Memura bağırıp çağırmak, olay yerine kartvizit göndermek nedir! Ben soruşturma yürütüyorum orada."

Orhan Müdür dalgın gözlerle pencereden dışarı baktı, bambaşka şeyler düşünüyormuş gibi, "Bu adamlar böyle," dedi.

Müdürün şoförü Türk kahvesi getirip servis etti polislere. Gün yeni yeni ağarıyor, pencerelerin ardındaki koyu karanlık yavaş yavaş kırılıyordu. Şoför çıkınca Orhan Müdür ara kapıyı kapattı, "Bir gören olmasın laf olur şimdi," dedi. Masanın çaprazındaki sürgülü rafı çekti, bir likör şişesi çıkardı, küçük bardaklara likör koyup ikram etti.

Orhan Müdür, Behzat Ç.'den çok Tahsin'e hitap ediyormuş gibi, "Bütün gece telefonum çaldı," dedi. "Kime ne söyleyeceğimi şaşırdım."

Tahsin bakışlarını önüne eğmiş, yüzünde ayıplayıcı bir tebessümle başını sağa sola sallıyordu.

Orhan Müdür, başkomisere döndü, "Seni tabii ki savundum ama hayret ediyor insanlar," dedi. "Ben de hayret ediyorum. Sen adama sinkaflı mı konuştun?"

Başkomiser iç çekti, alnını ovuşturdu, "Bir sigara içebilir miyim?" diye sordu.

"İç!" diye birden patladı Tahsin. "İç! Bu odada hiç kimse sigara içmedi bugüne kadar ama sen iç!"

"Tamam içmem Tahsin," dedi başkomiser. "Sen niye celalleniyorsun? Bağırmana gerek yok!"

"Hayır, iç! Lütfen iç! Ben sigarayı bıraktım, müdür bey de bıraktı, senelerdir içmiyoruz, ama bize de ver bir tane, biz de içelim."

Orhan Müdür, "Sakin olun beyler," dedi. Telefonu kaldırıp küllük istedi, kalktı pencereyi açtı. Sabah havasını çekti ciğerlerine. Şoför küllüğü getirip çıktı. Behzat Ç. sigara yakmakta tereddüt ediyordu, "İçin beyler," dedi müdür. "Rahat olun. Hatta birer likör daha içelim."

Orhan Müdür likör şişesini getirip bardakları yeniden doldurdu. Behzat Ç. bir 216 yaktı, Tahsin'e baktı, istemem manasında sinirle elini salladı Tahsin.

Orhan Müdür, "Ben sana her zaman güvendim," dedi Behzat Ç.'ye. "Bu teşkilatın sıkıntılı dönemleri oldu, biliyorsun. Ama sana hep güvendim, senden yana hiçbir kuşkum olmadı, olamaz. Bu da bizim teşkilatta az buz bir şey değil, biliyorsun."

Orhan Müdür, çalmaya başlayan telefonuna bakıp sessize aldı, masanın üstüne bezgince bıraktı sonra telefonu, sıkıntıyla iç çekti, dirseğini masaya yaslayıp avucuyla ağzını kapattı, odanın derinliklerindeki bir boşluğa dikti gözlerini, "Ama başkomiserim," dedi sonunda. "Sen beni çok zor durumda bıraktın bugün. Sırf bu saatte kalktım makama geldim, bu krizi yönetmek için. Şimdi bizim bu olayı düzeltmemiz lazım. Senden bir ricam var. Şu adamı ara, yanlış anlaşılmadan ötürü özür dile."

"Ben öyle bir şey yapamam müdürüm."

Tahsin, "Behzat!" diye bağırdı.

"Tahsin dur!" dedi Orhan Müdür. "Ben bir konuşayım. Özür dile derken yanlış anlama. Adamı bir ara, 'Soruşturmanın gerginliğiyle biraz kaba davranmış olabilirim, kusura bakmayın,' de yeter. Bu insanlar böyle şeyleri gurur meselesi yapmaya meraklıdır. O yüzden senin de bu konuda bir adım atıp bizim elimizi biraz rahatlatman lazım."

Behzat Ç. bir an kederle gülümsedi, bir yol ayrımında gibi hissediyordu kendini, hemen konuşmadı, bekledi biraz, "İnsan yanlış yaptı mı özür dilemeli," dedi sonra. "Ben bu konularda eskisi kadar katı değilim. Yaşlandım. Duygusallaştım biraz. Bazen tepkilerim aşırı oluyor. Ama sizinle açık konuşayım mı müdürüm?"

"Tabii."

"Sikseler özür dilemem!"

"Behzat! Terbiyesizlik yapma!" diye bağırdı Tahsin.

Orhan Müdür onu tekrar susturmak isteyince, "Hayır ben de konuşacağım müdürüm," diye bağırdı. Behzat Ç.'ye dönüp işaretparmağıyla müdürü gösterdi, "Şu karşında gördüğün adam senin için bugüne kadar her şeyini ortaya koydu," dedi. "Hep senin arkanda durdu. Genel Müdürlük'e kadar gitti, rica etti, Personel İşleri Müdürlüğü'nden senin bütün sicilini temizletti. Mesleğe sıfırdan başlamış gibi oldun. Ama sen öyle çekilmez bir adamsın ki en yakınındakiler bile seninle çalışmak istemiyor. 'Çekemiyoruz,' diyorlar. Harun da Cinayet'ten ayrılacaktı, kim araya girdi, gene işini gücünü bıraktı bu adam girdi araya. Şimdi müdür bey senden ilk defa bir şey istiyor, böyle mi cevap veriyorsun? Ne çabuk unuttun Behzat? Polis üniforması giymiş vatan hainleri seni Köpek Eğitim Merkezi'ne sürmüştü. Müdür bey darbe girişiminden sonra seni Cinayet'in başına yeniden geçirmek için müsteşara kadar çıktı. Bu devlet sana itibarını iade etti!"

Behzat Ç. birden kalktı, kimliğini, rozetini, silahını masaya koydu, "Bizim itibarımız zaten yerinde duruyor," dedi. "Kimse onu bize iade etmeye kalkmasın!"

"Ne yapıyorsun sen!"

"Elinizi rahatlatıyorum! Bir adım atıyorum, sonra bir tane daha, gidiyorum."

"Bu mu son sözün?"

Kapıya yönelmişken döndü başkomiser, "Hayır," dedi. "Böyle devri devranın izzet-i ikramını sikeyim. Son sözüm bu!"

Behzat Ç. kapıyı kapatmadan hızla odadan çıktı, dudaklarının arasından küfürler homurdanarak hızlı adımlarla yürümeye başladı. Koridorun sonunda Harun'u görünce durdu, kalbi öyle hızlı atıyordu ki yerinde sallanıyor gibiydi, "Gel benle," dedi ona. Otoparka indiler.

Harun direksiyonun başına geçince, "Ağbi nereye?" diye sordu.

"Siteler'e," dedi başkomiser.

Harun arabayı Ankara Mobilyacılar Sitesi'ne sürdü. Behzat Ç. anlatana kadar bir şey sormamaya karar vermişti, sorsa da çok bir şey değişmiyordu zaten. Başkomiserin en sinir olduğu özelliği buydu, aynı zamanda en sevdiği özelliği de buydu. Bu durumu açıklaması biraz güçtü Harun için, onda hiç kimseye benzemeyen bir gurur vardı. Kendini insanlara sevdirmek için hiçbir çaba sarf etmiyordu. Başka polislerin dert ettiği şeylerin hiçbirini dert etmiyor ama sonra küçük bir şeye takılıyor, onu öyle bir dert ediyordu ki, dünyayı yerinden oynatsalar o bir adım geri atmıyordu.

Mobilya mağazalarına doğru yürüdüler. Behzat Ç. mağazalardan birinin vitrininden içeri bakmaya başladı. Camdaki yansımada uykusuzluktan sararmış suratını da görüyordu, "Sen Cinayet'ten ayrılacaktın, müdür mü seni tuttu?" diye sordu Harun'a.

"Hayır."

"Tahsin öyle demiyor. Sen ayrılacakmışsın, müdür seni tutmuş."

"Tamam ben müdürle görüştüm. 'Cinayetten ayrılmak istiyorum,' dedim."

"Ee, demişsin işte."

"İyi de ben cinayetten ayrılmayacaktım ki! Mevzuyu biliyorsun, silahımı kaptırmıştım, itibarım iki paralık olmuştu, gururum incinmişti. Müdürle konuştum, evet, 'Ayrılmak istiyorum,' da dedim, evet. Ama sadece biri bana 'kal' desin istedim ağbi. Bu kadar. 'Git' deseler de bir yere gideceğim yoktu zaten. Nereye gideyim!"

"Benim için 'Çekilmez bir adam,' demişsin."

"Yalan. Tamam, çekilmez bir adamsın, o ayrı."

"Ee, diyorsun işte."

"Ağbi tamam sen çekilmez bir adamsın da ben bunu başkasına niye söyleyeyim, sana söylüyorum. Aramızda."

Harun başıyla sinirli bir jest yaptı, gözleri dolmuştu, "Bak ağbi," dedi. "Şimdi lütfen beni iyi dinle, sonra da bütün söylediklerimi unut. Ben Harun Sinanoğlu olarak sana net bir şey söyleyeyim bugün, benim için bu hayatta bir Behzat var, evladım, bir de sen varsın. Başka da kimse yok. Karımı falan gözümü kırpmadan boşarım. İşte böyle duygusal bir adamım."

"Saçma sapan konuşma lan!"

"Sen de beni konuşturma o zaman. Beni anladıysan daha fazla konuşturma."

Behzat Ç., Harun'un omzuna vurdu, kendine çekti sonra, sarıldı, "Tamam koçum," dedi. "Tamam. Biliyorum ben seni."

Başkomiser, Harun'u karşısına aldıktan sonra biraz tedirgin bir ifadeyle, "O zaman asıl konuya geleyim," dedi.

"Kadının âşığı bu mağazada mı çalışıyor?" diye sordu Harun.

"Hayır. Ama sen bu işlerden anlarsın."

“Yok ağbi senin tecrübenin yanında, tabii bu olayda bazı gariplikler var...”

“Onu demiyorum, yatak alacağım. Evli adamsın, yatak odası bakmayı bilirsin. Bana güzel bir yatak alalım.”

“Yatağı ne yapacaksın?”

“Sikicem! Yatak ne yapılır! Yoruldum. Yirmi senedir aynı koltukta uyuyakalmaktan bıktım.”

İçeri girdiler. Harun, başkomiserin yerine yirmi kadar yatağa tek tek uzandı, yaylarına bastırdı, fiyatı uygun olanlar içinde en rahatını aramaya başladılar.

O akşam, yatak yerine monte edilip yatak odasının neredeyse üçte ikisini kapladıktan sonra başkomiser büyük bir yanlış yaptığını anladı. Çarşaf almayı unutmuştu. Evdeki eski çarşafları sermeye uğraştı ama senelerdir dolapların içinde rutubet alan çarşaflar sermeye çalıştıkça elinde paralandı. En sonunda Behzat Ç. boş verdi bu gayrete, temiz hava gelsin diye pencereyi açıp ışıkları kapattı, yatağa uzandı. Yıllar sonra ilk defa kendisi için özel bir şey almıştı. ‘Güzel,’ dedi içinden, ‘çok güzel.’ Bu yatağı öyle benimsemişti ki, bir süre de sevinçten uyuyamadı, kalktı iki bira daha içti. Gece üçe doğru uykuyla uyanıklık arasında bir bölgedeydi. Kapı yumruklanmaya başladığında uyumuyordu ama kendinde de değildi.

Kapıyı açtı, gelen ağbisi Şevket’ti, suratı öfkeden ve heyecandan kıpkırmızıydı. “Telefonun niye kapalı!” diye bağırdı. “Şu surata bak! Biz senin için ortalığı ayağa kaldıralım, sen uyu.”

“Ne oluyor ağbi!”

“Hâlâ ‘Ne oluyor?’ diyor. Dünyayı su basmış ördeğin sikinde mi? Çekil şöyle! Biz seni harcatır mıyız! O kadar kolay mı bu işler!”

Şevket ayakkabılarıyla salona girdi. Behzat Ç. onun peşinden yürürken, “Sen ne yapıyorsun?” diye bağırdı arkasından. “Ben senden bir şey mi istedim?”

Şevket, elindeki siyah poşeti sehpaya koydu, "Hiç aynı muhabbetleri açma," dedi şişeyi çıkarırken. "Bu viski on sekiz yıllık, senle kavgamız kırk yıllık. Bir bardak mardak bir şey getir, elim ayağım titredi yemin ediyorum sinirden."

Bir süre sessizce birbirlerini süzdüler.

Behzat Ç., "Sana kim haber verdi?" diye sordu.

"Kim verecek?" diye bağırdı Şevket. "Tahsin verdi. 'Ben elimden geleni yaptım ama bu olay beni aşıyor, siz ilgilenin,' dedi. Kendini de harcadın, Tahsin'i de. O adam Eskişehir Emniyet Müdürü olacaktı, senin yediğin bokları temizleyeceğim diye Ankara'da kaldı. Biliyor musun sen bunu! Ama yeri gelince ağzına geleni söylüyorsun Tahsin'e."

"O Tahsin, Orhan Müdür'ün yanında ileri geri konuşuyordu ama."

"Ne yapsın adam. Silsile diye bir şey var. Senin yanında müdüre gider mi yapsın? Senin sikin taşağına denk, başkomisersin, adam il emniyet müdür yardımcısı. Sana deli derler, güler geçerler, onu sikerler."

Başkomiser mutfaktan iki su bardağı getirip sehpaya koydu, ikili kanepeyi Şevket'in oturduğu koltuğun karşısına çekip oturdu. Şevket, viski şişesini açıp bardakları doldururken "Ben kalp hastasıyım," dedi. "Yengene de söyledim, bir gün küt diye gidersem, kimse neden aramasın, neden Behzat dedim. Bir sigara verir misin?"

"Ağbi içme."

"Ver."

Şevket sigarayı yakıp viskiden bir yudum aldı, bekledi biraz, başını iki yana salladı, hayatta o âna kadar kaçırdığı bütün tatlar için kederle gülümsedi bir süre. Ciddileşmiş, sakinleşmişti birden, "Şimdi kardeşim," dedi. "Beni dinle. Bu olayda sana kızmıyorum. Sen değerlisin, çapın var. Bunun herkes farkında. Ben mesela uzun yıllar senin kafanın bir boka basmadığını düşündüm. Senin tek yeteneğinin acıya dayanabilmek olduğunu düşündüm. Yine de sana saygı duydum hep, bu yetenek de az bir şey değil dedim kendime. Ama şimdi bakıyorum, senin kafan o küçük memurların hepsinden daha çok çalışıyormuş, Emniyet'in içinde iyi dayanmışsın bunlara. Bak onların çoğu rezil oldu gitti zaten ama sen hâlâ buradasın. Bunlar sinek gibi adamlar, yağmur nereye yağarsa tarlayı oraya sürerler. Haksız mıyım?"

"Öyle."

"Makamları büyük ama kendileri küçük bu adamların, bir telefonla götlerinden korkar hale gelirler. Bugün 'vatan haini' dedikleri adamların karşısında ceketlerini ilikliyorlardı düne kadar. Bunları unutmadık. Ama sen öyle misin, karakter sahibisin, bir duruşun var. Diğer yandan, sizin Orhan Müdür de kibar adam, beyefendi adam, ona bir şey demiyorum. Ama yok Bakanlık'ta danışmanmış da bilmem neymiş de, Bakanlık Emniyet'i aramış da şu bu. Kimse benim kardeşimi ezemez, ezdirmem. Burası Ankara, onların tanıdığı varsa bizim de tanıdığımız var, bizim tanıdığımız onların tanıdığını siker affedersin."

"Ağbi siz kimsiniz sorması ayıp?"

Şevket bir süre önüne bakıp gülümsedi, yıllardır bu soruyu bekliyormuş gibi tadını çıkarıyordu onun, "Biz bu ülkeyi çok seviyoruz," dedi sonunda. "Ben de, Reşat da, biz hep bu ülke için çalıştık. En tepedekiler bilir bizim kim olduğumuzu. En zor günlerinde onların yanında biz vardık. Şimdi beraber iş yapıyoruz. Beraber iş yaptığın zaman da mecbur bazı şeylere katlanmak gerekiyor. Biraz da adamların suyuna gitmek gerekiyor, biliyorsun."

"Bilmiyorum."

"Bilmiyorsan öğren o zaman. Bu devirde başka türlü ayakta kalamazsın."

Şevket, Behzat Ç.'nin kimliğini, rozetini, silahını çıkarıp sehpaya koydu, "Bunları bizzat Orhan Müdür gönderdi," dedi. "Orhan Müdür'ü biliyorsun, seni çok sever, onu üzme, o adam bizden. Tahsin de bizden. Sen de bizdensin. Hatta ben bile bizdenim. Hah ha ha! Biz buyuz, biz böyle güzeliz. Bunu kimse bozamaz. Bizi kimse ezemez."

Elini şöyle bir sallayıp bardağın dibini masaya vurdu, sonra başına dikti. Behzat Ç. o an, "Benim ağbim bir deli," diye düşünüyordu. "Ama çok akıllı bir deli. Korkulur böylesinden. En ciddi oldukları anda bile yapacak bir şaka var mı diye bakarlar çevrelerine."

Behzat Ç. bardaktan bir yudum aldı, bir 216 yaktı, "Ağbi sağ ol," dedi. "Sen beni ezdirmiyorsun. Güzel... Ama sen beni eziyorsun. Farkında mısın bunun?"

Şevket, "Eziyorum," dedi sakince. "Ezmek buysa eziyorum. Şimdi biri gelse beni dövse, sen de araya girsen, adamı dövsen. Beni ezmiş mi olacaksın? Ben ticaretle uğraşıyorum, bugüne kadar üç sefer battım, dört sefer çıktım. Evime haciz geldi, altımdaki arabaya kadar aldılar her şeyimi. Sen o zaman gelip yeğenlerine harçlık vermedin mi? Verdin. Bu beni ezmek mi oldu? Biz kardeşiz, zor günde birbirimizin yanında olmayacaksak hangi günde olacağız?"

Şevket bardağını yeniden doldurdu, "Uzat bardağını," dedi Behzat Ç.'ye de.

"İnsanların sorunu ne biliyor musun?" diye sordu sonra kendi kendine. "Sonsuza kadar yaşayacakmış gibi davranıyorlar. Oysaki ölüm çoktan yola çıkmış, bize doğru geliyor, göreceğimiz günler o kadar az ki. Bak şimdi ağbi kardeş oturmuş sohbet ediyoruz, içiyoruz, daha kaç akşam böyle oturabileceğiz karşılıklı, beş mi, on mu, belki o kadar bile değil. Makammış mevkiiymiş, silahmış rozetmiş, şuymuş buymuş, bunların bir önemi kalacak mı ölüm kapıyı çaldığında? Ben iki sefer kalp krizi geçirdim, öbür tarafa gittim geldim sayılır, ölümden bahsederken laf olsun diye konuşmuyorum burada. Ben bu kavgada seni savundum. Yapmam gerekeni yaptım. Sen de yapman gerekeni yap. Ama ne yaparsan yap ben ağbin olarak senin yanındayım. Bütün dünya sana karşı da olsa ben gene senin yanındayım. Bir insanın en önemli yeteneği bence budur. Sevme yeteneği."

Şevket gittikten sonra başında bir ağırlık duydu başkomiser. Gün çoktan ağarmıştı. Yatağına uzandı ama göğsüne bir kaya çökmüştü sanki, yerinden kıpırdayamıyor, zor nefes alıyordu. İçi bulanıyordu. Şevket'le konuştuktan sonra keskin bir his yakasına yapışmıştı, artık çok geçti, bir daha Emniyet'e dönmemek mümkün değildi onun için. Çok uzun zaman önce kaçırmıştı o treni. Ama bunu kimseye söyleyemezdi, kendine bile açıklamakta güçlük çekiyordu. Akbaba'ya "Sen başka iş yapamazsın," derken aslında kendine de demişti bunu. Kalktı, yatağın kenarına oturdu, uzun süre öyle kaldı. "Boş boş oturacağıma iki bira mı içsem?" diye düşündü sonra. "Ya da duş mu alsam? Şimdi ne yapmalı?"

Orada ne kadar öyle oturduğunu hatırlamıyordu, bir ses duydu ama ne olduğunu anlayamadı, sokak kapısı açıldı sonra. Harun'du gelen, yedek anahtar ondaydı, yatak odasının kapısında durdu, "Ağbi kapıya niye bakmıyorsun?" dedi. "O kadar zili çaldım. Aklıma bir ton şey geldi." Sonra yaklaştı, Behzat Ç.'ye kaygıyla baktı, "Senin suratına ne oldu?" diye sordu.

"Kötü mü bakıyorum?"

"Hayır, bembeyaz. Hasta mısın?"

"Hayır."

Harun yatağın kenarına oturdu, yaylara bastırdı, sanki sorun oralarda bir yerlerdeymiş gibi, "Hadi ağbi," dedi sonunda. "Yürü Emniyet'e gidelim, yatakta yatmak sana iyi gelmiyor."

Başkomiser elini yüzünü yıkadı, on dakika sonra Emniyet'e doğru yola çıktılar. Yolda durup börek aldılar. Başkomiserin odasında Akbaba, Hayalet ve Melike de katıldı onlara, çay içip börekleri yemeye başladılar. Hayalet bir köşede duruyor, börek yemiyor, çay yerine de oralet içiyordu.

"Şu kadının kocasına iyice baktınız mı?" diye sordu başkomiser.

Melike, "Ben baktım amirim," dedi. "KOM'un kayıtlarına bile baktım, hiçbir şey yok."

"O herif temiz," dedi Hayalet. "Sıçsa kokmaz."

Öğleden sonra Sıtkı aradı, adamın el svabı temiz çıkmıştı, giysilerinde de barut izi yoktu. Kadının elindeyse barut izi vardı ve bitişik atış olduğu kesindi. Bu olayın cinayet olabilmesi için birinin kadının şakağına silahı dayayıp ateş etmesi, sonra da aynı silahla kadına ateş ettirmesi gerekirdi. "Ama öyle olsa bile silah niye salonda?" diye düşünüyorlardı. Eve birinin girmiş olma ihtimalini göz önünde bulundurup sitenin ve apartmanın güvenlik kameralarına baktılar, o yönde de bir kayıt bulamadılar.

Akşama doğru Behzat Ç. adamın evine tekrar gitti. Ev taziyeye gelmiş akrabalarla doluydu. Herkes kısık sesle konuşuyordu, ağır bir hava hâkimdi eve. Başkomiser gitti, yatak odasını tekrar inceledi, adımlarını sayarak salona, silahın bulunduğu yere yürüdü sonra. Balkon kapısının sağlamlığını kontrol etti, hatta bir ara ağır siyah perdenin arkasına da baktı. Ne aradığını tam olarak bilmese de silahın nasıl ayaklanıp yürüdüğünün cevabının o evin içerisinde bir yerde olduğundan emindi. Belki de insanı hayal kırıklığına uğratacak kadar basit fakat kusursuz bir gerçek, aradığı buydu. Çevresinde ona şaşkınlıkla bakan insanları gördü, orada bulunması biraz münasebetsiz kaçıyordu.

Kadının kocasıyla mutfağa geçtiler yine. Mutfağın balkonu, ahşap doğramayla kaplanıp kapatılmıştı. İki kadın, yaşlı gözlerle birbirlerini teselli ediyordu orada. Onlar girince mutfaktan çıktılar.

"Silahı sen alıp salona götürmedin değil mi?" diye sordu başkomiser.

"Hayır, niye öyle bir şey yapayım ki!"

"Ne bileyim, belki o panikle ne yapacağını bilemiyordun."

"Ben hiçbir şeye dokunmadım, silahı bile çok sonra gördüm."

"Silahı niye evde bırakıyordun o zaman? Belli ki karın bunalımdaydı."

"Kahretsin," diye bağırdı adam. "Silah zaten evde değildi. Ağbimlere bırakmıştım. Didem onlarda kaldı iki gece, 'Yeğenlerimle sohbet etmek istiyorum,' dedi, bulmuş silahı, almış gizlice."

Behzat Ç. söze nasıl devam edeceğini bilemiyordu, "Bir su içebilir miyim?" dedi. Adam yerinden kalkacak gibi olunca, "Rahatsız olmayın," dedi. Kalktı bir bardak aldı kendine, masadaki sürahiden su doldurup içti, "Şu videoyla alakalı bir şey soracağım," dedi. "Sadece anlamak için soruyorum. Orada karınız neden müdahale etmiyor. 'Arabayı tut!' diye bağırıyorlar arkasından, 'Durdur!' diyorlar ama o hiç dönüp bakmıyor bile bebek arabasına."

"Duymuyor çünkü."

"Duymuyor mu?"

"Evet. Kulağında kulaklık var, küçük kulaklıklardan, kablosuz. Müzik dinliyordu o anda. Biz bunu anlatamadık kimseye. Kimse bizi dinlemedi. Bir linçtir almış başını gitti. Sonunda biz de vazgeçtik. Anlatmaya çalıştıkça daha çok üstümüze geldiler."

Adam ağlamaya başlamıştı.

"Haftalarca üstüne gittiler, 'ülkenin en vurdumduymaz insanı' diye etiketlediler, oysaki ne kadar hassas biriydi o. O günlerden sonra iyice içine kapandı. Eğlenmeyi onun kadar seven bir insan tanımamıştım. Aşamadı bu olayı, hayattan koptu. Bir ara düzelir gibi oldu, köpek sahiplendik barınaktan ama sonra daha beter oldu. Bir akşam bana dedi ki, 'Acaba biz mi yanılıyoruz? Ben o arabayı bilerek mi durdurmadım? O bebek arabası benim yüzümden mi inşaat çukuruna düştü? Ben bu kadar vurdumduymaz bir insan mıyım!' Kendisi hakkında söylenen yalana o bile inanmaya başlamıştı. Çok dokundu bu lafı bana, çok dokundu."

Adam elinin dışıyla gözlerini sildi, kendini toparladı. Başkomiser onun üstüne daha fazla gitmek istemiyordu. Oradan ayrılmadı yine de, teselli maiyetinde bir söz aradı, bulamadı.

"Hiç kimse karımın da acı çekmiş olabileceğini düşünmedi," dedi adam. "Olayın acıklı yanını görmedi kimse, herkes olayın alay edilecek yanına odaklandı. Ya da sadece öfke duyulacak. Kör bir öfke. Her şey siyah ya da beyazmış gibi. Bütün bunlarda bir yanlışlık yok mu?"

"Bazı şeyler bizi aşıyor," dedi başkomiser.

Bir şeyler daha söyleyecekti ama tam olarak ne söyleyeceğini bilemiyordu. Hava gitgide kararıyordu, içi de kararmıştı. Kalktı, eliyle adamın omzuna dokunup çıktı. Üst katın kapısını çaldı, dışarı çıkmak için giyinip makyaj yaptığı belli olan güzel bir kadın açtı kapıyı. Tanımaya çalışır gibi baktı ama imkân yoktu buna, "Aytekin Bey evde mi?" diye sordu başkomiser. "Kendisiyle görüşmem mümkün mü?"

"Dışarı çıkacaktık ama bir saniye," dedi kadın. Kapıyı aralık bırakıp içeri gitti.

Aytekin Bey bir dakika kadar sonra geldi, soğuk bir yüz ifadesiyle baktı, "Buyurun," dedi. "Odama geçelim."

Behzat Ç.'nin ayakkabılarını çıkardığını görünce, "Çıkarmayın rica ederim," dedi. Çalışma odasının duvarları camlı bir kütüphaneyle çevrelenmişti, pencerenin karşısında güzel bir çalışma masası vardı. Onun çaprazındaki koltuklara oturdular, başkomiser söze nasıl başlaması gerektiğini bilemiyordu. Ahşap çalışma masasına baktı yine, çok güzel bir masaydı.

"Tik ağacından," dedi adam. "Myanmar'dan geldi. Ben lüksü sevmem. Karımın hediyesi. Kızdım ona. Bana ne dedi biliyor musunuz o zaman? 'Hayatının çoğu o masada geçiyorsa buna hakkın vardır.' Ne kadar zarif bir düşünce değil mi?"

"Ben de geçen gün bir yatak aldım," dedi başkomiser. "Ama hayatımın çoğunun o yatakta geçmesine imkân yok. Belki de hata ettim."

"Belki de..."

Behzat Ç. o an, 'Belki de bu adam hakkında yanılıyorum,' diye düşündü, "Aytekin Bey," dedi. "Fazla vaktinizi almayacağım. Geçen akşam bana bir şey söyleyecektiniz. Biliyorsunuz sıkıntılı bir durum oldu, sizi dinleyemedim. Ne diyecektiniz?"

"Aslında," dedi adam. "Sizinle benden çok karım konuşmak istiyordu. Ben de onun ısrarıyla inmiştim aşağı. Kısaca anlatayım, sonra kendisiyle de görüşürsünüz isterseniz. Rahmetli Didem Hanım, on beş gün kadar önce karıma gelmiş. Yazlıklarındaki bahçe için bir ilaç lazımmış, tarım ilacı. Ama ilacı temin edememiş. Tabii tarım ilacı diye geçiyor ama esasında bir tür zehir. Adını şuraya yazmıştım."

Adam kalktı, masanın üstünden bir kâğıt getirip başkomisere verdi, "Son dönemdeki intihar olayları sonrasında bu tarz tarım ilaçlarının teminini güçleştiren birtakım düzenlemeler yapıldı biliyorsunuz," diye devam etti söze. "Didem Hanım bizim hanımdan yardım istemiş, hani ben 'Bakanlık aracılığıyla temin edebilir miyim?' diye. Ben başta 'Tamam,' dedim, sonuçta komşuyuz, bir şey istenmiş. Ama ilacın niteliğini öğrenince içime bir kurt düştü. O malum videodan da haberim vardı. 'Alamadık,' diye haber göndertmeyi uygun buldum. Sonra bir gün rahmetlinin eşini asansörde gördüm, dilimin ucuna da geldi ama, sonuçta öyle bir samimiyetimiz yok kendisiyle. Ne diyeyim? Yanlış anlar diye bir şey demedim. Açıkçası olay böyle gelişince de biraz canım sıkıldı... Ne bileyim, belki kocası bilseydi bu durumu..."

Behzat Ç. bu bilgiyle birlikte olayın başından beri onu asıl kuşkulandıran şeylerden birinin cevabını almış oluyordu. Kadınların silahla intihar ettiğine çok seyrek rastlamıştı o güne kadar. Didem Maral da büyük olasılıkla önce zehir aramış, son çare olarak silaha başvurmuştu. Bu bilgi için adama teşekkür etmesi gerekirdi ama bir mesleki gereklilik olan ketumluğunu bozmadı. Onun yerine, "Ben o akşam biraz..." dedi, bir süre doğru sözcüğü aradı, "Gergindim," diye ekledi. "Sizi dinlemek isterdim ama tabii olay yerinin de güvenliği açısından..."

"Ben o olayı kapattım," diyerek kibarca sözünü kesti adam. "Unuttum. Gerçi siyasetle uğraşanların bir meslek hastalığı vardır, biz işimize gelen şeyleri unuturuz, işimize gelmeyenleri unutmayız. Ama ben öyle biri değilim, bundan emin olun. Benim siyaset hırsım yok. Siyasete almak için değil, vermek için girdim. Mühim olan istikrar, hükümetimiz de bunu çok güzel sağlıyor. Koalisyon dönemlerinin istikrarsızlığı geçti çok şükür."

Behzat Ç. Aytekin'in arkasındaki rafta duran umre fotoğrafına baktı.

"Polislerin de bir meslek hastalığı var," dedi sonra. "Biz de hiçbir şeyi unutmuyoruz. Ama bazen unutmak lazım. Ne bileyim?.. Hatırlamak bizi daha iyi bir insan yapmayacaksa niçin unutmayalım ki?"

Aradan on beş gün geçti, birkaç sefer istenmesine rağmen başkomiser fezlekeyi tamamlayıp Savcılığa göndermemişti. Silahın niçin salonda olduğunu bulmadan intihar deyip geçemiyordu bu olaya. O günlerde bir öğle vakti Savcı Belgin Yavuz'un kâtibi Günbay aradı, 'Savcının intihar olayıyla alakalı onunla acilen görüşmek istediğini' söyledi. Başkomiser telefonu kapatıp çekmeceyi açtı, fincanına iki parmak votka doldurup başına dikti. Sandalyenin arkasına astığı ceketini giyip odasından çıktı, "Gel bakalım," diye seslendi gazete okuyan Hayalet'e. "Beni bu boka sen soktun, şimdi anlat bakalım savcıya ne anlatacaksan."

Savcı Belgin polisleri kapısında görünce, "Gelin beyler," diye seslendi. "Oturun. Çok vaktim yok, size fazla bağırıp çağırmayacağım. Dosyayı iki sefer inceledim. Ben mi bir şeyi kaçırıyorum diye Günbay'a da okuttum iki sefer. Şimdi..."

Savcı Belgin okuma gözlüğünü takıp dosyaya eğildi, "Kadının el svabında barut artığı var, bitişik atış, kadının yere düşme açısı bir intihar olayında olması gerektiği gibi, kocada barut izi yok. Aile yaşamı düzenli, aldatma yok, kavga gürültü yok, gizli aşk yok, bir halt yok hayatlarında. Adam niçin silah taşıyor, şirket vermiş, zorunlu. Apartmanın kamera kayıtlarında şüpheli yok, sitenin girişinde güvenlik var, o siteye hiç hırsız girmemiş bugüne kadar. Kadın ağır depresyonda, sosyal medyada yapılan bir oylamada 'senenin en vurdumduymaz insanı' seçildiği söyleniyor. Silah kullanmaya karar vermeden önce zehir bulmaya çalışmış, falan filan..."

Savcı Belgin, "Evet," deyip gözlüğünü çıkardı, arkasına yaslandı. "Şimdi bu dosyayı neden kapatamıyoruz?" diye sordu. "Tek soru için mi? Kadın yatak odasında intihar ettiyse silah niye salonda? Bunu ben de bilmiyorum. Böyle adli vakalarda küçük bir sorunun peşine düşmenin çok şövalyece olduğunu kabul ediyorum. Bu tavrı mesleki itibarınıza gösterdiğiniz özenin bir parçası olarak da görüyorum. Ama artık yeter beyler. Burada dedektifçilik oynamıyoruz. Siz adli kolluksunuz, sizin mesainizden ben sorumluyum. Eldeki deliller dosyayı kapatmak için yeterli. Tabii bana başka bir şey getirirseniz o zaman farklı."

Başkomiser, Hayalet'e baktı, "Şu an için elimizde başka bir şey yok sayın savcım," dedi Hayalet. "Ama olacak."

"Nereden bileceğim olacağını?"

"Sezgilerimize güvenin."

"Sezgileriniz mi? Ben sizin hiçbir şeyinize güvenmiyorum.

Başka savcı olsa dosyayı çoktan kapatırdı ama ben sizi çağırdım. Size bir hafta daha süre, bana somut bir kanıt getirin. Şu dosyaları görüyor musunuz? Burada ne bekliyor, dosyalar mı? Hayır beyler, burada adalet bekliyor. Biz zamanımızı tasarruflu kullanmak zorundayız. Bu dosyayı bir hafta içinde sonuçlandıracağım, ondan sonra isterseniz ömrünüzün sonuna kadar, boş vakitlerinizde silahın nasıl ayaklanıp yürüdüğünü araştırabilirsiniz. Hadi çıkın. İfade için bekleyenler var."

Başkomiser Adliye'den çıktıktan sonra Olay Yerinden Uzman Personel Sıtkı'yı aradı. "7.000 lira," dedi Sıtkı. "Bu enayiliğin maliyeti 7.000 lira. 5.000 liraya bu tatilin altından kalkarım zannetmiştim. Ne kadar da safmışım. Bir güneş kremi 144 lira. Spa ücretine değinmek bile istemiyorum."

"Sıtkı bir çay kahve içelim mi?" diye sordu başkomiser.

"Gel, odamdayım."

Yarım saat sonra Behzat Ç., Sıtkı'nın odasındaydı. Sıtkı'nın güneş görmeyen odası günün o saatine nazaran karanlık sayılırdı. Sıtkı'nın dağınık masasında sarı ışık saçan bir çalışma lambası yanıyordu. Dosya yığınlarıyla kaplıydı masa. Arkadaki raflarda delil poşetleri, poşetlerin içinde silahlar, bıçaklar vardı. Rafın önünde bir filtre kahve makinesi çalışmaktaydı. Makinenin nefes almaya benzer sesi bütün odayı kaplamıştı. Behzat Ç. ile Sıtkı, kulakları kahve makinesinin nefes almaya benzer sesinde, bir süredir sessizce oturuyorlardı.

"Düşünüyorum," dedi Sıtkı. "Şu tatilden geldiğimden beri düşünüyorum. Ben karım mutlu olsun istiyorum. Her şeyin en iyisini hak ettiğini düşünüyorum. Hep gülümsüyorum ona. Ama bu gülümseme daha ne kadar sürebilir?"

"Bilmiyorum," dedi Behzat Ç..

"Kredi kartlarını kırıp atmıştım," dedi Sıtkı. "Tekrar çıkartmak zorunda kaldım."

Sıtkı intihar olayında kendinden emindi, "Olay intihar, kurcalama," dedi. "Başka bir şey olsaydı biz bulup çıkarırdık çoktan. Bazen böyle olur, bir parça eksikmiş gibi gözükür. Eksik değildir, orada bir yerdedir ama görmeni bekler."

Behzat Ç., Sıtkı'nın sert kahvesinden bir yudum alıp "Şu konuşan silah olayı neydi?" diye sordu.

"Uzun hikâye..."

"Vaktim var."

Sıtkı alnını ovuşturup o günleri hatırlamaya çalışır gibi söze girdi, "On sene kadar oluyor," dedi. "Bir gün Kayseri'den aradılar, ateşli silahla ölüm olayı. Normalde oranın şubesi alır silahı, gönderir bize, biz burada bölge laboratuvarında bakarız. 'Yok illa gel,' atladık gittik. Duvara montelenmiş bir silah, yerde de ölü bir adam. Bunlar öyle şaşkın ki, 'Cesedi bile kaldırmayın,' demiş savcı, 'Ankara'dan uzman ekip gelsin.' Silahın kabzasına baktım, böyle verici gibi bir aparat eklenmiş. 'Kaldırın cesedi,' dedim, 'vadesi gelmiş gitmiş, silaha bakalım biz.' Aldık silahı geldik, aparata baktık, ne olduğunu da tam anlamadık. Yat kalk boşa yatıyorum, on beş gün bana uyku yok. Bir de adamları ezmişler ya, 'Ankara'dan uzman ekip gelecek,' diye, Kayseri bizle dalga geçiyor, 'Ne yaptınız la uzmanlar?' diyor. En sonunda ben işi çözdüm, bir gece, yataktan bir fırlamışım, hanım dedi ki 'Sıtkı ne yapıyorsun?' Bu aparat dediğim bluetooth gibi bir şey. Rahmetli de bilgisayar programcısıymış, işsiz kalmış. Almış silahı bilgisayara bağlamış, sesli komut veriyor. 32 ayrı komut alıyor silah, kilitle, sürgü çek, doldur, boşalt. Ama sonunda kendini vurmuş gerizekâlı."

Savcı Belgin sözünü tuttu, dosyayı bir hafta sonra kapattı. Aradan iki hafta daha geçmiş, konuyla alakalı hiçbir gelişme olmamıştı. Sadece Behzat Ç. ile Hayalet ara sıra gizli bir derdi paylaşır gibi birbirlerini süzüyordu. Behzat Ç. bir gece yarısı, büroda bambaşka bir işle uğraşırken birden durdu, düşmanca baktı Hayalet'e. Sanki silahı salona götürüp işleri karıştıran oydu.

Günler geçtikçe konu bütünüyle unutulmuş, rutin cinayetler arasında kafaları çorbaya dönmüş bir biçimde yaşamaya başlamışlardı yine. O gece sabaha karşı eve gitmişti başkomiser, çok uykusuzdu. Telefonunu kapattı, uzun bir aradan sonra yeni yatağında uyumaya çalıştı. Dışarıda yağmur yağıyordu, yağmurun sesini dinledi bir süre, gün aydınlanmak üzereyken uykuya daldı.

Beş dakika sürdü bu uyku, kapının ısrarla çaldığını duydu başkomiser ama yerinden kalkmak istemiyordu. Kalkacak gücü de kendinde bulamıyordu zaten. Kapıyı çalanın gitmesini bekledi. Gitmeye niyeti yoktu. Neden sonra kapıdan bir süre ses gelmez oldu. O an yerinden kalkmak zorunda hissetti kendini.

Kapıda Akbaba vardı, heyecanla soluk alıp veriyor, arkasında bir düşman varmış gibi bakıyordu.

"Aga bir sorunum var," dedi. "Sen uyumuyorsundur, belgesel falan bakıyorsundur, sana geldim."

"Gel içeri."

"Gelmeyeyim."

"Niye geldin o zaman?"

"Sorunu görmen lazım."

Akbaba döndü, peşindeki köpeği gösterdi. Sarı renkte, gövdesi siyah lekelerle kaplı, sıska bir köpekti. Başkomiser bahçeye çıktı, köpeğe baktı.

"Eeee," dedi.

"Bu köpek peşime takıldı bir aydır, kimseye söyleyemiyorum. Evimin önünde bekliyor, nereye gitsem peşimden geliyor. Benden ne istiyor, bilmiyorum. Bana bir vursana, vur lütfen, omzuma şöyle bir vur."

Başkomiser, Akbaba'nın dediğini yapınca, köpek birden onun üstüne saldırdı, paçasından kaptı. Akbaba zor ayırdı köpeği ondan.

Behzat Ç., "İlla göstermen mi gerekiyordu?" dedi sertçe. "Gel, içeride konuşalım."

"İçeri almayınca ağlıyor biliyor musun?

"Ağlıyor mu?"

İçeri girip kapıyı kapattılar, "Bak," dedi Akbaba. "Dinle."

"Evet," dedi Behzat Ç.

"Ağlıyor herhalde, bu ses ağlama sesi değil mi?"

Ses sahiden ağlama sesini andırıyordu. Tekrar bahçeye çıktılar, iki tahta iskemleye karşılıklı oturdular. Köpek az ötede oturmuş, ne konuştuklarını merak ediyormuş gibi ilgiyle onlara bakıyordu. Yağmurun ardından her şey durgun bir ışığa gömülmüştü o sabah.

Akbaba, "Arabaya koydum geçen hafta, götürdüm ODTÜ Ormanı'na bıraktım," dedi. "Geldi beni yine buldu. Ne yapacağım bu köpekle ben?"

"Bakacaksın," dedi başkomiser.

"İyi de ben köpek sevmem ki!"

"Köpek seni seviyor."

"Sevmesin aga, benim neyimi seviyor, benim köpeğe ihtiyacım yok. Ben zaten almam gerekenden fazla koku alıyorum, köpeği ne yapayım? Bu işi ancak sen çözersin."

"Nasıl çözeyim?"

"O kadar sene köpek eğitimde çalıştın. Bilirsin bu işleri..."

Başkomiser köpeği alıcı gözle süzdü, "Ceset köpeği yapalım istersen bunu," dedi. "Bizim yanımızda dolaşsın."

"Hayır! Gitsin!"

"Nasıl gitsin?"

"İşte onu sen bul, bu işten anlayan sensin."

Behzat Ç. içeri gitti, Akbaba onun bir çözümle geri döneceğini zannediyordu, iki şişe birayla döndüğünü görünce suratı asıldı. Başkomiser 216 paketini tuttu, "Yok," dedi Akbaba. "İstemiyorum şimdi."

Bir süre sessizce biralarını yudumladılar. "Aslında ben sigaradan nefret ederim biliyor musun?" dedi Akbaba.

"Biliyorum. Yirmi yıldır benden otlanıyorsun."

"Ben senden sigarayı sadece olay yerinde otlanıyorum. Kokuyu almamak için. Bir ceset varsa, o çürüme kokusunu çok fazla alıyorum. Bu sokakta biri ölse ben şimdi kokusunu alırım. Bu iyi bir şey değil. Mesleğe ilk başladığımda iyiydi, olağanüstü bir gücüm varmış gibi hissediyordum. Ama şimdi beni çok yoruyor bu. Bunu araştırdım, bir-iki doktora da sordum, beynimdeki koku reseptörleri fazla. Köpekten farkım yok. Şimdi ben bu durumda köpeği ne yapayım ki?"

"Belki de köpek bunu fark etmiştir."

"Biliyorum. Bu köpeğin karşısında kendimi çıplak gibi hissediyorum. Çünkü her şeyi biliyor. Onu sevmediğimi de biliyor. Yine de ayrılmıyor yanımdan, onu sevmemi bekliyor."

"Sev o zaman."

"Nasıl seveyim?"

"Ne bileyim, başını falan okşa, güzel bir şey söyle. Yanında değilken onu düşün. Seni anlayamıyorum. Bu hayatta bir ton şey gördün, bin kişiye yetecek kadar dehşetli şey. Hiçbirini kafaya takmadın, şimdi bir köpeğin sevgisini mi kafaya taktın? Bu mu seni tedirgin ediyor? Zaten günde iki saat uyuyorsun, o uykuyu da bu köpeğin sevgisi mi kaçırdı!"

"Sevilmeye alışkın değilim aga. Bu ters tepti herhalde, zehirledi beni."

Köpek o esnada ıhlamur ağacının önündeki dallarla oynuyor, onları bir o yana bir bu yana atıyor, sanki içlerinden en iyisini arıyordu. "Bir de böyle huyu var işte," dedi Akbaba. "Yavru köpek gibi, her şeyi ısırıyor. Şuna bak, oyun oynamak istiyor herhalde." Köpek, dallar arasından seçtiği bir tanesini ağzıyla bir hediye verir gibi Akbaba'ya getirmişti.

Başkomiser bunu görünce gülmeye başladı.

"Ağbi niye gülüyorsun?"

Başkomiser cevap vermedi, pırıl pırıl sabaha baktı, her yer birden aydınlanmış gibiydi.

Gazinocular Savaşı

"Ağbi sana bir şey söyleyeceğim ama beni yanlış anlama," dedi Harun.

"Söyleme Harun ben yanlış anlarım," diye cevap verdi başkomiser.

Harun sessizce içini çekti. Behzat Ç.'nin bahçesinde oturuyorlardı, tahta iskemlelerde. Ihlamur ağacının kokusu üstlerine vuruyordu, o sıcak, boğucu akşamın belki de en güzel yanı buydu. Behzat Ç., Harun'un küskünce gözlerini kaçırdığını fark edince nereye bakacağını bilemedi, ensesini arkaya yatırıp gökyüzüne baktı bir süre. Arkalarında ay ışığının parladığı bulutlar öbek öbek olmuşlar, sanki ezelden beri oradaymışlar gibi gecenin manzarasına çivilenmişlerdi. Behzat Ç., gözlerini bulutlardan ayırmadan, "Bana pavyondaki kızla alakalı bir şey anlatacaksan anlatma," dedi.

"Yok ağbi o değil."

Başkomiser bakışlarını Harun'a dikti, "Eda'yla alakalı bir şey anlatacaksan gene anlatma," dedi. "Bak evlendin, elin kızını aldın, o kızcağızı ziyan etme, ben de mahcup oluyorum. Karına çocuğuna sahip çık bundan sonra."

"Anlatacağım şey oğlumla alakalı zaten ağbi."

"Anlat lan o zaman. Niye öyle giriş yapıyorsun beni tedirgin ediyorsun."

"Ben de tedirginim ağbi."

Konu şuydu, Harun'un daha yeni yeni konuşmaya başlayan oğlu Behzat, televizyonda pembe bir pantolon görmüş, o günden beri babasından pembe pantolon isteyip durmuş, ağlamış, sızlamıştı. Harun da oğlunun gay olmasından şüpheleniyordu.

"Doğduğundan beri saçlarını kestirmemiştik," dedi Harun. "Böyle uzun, sevimli duruyordu, berbere götüreyim kestireyim dedim, Münevver tantana yaptı. Oturduk düzelttik beraber, zaten az da olsa saçı toparlamak gerekiyordu."

Behzat Ç. bir süre ne söyleyeceğini bilemedi, Harun'un kalbini de kırmak istemiyordu, "Merak etme," dedi. "Erkekliğin ne giydiğiyle ne alakası var? Renkle, saçla ne alakası var? Bebe bu ya, daha bebe."

"Öyle mi diyorsun?"

"Öyle."

"Akbaba'ya sordum, 'Dikkat et,' dedi."

"Akbaba ne anlar lan! Hayatında kadın mı görmüş, çocuğu mu olmuş bugüne kadar?"

Piknik tüpte çay demlemişlerdi, su taşmasın diye demliği hafifçe yan koymuştu başkomiser, cam bardaklara çayları koydu, "Çok güzel oldu ha," dedi.

Başkomiserle Harun'un telefonlarından arka arkaya mesaj sesleri yükselmeye başladı. Harun nasılsa bakıyor diye hiç ellemedi telefonunu başkomiser, çayın tadını çıkarıyordu.

"Hadi selamünaleyküm," dedi Harun. Mekân kurşunlamaydı mesele, Maltepe'de Köpekçi Tunahanların gazinosunu kurşunlamışlardı. Mesajlar gelmeye devam etti, eğlenceli bir şey söz konusuymuş gibi yüzüne geniş bir tebessüm yayılmıştı Harun'un, "Bil bakalım olayı yapan kim?" diye sordu. "Kopuzların İt Sefer. Hesap kavgası diyorlar." Kopuzların da Akay'da gazinoları vardı.

Teamül şuydu, mekân kurşunlama oldu mu, tantana büyümesin diye, Asayiş Şube'den Cinayet ve Gasp Büroları mekânı kurşunlanan adama "geçmiş olsun"a gider, geçmiş olsun ziyareti adı altında meseleyi büyütmemesi için tehdit ederdi. Ama kimi zaman mekânı kurşunlanan adamın gururu ve o âlemin baskısı da göz önüne alınınca bu tehdit işe yaramazdı. Cinayet'le Gasp'ın bu tarz işlere bakmasının asıl nedeni de buydu. Bu tarz olayların sadece kabadayılıkla çözülemeyeceğini herkes kabul ediyordu. Kabadayı polis her şubede bulunurdu, bu işi çözmek için akıllı da olmak gerekirdi. Cinayet'le Gasp olayın taraflarına kalın bir dosya hazırlar, mekânı kurşunlayana adam öldürmeye teşebbüs, mekân sahibine de gasptan ceza aldırmayı garantilerdi. Dosyalar ceplerinde durur, olayın gidişatına göre kullanırlardı.

Harun, "Ağbi herkes soruyor, 'geçmiş olsun'a gidecek miyiz?" dedi.

"Hayır," dedi Behzat Ç.. Telefonunu Harun'a uzattı, "Sen benim telefondan WhatsApp Cinayet grubuna mesaj at, 'Biz bu işin içinde yokuz, bu işte bir tane Cinayetçi görmeyeceğim,' böyle dediğimi söyle."

"Haklısın," dedi Harun. "Çankaya Emniyet'in vaktinde yediği hurmalar şimdi tırmalasın bakalım."

"Öyle."

Harun mesajı çekti, "Biz üstümüze düşeni vaktinde yaptık," dedi. "Sen Hayalet'i alıp iki sefer Tahsin Müdür'e çıkmadın mı, 'Bu Kopuzlar çiğ adamlar, bunlar Ankara'da gazinoculuk yapamazlar, telebara çevirirler işi,' demedin mi? Biz bunlara çöküp devraldıkları mekânı kapattırmayacak mıydık? Ha ne oldu, Kopuzlar parayı indirince Çankaya Emniyet verdi ruhsatı. Şimdi bu boku onlar temizlesin."

Harun mesajı çektikten sonra ilkinden daha yoğun bir

mesaj dalgası başladı, "Ağbi WhatsApp Cinayet grubu yanıyor," dedi Harun. "Millet yaptığın gidere hasta olmuş, 'Amir gibi amir,' diyorlar."

"Şu çayımı içeyim de Turan'ı da arayayım," dedi Behzat Ç.. "Gasp Büro da girmemeli bu işe."

Harun, Behzat Ç.'nin telefonunu ona çevirdi, "Aha bak kim arıyor," dedi. Gasp Büro'dan Turan arıyordu.

Behzat Ç. telefonu, "Ha Turan," diye açtı. Hiçbir şey söylemeden, "Aynen... Aynen... Aynen..." diyerek dinledi. "Tahsin seni ararsa bana yönlendir," deyip kapattı.

"Ne diyor ağbi?"

"Ne diyecek, İlçe Emniyet'e sövüyor. Benim mesajı gördükten sonra Gasp'ın WhatsApp grubuna 'Biz de bu işte yokuz, herkes tam gaz salağa yatsın,' yazmış. Bütün Emniyet bizi konuşuyormuş."

"Akbaba'yı aramayı unuttuk," dedi Harun. "Telsizden haber bekliyordur hâlâ, gitmiştir olay yerine."

Harun, Akbaba'yı arayıp durumu anlattı, sonra da telefonu hoparlöre aldı, "Hoparlöre aldım, amirim de dinliyor," dedi.

"Aga olay yerine Çankaya Emniyet'ten iki kaşar ekip göndermişler," dedi Akbaba. "Bu iş bizi aşar, Ankara geneline yayılır, Asayiş Şube gelsin, Behzat Amir gelsin dediler bana."

"Sen ne dedin?"

"Telsiz trafiğine Asayiş Şube'nin girmediğini görünce duruma ayıktım. 'Olay tutanağına imza at,' dediler, atmadım. 'Ulan götü boklu İlçe Emniyet, bizden çok forsunuz vardı hani?' dedim. 'Paraları yerken Behzat Amir gelsin demiyordunuz, götünüz sıkışınca mı aklınıza geldi?' dedim."

"İyi demişsin."

Harun, "Bak inat etme," dedi. "Seni de ekleyeyim WhatsApp grubuna."

"Siktir lan! Polisi orospu ettiniz, herkes elindeki telefonla oynuyor bütün gün."

Yarım saat sonra Hayalet geldi, eliyle selam verip hiçbir şey söylemeden içeri girdi, çay bardağının dibine oralet koymuştu, kararmış çaydanlık altlığından sıcak su ekledi bardağa, karıştırdı, "Şimdi keyfim yerine geldi," dedi.

"Oraletten mi?"

"O da var. Ama durumlar iyi."

Hayalet gitmiş, Asayiş Şube Müdürü Yemliha Esercan'ın ağzını yoklamıştı. "Yemliha Müdür 'Behzat doğru düşünmüş diyor,'" dedi. "İlçe Emniyet onu da bıktırmış. Tabii seni arayıp 'iyi yapmışsın' diyemez, o da kendince salağa yatacak."

İlçe Emniyet ekipleri ertesi gün suçu üstlenen iki tetikçiye dosya hazırlayıp Savcılığa sevk etmiş, olay ilk etapta kapanmıştı. Ama herkes meselenin kapanmayacağını biliyordu, merak edilen husus Köpekçi Tunahan'ın nasıl karşılık vereceğiydi. Köpekçi de bu âlemin eski kaşarlarındandı, insanı şaşırtmasını bilirdi, kendisi bir şey yapmadı ama eski ortağı Kör Turgut'u devreye soktu. Kör'ün de Dışkapı'da iki gazinosu vardı. Ertesi hafta, olay az çok unutulmuşken Kör Turgut, Kopuzların Akay'daki mekânına sıktırdı, dört yaralı vardı, biri konsomatris.

Behzat Ç. o sabaha karşı Yeliz'in çalıştığı Lale Pavyon'a gitti, program bitmiş, ışıklar yanmıştı içeri girdiğinde. Pavyonun sahibi İlhan, Kör Turgut'un ortağıydı, Dışkapı'daki gazinolardan birinde %50 hissesi vardı. Başkomiser ne olur ne olmaz diye bir parça kendi yüzünü göstermesi gerektiğini hissediyordu. İlhan sanki can simiti gelmiş gibi başkomisere sarıldı, masa kurmak istedi, oturmadı başkomiser. Yeliz'i pavyondan alıp Çankırı Caddesi'nde Bosna İşkembecisi'ne götürdü. Çorbalar geldi, ayranın yanına pipet bırakan garsona ters ters baktı başkomiser, ayranı kapağından açtı. Laf arasında, önemsiz bir şeyden bahseder gibi, "Sen istersen bir süre programa çıkma," dedi. "Dinlen biraz." Yeliz birden durup saldıracakmış gibi baktı Behzat Ç.'ye. "Ben İlhan'la konuşurum," diye devam etti başkomiser. "Hatta konuştum, 'Tamam,' dedi."

Yeliz elini masaya vurdu, tabaklar bardaklar oynadı, "Sana mı soracağım ne zaman programa çıkacağımı?" dedi. "Orospu muyum lan ben, pezevengim misin benim, benim pezevengim mi olmak istiyorsun?"

"Kızım bağırma! Öyle bir şey değil, ortalık karışık biliyorsun."

"Karışsın! Yansın! Su veren itfaiyenin hortumunu sikeyim. 20 senedir bu âlemdeyim ben, her şeyimi aldı benden bu âlem. Sen kimsin benim programımı bana sormadan iptal ediyorsun. O İlhan'a da başlayacağım ha, nasıl mekâncı lan bu, polisin lafıyla sanatçı programı iptal ediyor."

"Tamam haklısın ne diyeyim. Arama İlhan'ı ben söylerim. Benim hatam."

"Sus! Arayacağım."

Behzat Ç., Yeliz telefonda bağıra çağıra küfürler ederken eliyle yüzünü ovuşturup durdu, herkes onlara bakıyordu. Çorbacının şefi bir-iki müşteriyi o tarafa bakmamaları için uyardı. Yeliz telefonu kapattı, hâlâ burnundan soluyordu. Çorbayı içerken biraz ayılmış gibiydi, şimdi büsbütün sarhoş duruyordu.

"Bağırmadan konuş," dedi Behzat Ç.

Behzat Ç.'nin telefonu çalmaya başladı, İlhan arıyordu, meşgule alıp telefonun sesini kıstı.

"Ulan o İlhan mı arıyor?" dedi Yeliz. "Ben o kadar laf ettim, hâlâ senden onay mı bekliyor?"

"O değil, başka bir mevzu, bölge karakoluyla alakalı bir sıkıntı var ama şimdi konuşmak istemiyorum."

Yeliz buna inanmadı, inanmadığını belirten bir jestten başka üstelemedi de, "Sen programa niye gelmedin?" diye sordu.

"Bu ara gelmem. Durumları biliyorsun."

"Vay vay vay... Erkeğe bak erkeğe, Emniyet'e bak, iki tane çatapat sıktılar, amirim ortalıktan kayboldu. Nasıl erkeksin lan sen! Can güvenliğimiz sana mı emanet?"

"Yeliz beni tahrik etme."

"Tahrik mi oldun? Erkeğim tahrik oldu."

"Kızım bağırma. Bu öyle bir şey değil, işler karışık, başka bir tantana bu. Asıl zor olan bu işe girmemek. Ben Cinayet Büro Amiri'yim, öyle her itin kopuğun peşinden koşamam, benim bir ağırlığım var."

"Erkeğimin ağırlığı var. Ağırlığa bak."

Yeliz elini masanın altından uzattı.

Behzat Ç. onun elini itip "Ne yapıyorsun?" dedi.

"Ağırlığına bakıyorum, taşakların kaç kilo çekiyor diye."

Behzat Ç. sinirle kalktı yerinden, kapıya yürüdü.

"Tamam, gel," diye bağırdı Yeliz. Cevap alamayınca elini masaya sertçe indirdi, bardaklardan biri yere düştü kırıldı. Behzat Ç. döndü.

"Gel lütfen!"

Dönüp oturdu başkomiser.

"Bu ara sinirlerim çok bozuk kusura bakma," dedi Yeliz. Çantasından yeşil reçeteli haplardan çıkardı, ondan içti bir tane. "Beni seviyor musun?" diye sordu sonra.

"Seviyorum," dedi başkomiser.

Yeliz, ayrana geçirdiği pipetle oynuyor, arada küçük yudumlar alıyordu, "Yalan," dedi. "Yalancıyı gözünden tanırım. Beni sevsen programıma gelirdin bu akşam. Sana gelmeyeceğim bu sabah. Kör Turgut'a gideceğim. Kör gözüyle mekân kurşunlamış, erkeğim benim."

Behzat Ç. elini masaya vurdu, "Kör mü kurşunlamış lan!" dedi. "İki tane bebe var yeğeni, biri on yedi yaşında, biri on altı, onları yollamış."

"Valla öyle demiyorlar. Kör Turgut ortalığın anasını sikti

diyorlar, 'Ne babalar gördük güle güle öldük bu âlemde yeni baba Kör Turgut,' diyorlar. Zaten bana kaç sefer çiçek yollamıştı kulise."

Behzat Ç. kalktı, Yeliz bağırıp çağırdı arkasından, tabakları bardakları yere fırlattı ama dönmedi başkomiser.

Çorbacının şefine, "Oteline bırakın, mukayyet olun," dedi.

"Tamam amirim sen merak etme."

"Al şu da tabakların parası."

Behzat Ç. 100 lira uzattı.

Şef avuçlarını kapatıp, "Almam!" dedi.

Behzat Ç. kasanın üstündeki paralığa bıraktı 100 lirayı. Çıktı yolun kenarındaki ekip aracına bindi. O motoru çalıştırmadan Yeliz koşarak gelmiş, yanına oturmuştu, "Tamam özür dilerim," dedi yüzündeki sevimli ifadeyle. "Seni kızdırmak için söylemiştim."

Behzat Ç. derin bir nefes aldı, dilinin ucuna gelen küfürleri zapt etti, "Kör Turgut çiçek yolladı mı kulise?" diye sordu.

"Yolladı. Ama ben hiç cevap vermedim mesajlarına falan. İstersen göstereyim. Ya tamam, bir-iki tane mesajına cevap verdim. Tamam bir sefer de görüştük ama ne yapayım, adam mekâncı, ekmeğimden mi olayım Behzat ya?"

Yeliz ağlamaya başladı, gözyaşları yanaklarından çenesine süzülüyordu, burnunun ucu kıpkırmızı olmuştu.

"Ama ben seni seviyorum," dedi. "Senle görüştükten sonraki mevzu değil. Öyle değil. Tamam bakma bana öyle, bir görüşmemiz senle görüştükten sonraya denk geldi ama ben seni seviyorum. Benim de kendime kurmak istediğim bir hayat var, ömrümün sonuna kadar pavyonda mı çıkayım, gitgide programımı kısaltıyorlar zaten, Ankara havasından başka bir şey okuyunca surat asıyorlar, Kör Turgut'un yukarılarda çok bağlantısı var."

"Tamam ağlama."

Yeliz başkomiserin elini tuttu, "Valla seni seviyorum," dedi. "Seni görünce elim ayağım birbirine dolanıyor. Yanından bir saniye bile ayrılmak istemiyorum. O Kör kimmiş, benim onla ne işim olur?"

"Tamam ağlama."

"Sen de beni seviyor musun?"

"Seviyorum. Bir süre kavga çıkarmamayı başarabilir misin?"

"Sanırım."

Başkomiser arabayı yavaşça kendi evine doğru sürdü. Yeliz elinin dışını ağzına yaslamıştı, "Kötü olduysan sağa çekeyim," dedi başkomiser.

"Yok," dedi Yeliz, öyle der demez de kusmaya başladı.

Behzat Ç. evin önünde onu kucakladı, yeni aldığı yatağa götürdü, ayakkabılarını, kıyafetlerini çıkardı, üstünü örttü. Yanına uzandı ama uyuyamıyordu. Salona gitti, bir bira açıp kanepesine oturdu, o sabah canı o kadar sıkılmıştı ki belgesel seyretmek bile istemiyordu. Cüneyt Arkın'ın bir polisi canlandırdığı "Akrep Yuvası" filmine rast geldi Yeşilçam kanallarından birinde, ona takıldı.

O gün öğlene doğru gitti büroya. Melike, Tahsin Müdür'ün iki sefer onu sorduğunu söyledi. Odasına geçtikten beş dakika sonra Tahsin girdi içeri, "Ne biçim adamsın lan?" dedi. "'Yok' dedirtiyorsun. Hadi bizim aramızdaki hukuk eski, bu gençler onu nereden bilecek. 'İl Emniyet Müdür Yardımcısı aradı, amirim bakmadı,' diyorlar."

"Yeni geldim Tahsin."

"Hadi oradan."

"İnanmıyorsan kameralardan bak. Canım burnumda, üstüme gelme, yarın konuşalım."

"Yarın yok. İş iyice çığırından çıktı Behzat, bütün Asayiş Şube salağa yattınız, senden çok Yemliha Müdür'e kızgınım zaten, ağzıma geleni söyledim, onu aldıracağım oradan. Hadi memur salağa yatar, bir şey diyemezsin, sen koskoca Asayiş Şube Müdürü'sün ya, 'Bilmiyorum, haberim yok, ne olmuş?' diyemezsin. Teamüller belli, böyle bir olay oldu mu Cinayet gidecek, Gasp gidecek, görevinizi yapın Behzat."

"Benim görevim değil kardeşim, kimse öldü mü?"

"Ölmedi. Ama böyle giderse ölecek!"

Behzat Ç. elini masaya vurdu, "Ölsün," dedi, "hepsi ölsün bu çakalların, yesinler birbirlerini."

Tahsin biraz bekledi, alttan almaya karar verdiği belliydi, "Peki," dedi, "kendini benim yerime koy Behzat, ben şimdi ne yapayım?"

Melike elinde kahvelerle içeri girince sustular, çıkıp kapıyı kapatana kadar hiçbir şey konuşulmadı. "Şimdi ben ne yapayım, ben İl Emniyet Müdür Yardımcısı'yım, benim bir ağırlığım var, ben şimdi gidip gazinocuyu mu tehdit edeyim?"

"Et! İki dakika polislik yap. Gazinocu dediğin gazinoculuk yapacak kardeşim, kovboyluk yapmayacak, pezevenklik de yapmayacak, İstanbul değil burası. Eskiden böyle şeyler ayıp karşılanırdı. Ben senin yerinde olsam, bunların tepelerde amcası var dayısı var demezdim, alayını sopadan geçirirdim bu âlemi bozanların."

"Onlar âlemi bozduysa siz de polisi bozdunuz."

"Biz mi bozduk polisi!"

"Siz bozdunuz tabii. Eskiden bir müdür emir verecek de amir memur onu takmayacak, asıl böyle şeyler ayıp karşılanırdı. Tozunu attırırlardı o amirin de memurun da. Sen niye başkomiserlikte kaldın, bu yüzden, senin sicilini mahvettiler. Ağbine rağmen yaptılar bunu, kimse de 'Ne yapıyorsunuz?' diyemedi."

"Bak şimdi Tahsin," dedi Behzat Ç. gayet sakin bir sesle. "Yedi sene önce bunun gibi bir tantana daha çıkmıştı. Gene İlçe Emniyet'in bok yemesiydi. O zaman biz işi bildiğimiz usulle kapatmıştık, o günden beri hiçbir gazinocu kafasını kaldırıp birbirine sıkmadı. Ben o zaman İlçe Emniyet Müdürü'ne de söyledim, 'Bir daha böyle bir bok yerseniz biz yokuz,' dedim. Ben burada olduğum sürece Cinayet Büro para yemez. Gasp Büro da yemez. Diğerlerini bilemem, ama birtakım yavşaklar 'ben polisim' diye gezip çanta çanta para yiyorsa, ben onların sıçtığı boku temizlemem. Sicil micil de umurumda olmaz."

"Behzat ben mi para yedim ya, kim para yemiş ben nereden bileyim? Sen bu teşkilatın işleyişini bilmiyor musun? Ben bunun önüne nasıl geçeyim? Polisin hali ortada, polis kira mı ödesin, kredi kartı borcunu mu ödesin, çocuğunu mu okutsun, kırk yılda bir eve gittiğinde karısına çiçek mi götürsün, onu yemeğe mi çıkarsın, ne yapsın? Al bak, banka hesabım, net duruma giriyorum."

Tahsin telefonunu Behzat Ç.'ye doğru çevirip yaklaştırdı, "Görüyor musun?" dedi. "Varlıklar 2.756 lira, borçlar 397 bin lira. Hepsi kredi borcu, yapılandırılmış hali bu bir de. O krediyle kendime tek kuruş bir şey almadım, kızlarım iyi eğitim alsın diye çekildi hepsi. Ben istesem bu borcu bir günde kapattırmaz mıyım?"

"Tahsin ben seni biliyorum, ben sana mı söyledim ya?"

"Tamam Behzat, sen haklısın. Ama ben gidiyorum artık. Bugüne kadar Şevket Ağbi, 'Ankara'da kal, seni Bakanlığa alacağız, Behzat'ın yanından ayrılma,' dedi, ben de kaldım. Benim terfi sıram gelmiş de geçiyor. Giderim Eskişehir Emniyet Müdürü olurum. Gerçi ortalık böyle karıştıktan sonra Eskişehir'i vermezler, daha ufak bir yer olur."

Tahsin laflarının sonuna doğru birden sinirlenmişti, elini Behzat Ç.'nin masasına indirdi. Masanın kenarındaki biriki kalem yere düştü. Behzat Ç. ilk defa ondan böyle bir hareket görüyordu.

"Ama yanarım yanarım," dedi Tahsin. "İki tane gazinocu çakal yüzünden benim bütün kariyerimin içine edilmesine yanarım. Bunun sebebi de senin o çocuk gibi gururun affedersin. Her şeyin sorumlusu benmişim gibi, Emniyet'in işleyişini bilmiyormuş gibi bütün faturayı bana kesiyorsun. Otuz sene oldu Behzat, daha akademiden arkadaşız, ben sana hiç yamuk yaptım mı? Sen kaldın ben yükseldim diye sana hiç müdürlük tasladım mı? Bir sürü başkomiser vardı, verdikleri selamı beğenmedim, hepsine çöktüm, analarından emdikleri sütü burunlarından getirdim. Sen bana her şeyi söyledin, ben sana hiçbir şey söylemedim. 'Behzat sağlam adamdır,' dedim, 'boşver mevkisini makamını,' dedim, 'böyle arkadaşın olsun yeter,' dedim. Biz her şeyden önce arkadaştık lan."

Tahsin ağlayacak gibi olduğunu anlayınca hırsla çıktı. Verilen selamları görmeden hızla terk etti Asayiş Şube'yi.

Behzat Ç. kalktı, odanın kapısını kapattı, tekrar döndü masaya. Çekmecesini açtı, emniyet fincanına iki parmak votka doldurdu, bir dikişte içti, bir tane daha doldurdu, şişeyi çekmeceye geri koydu, bir 216 yaktı. Pencereden otoparktaki ekip araçlarını seyretmeye başladı. Biraz sakin düşününce Tahsin'e hak veriyordu, gerçi Tahsin olayı biraz fazla dramatize etmişti ama neticede iki tane çakal yüzünden il emniyet müdür yardımcısının yerinin değişmesi doğru değildi. Ankara'da il emniyet müdür yardımcısı olmak, küçük bir şehirde emniyet müdürü olmaktan çok daha iyiydi. Burası vitrindi, zamanı gelince en tepeye o vitrindekiler çıkardı. Onunla arasının bozulmasını da istemezdi. Behzat Ç. ikinci votkayı da bir dikişte içti. Aslında Tahsin çok iyi adamdı. Bir ara kararından vazgeçmeyi düşündü, ama herkese mesaj atmıştı bir kere, "Biz bu işte yokuz," demişti. Gasp Büro da peşinden gelmişti. Şimdi yanlış anlaşılırdı.

Odanın kapısı çalındı, "Girme," diye bağırdı başkomiser. Uzun süre kapıya baktı, kapıyı çalan gitmişti muhtemelen.

Aynı akşam Akbaba'ya, "En iyisini sen yapıyorsun," dedi. Bir adam eski karısını sevgilisi var diye şüphelenip vurmuştu, cesedin başındaydılar.

Akbaba, "Anlamadım aga," dedi.

"WhatsApp kullanmayarak en iyisini yapıyorsun," dedi Behzat Ç..

"Yanlış anlama ama senin hatan aga. Kurdurmayacaktın o grubu."

"Nasıl kurdurmayacaksın. Savcı bile arama yakalama kararlarını WhatsApp'tan yolluyor."

Akbaba bunu geçerli bir neden olarak kabul etmiyordu, suratını buruşturdu, çok daha korkunç bir hal almıştı suratı, "Gider Savcılık kaleminden alırdı gençler," dedi. "En fazla yarım saat oynar. Eskiden Cinayet'e yeni gelen memura ne yapardık, kaleme git kalemden gel yapardık, bir sene, iki sene, bıksın da gitsin bürodan diye uğraşırdık. Şimdi hepsinin elinde telefon, bir yere iki adım yürüseler laf ediyorlar. Cinayetçi dediğin yürüyecek, sokağı koklayacak sürekli, ayağı çalışmayan adamın kafası da çalışmaz. Ama onların suçu yok, senin hatan, çünkü sen eskisin, ayıksın mevzulara."

O ara haber merkezinden anons geçince Akbaba telsizin sesini açıp kulağına yasladı. Behzat Ç.'nin telefonuna da arka arkaya mesajlar geliyordu. Kör Turgut'un Dışkapı'daki mekânına silahlı sopalı bir grup gitmiş, sopalarla gazinoyu dağıtıp kapıdaki adamların da ayaklarına sıkmışlardı. Kopuzlardan İt Sefer'in ağbisi Sarı Süleyman'ın işiydi bu.

"İlçe Emniyet ipleri elinden iyice kaçırdı aga," dedi Akbaba. "Beni de kaç sefer aradılar bakmadım, itfaiyeden yardım isteyecek hale geldiler. Ama beter olsunlar, acırsam namussuzum. Sen o gideri yapana kadar bu heriflerin polislik hakkında tek fikri yoktu. Ortalık sütlimanken herkes polislik yapar."

Behzat Ç., Lale Pavyon'un sahibi İlhan'ı aradı, "İlhan sen bu akşam mekânı kapat, ne olur ne olmaz," dedi. "Yeliz'i de şefle oteline gönder. Bu akşam dışarı çıkmasın."

"Ben de öyle düşünüyordum amirim," dedi İlhan. "Hatta seni arayacaktım birazdan, kalp kalbe karşıymış."

"Yeliz nasıl? Korkmadı ya?"

"Ne korkması amirim? Yeliz çok neşeli. Hepimizle dalga geçiyor. Bizim kons kızlar süt dökmüş kediye döndüler ama görmüş geçirmiş kadının hali başka oluyor."

Ertesi sabah Harun telaşla Behzat Ç.'nin odasına geldi, "Ağbi hiç beklemediğimiz bir şey oldu," dedi.

"Tahsin'e bir şey mi oldu?"

"Yok ağbi, Tahsin Müdür'e ne olsun?"

"Ne bileyim, gazinoculara falan gidip tehdit etmeye kalkmıştır, kim olduğunu anlatamamıştır, beceremez öyle şeyleri."

"Ağbi adamların ayağına niye gitsin koca müdür ya, ayıp diye bir şey var. Anlatacağım ama bir sakin dinle. Gasp Büro, 'Bu işte biz de yokuz, Behzat Amir ne diyorsa o,' diyordu ama Turan Amir gitmiş, Köpekçi Tunahanlarla Kopuzların mekânını dağıtmış, tehdit etmiş, bu işe girmiş."

Behzat Ç. yerinden sinirle kalktı.

"Dur ağbi," dedi Harun. "Sen gitme. Hayalet gitsin önden baksın, nedir ne değildir anlasın."

"Yok lan Turan yapmaz öyle şey, götünüzden uyduruyorsunuz, Turan sözünden dönmez. Siz ne biçim dedikoducu adamlar oldunuz."

"Ağbi grupta yazanlar ortada."

"Kapat o grubu da, başımıza ne geldiyse WhatsApp'tan geldi."

Behzat Ç., Gasp Büro'ya girip memurlara selam verdi, Turan'ın odasına yürüdü sakince. Turan, "Hoş geldin ağbi," dedi. "Çay kahve ne içersin?"

"İçeriz gene Turan, sağ ol. Ben bir şeyler duydum ama kıymet vermedim. Yanlış anlama, bu dedikoduyu kim çıkardıysa onu bulalım diye geldim."

Turan, "Ağbi bir saniye," dedi, gitti kapıyı kapattı.

"Ağbi beni biliyorsun," dedi Turan. "Sen öyle dedikten

sonra ben bu işe girmezdim. Ama benim bu adamlarla şahsi bir meselem var."

Turan sustu, tedirgindi, Behzat Ç. bir şey söylemeden onun devam etmesini bekledi. Turan sigara ikram etti, yaktılar.

"Biz işe girmedik ama İlçe Emniyet'te de âleme uyanık biriki eski toprak var, bunlarla inceden oynamışlar, 'Bak kazın ayağı öyle değil,' demişler, 'elimizde dosya var,' demişler, ayak tabii, dosya mı yaptınız nerede var, ama bunları güzel bir korkutmuşlar. Bunun üzerine Köpekçi Tunahan beni aradı, başladı veryansın etmeye."

"O it kim seni arıyor ya!" dedi Behzat Ç..

"Ağbi durum şu, ben evi krediyle almıştım ya, onu ödeyemedim, krediyle krediyi kapatayım dedim daha beter borca girdim, eve ipotek koydular, bankanın avukatı aramaya, ikide bir 'icra icra' demeye başladı. O ara Köpekçi yeni mekân açmıştı, bir hayırlı olsuna gitmek icap etti, durumu söylemiş bulunduk. Tekliflerini kabul etmezdim ama çok dardaydım, bunalmıştım, benim borcumu kapattılar, iki sene kadar oldu işte, ben bunlara bir senet verdim. Köpekçi Tunahan İlçe Emniyet'in tehdidinden gözü korkunca beni aradı, 'Zor zamanda sen bizim yanımızda niye durmuyorsun?' dedi. 'Sen kimsin lan?' dedim, 'Ben ne sıfatla senin yanında duracağım?' 'Ha öyle mi, sen bizi adam yerine saymıyor musun, o zaman senetleri öde, yoksa avukata veririm,' dedi. 'Bekle orada,' dedim, 'ödemeye geliyorum'. Çocuklarla gittik ağzını burnunu kırdık, mekânı dağıttık çıktık. Onların mekânı dağıtınca karşı tarafa da bir şey yapmak icap etti, 'tek taraflı çalıştı' demesinler diye, gittim Kopuzların mekânına, onları da dağıttım."

"Senetleri aldın mı?"

"Yok."

"Ya Turan," dedi Behzat Ç., "madem kredi çektin, borcunu ödeyemiyorsun, bana deseydin ya. Giderdik Ticaret Odası'na, onlar bankayı zorlardı, faizi durdururlardı, banka da senin borcunu yeniden yapılandırırdı, yavaş yavaş öderdin. Ben öyle yaptım mesela, beni yapılandırdılar baştan."

"Ağbi öyle diyorsun da bende iki tane çocuk var üniversite okuyan, beni yapılandırsalar, maaşın yarısına çökseler ben nasıl geçineceğim."

Başkomiser, "Tamam Turan," dedi, "tamam."

Böylece Gasp Büro bu tantanaya girince Cinayet Büro da girmiş sayıldı. Girmeseler Behzat'la Turan arasında bir sıkıntı varmış gibi anlaşılacaktı.

Behzat Ç., o günün akşamı Köpekçi Tunahan'ın ağbisi Sabo'yu aradı, Sabo 16 yaşından beri gayrimeşru kovalıyordu, durumlar karışmadıkça gazinoculuk işlerine girmezdi. "Geçmiş olsun," dedi başkomiser. Tunahan'ın durumunu sordu, elmacık kemiği kırıktı, yurtdışından özel maske sipariş etmişlerdi. Başkomiser konuyu senetlere getirince Sabo, "Dayı benim senetten sepetten haberim yok," dedi.

"O senetleri bul Sabo," dedi başkomiser. "Bulamıyorsan amcanı ara, o beni bilir, ben gelip akşam senden alacağım senetleri, bu konuyu kapatacağız."

Sabo öksürdü, sesini birden değiştirmiş, tehditkâr bir tınıyla konuşmaya başlamıştı, "Dayı sen bu işe karışma," dedi. "Seni üzmeyelim."

"Beni üz Sabo!" diye bağırdı başkomiser. "Bu hayatta şu an en çok istediğim şey beni üzmen. Neredeysen söyle geleyim, orada beni üz."

Sabo telefonu kapattı. "Kaçabildiğin kadar uzağa kaç Sabo," diye mesaj çekti başkomiser.

"Haddini bil," diye cevap verdi Sabo. "Senin karşında dünkü çocuk yok."

Behzat Ç., Sabo'yla Tunahan'ın amcalarını aradı, polisi saymasını bilen eski topraklardandı ama o da telefona bakmamıştı. Hayalet, Sabo'yu iki gün sonra buldu. Yeğenlerinden birinin 7. Cadde'deki oto galerisindeydi. Ekip Amiri Ali Baki Büro'nun genç polislerine Cinayet Büro önlüğü ve kalın sopalar dağıttı. Harun'un kullandığı ekip aracında Behzat Ç. ve Akbaba, arkadaki minibüste de sopalı polislerle yola çıktılar. Camı çerçeveyi indirip galeriye girdiler, içeridekileri yere yatırıp üstlerini aradılar. Sabo'ya ters kelepçe yapıp kafasına basmışlardı. Behzat Ç. bir 216 yaktı, Sabo'nun karşısına çömeldi, "Sabo," dedi. "Hayvan herif. Seni insan gibi aradık, 'Geçmiş olsun,' dedik. 'Senedi ver,' dedik, niye bizi bu vaziyetlere soktun?"

"Haberim yok senetten dayı. Dur bir dayı."

"Dayısının amına koyayım dayısının," dedi Behzat Ç..

Harun, Sabo'ya bir tokat attı, "Bir de gider yapıyorsun," dedi. "Seni üzeriz diyorsun. Senin ederin ne ki giderin ne olsun yavşak!"

Ruhsatsız silah taşıyan iki adamla Sabo'yu alıp çıktılar. Ruhsatsız silah taşıyanları başka araçla Emniyet'e gönderdiler, Sabo'yu da DSİ'nin baraj gölüne çektiler.

Behzat Ç. deri ceketini arabada bırakmış, gömleğinin iki düğmesini açmış, güneş gözlüğünü takmıştı. İşaret edince Sabo'nun kelepçesini açtılar. Başkomiser bileğinin içiyle Sabo'nun kafasına birkaç sefer hafifçe vurdu, "Şimdi ne yapacağız Sabo?" dedi.

"Benim bu Tunahan'ın senet sepet işlerinden haberim yok, sana yalan demedim."

Behzat Ç. bıkkınlıkla iç geçirip çenesini sıvazladı.

"Tamam," diye devam setti Sabo. "Birtakım yanlış sözler oldu ama..."

"Ama yok! Bana o senedi vereceksin bugün Sabo. Sizde utanma yoksa bende de acıma yok bundan sonra. Anlatabildim mi Sabo?"

"Bildiğim bir konu olsa tamam. Haberim yok."

"Halamın taşakları olsaydı benim de bir tane daha amcam

olurdu," dedi Harun. "Ama bir tane daha amcam yok, ne yapacağız şimdi?"

"Bilsem tamam."

Behzat Ç. işaret edince Sabo'nun koluna girdiler, baraj gölüne doğru sürüklediler.

"Dur dur!" diye bağırdı Sabo. "Ben sudan korkuyorum, yüzme bilmem, sakın ha!"

"Boşuna mı seni buraya getirdik?" diye sordu Hayalet.

Sabo'yu iskelenin ucundan karga tulumba baraj gölüne attılar. Sabo çırpınmaya başladı, bir yandan da "Bilmiyorum bilmiyorum," diye bağırıyordu. Bir süre sonra suya batıp çıkmaya başladı, sesi duyulmaz oldu. Behzat Ç. bir 216 yaktı, cırcırböceklerinin sesini dinleyerek ağır ağır tüttürmeye başladı. Çimenlerin üstünde yere yakın vaziyette döne döne uçan arılar vardı, "Bu arılar neden böyle yere yakın uçuyorlar?" diye sordu başkomiser. "Çiçek miçek de yok buralarda."

Bilen çıkmadı.

"Ağbi senetten haberi olsa söylerdi," dedi Harun.

"Söyleyecek," dedi Behzat Ç.. "On altı yaşından beri biliyorum bu bebeyi, psikopata bağlamış, kendini öldürtmeye çalışıyor."

"Ölecek zaten ağbi."

"Ölsün! Piknik yaparken gölete düştü, kafası güzeldi deriz. Kanından bir ton uyuşturucu çıkar zaten."

Suyun üstüne çıktığı bir anda son kalan gücüyle, "Söyleyeceğim," diye bağırdı Sabo.

Harun yerdeki uzun direklerden birini aldı, kenardan Sabo'ya uzattı, "Tut şunu," dedi ama Sabo direğe tutunamadı. "Tut şunu gerizekâlı," diye bağırdı Harun. Baktılar Sabo boğulup gidecek, genç memurlardan Komiser Yardımcısı Erhan, ayakkabılarıyla kıyafetlerini çıkarıp suya atladı. Ama Sabo o panikle Erhan'a asılıp onu da suyun dibine çekti, bunun üzerine Harun da atladı suya, Sabo'nun kafasını suya bastırdı önce, sonra da yarı baygın halde dışarı çıkardı.

Sabo çok su yutmuştu, yüzüstü çevirdiler, Akbaba sırtına vurdu. On dakika sonra Sabo yavaş yavaş kendine gelmeye başladı.

"Nerede lan senet?" diye sordu başkomiser.

"Rıza Ağbi'ye verdik biz onu."

"Tefeci Rıza'ya."

"Evet."

"Ulan sizin var ya! Polisin senedini tefeciye mi verdiniz? İki tane çakal bütün Ankara'yı karıştırdınız lan."

Başkomiser ertesi gün Tefeci Rıza'nın Farabi'deki ofisine gitti. Büyük siyah bir masanın arkasında oturuyordu Rıza, duvarda Türk bayrağı ve camlı bir dolapta kılıç koleksiyonu vardı. Yandaki büyükçe cam sehpalarda da inşaat maketleri diziliydi. Rıza, Behzat Ç.'yle yaşıttı. Esrarkeşlere özgü ağır, baygın bir konuşma biçimi vardı. Rahat adamdı, kazancının büyük kısmı gayrimeşrudan değil, inşaat işinden geliyordu. Tanıdığı çoktu, gazinocularla kıyaslanınca büyük balıktı, tehdit edilmeye değil, iş konuşmaya alışıktı.

"Behzat ben seni bilmem ama ağbini bilirim," dedi Rıza. "Onun patronlarını da bilirim, onlar da beni bilir. Biz devlete kabadayılık yapmadık hiçbir zaman. Ben inşaat işindeyim, ha yaptığım diğer işi de saklamıyorum. Bu çekmece komple Emniyet'in senetleri. Hasbelkader elimize geçmiş senetler. Bazen polisin kendisi geliyor, 'Ağbi benim bir senedim var, bunu al sende dursun, ben o adamlara ağız eğmeyeyim,' diyor, alıyoruz senedini. Ben bugüne kadar hiçbir polise faiz işletmedim. Ama ne dedim, 'Ana parayı getirin, eliniz bollaşınca getirin, canınız sağ olsun,' dedim."

"Ana para ne kadar?" diye sordu Behzat Ç..

"400 bin lira."

"Sen o senedi 200 bin liraya almışsın," dedi Harun. "Polise faiz işletmiyorum diyorsun ama bizi koparmaya çalışıyorsun burada."

"Sen kimsin gardeş?" diye sordu Rıza.

"Benim adım Harun Sinanoğlu gardeş," dedi Harun. "Cinayet Büro'da komiserim, seni burada ayakkabılarınla beraber yerim."

"Hişş," dedi Behzat Ç., Harun'a sakin olmasını işaret etti. Akbaba'yı aradı telefonla, "O bebeyi nezaretten çıkarın bankaya götürün," dedi. "300 bin lira çeksin, buraya getirsin. Biz Rıza'yla anlaştık."

Başomiser Rıza'ya baktı, başıyla onayladı Rıza. Behzat Ç. telefonu kapattı, "Biz de bir tavla oynayalım o zaman," dedi. Rıza'yla beraber yandaki sehpaya geçtiler, orijinal sedef kakma, telkâri işlemeli bir tavla geldi. 6-4 kaybetti başkomiser.

Senet işi çözüldükten sonra Cinayet'le Gasp Büro'dan bu işe bakan ekipleri dört gruba ayırdılar, olayın bütün taraflarını aynı anda gözaltına aldılar. Behzat Ç.'nin başında olduğu ekip Kör Turgut'u, Hayalet'in başında olduğu ekip Köpekçi Tunahan'ı, Turan'ın ekibi Kopuzların İt Sefer'i, Gasp'ın kıdemlilerinden Oruç'un ekibi de İt Sefer'in ağbisi Sarı Süleyman'ı almıştı. Gözaltına alırken kafalarına basıp biraz ezmişlerdi ama bunlara alışık adamlardı, şubeye girerken hâlâ sırıtıyorlardı. Dördünü de Cinayet'in sorgu odasına koydular, Turan'la Behzat Ç. başlarındaydı.

"Ben şimdi bir şeyi çok merak ediyorum," dedi Behzat Ç.. "Bütün bu tantana nasıl çıktı, olay nasıl başladı, bir anlat bakalım Sefer. Sen o akşam bunların mekâna niye sıktın?"

"Ben anlatayım amirim," dedi Köpekçi Tunahan.

"Seni de dinleyeceğim. Bekle!"

"Şimdi amirim," dedi Sefer. "Benim bu âlemde takıldığım bir kız var, Köpekçilerin mekânda çalışıyor. 'Seni çok özledim, sensiz yapamıyorum, sensiz nefes alamıyorum,' diye mesaj çekti, ben de onu görmeye gittim. Şişe açtırdık, kıza Miller da söyledik, gerekeni yaptık, parası neyse zaten vereceğiz, ezmeye gitmişiz. Neyse ben beş dakika telefona çıktım, döndüm geldim, masada beş tane boş Miller şişesi duruyor. Kıza dedim, 'Bunlar ne?' 'İçtim,' dedi. 'Beş dakikada beş Miller mı içtin?' dedim, 'İçtim,' dedi. 'Bak kızım garsonlar koyduysa söyle, birasında parasında falan değilim, mevzu başka, biz buraya köyde tarla satıp gelmedik, biz de mekâncıyız, ben koparılacak adam değilim,' dedim. 'Yok, ben içtim' dedi. Çağırdım garsonu, getir beş şişe Miller daha dedim, koydum önüne, 'İç lan,' dedim, 'beş dakika vaktin var'. 'Yeni içtim,' dedi. 'Bana nasıl davranıyorsun?' 'Böyle davranıyorum,' dedim, kovdum masadan. Çağırdım garsonu, 'O Köpekçi Tunahan'a söyleyin, gelsin buraya karşıma otursun,' dedim. Garson gitti geldi, 'Tunahan Ağbi seni müdüriyette bekliyor,' dedi. Ben odaya girer girmez bunlar bana beysbol sopalarıyla, muştalarla saldırdılar. Durum bundan ibaret."

"Ne muştası lan," dedi Tunahan. "Bir kere olay öyle değil amirim, ben arz edeyim," diye devam etti. "Mekânda sinkaflı konuşuyor bir, bana küfür ediyor iki, kıza tokat atıyor üç. Ayrıca Gözde 'İçtim,' diyorsa içmiştir, o kız yalan söylemez."

"Muamele çekme lan," dedi Sarı Süleyman. "Bu karıların hayatı yalan. Bu âlemde çalışıp da yalan söylemeyen karı mı olur?"

"Gözde söylemez."

"Bak bizimle oynama Tunahan!"

Birbirlerinin üstüne yürüyecek oldular, "Şimdi bir durun," dedi Behzat Ç.. "Gerekirse ona da sıra gelecek. Tamam anladım mevzuyu, Tunahan gıcıklık olsun diye Sefer'e beş bira geçirmiş, karı da bir öyle demiş bir böyle demiş, o onu dövmüş, bu buna sıkmış. Ben bunlara kızmıyorum, bu âlemde böyle şeyler olur, biz halden anlarız, size yardımcı oluruz. Ama siz laf dinlemiyorsunuz kardeşim, ben ona kızıyorum. Sizi buraya o yüzden topladım. Bakın sizinle bir defa konuşacağım, iyi dinleyin. Bu âlemde en büyük kabadayı devlettir. Devlet hep on sekiz yaşında. Her şeyi unutun bunu unutmayın. Ben burada size bir şey diyorsam devlet diyordur, kişisel algılamayın, ben yarın öbür gün emekli olur giderim, benim yerime başkası oturur burada, o konuşur. Devlet size 'Öpüşün barışın, bu konuyu kapatın,' diyorsa kapatacaksınız. Yoksa gerekeni yaparız."

"İlçe Emniyet'ten bütün dosyaları aldık," dedi Turan, oysa ellerinde hiçbir şey yoktu, olay tutanakları bile. "Tunahan, sen Sefer'e çökmüşsün, hesap diye parasını almışsın, gasp, darp ve hürriyetten yoksun bırakma. Sefer sen mekânı kurşunlamışsın, üç yaralı var, adam öldürmeye teşebbüsten üç dosya. Kör Turgut, Kopuzların mekânda dört yaralı var, adam öldürmeye teşebbüsten dört dosya. Sarı Süleyman sen Kör Turgutların mekânı basmışsın, adam öldürmeye teşebbüsten dört dosya, artı çalışma hürriyetini ihlal. Bak burası İlçe Emniyet değil, biz dosyaları sağlam yaptık, her birinin yatarı en az otuz sene. Savcı zaten bir telefonumuza bakıyor size dosya yağdırmak için."

"Duruma göre bu dosyalar çekmeceden çıkmaz," dedi Behzat Ç.. "Şimdi sizi bu odada baş başa bırakıyorum, isterseniz anlaşın barışın, isterseniz dövüşün, bundan sonra size tek laf daha etmeyeceğim."

Polisler odadan çıktılar, yan tarafa geçtiler. Bir süre sessizlik hâkimdi odaya, sonra hararetli tartışma sesleri yükseldi, ardından da kavga dövüş sesleri. Bir ara siyah cama çarptılar, cam zangırdadı. Harun, "Keşke camı düzelttirseydik," dedi. "Ya da onları bu tarafa koysaydık."

"Burada bir sürü kayıt malzemesi var," dedi başkomiser. "Yesinler birbirlerini."

"Yesinler ağbi," dedi Harun. "Ondan demedim, seyretmesi zevkli olurdu."

On beş dakika sonra içeriden sesler gelmez oldu, iki-üç dakika daha bekledi Behzat Ç., kapıyı açtı. Dördünün de dövüşmekten ağızları burunları bir tarafa kaymıştı. Kör Turgut'un gözlükleri kırılmış, Tunahan'ın yurtdışından gelen özel maskesi yırtılmıştı.

"Biz anlaştık barıştık," dedi Kör Turgut.

"Aynen," dedi Sarı Süleyman. "Biz barıştık."

"Bir sarılın göreyim," dedi başkomiser.

Sarıldılar. Behzat Ç. kapıyı kapattı, diğer yana geçti yine.

"Ağbi istersen bunlara bir doktor raporu alalım," dedi Turan. "Hiç olmadı darptan sağlam bir dosya yaparız."

"Ben de öyle düşünüyordum ama 'Barıştık,' diyorlar."

"Ne barışması ağbi," dedi Harun. "Bunlar kaşmer ya, senin lafını yemeyeceğini biliyorlar, sana oynuyorlar gitmek için."

"Biliyorum ama gene de lafımızı yemeyelim."

Dördünü de bıraktılar. İki gün gazinoculardan ses çıkmadı.

Behzat Ç. ile Harun bebek mağazasına gittiler, Behzat bebek için açık mavi bir pantolon beğendiler. Başkomiser Harun'lara akşam yemeğine gitti. "Bak Behzat Amcan sana ne almış?" dedi Harun, Behzat'a. Başkomiser hediye paketini yüzündeki geniş tebessümle birlikte uzattı. Münevver'in yardımıyla Behzat paketi açtı, pantolona baktı, sonra yere attı, "Bembe bembe," diye ağlamaya başladı. Harun eliyle yüzünü sıvazladı, tedirgin gözlerle önüne bakıp sustu uzun süre.

Yemeğe oturdukları sırada Köroğlu'nda bir restorandan kavga haberi geldi. Telefonlara mesajlar yağıyordu, işin aslı kısa zamanda anlaşıldı. Köpekçi Tunahan'la Sarı Süleyman restoranda karşılaşmışlar, söz dalaşı kavgaya dönmüş, bütün restoran dağılmıştı. Tantananın ayrıntıları gece boyunca mesaj trafiğiyle aktarıldı. İlk olarak bölgedeki devriye ekibi gitmiş, kavgayı ayıramamış, havaya sıkmıştı. Üstüne Yunuslar gelmiş, Sarı Süleyman'ın yeğenlerinden birinin kaburgalarını kırmıştı. Polislere hemen darp raporu almışlar, yeğene de polise mukavemetten dosya yapmışlardı. Ellerinde kavgaya karışan başka kimse yoktu. Mekân sahibi de hasım sahibi olmamak için kamera kayıtlarını silmişti.

Behzat Ç. ertesi gün Tahsin'in odasında oturuyordu, Tahsin'in şoförü Şuayip Türk kahvesi ikram etti. Kendine de bir kahve getirmişti, gitti odanın uzak köşesindeki koltuklardan birine oturdu. Tahsin, Cinayet'le Gasp işin içine girdiği için rahattı ama biraz geç kalmışlar, ipleri bir sefer kaçırmışlardı ellerinden.

"Ben bir şeyler duydum ama yanlış anlama," dedi Tahsin. "Turan'ın bu gazinocularda senedi varmış, sizin bu işe sonradan girme nedeniniz buymuş."

"Kim uyduruyor bunları?" dedi Behzat Ç.. "Tamam Turan'ın bir senet işi vardı ama tefecilerle vardı, bir ahbabıyla alakalı sıkıntı, biz onu çözdük."

"Ee, senin de bir dostun varmış âlemde, sanatçı. Sen bu işe o yüzden girmemişsin baştan, onun çalıştığı mekânla alakası varmış."

"Tahsin siz nasıl adamlarsınız ya, hadi bizim bu genç çocuklar telefondan yazışıyorlar 'şöyle olmuş böyle olmuş' diye. Siz koskoca müdürler oturuyorsunuz bunu mu konuşuyorsunuz WhatsApp gruplarında? Evet, benim bir sanatçı dostum var, size mi soracağım kimle beraber olacağımı? Bunun o olayla ne alakası var?"

"Tamam bir şey demedim Behzat," dedi Tahsin. "Konuşuluyor bunlar, o yüzden dedim, haberin olsun, sen de biraz dikkat et."

"Tamam dikkat ederim."

"Neyse," dedi Tahsin, kahve fincanını az öteye koydu, söze girmeden önce başkomiseri süzdü biraz, "Sen bu gazinocuları bir toplasan," diye devam etti. "Sağlam olmasa da birer dosya yapsan, ben de başsavcıyla konuşsam, nasıl olur?"

"Olur ama işi çözmez," dedi Behzat Ç.. "Bunları alırız, oynarız bunlarla, üç-beş sene kafayı içeriden çıkaramazlar. Ama yeğenleri var, kardeşleri var, onlar durmaz, devam ederler. Bu adamların bir öyle bir böyle kıvırdıklarına bakma, hasımlık yaptılar mı yapıyorlar, gurur meselesine döndürdüler işi."

"Ne yapacağız o zaman?"

"Ben bu meseleyi eski usulle çözeceğim. Bunu da baştan seninle konuşmaya geldim, biz bu işi bitiririz ama bunların bugüne kadar yaptıkları olayları kapatacağız, hepsi faili meçhul. Bir tek mekân kurşunlamayı üstlenen tetikçi çocuklar ceza alır."

"Ne yapacaksın Behzat, adamları vuracak mısın? Bak bunların üstüne başka tantana istemiyorum ha."

"Ne vurması Tahsin, sene olmuş kaç. Ben onlara daha ağır bir şey yapacağım."

Dört gazinocuyu sabah beşte kafalarına basıp yeniden aldılar. Sahibi eski polis olan bir birahaneye götürdüler Keçiören'de. İçerisi boştu. Behzat Ç.'yle Turan'ın elinde kaşıklar vardı, diğer polislerde de sopa. Behzat Ç. adamların karşısına geçti, "Bu yaptığım şeyden hoşlanmıyorum," dedi. "Bundan zevk almıyorum. Ama beni buna siz zorladınız. Ben size hep öpüşün, barışın, hasımlık yapmayın dedim bugüne kadar, ne bok yediyseniz 'Tamam,' dedim, 'Görmeyeceğim,' dedim, halden anladım, siz anlamadınız."

Başkomiser Harun'a döndü, "Çek," dedi.

Behzat Ç.'yle Turan kaşıkları çalmaya başladılar, kabadayılık yapan dört gazinocuya da dansöz kıyafeti giydirmişler, ellerine zil takmışlardı, dördünün de tek tek videosunu çekti Harun, sopalarla döve döve oynattılar, "Oyna lan," dediler. "Seni karımız yaptık, bundan sonra bize oynayacaksın."

Ertesi akşam Cinayet'le Gasp'tan beş-altı kıdemli polis, olayın ilk başladığı mekâna, Köpekçi Tunahan'ın Meltepe'deki pavyonuna gittiler, masa kurdular. Bir yüzlük rakı söylediler, birer kadın oturttular yanlarına, yediler içtiler. Zamanı gelince Behzat Ç. ile Turan kaşıkları alıp ağır ağır oynadılar sahnede, oyunları bitince bağlamacının mikrofon çubuğuna yüzer lira astılar, mekândan çıktılar, bütün âlem gerekli mesajı almıştı.

Dansöz videoları Behzat Ç.'nin elindeyken hiçbiri sağa sola zıplamaya kalkmadı. Ortalık uzun süre sütliman oldu. Herkes kavganın nasıl bittiğini biliyordu ama kimse uluorta konuşmaya cesaret edemiyordu, videoları kimse görmedi.

Bir hafta kadar sonra bir sabah Yeliz'le başkomiser yataktaydılar, yeni sevişmişlerdi, havadan sudan konuşuyorlardı, araları çok iyiydi o günlerde, "Senin elinde Kör Turgut'un dansöz kıyafetiyle videosu varmış," dedi Yeliz.

"Yok öyle bir şey yavrum," dedi başkomiser. "Kim uyduruyor bunları?"

"İnanmamıştım zaten. Kör erkek adamdır. Ölür ama dansöz kıyafeti giymez."

Behzat Ç. dudaklarının içini ısırarak Yeliz'e baktı.

"Ne bakıyorsun öyle?"

Başkomiser cevap vermedi. "Tahrik ediyor," diye geçirdi içinden, "gerçeği öğrenmek için. Sakın bu tuzağa düşme." Behzat Ç.'nin yüzüne geniş bir tebessüm yayıldı.

İkna

Savcı Belgin Yavuz sabah dokuzda ilk iş olarak odasına başkomiseri çağırtmıştı. Odanın önünde ifade için bekleyenler vardı ama kimseyi bekletmeyi sevmeyen bu kadın hiç acelesi varmış gibi görünmüyordu. Kahve bile söylemişti. Odadaki sessizliği klimanın tekdüze uğultusu bölüyordu. Başkomiserin bütün bunlardan çıkardığı sonuçsa yine boka sarmış bir dosyanın onun başına yıkılacağıydı.

Haziran ayıydı, daha sabahtan çok sıcak bir günle karşı karşıya kalacakları belliydi. "Şimdi sana kızgınım ama bunu tartışmak istemiyorum," dedi savcı. "Bir dosya var, bak orada, önündeki sehpanın üstünde. Şöyle kabaca bir göz at istersen."

Bordo önlüklü odacı kahveleri getirip çıktı. Behzat Ç. dosyaya baktı, pek bir şey ifade etmedi ona. Beş sene önce, Mamak tarafındaki bir oto elektrikçide işlenmiş bir cinayetle alakalıydı.

Savcı Belgin, "Beş senedir süren tutuklu bir dava," dedi. "Mahkeme hüküm kuramadı, beraat verdi, faili meçhule düştü. Önceki savcının tayini çıkınca geçen hafta geldi bu dosya bize. Ben de duruşmada süre istedim, heyet normalde süre verirdi, ama adam da beş yıldır tutuklu. Başkan, 'Deliller yetersiz, hüküm kuramıyoruz, azami tutukluluk süresini aştık,' dedi, beraat verdi. Heyetle konuştum onlar da haklı. Bu adam ya suçluydu hüküm kurulamadı ya da suçsuzdu beş sene boşu boşuna yattı. İkincisi ilkinden daha beter."

Savcı kalktı pencereyi açtı sakince, derin bir-iki nefes aldı, Adliye'nin bahçesine göz gezdirmeye başladı, "Hukukta bir prensip vardır," diye devam etti. "Biri suçsuz yere içeride yatacağına bin tane suçlu dışarıda gezsin daha iyidir, biz onu tercih ederiz. Suçsuz bir insan içeride yatarsa adalet duygusu temelinden sarsılır."

Savcının bu son sözünden sonra başkomiser gayriihtiyari gülümsedi.

"Neden gülüyorsun?" diye sertçe sordu savcı.

"Yok bir şey."

"Bu adam senin yüzünden beş senedir içeride yatıyor. Bizzat Cinayet Büro amiri bakmış soruşturmaya."

"Ben o zaman Cinayet Büro amiri değildim. Köpek Eğitim Merkezi'ndeydim, Gölbaşı'nda. Darbeden sonra Cinayet'e geri döndüm."

"Bilmiyordum. Kusura bakma."

"Sorun değil. Cinayet Büro'da bir bokluk olduysa herkes beni bilir. Adalet bir kuzu olsa biz kokoreç olurduk."

Savcı Belgin döndü yerine oturdu, mahcubiyetinden ötürü yüzü kızarmıştı biraz, bir süre masada parmaklarıyla trampet çalıp Behzat Ç.'yi süzdü, "Bir sigara versene Behzat," dedi sonra.

"Hani sigara içmiyordunuz?"

"Bazı günler içerim."

Behzat Ç. paketini çıkardı, önce savcıya, sonra da kendine birer sigara yaktı.

"Dönemin Cinayet Büro amiri nerede şimdi?" diye sordu savcı.

"O içeride, malum davadan."

Savcı Belgin bıkkınca gülümsedi, "Neyse Behzat," dedi. "Bu meseleyle bizzat ilgilenmeni istiyorum. Öyle yarım yamalak yargılama olmaz. Bu adam suçsuzsa asıl faili bulun. Suçluysa itiraz süresi dolmadan delillendirin getirin, ben de İstinaf'a başvurayım yeniden tutuklanması için. Bir hafta vaktin var, olayda kullanılan silah dahil her şeyi istiyorum."

Başkomiser başıyla selam verip çıktı. Adliye'nin önünde durdu, neyi beklediğini bilmeden bekledi öyle, gelip geçenlere baktı. Hukukçuların çoğunun polislikle alakalı en ufak bir fikirlerinin olmadığını düşünüyordu. Bir kere gerçekçi değillerdi. Beş yıldır çözülemeyen bir dava ve bir hafta süre... Düşünce akışını çalan telefon böldü. Lale Pavyon'dan İlhan arıyordu, "Amirim kusura bakma," dedi. "Acil olmasa seni aramazdım. Yeliz iki gündür programa çıkmıyor, otele kapanmış içip duruyor, çocukları gönderdim bakmaya, onlara da küfretmiş, kovmuş."

İlhan susunca, "Eee?" dedi başkomiser.

"Hani bir konuşabilir misin kendisiyle?"

"Konuşamam İlhan. Ben o defteri kapattım."

Başka ne diyeceğini bilemedi başkomiser, "O kadın bana ağır geliyor İlhan," dedi. "Valla uğraşamayacağım artık."

"Haklısın amirim," dedi İlhan. "Bana da ağır geliyor. Hani arada sen olmasan..."

"Beni karıştırma İlhan. Gözünü seveyim artık beni karıştırma..."

Behzat Ç. köşedeki arabadan simitle ayran alıp Emniyet'e gitti. Öğlene doğru odasında, Harun, Hayalet ve Akbaba'yla kahvaltıya oturdular. Beş sene önceki dosyayı da indirmişlerdi arşivden. Simitler bitene kadar bir şey konuşmadılar tatları kaçmasın diye. Çay söylediler, başkomiser bir 216 yaktı. O ana kadar kaşlarının altından başkomiseri süzen Akbaba, "Beş senedir çözülememiş olayı ben bir haftada nasıl çözeyim diyemedin mi aga?" diye sordu. "Bizim elimizde sihirli değnek mi var diyemedin mi?"

"Diyemedim Akbaba!" dedi başkomiser. "Sen gelseydin sen deseydin."

Odaya bir sessizlik çöktü.

Başkomiser, "Ya sana ne oldu böyle?" diye sordu Akbaba'ya. "Sen bu sene iyice huysuz bir şey oldun."

Akbaba ayağa kalktı, "Bana hiçbir şey olmadı aga," dedi. "Ben yirmi iki senedir yerimden milim oynamadım. Ama bütün âlemin götü başı ayrı oynamaya başladı, o yüzden size ben değişmişim gibi geliyor."

Akbaba, başını sinirle sallayıp odadan çıktı gitti.

Harun, "Yok ağbi yok," dedi arkasından. "Bunun sonu kötü, ben sana söyleyeyim."

Öğleden sonra Behzat Ç. ile Harun mahkemede beraat eden Ferruh Avcı'nın Mamak'taki evine gittiler. Yeni yapılmış dört katlı bir binanın zemin katında oturuyorlardı. Muhtemelen oradaki gecekondunun sahibi olduklarından zemin katta bir daire verilmişti onlara. Kapıyı Ferruh Avcı'nın annesi açtı, altmış beş yaşlarında, koyu yeşil gözlü, başörtülü bir kadındı. Karşısındakilerin polis olduğunu anlayınca gözleri bir kaplanın gözleri gibi parladı.

"Ferruh evde mi?" diye sordu başkomiser.

"Evde. Ama sizi almam içeri! Yeter! Gidin!"

Kadın kapıyı yüzlerine kapatmak istedi, başkomiser kapıyı tuttu, "Anacım bir saniye," dedi.

"Bir saniyesi falan yok artık," dedi kadın. "Benim oğlum beş senedir suçsuz yere içeride yatıyor. Daha yeni kavuştuk. Gene mi geldiniz? Beş senedir neler çektiğimi bir ben bilirim."

"Anacım biz de oğluna yardımcı olmak istiyoruz zaten.

Biz de asıl katili arıyoruz. Bak bizi savcı gönderdi, işi çözelim ki oğlun yeniden tutuklanmasın diye geldik buraya."

"Olmaz. Alır götürürsünüz."

"Götürmeyeceğiz, söz!"

"Söz mü?"

"Söz anacım. Söz veriyorum, alıp götürmeyeceğiz, konuşacağız sadece."

Kadın hâlâ şüpheli gözlerle polislere bakıyordu. Ferruh koridorda belirdi, "Ana çekil kapıdan," dedi. "Gelsinler."

Ferruh otuzlu yaşların başında, ince uzun, esmer biriydi. Annesinin gözlerinden ayrı, çocuksu gözleri vardı. Odasında yatağın kenarına oturdu, başkomiserle Harun da birer sandalye çektiler karşısına. O yokken her gün temizlendiği belli, derli toplu bir odaydı.

"Geçmiş olsun," dedi başkomiser. Ardından savcının İstinaf'a başvurmak istemediğini, suçsuz yere içeride yattıysa bunu açıklığa kavuşturmaları gerektiğini anlattı. "Şu olayı bir de bana anlat baştan," dedi.

"Biz bu rahmetliyle asker arkadaşıydık," dedi Ferruh. "İki Ankaralı askerde çok destek olduk birbirimize. Gel zaman git zaman askerlik bitti, ben Maltepe'de bir nalbur dükkânı açtım kendime. İşlerim iyiydi, inşaatlara da malzeme veriyordum. Rahmetli de oto elektrikçide çalışıyordu o ara, kendi dükkânını açacaktı. Ben ona o zamanın parasıyla 10 bin lira borç verdim. Bu dükkânı açtı, aradan bir sene geçti, tık yok. Ben de bir kız buldum, nişanlandım, evlenecektim, durumu anlattım. 'Yok mok,' dedi, biz bununla kahvede birbirimize girdik. İki gün sonra beni aradı, 'Akşam dükkâna gel,' dedi, 'konuşalım'. Neyse dükkâna gittim, güzel bir sofra kurmuş, oturduk. Niyetinin barışmak olduğunu anladım. 'Biz eski arkadaşız,' dedi, 'dostuz,' dedi, 'kusura bakma,' dedi. İşlerini anlattı, sonra 'gel,' dedi bana, 'dükkâna ortak ol, işleri büyütelim'. Biraz tabii alkol de aldık, ben dedim ki 'Tamam'. Ben rahmetliyle ortak olacağız zannediyorum, ertesi hafta düğünüm var her şeyi ayarlamışım, iki gün sonra polis geldi beni aldı. Derdimizi anlatamadık beş senedir, kaç sefer mektup yazdım, hâkime de yazdım, savcıya da yazdım, Yargıtay'a da yazdım, yok, öyle kaldık içeride."

"Ee, bir silah varmış senin ruhsatsız."

"Ben hayatımda silah taşımadım ki. Bana silahla adam vurdun diyorlar, o silah da ortalıkta yok. Kahvede ettiğimiz kavga dışında görgü tanığı da yok."

Behzat Ç. köşedeki masanın üstünde plastikten yapılmış bir maket gördü. Kalktı maketi inceledi, peynir kutularından yapılmış, ince ince işlenmiş bir maketti.

"Bu ne?" diye sordu.

"Olayın geçtiği oto elektrikçinin maketi," dedi Ferruh. "Dosyadaki fotoğraflara bakarak içeride yaptım, her detay bire bir aynı. Bunu mahkemeye de götürdüm. Kadehlerdeki izler belli, ben masanın burasında oturuyorum, o da karşısında. 'Polis fezlekesinde yazdığı gibi ben adamı bu masada bu açıyla kafasından iki kurşunla vurduysam' dedim, 'bu adamın kanının arkasındaki duvarda olması gerekmez mi? Aksi istikametteki motorun üstünde bu adamın kanının ne işi var? Aksi istikametteki tezgâhta bu adamın kanının ne işi var? Kafasına iki kurşun yemiş adam kalkıp buraya nasıl yürüyecek?' Ama anlatamadık işte derdimizi, hâkimi bir türlü ikna edemedik."

"Ferruh," dedi Behzat Ç.. "Ben bu maketi senden ödünç alayım, haftaya getireyim, olur mu?"

"Olur. Ama getirin lütfen, hatırası var. Kötü de olsa."

Aynı gün Olay Yeri İnceleme'den uzman memur Sıtkı'nın odasındaydılar. Sıtkı zaten irikıyım bir adamdı, odasındaki küçük masadaysa bir devi andırıyordu.

"Altının gramı 980 liraya dayanmıştı," dedi Sıtkı. "Baktım bizim maaş eriyor, gittim 8 gram altın aldım. Ben altının gramını 980'den aldım, aynı hafta 900'e düştü. Şimdi 900'den bozduracağım, gideceğim kredi kartlarının alt limitini ödeyeceğim."

Harun içini çekti, "Zor Sıtkı Ağbi zor," dedi. "Ekonomi tepetaklak oldu."

"Ekonomi tepetaklak olurken şeyi de bize girdi affedersin. Neyse beni konuşturmayın... Sinirlerim bozuldu."

Sıtkı konuşurken bir yandan da masadaki maketi inceliyordu, "Bu adam Denizli'de mi görev yapmış emekli olmadan önce?" diye sordu. "Orada bizim bir Mehmet Ağbi vardı, çok iyi maketçiydi."

Başkomiser, "Bu adam meslekten değil," dedi, durumu anlattı.

"Tamam bunu çok güzel yapmış da," dedi Sıtkı. "Oto elektrikçiye niye gitmediniz?"

"Orası yıkılmış, dükkân apartman olmuş. Olay yeri fotoğrafları var, bir de bu. Kan izlerine bak fotoğraflardan, bir de ateş ettiği açıya. Fezlekeye zorla ekledikleri ifade neticeyle uyumsuz, bu adam boşuna yapmamış bu maketi."

"Evet," dedi Sıtkı. "Adamın söyledikleri teorik olarak doğru. Ama kanıtlayamayız ki. Dükkân yerinde olsa giderdik, yeni gelen araçlarla falan bir iz bulurduk ama dükkân da yok. Fezlekede bir tane beyinsiz memurun ateş ettiği açıyı yazması bir şey ifade etmez, belki kalktı arkasından sıktı."

Behzat Ç. peynir kabından yapılmış küçük motosikleti işaret etti, "Hayır, mermi burada sıkılmış," dedi. "Kanın dağılma biçimi öyle gösteriyor. Masada rahat rahat otururken, aralarında belli bir mesafe varken niye alsın adamı motorun önüne götürsün vurmak için."

"Orası da doğru ama bunların hepsi teori. Şöyle olsaydı böyle olsaydı diye yürümüyor işler."

"Ee, ne yapacağız?"

"Asıl katili bulacaksınız, silahı bulacaksınız, adam diyecek 'Ben öldürdüm,' bitti. Bitmez de, yerse... Bu Ferruh beş sene yatmış zaten, sen asıl silahı buldun mu hâkim de yer artık, o kadar yesin."

Behzat Ç. maketi aldı kalktı, "Sıtkı bana ne kadar yardımcı olduğunu anlatamam," dedi.

"Bir şey değil. Her zaman beklerim."

Behzat Ç. bir hafta kadar dosyayı inceledi, ölenin yakınlarıyla da konuştu ama pek bir gelişme kaydedemedi. Bir hafta sonra yine sabah dokuzda Savcı Belgin'in karşısında oturuyordu. Savcı Belgin'in İstinaf'a başvurmak için son günüydü o gün.

Savcı, "Kanaatin ne?" diye sordu.

"Bilmiyorum," dedi başkomiser. "Oto elektrikçinin olduğu apartman yıkılmış, olay yeri yok, silah yok, tanık yok. Ölenin ailesiyle konuştuk, şüphelendikleri başka biri yok. Dükkânda kanın sıçradığı bir motosiklet vardı, onun sahibi bir kadın, plakasından onu bulduk, gittik, o da ölmüş."

"Sen ne diyorsun bu dosyaya?"

"Bunu diyorum işte."

"Hayır, benim yerimde olsaydın ne derdin?"

"Beraatte direnirdim. Şüphe zanlının lehine değil midir?"

"Öyledir de işler pratikte öyle yürümüyor. 'O yapmadıysa kim yaptı o zaman,' diyorlar, 'Onu söyleyin bırakalım,' diyorlar."

Savcı klimayı kapattı, gitti pencereyi açtı, "Yine de," dedi. "Ben bu şartlarda usul yürüsün diye yeniden tutukluluk istemem. Ama karşı tarafın avukatı itiraz etmiş, İstinaf'a gidecek bu iş. İstinaf savcısıyla konuşurum, en fazla yapacağım bu olur ama o da beni dinler mi, bilmiyorum. Bu iş bundan sonra sizde. Savcı olarak bugün benden çıkıyor dosya, yetkim kalmıyor. Üst mahkeme olarak İstinaf bakacak artık dosyaya."

Bir hafta kadar sonra, bir akşam Behzat Ç. bu olayın cidden kafasına takıldığını hissetti. Bir huzursuzluk kapladı içini, ne uyuyabiliyordu ne de televizyon seyredebiliyordu. Çok geçmeden mantıklı düşünce akışı kayboldu, duygusallık ve saplantı egemen oldu bütün zihnine. "Neden böyle oluyordu hep, sorumluluk duyması gereken insanlarda niçin hiçbir kaygı kırıntısı bile yoktu? Sadece o mu bunları düşünmek zorundaydı, senelerdir çektiği sıkıntı yetmemiş miydi?" Öyle bir an geldi ki kızgınlığının kime olduğunu bile unuttu. Baktı olacak gibi değil, mutfağa gitti, ağbisi Şevket'in getirdiği viskiden biraz kalmıştı, su bardağıyla şişeyi alıp geldi, iki duble kadar içti. 'Başka ne yapabilirim?' diye düşünüyordu ama aklına bir şey gelmiyordu. Acı bir gerçeği hiç beklemediği bir anda açıkça anlamıştı. "Ben iyice duygusallaştım artık," dedi kendi kendine. "Bir konuya takılıp kalınca başka bir şey düşünemiyorum, bu mesleği daha fazla yapamam."

Ertesi sabah yıkılan oto elektrikçinin olduğu yere gitmişti. Dükkânın yerine yapılan apartmanı inceledi, çevre sokakları dolaştı. Nedenini bilmeden birkaç kişiye ters ters baktı, sanki asıl katil onlardı. Öğlene doğru tam Emniyet'e girmişken telefonu çaldı, İnfaz Büro'dan Soner arıyordu. İstinaf savcısı yeniden tutuklama istemiş, karar onlara düşünce Ferruh'u almaya gitmişler ama alamamışlardı. Soner, "Annesi bırakmıyor," dedi en son. "İlla seni görecekmiş. Biraz tatsızlık da çıktı, bir gelebilir misin be ağbi?"

"Gelirim Soner gelirim," dedi başkomiser.

Başkomiser büroya gidip Harun'la beraber Komiser Yardımcısı Melike'yi de yanına aldı.

Evin olduğu yere gittiler, bütün komşular apartmanın önüne toplanmıştı. Ferruh'un annesi balkondan bağırıp çağırıyordu. Ağlamaktan sesi kısılmıştı. Soner, başkomiseri kenara çekti, "Kadın evin kapısını tutuşturdu ağbi," dedi. "Biz yangın söndürme tüpüyle hallettik büyümeden. Sonra dışarı çıktık, şimdi de balkondan saksı atıyor, yaklaştırmıyor."

"Oğlu nerede?"

"Ona da saldırdı, odaya kilitledi. Arkadan giriş yok, apartman boşluğu."

Behzat Ç. evin bahçesine girdi, kadına doğru yürüdü. Kadın onu görünce, "Yazıklar olsun sana," dedi. "Sen bana söz verdin. Bana söz verdin."

Behzat Ç. balkona yaklaştı, kadın elindeki saksıyı fırlatmak için kaldırmıştı ama atmadı. Saksıyı bıraktı, Behzat Ç.'nin eline yapıştı, öpmeye başladı. "Oğlumu vermem," dedi. "Kurban olurum vermem. Almayın."

Behzat Ç. elini kurtardı, kadının elini tuttu öptü. "Anacım biz de memuruz," dedi. "Savcı getirin dedikten sonra götürmek zorundayız. Benim yapabileceğim bir şey yok, olsa yapayım."

"Bana söz verdin."

"Tamam söz. Ben gene bakacağım bu davaya, bu işin peşini bırakmam. Ama şimdi alalım. Ben asıl katili bulunca getireceğim yine oğlunu."

"Vermem, kurban olurum vermem! Vurun beni! Vermem."

O an Ferruh'un annesinin ağzından çıkan her şey şiirdi, enkaza dönmüş bir hayatın şiiri. Behzat Ç.'nin işaretiyle polisler bahçeden çıktılar. O arada iki sefer mahkeme kaleminden aramışlardı, "Mesai bitmeden adamı getirin," deyip duruyorlardı. Behzat Ç. 112'yi aradı. Gelen ekip kadına ağır bir sakinleştirici yapacak, ondan sonra Ferruh'u alıp gideceklerdi. Ama kadın durumu anlamıştı, 112 personeline de tencere tava atmaya başladı, bahçeye sokmadı. Behzat Ç. son çare olarak Akbaba'yı aradı.

Akbaba, iğneyi sağlık görevlisinden aldı. Melike'yi "Savcının kızı geldi," diye balkona yolladılar. Melike kadını tutarken Akbaba balkona atladı, iğneyi yaptı. Kadını bir sandalyeye oturttular, yavaş yavaş sakinleşti.

Melike mutfağa geçip Behzat Ç.'ye seslendi. Başkomiser içeri girdi. Melike altdudağını ısırmış önüne bakıyordu, "Amirim ben çok kötü oldum," dedi. "Ağlamak da istemiyorum burada, gidebilir miyim?"

Başkomiser elini onun omzuna koydu, "Tamam kızım tamam," dedi. "İstersen ağla. Bizim görevimiz bu, biz mecburuz bunu yapmaya. Komşuları geldi zaten, sen gidebilirsin."

İçeri girip Ferruh'u aldılar, yüzünde tırnak izleri vardı.

"Maket biraz daha lazım bana," dedi başkomiser.

"Ben yenisini yaparım içeride amirim, sağ olasın," diye cevap verdi Ferruh.

Behzat Ç. o akşam maketi masasının üstüne koydu. Arada dikkatle inceliyordu ama bir süre sonra ona hiçbir şey ifade etmemeye başlamıştı o maket. İnsanlar çıldırmış gibi birbirlerini öldürmeye devam ediyordu o yaz. Ferruh'un dosyası da sonbahara doğru başka üzücü hadiselerin arasında yavaş yavaş silikleşmişti. Unutulsa çok daha iyi olacak kötü hatıralar gibi ara sıra yokluyor, can acıtıyordu. Ferruh'un kaderi artık İstinaf'taki savcılarla hâkimlerin insafına kalmıştı. Bu insaf da pratik olarak iki seneden önce mümkün görünmüyordu.

O sonbahar Kızılcahamam Emniyeti'nden bir telefon gelince dosyanın seyri değişti. Telefonun karşısındaki emniyet amiri, "Bir adam motoru çalındığı için bize başvurdu," dedi Behzat Ç.'ye. "Siz acil koduyla bir motor kaydı girmişsiniz sisteme, bir olayla alakalı sahibi aranıyormuş."

"Evet, aranıyor," dedi başkomiser. "Ama o motorun sahibi bir kadın."

"Ha, gelen de onun oğlu."

Behzat Ç. birden yerinden kalktı, "Onu hiçbir yere bırakmayın," dedi. "Biz gelip alacağız."

"Zaten bırakamayız, aranıyor, beş dosyası var hırsızlıktan."

Gittiler, ismi Gürsel olan adamı Kızılcahamam Emniyeti'nden aldılar. Evine götürdüler, Hayalet saklanan silahı tavuk kümesinde buldu. Behzat Ç. silahı elinde tarttı, kalibresi Ferruh'un olayıyla benzerdi. "Bak şimdi, senin bu silahla yaptığın bir olay var. Sana bir sefer soracağım, adam gibi cevap ver."

"Sor amirim. Ben bir şey yapmadım."

"Sormuyorum lan! Vazgeçtim. Anlatacaksan kendin anlat!"

Gürsel sustu. Behzat Ç., "Alın bunu götürün," dedi.

Önce Savcı Belgin'i, sonra da Sıtkı'yı aradı, silahı incelemeye yollattı. Emniyet'te biraz zorlayıp konuşturdular Gürsel'i. O motoru tamir için oto elektrikçiye bırakmış, geç saatte açık olduğunu öğrenince gidip adamı öldürmüş, gasp etmişti. Bu yöntemi daha önce de kullanmıştı. Behzat Ç. hayretle bakıyordu adama, "Lan," dedi. "Biz kırk tane polis uğraştık senin işini çözemedik. Motorum çalındı diye karakola gitmesen, karakolda arandığın ortaya çıkmasa, bu iş öyle kalacaktı. 'Sen salak mısın evladım hırsızlıktan aranırken, geçmişinde de faili meçhul varken karakola gidip motorum çalındı,' diyorsun."

"O motor anne yadigârı amirim," dedi Gürsel. "Annem almıştı bana. Bak bana bir söz verdin, beni konuşturdun ama motorumu bulacaksın."

"Bulacağım Gürsel, merak etme, senin motorunu da bulacağım."

Olay böylece çözüldü ama İstinaf'taki bürokrasi nedeniyle Ferruh'un yeniden serbest kalması üç ay daha zaman aldı.

Behzat Ç. Ferruh tahliye olduktan sonra maketi alıp evlerine gitti ama kapıyı çalmaya çekiniyordu. Ferruh'a telefon açtı, "Geçmiş olsun," dedi. "Ben maketi getirdim de evin karşısındayım, şimdi gelirim annen beni görür, yine yanlış anlar, bir sıkıntı çıkmasın. Sen gel istersen buraya."

"Gel amirim gel," dedi Ferruh. "Annem rahmetli oldu geçen ay. Gel bir çay içelim."

Behzat Ç. maketi verdi ama çay içmeye kalmadı. Apar topar terk etti apartmanı. Elleri soğumuş, nabzı hızlanmıştı. Ekip aracına bindi, kontağı hızla çalıştırayım derken silecekleri de çalıştırdı, uzun süre fark etmedi sileceklerin çalıştığını. Kafasından geçen onlarca düşünce kırıntısı vardı ama hiçbirinin üstünde duramıyordu. Telefonunun çaldığını bile çok sonra duydu. Otelci Zekai arıyordu Ulus'tan.

"Amirim bir sıkıntı var," dedi. "Kusura bakma işin gücün yoğundur aradım ama mecbur kaldım."

"Söyle Zekai, dinliyorum."

"Bu Yeliz Hanım bize çok zorluk çıkardı."

"Onlar hani İlhan'la barışmıştı, bir sıkıntı yoktu."

"Gene bozuşmuşlar. Bir haftadır odadan çıkmıyor. Kimseyi de sokmuyor odaya. Sen bir gel konuş, ben müdahale etmek istemiyorum."

Behzat Ç. otele girdi. Zekai lobide onu bekliyordu, "Biz aynı zamanda turistik bir oteliz amirim biliyorsun," dedi. "Bu görüntüler bize yakışıyor mu? Bu görüntüler Yeliz Hanım'a yakışıyor mu?"

"Ne yaptı?"

"Bir haftadır odadan çıkmıyor. İçki söyleyip duruyor. Bugün iyice delirdi, kapıda durmuş, yaklaşana şişe atıyor."

Yeliz'in olduğu kata çıktılar. Garsonlar koridorun köşesinde bekliyordu, arada bakıyorlar, Miller şişesi geldikçe kafalarını çekiyorlardı. Behzat Ç. kolunu yüzüne kaldırıp koridora girdi, Yeliz'e doğru yürüdü.

"Sen hiç gelme!" diye bağırdı Yeliz. "Sanatçıyım ben! Senin gibi polisle işim olmaz!"

Behzat Ç. yürümeye devam etti, koluna iki şişe isabet etti. Odanın önünde Yeliz'i bileğinden tutup içeri savurdu, kapıyı kapattı. Gitti odanın köşesindeki koltuğa oturdu.

"Çık lan dışarı pezevenk!" diye bağırdı Yeliz. "Çık dışarı! Başka karılara git sen! Her şeyimi verdim sana! Aşkımı verdim. Elâlem ne der demedim. Çık lan dışarı!"

Behzat Ç. cevap vermedi, bir 216 yaktı.

"Çık lan dışarı! Yemin ederim kafanı kırarım!"

Yeliz, Behzat Ç.'nin sakin sakin 216'sını içmeyi sürdürdüğünü görünce yerdeki Miller şişesini fırlattı.

"Al lan pezevenk!" dedi. "Ben senin sikip atacağın karılardan mıyım! Klasım var benim! Neden bıraktın beni! Al bunu da al!"

Yeliz yedi tane Miller şişesi fırlattı Behzat Ç.'ye, ikisi duvarda patladı kırıldı, ikisi koltuğa geldi, ikisi de başkomiserin omzuna, biri de yarı açık pencereden çıkıp çatıya gitti. Behzat Ç. yerinden kalktı, odadaki sağlam dört şişeyi topladı, gitti Yeliz'in önüne koydu, sonra yine aynı yere oturdu. Yeliz yeniden fırlatmaya başladı şişeleri. Bir tanesi başkomiserin gözüne geldi, kaşı açıldı, kanamaya başladı.

Yeliz bunu görünce şişe atmayı kesti, Behzat Ç.'nin yanına koştu, elini kanayan kaşına bastırdı, "Önüme niye şişeleri koyuyorsun!" dedi. "Manyak mısın sen? Acıyor mu?"

"Hayır."

"Çok kötü kanıyor ama."

"Bir şey olmaz."

"Arayayım pansuman bezi getirsinler."

"Hayır. Lütfen! Kimseyi arama. İçecek bir şey var mı odada?"

"Likör kaldı bir tek. Ben likörden nefret ederim. Başka içki getirmiyorlar artık, ondan delirdim zaten."

Yeliz küçük likör şişelerini getirdi, Behzat Ç.'ye verdi, naneliyi açıp içti başkomiser. Yeliz onun yanına, yere oturmuştu, başkomiserin elini tuttu, yanağına koydu, "Seni çok seviyorum," dedi. "Biliyorsun."

"Gene bir haftadır programa çıkmıyormuşsun."

"Sesim kısık."

"'Hastayım, sesim kısık,' deseydin ya o zaman İlhan'a. İlhan anlayışlı adamdır, bir şey demez."

"Söylemem! Merak etsin şerefsiz. Cimri pezevenk. 'İçki vermeyin artık,' demiş otele."

"İçme diye demiştir, cimri adam değil İlhan."

Yeliz kalktı, Behzat Ç.'nin dizine oturdu, kollarını boynuna doladı, "Beni seviyor musun?" diye sordu.

"Evet."

"Her şeyden çok mu?"

"Her şeyden çok."

Öpüştüler. Duydukları hazla gözbebekleri küçüldü. Ayrılmak yaramamıştı ikisine de. Aşınmış, parçalanmış ve renksiz bir hayatı günbegün sürdürmekten yorulmuşlardı, en iyisi yeniden barışmaktı.

İlim Sahibi Şahıs

Yol, araba farlarının aydınlattığı kadar görünüyordu, karanlığın kalbine gider gibiydiler. Savcı Belgin'in arabası öndeydi, ekip aracı arkada. Direksiyonunda Harun vardı, elinin dışıyla ağzını kapatıp esnedi. O ara sağ teker çukura girdi, birden sarsıldı araba, tak diye bir ses geldi kaportanın altından. Behzat Ç. yan camı aralayıp baktı, doğru düzgün bir şey göremedi, rüzgâr suratına çarpıyordu, gecenin havası serin ve nemliydi. Başını camdan çıkarıp çakmağının arkasındaki feneri yaktı, lastiğe baktı.

"Yok bir şey," dedi Harun. "Patlamadı. Aks mili sürttü o kadar. Lastik patlasa sağa çeker."

Harun direksiyonu bırakıp "Bak," dedi. "Sağa çekmiyor."

Hayalet'le Akbaba arkadaydılar, kimsenin konuştuğu yoktu yola çıktıklarından beri, canları sıkkındı. Dönemeçlerde yol kenarındaki ağaçların belli belirsiz gölgeleri kıpırdıyor, karanlık gitgide koyulaşıyordu. Uzaklardan köpek ulumaları duyuluyordu.

Harun'un yüzünde bir tebessüm belirdi, önce başkomisere baktı, ardından dikiz aynasından Hayalet'le Akbaba'yı süzdü, "Şimdi hava çok soğuk tamam mı?" dedi. "Temel'le Dursun dağda mahsur kalmışlar. Fırtına var. Ama nasıl fırtına. Ara tara derken bir mağara bulmuşlar. Üstleri başları sırılsıklam, çakmakları yok, kibritleri yok, ateş de yakamamışlar. Donup ölecekler, kesin. Ne yapacağız, ne edeceğiz diye düşünmüşler, yok. Isınmaları lazım ama nasıl ısınacaklar? En sonunda akıllarına bir fikir gelmiş, demişler ki, en iyisi biz birbirimizi sikelim. Birbirimizi sikersek ısınırız."

Hayalet'in telefonu çalmaya başlayınca Harun'un anlattığı fıkra yarım kaldı. "Evet," dedi Hayalet. "Evet geliyoruz, yoldayız. Neden? Tamam, tamam bakarız gelince."

Hayalet telefonu kapayınca, "Ee, bu adamı alamamışlar daha," dedi. "Biz gidip alacakmışız."

"Yeri belli mi?" diye sordu başkomiser.

"Belli."

Behzat Ç. ellerini sinirle açıp arkaya döndü, "Ee, alsınlar o zaman," dedi. "Başlayacağım yapacakları işe ha!"

"Alamıyoruz diyorlar, durum nazikmiş."

"Hayır iş baştan yanlış zaten," dedi Akbaba arkadan. "Gideceğimiz yerde İlçe Emniyet mi yok, savcı mı yok, niye biz gidiyoruz? Ayaklarına gidersen işte böyle, 'Gel adamı da sen al,' derler."

"Emir tepeden geldi," dedi Hayalet. "Ankara gelsin demişler, gideceğiz."

Akbaba huysuzca gülümseyip başını sağa sola salladı, "Ee, madem öyle," dedi. "O zaman İlçe Emniyet de bir götünü kaldırsın da adamı alsın ya. Sanki Ankara bize yetmiyor, fazla geliyor. Bir de ilçelerin işine koşturuyoruz."

Hayalet, "Bak savcı önde," dedi. "Ona söyle."

Akbaba kafasını çevirip homurdandı.

"Ağbi sen bir savcıyı arasana," dedi Hayalet, Behzat Ç.'ye. "Olmadı onlar direkt Adliye'ye geçsin, biz adamı alıp gelelim."

Behzat Ç. deri ceketinin cebinden telefonunu çıkardı, son aramalardan Savcı Belgin'i bulup bir süre ekrana baktı, bir sıkıntı kapladı içini, aramasa olmayacaktı. Telefon üçüncü çalışta açıldı, "Savcım," dedi başkomiser. "Şimdi şöyle bir durum oldu. Şöyle izah edeyim, henüz şahsı alamamışlar. Evet. Şahıs elde değilmiş ama yeri belliymiş. O konuda bilgim yok savcım. Evet. Yok. Hayır şimdi... Ama savcım ben şimdi ekip aracındaydım, olay yerine gidiyorum. İlçe Emniyet ne yapmış ne etmiş, adamı neden alamamış, bunlar hakkında tasarruf sahibi değilim ki. Biz daha olayın içeriğini bile net bilmiyoruz. Ben ne yapabilirim burada? Hayır bağırmıyorum, bağırmıyorum savcım, estağfurullah. Siz isterseniz doğrudan Adliye'ye geçin, biz şahsı alıp öyle gelelim, onu söylemek için aramıştım. Peki savcım, tamam. Tamam savcım, tamam."

Behzat Ç. uzun süre sinirle telefon ekranına baktı, "Sanki ben almadım şahsı!" dedi. "Bana bağırıyor, 'Neden almamışlar?' diye. Arayın aldırın o zaman. Gece vakti taktı bizi peşine, aldı anasının nikâhına götürüyor, emredersiniz savcım diyoruz. Bir de fırçalıyor. Kolaylık olsun diye Adliye'ye git diyoruz, 'Yok ben gelirim, sizin bir haltı becerebildiğiniz yok,' diyor. Ömrümü yedi lan bunlar! Aha bunun gibi savcılar benim ömrümü yedi."

Behzat Ç.'nin telefonu tekrar çaldı, açtı hemen, "Efendim Yeliz," dedi. "Hayır, gelemem. Evet arabadayız. Şehir dışındayız. Ha Yeliz ha, Ankara'da pavyon kalmadı, Kırıkkale'ye pavyona gidiyoruz. Ne Kırıkkale'si! Sana ne nereye gittiğimizden? Kızım görevdeyim diyorum. Kızım benim sana yalan söylemeye ihtiyacım mı var? Bağırmıyorum sana. Hayır, bağırmıyorum. Tamam. Tamam. Tamam, görüşürüz."

Bir süre sessizce yola devam ettiler. Uzaklarda bozkır köylerinin cılız ışıkları titriyor, yol aldıkça üflenen mumlar gibi sönüp gidiyorlardı. Behzat Ç. dikiz aynasından Akbaba'yı kontrol etti, "Kafanı niye öyle yaptın?" diye sordu.

"Ne yapmışım aga?"

"Hayır, varsa söyleyeceğin bir şey söyle, öyle tavırlara girme."

"Benim tavırlara falan girdiğim yok. Bana mı saracaksın şimdi akşam akşam?"

Akbaba dudaklarının arasından ne olduğu belirsiz öfkeli sözler homurdandı. Behzat Ç. üstelemedi, bir 216 yaktı. Yavaşladıkları bir dönemeçte yolun kenarından iri bir köpek fırladı, saldıracakmış gibi yaklaştı kaportaya, havladı durdu, biraz takip etti arabayı, gitgide uzakta kaldı. İlçeye yaklaşmışlardı, tek tük aydınlatma lambaları belirdi yolun kenarında.

Hayalet, "Ee, sonra ne olmuş?" diye sordu.

Harun bir süre anlamamış gibi baktı, "Ha şöyle," dedi sonra. "Isınacaklar ya, Temel, Dursun'u sikmiş ısınmış. Sonra Dursun başlamış, kaptırmış kendini iyice. Yapışmış. Bırakmıyor, vermiş peşine gidiyor. En sonunda Temel aşağıdan demiş ki, 'Bak Dursun,' demiş, 'ısınmak için yapıyorsan tamam, ama sahiden sikiyorsan ayıp ediyorsun.'"

Harun, araçtakilerin yüzlerine bakıp fıkranın etkisini anlamaya çalıştı, gülmek istiyor ama gülemiyordu. Başkomiser Harun'un yüzüne ters ters baktı, sonra belli belirsiz gülümsedi, sanki fıkra değil de üzücü bir hikâye dinlemişti. Hayalet'le Akbaba da tepki vermediler ilk başta. Ondan sonra ilk kim kıkırdadı belli değil, biri kıkırdamaya başladı, o kıkırtıyla birlikte de birden bir set yıkılmış gibi oldu. Ağız dolusu gülmeye, kahkaha atmaya başladılar.

İlçeye girmişlerdi, Harun, savcının aracını sollayıp öne geçti. Yolu Hayalet tarif ediyordu, "Geldik," dedi sonunda. "Buradan dön." Döndüler, bir sokak daha gittiler, karakol ekiplerini görünce arabayı sağa çektiler.

Savcı Belgin, Zabıt kâtibi Günbay ve şoförüyle yaklaştı. Savcı, gülmekten gözleri yaşarmış polislere dikkatle baktı, "Alkollü müsünüz siz?" diye sordu.

"Hayır," dedi Behzat Ç..

"Ne sırıtıyorsunuz o zaman? Komik bir şey varsa söyleyin biz de gülelim."

Bölge karakolunun amiri Recep, Behzat Ç.'ye yaklaştı. İlçeye tayini çıkmadan önce Asayiş Şube'deydi Recep, oradan tanıyordu başkomiser. İkisi bir kenara çekildiler. "Ne haber Recep?" diye sordu başkomiser.

"İyiyiz amirim sen nasılsın?"

"İyiyiz çok şükür. Senin kız ne oldu?"

"İyi, üniversiteye başladı bu sene. Yetmeye çalışıyoruz işte, elimizden geldiğince."

"Bu iş ne?"

"Valla amirim pis iş. Adam cinnet getirmiş, karısını çocuğunu yakmış. Karısı pencereden atmış kendini, Ankara'ya sevk ettiler. Çocuk ölmüş, içeride. Bu rahatsız kendi üstüne de benzin dökmüş, elinde çakmak bekliyor evde. Bunun babasını tanırdım ben, o da kafadan kırıktı ama sakin adamdı, yolda beni çevirirdi, sigara falan isterdi, verirdim. Şimdi bu yaktığı hanımının ailesi de geldi, mesele büyüdü, havaya sıktık."

"Nerede bu ev?"

"Sokağın başında."

Olayın olduğu eve doğru yürümeye başladılar. Apartmanın önünde bir kalabalık birikmişti. "Siz niye almadınız bu adamı?" diye sordu Behzat Ç.. "Burada kalabalık birikiyor boş yere."

"Bizim İlçe Emniyet Müdürü'nün bok yemesi. Ben alacağım zaten, alırım, kırarım kolunu bacağını alırım. 'Siz karışmayın, Ankara geliyor, Ankara alacak,' dedi. Bizi de eziyor durduk yerde. Biz polis değil miyiz burada, millet anamıza bacımıza sövüyor, 'Siz nasıl polissiniz?' diye."

Başkomiser olayın olduğu apartmana baktı, üçüncü katın penceresi kırılmış, perdeler uçuşuyordu. Kalabalığı yarıp apartmana girdiler. Duvarlar sıvasızdı, çıplak ampullerin çiğ ışığında merdivenleri çıktılar. Kapıdaki polislere selam verip girdiler. İçeri girince o berbat yanık kokusunu duydular, ister istemez ellerinin dışıyla ağızlarını burunlarını kapadılar.

"Bu adamın adı ne?" diye sordu Savcı Belgin.

"Yaşar," dedi Resul. "Yaşar Cevizci."

Çocuğun yanmış cesedi salonda, duvarın kenarındaydı. Üstünü gazete kâğıtlarıyla kapatmışlardı. Gazetelerin altından kömürleşmiş eliyle ayağı görünüyordu. Yaşar, kırık pencerenin önündeydi. Yanındaki benzin bidonu boşalmıştı. Bir elinde çakmak vardı, diğer elinde boş bir kâğıt havlu rulosu, manasız gözlerle önüne bakıyor, rulonun içine anlaşılmaz sözler mırıldanıyordu. Savcı Belgin ve başkomiser ona yaklaştılar.

Belgin, "Yaşar evladım," dedi. "Ben cumhuriyet savcısıyım. Bir hata yaptın tamam, şimdi bırak o çakmağı. At o çakmağı bana. Buraya gel. Seni götürmeye geldik."

Yaşar, savcıya şöyle bir bakıp kartonla konuşmaya devam etti.

"Sen kiminle konuşuyorsun?" diye sordu başkomiser.

"Sinek Adam'la konuşuyorum."

"Ha, selam söyle."

"Kimden selam söyleyeyim?"

"Behzat Amir de, tanır beni."

"Tamam."

"Söyledin mi?"

"Söyledim."

"Ne yapıyormuş?"

"Kömürlükteymiş. Kırk gündür karanlıkta, düşmanları çokmuş."

"Kimmiş bu düşmanları?"

"Kötü düşmanlar, çok kötü düşmanlar."

"Bak şimdi yanına geleceğim, konuşacağız seninle. Seninle ortak arkadaşlarımız var, dostlarımız var. Tamam mı?"

"Yaklaşma ha, yaklaşma çakarım."

Akbaba, Behzat Ç.'ye yaklaştı, iki parmağını dudağına vurarak sigara istedi. Behzat Ç. sigarayı verdi. Akbaba dışarıda içecek zannediyordu ama o sigarayı dudağının kıyısına koydu, Yaşar'a yaklaştı. Yaşar onu görünce eski bir dostunu görmüş gibi gülümsedi. Akbaba yanına oturdu, "Bir ateş ver de yanalım kardeş," dedi.

Savcı, "Ne yapıyorsun sen?" diye bağırdı.

Polisler dehşetle bakıyordu. Başkomiser de bir-iki adım yaklaştı. Yaşar çakmağı uzattı, tam yakacakken Akbaba elinden kaptı. Behzat Ç. koştu, Yaşar'ı omuzlarından çekip aldı, polislere fırlattı. Bölge karakolundan polisler Yaşar'a tekme tokat giriştiler. Karakol Amiri Recep, Yaşar'ı onların elinden aldı, iki tokat patlattı, "Ulan şerefsiz," dedi, "insan çocuğunu yakar mı lan! Senin amına koyacağım! Senin bize çektirdiğini kimse çektirmedi!"

Savcı Belgin, "Bırakın!" diye bağırdı. "O adamın da üstünü çıkarın, sokun suya yıkayın! Öyle götürün Adliye'ye. Yolda patlamayın, yanmayın!"

Savcı Belgin, başkomiserle Akbaba'nın yanına geldi, "Behzat ne bu rezalet?" diye sordu.

Behzat Ç., Akbaba'ya baktı, bir şey diyemedi.

Savcı Belgin, "Adın ne senin?" diye sordu.

"Akbaba."

"Terbiyesizlik yapma, adın ne?"

"İsmet."

"İsmet ne?"

"İsmet Arif Karusu."

"Aklını başına topla! Densizlik yapma!"

Akbaba, "Ulan var ya şimdi senin," diye başlamışken Behzat Ç. onun ağzını kapattı, kenara sürükledi, "Tamam savcım tamam," dedi. "Siz Adliye'ye geçin, biz geliyoruz."

"Hayır, ne diyor o? Polis mi o? Bu nasıl polis?"

"Polis savcım merak etmeyin, yirmi iki senedir polis. Siz Adliye'ye geçin, geliyoruz, ben halledeceğim. Bir müsaade edin, benim ekibim, ben ekibimle konuşayım, size izah edeceğim."

Savcı Belgin önden gitti. Recep ve karakol ekibi, Yaşar'ı kalabalığın içinden zar zor geçirip minibüse koydular, savcının peşinden Adliye'ye doğru yola çıktılar. Behzat Ç. ekip aracında ilerlerken boş bir arsayı gösterip "Arabayı şuraya çek," dedi Harun'a. Harun arabayı arsaya çekti.

Behzat Ç., "Sen gel," dedi Akbaba'ya. Harun'la Hayalet'e bakıp "Siz kalın," dedi, çıktı arabadan. Başkomiser öfkesini yenmek için bekledi bir süre, mümkün mertebe sakin bir sesle, "Akbaba sen ne yapıyorsun?" diye sordu sonra.

Akbaba cevap vermedi, kafasını hafif eğmiş, yan çevirmiş, karanlığa bakıyordu.

"Yüzüme bak," dedi başkomiser. "Bak bu iki oldu ha! Kendini öldürmeye mi çalışıyorsun? Bak yemin ederim seni ben vururum ha, başkasına öldürtmem kendim vururum."

Akbaba, "Vur aga," dedi. Belinden silahını çıkardı, uzattı. "Benim silahla vur. Psikolojisi bozuktu, kafasına sıktı dersiniz."

Behzat Ç., Akbaba'nın silahını aldı, beline taktı.

"Ulan sen nasıl bir adamsın lan! Sen iyice insanlıktan çıktın."

"Çıktım aga. Bütün bu saçmalığın manası ne! Ben artık anlayamıyorum. Adam yedi yaşındaki çocuğunu yakmış salonun orta yerinde. Çekilen bütün bu acıların manası ne! Ben bunlara artık bir mana veremiyorum. Yok cinnet geçirmiş de, şöyle olmuş da, böyle olmuş da bilmem ne! Ben bunlarla uğraşıyorum yirmi iki senedir. Ben niye yaşıyorum ki! Sen bana bir sebep söyle, 'Biz şu yüzden yaşıyoruz,' de. 'Bizim varlığımız şu işe yarıyor,' de. Ben boş yere nefes alıp duruyorum. Benim ne kendime faydam var, ne başkasına."

"Adamın elinden çakmağı aldın ya."

"Ben almasam başkası alacaktı. Almasın zaten, yansın koduğum. Yanalım gitsin."

"Emekli ol lan zaman. Emekli ol, siktir git."

"Nereye gideyim? Ben Ankara'dan başka yer bilmem."

"Git, deniz kenarında bir yere git!"

"Deniz ne! Ben rüyamda bile deniz görmedim."

"Ya git işte bir yere, kafanı dinle biraz."

"Kafa mı kaldı? Ne kafası."

"Her şeye bir şey bulma lan!"

Behzat Ç. ceketinin cebinden 216 paketini çıkardı, Akbaba iki parmağını dudağına vurup sigara isteyince bir tane de ona verdi. Behzat Ç. çakmağı çaktı ve patladılar. Yaşar'ın benzine bulanan çakmağını olay yerindeyken alıp cebine koymuş, onu tutuşturmuştu yanlışlıkla. Behzat Ç.'nin elleri yandı, Akbaba'nın da çenesi.

Harun'la Hayalet arabadan fırladılar, ne olup bittiğini tam olarak anlayamamışlardı.

"Ağbi kendinizi niye yakıyorsunuz ya?" diye bağırdı Harun. "Konuşacağız diye çıktınız siz ne yapıyorsunuz! Siz ne yapıyorsunuz ya!"

Behzat Ç.'yle Akbaba'yı sağlık ocağına götürdüler. Nöbetçi doktor yoktu. Ocağın hemşiresi, "En iyisi Ankara'ya gidin," dedi. Gidemezlerdi, geçici bir şeyler yapmasını söylediler, o da yanık kremi sürüp pansuman beziyle sardı. Sağlık ocağının önünde bir sigara içtiler. Savcı Belgin dört sefer aramıştı, Adliye'ye doğru yola çıktılar.

Adliyenin bahçesinde yüz kişilik bir kalabalık birikmişti. Polis aracının önünü kesip kaportasına vurmaya başladılar. Karakol Amiri Recep silahını çekip geldi, "Bırakın," diye bağırdı. "Onlar memur, Ankara'dan geldiler."

Kalabalığın arasından bir kadın, "Size yazıklar olsun," diye bağırdı.

Bir başkası, "Onu bize verin," dedi.

Bir diğeri de, "Sizin Allah'ınız yok mu?" diye sordu.

Behzat Ç. sessizce önüne baktı, Adliye'ye girdiler. Behzat Ç., savcının odasına girdi, içeride bölge savcısı, ilçe emniyet müdürü ve Savcı Belgin vardı.

Savcı Belgin, Behzat Ç.'ye bakıp "Eline ne oldu?" diye sordu.

"İzah edeceğim savcım, bilahare izah edeceğim."

"Neyse," dedi Savcı Belgin. "Şimdi Behzat, ortam gergin, burası karışık. Daha beter olabilir. Başsavcıyla görüştüm, o da Bakanlık'la görüşmüş, şahsı alıp doğrudan Ankara'ya getirin diyorlar."

"Götürelim savcım."

"Ankara'dan Akrep gelecek. Onu bekliyoruz."

"Akrep'e gerek yok, biz götürürüz. Bir an önce arka kapıdan çıkıp gidelim, kalabalık artıyor."

"Çıkabilir misiniz buradan?"

"Çıkarız. Şahsa bir çelik yelek giydirelim mümkünse."

Behzat Ç. Adliye'nin nezaretine inip Yaşar'a çelik yeleği giydirdi. Sol bileğinden kendine kelepçeledi.

"Ağbi bana kelepçeleseydik," dedi Harun. "Senin elin sakat."

"Gerek yok. Sen silahını çek, şahsın yanında yürü. Hayalet sen de silahını çek, önden yürü. Gerekirse havaya sıkın."

"Aga benim silah," dedi Akbaba.

"Sana yok," dedi başkomiser.

Adliyenin arka kapısında da bekleyenler vardı. Polislerin yaklaştığını görünce Adliye'nin önündekilere seslendiler, onlar da arka kapıya koştu. Recep ekip aracının kapılarını açmış bekliyordu. Polisler koşarak çıktılar kapıdan. Hayalet'le Harun önleri kesilince havaya sıktı. Biri Behzat Ç.'nin olduğu taraftan elindeki sopayla koşarak yaklaşmıştı, başkomiser tekmeyle devirdi onu. Araca bindiler, Harun bir-iki kişinin ayağını ezdi geçti, Adliye'nin bahçesinden çıktılar. İlçe çıkışına kadar son sürat ilerlediler. Bölge karakolunun minibüsü de peşlerindeydi, ilçe çıkışında ayrıldı.

Yaşar, arka koltukta oturuyordu, bir yanında Hayalet, diğerinde Akbaba vardı. Elindeki karton rulosuna mırıl mırıl bir şeyler anlatmaya başlamıştı.

Harun, "Ne diyor lan o?" diye sordu.

"Anlaşılmıyor," dedi Hayalet.

Harun dikiz aynasından süzüp "Ne diyorsun lan?" dedi.

Yaşar sustu, önüne baktı.

"Alalım ağbi şunun elinden o kartonu."

"Kalsın," dedi başkomiser. "O lazım. Sinek Adam'la konuşuyoruz onunla."

Hava iyice serinlemiş, inceden bir yağmur başlamıştı. Yol kenarındaki kayaların karaltısı korkutucu insan siluetlerini andırıyordu uzaklardan. Sanki yol kesmek için bekliyorlardı orada. Tepenin birini iniyor, diğerini çıkıyorlardı. Hep aynı yerlerden geçiyorlarmış hissi uyandı içlerinde, ileri gitmiyor da geri gidiyor gibiydiler.

Akbaba, aniden Yaşar'ın suratının ortasına bir tane tokat yapıştırdı.

"Ne oluyor lan?" diye döndü arkaya başkomiser.

"Arabaya işedi aga. Üstümüze işedi ya!"

"Tuh Allah belanı vermesin," dedi Harun. "Desene lan tuvaletim var diye. İleride benzinlik vardı."

"Diyorum ya. Diyorum ya deminden beri."

"Ne diyorsun lan mırıl mırıl, hiçbir şey anlaşılmıyor."

Harun arabayı sağa çekti, çıkmışken polisler de yol kenarına işediler. Akbaba ıslak mendille arka koltuğu silmeye başladı. Tekrar araca bindiler. Ankara'ya doğru sürdüler. Şafağın alacakaranlığında yollar sakin ve taşlaşmış gibiydi.

Behzat Ç. büroya varınca Akbaba'nın silahını kendi çekmecesine koydu, biraz düşünüp kendi silahını da koydu sonra. Odasından çıkıp Harun'a "Silahını çekmeceye koy," dedi. Harun nedenini anlamadı ama denileni yaptı, sorgu odasına girdiler. Behzat Ç., Yaşar'ın karşısına oturdu. Harun, elinin dışıyla Yaşar'ın elindeki kartona bir tane vurdu, karton yere düşünce Yaşar hemen eğilip aldı onu. Yaşar mırıldanıp duruyor, göz teması kurmaktan ısrarla kaçınıyordu.

"Sen bir olay yaptın bu akşam," dedi Behzat Ç.. "Birilerini yaktın. Hatırlıyor musun?"

"Evet, yaktım."

"Sinek Adam mı söyledi sana bunu?"

"Hayır, Sinek Adam öyle şeyler söylemez."

"Kimi yaktın peki sen, biliyor musun?"

"Düşmanlarımı."

Harun yandan bir tokat patlattı, "Onlar senin karınla çocuğundu lan," dedi.

"Hayır onlar karımla çocuğumun gölgeleriydi. Onlar düşmanlarımız. Ben gölgeleri yaktım, üçümüz kaldık sadece."

Komiser Yardımcısı Melike kapıyı aralayıp işaretparmağını kaldırdı, "Amirim bir saniye," dedi.

Behzat Ç. odanın önüne çıktı.

"Hastanedeki kadın da ölmüş amirim," dedi Melike. "Bilginiz olsun."

"Tamam kızım."

Behzat Ç. odaya dönüp yarım saat kadar daha uğraştı, Yaşar'ı konuşturmaya çalıştı, bir ara elinden kartonu aldı, karton aracılığıyla konuşmaya çalıştı ama sonuç elde edemedi. Harun bir-iki tokat daha patlattı, Yaşar bana mısın demedi, ilk söylediklerinden başka bir şey söylemedi.

Harun sorgu tutanağını yazarken, "Ağbi istersen 'Ekonomik olarak zordaydım, bunalıma girmiştim dedi,' diye ekleyelim," dedi.

"Gerek yok," dedi Behzat Ç..

"Bak yarın öbür gün buna akli dengesi yerinde değildir diye rapor aldırırlar, elimizde bir şey bulunsun."

"Orasını savcı düşünsün, adam ne dediyse o."

"Peki ağbi."

Yaşar'ı ifadesini alması için savcının odasına bırakıp koridora çıktılar. On dakika sonra Zabıt Katibi Günbay geldi, "Savcı hanım sizi çağırıyor amirim," dedi.

Savcı onu pencerenin kenarına çekip "Behzat," dedi sessizce. "Ben bu adamın ifadesini alamıyorum. En azından susma hakkımı kullanmak istiyorum desin, onu yazayım. Onu da demiyor. Şunu bir daha konuşturmayı denesene."

Behzat Ç., Yaşar'ın başına dikildi.

"Yaşar, Sinek Adam en son sana ne anlattı?" diye sordu tane tane.

"Fıkra anlattı."

"Ne fıkrası?"

"Yarım kaldı, siz geldiniz."

"Olsun, yarısını anlat."

"Ama sonu olmayınca fıkra olmaz ki."

"Yaşar sen yarısını anlat, o da olur."

"Olmaz. Sonu olmazsa komik olmaz. "

"Yaşar, sen karınla çocuğunu niye yaktın? Bana bak!"

Behzat Ç., Yaşar'ı yakasından silkeledi, "Yaşar, bana bak!" dedi. "Karınla çocuğunu niye yaktın? Bunalımda mıydın? İşsiz miydin? Kredi kartı borcun mu vardı? Ha, söyle bana. Hadi. Niye yaktın Yaşar? Bir şey söyle bana. Susmak mı istiyorsun? Ha? Öyleyse evet de, yeter. Susma hakkımı kullanmak istiyorum de."

Behzat Ç. ilk defa Yaşar'la göz göze geldi.

"Tamam savcım," dedi. "Susma hakkını kullanmak istiyor."

"Öyle bir şey demedi ki?"

"Öyle baktı."

"Ne demek öyle baktı ya!"

"Ya ilk defa baktı işte, göz göze geldik. Vücut dili açısından evet diyor, çok açık bu. İmzalatın."

Yaşar, Günbay'ın getirdiği çıktıyı imzalamadı. Behzat Ç., kalemi Yaşar'ın eline tutturup Yaşar yazdırdı altına.

Yaşar'ı tutuklanma talebiyle Sulh Ceza Mahkemesi'ne çıkardılar, infaz ekibiyle cezaevine yolladılar. Behzat Ç. tekrar savcının odasına girdi.

"Bu adama biraz daha bakalım biz savcım," dedi.

"Niye? Şüphelendiğin bir şey mi var?"

"Hayır, fail belli, olay açık. Ama bu adamın aklıyla birileri oynamış biraz."

"Ne demek bu? Birileri azmettirdi manasında mı?"

"Tam olarak öyle değil. Ama bunun babası da biraz kafadan kırıkmış. Daha önce de gördük, şimdi bu tarz adamları manipüle edip böyle anlamsız şeyler yaptırabilirsin. Bir ihtimal yani, bakalım."

"Ee, iyi bakın Behzat. Ben bunu Adli Tıp'a da sevk edeceğim zaten, akli dengesi yerinde mi diye?"

"Yok, aklı yerinde."

"Nereden biliyorsun?"

"Ben deli görsem yirmi metreden tanırım. Bu öyle bir şey değil."

Ertesi gün ilçeye tekrar gittiler. Avizeci İbrahim'i sordular. Çarşının sonundaydı dükkânı. "Selamünaleyküm," deyip oturdular karşısına. İbrahim elli yaşlarındaydı, bütün saçları beyazlamış ama tek teli dökülmemişti. Bir gözü diğerinden ufaktı.

"Şimdi bu Yaşar Cevizci," dedi Hayalet. "Burada çalışıyormuş."

"O benim yanımda büyüdü," dedi İbrahim. "Babası eski ustamızdı, kafasından rahatsızlandı, bıraktı. Bunu da o zaman çocukluktan çırak aldık. On beş sene çalıştı burada. Olayı duydum, çok üzüldüm, çok kızdım. Yazık etti kendine. Hadi kendine yazık ettin de bir de vebal yüklendin, o bebenin o hanımının ne günahı vardı?"

"Bunun akli dengesi nasıldı?" diye sordu başkomiser.

"Bizim işler bozulunca onun da kafa gitti."

"Nasıl?"

"Bizim eski yerimiz karşı pasajdaydı, orayı yıktılar. Dükkân sahibiydik, dükkândan olduk, bizden aldıkları fiyata biz yenisini alamadık, geldik buraya kiraya. Benim de çalışana ihtiyacım kalmadı. Milletin avize aldığı mı var zaten, herkes ekmek derdine düştü. Elektrik parasını yatıramıyor millet. Ancak yeni evliler gelecek de evlerine özenecekler, o zaman iş yapabiliyoruz. Mecbur çıkardık. Bir saniye..."

İbrahim kalktı, kapının önündeki megafona bastı, "Avizeye dört çay," dedi. Döndü yerine oturdu, "Şimdi biz burada kristal de yaparız," diye devam etti. "Taş da dizeriz, boncuk da yaparız. Biz eski ustayız, hazır üretim bizde yok. Atölyemiz arkada, bu yüzden dükkân biraz asit masit kokar. Onda da temiz hava almazsan, kafanı bulandırır. Biraz kafan güzel olur. Bu tabii burada alışmış o kokuya on beş yıl, işsiz kalınca sudan çıkmış balığa döndü. Başka iş bakamadı, kendini alkole vurdu. Bir ay sonra bunun rahmetli hanımı geldi, dedi 'İbrahim Ağbi, böyle böyle'. Ben çok üzüldüm tabii, gittim, bunun hep gittiği bir birahane varmış, oraya. O ara Camcı Özkan var karşıda, dedi 'Ağbi, onu benim yanıma ver'. Avize işi yapan cam işi de yapar. Meslektaş sayılırız. Özkan'ın yanına soktuk ama orada da çalışamadı. İçkiye, rezilliğe vurmuş kendini. Hanımı da gitmiş, hocaya falan götürmüşler bunu. Kapatmışlar."

"Hangi hoca bu?"

"Sinekçi Hoca. Sineklere 'Havada dur,' diyor, duruyorlar. Ben böyle tevatürlere inanmam ama söylenen bu."

"Bu Sinekçi Hoca nerede?"

"O köylük yerde. Kahvede gençler vardır, onlardan birini alın, göstersin yolu."

"Ben bilirim buraları," dedi Hayalet. "Sen bana tarif et."

"Suyugüzel'i biliyor musun?"

"Biliyorum."

"Onu geç, Hanburun'a doğru tepeye vur. Küçükbayat'a gelmeden top ağaçları göreceksin, onun karşısında derenin orada, tekkeyi görürsün."

"Kuru dere mi?"

"Kuru tabii, artık dere mi kaldı? Hepsi kurudu."

Çaylar geldi. Sessizce içmeye başladılar.

"Orada bak ayva ağaçları da var ha," dedi İbrahim. "Ayva da alın, Ankara'ya götürün. Bu sene ayva çok oldu, kışın da çok kar yağacak. Bakalım ne yapacağız, Rabbim kolaylık versin."

Harun ıssız toprak yollarda ekip aracını sürüyor, Hayalet de arkadan canlı bir navigasyon aleti gibi, 'Sağ, sol ya da iki kilometre düz git,' diyordu. Kırk beş dakika sonra tekkeye vardılar. Harun, telsizin dışıyla alçak kapıyı çaldı. Gömleğini boynuna kadar iliklemiş genç bir adam açtı kapıyı.

Harun cüzdanını açıp "Selamünaleyküm kardeş, Emniyet," dedi.

"Ve aleykümselam ve rahmetullahi ve berekatühü."

"Burası Sinekçi Hoca'nın tekkesi mi?"

"Mülk Allah'ındır, bizler kiracıyız."

"Tamam da bu dünyada tapu kimin üstüne? Bize o lazım."

"Anlamadım."

"Sinekçi Hoca burada mı kardeş?"

"Siz Mehmet Efendi Hazretleri'ni mi sordunuz?"

"Ha kardeş, Sinekçi Mehmet Efendi Hazretleri'ni sorduk. Böyle 'Dur,' diyormuş, sinekler havada duruyormuş."

"Onlar tevatür. Dere yatağı kuruduğu için burada sinek çok olur. Lakin Mehmet Efendi Hazretleri nefes verirse o kişiyi sinek sokmaz. Bu hakikattir. Biz kapımıza gelen kimseyi çevirmeyiz, safa geldiniz."

Polisler başlarını eğip alçak kapıdan içeri girdiler. Genç adam, "Yalnız hocamızın yanına abdestsiz girilmez," diyerek muslukların olduğu tarafı gösterdi.

Harun bir şeyler daha diyecekti ama Behzat Ç.'nin işaretiyle sustu. Yan tarafa geçip abdest almaya başladılar. Başkomiser Harun'a, "Gidene kadar başka bir şey söyleme," dedi arada. "Her yerin bir adabı var, terbiyesizlik yapma."

"Ağbi konuştun, abdestin bozuldu."

"Sus lan. Senin de bozuldu o zaman."

"Bozulmaz," dedi Hayalet. "Zorunlu hallerde konuşabilirsiniz."

Abdestleri bitince polisleri hocanın odasına aldılar. Mehmet Hoca küçük bir çalışma masasında, bilgisayarda bir şeyler yazıyordu. Masada ve yanındaki sehpalarda üst üste açık kitaplar vardı. Bütün oda tavandan yere kadar bir kütüphaneyle çevrelenmişti. Masanın karşısındaki duvarda klima asılıydı. Hocanın odası hayal ettiği gibi çıkmamıştı başkomiserin, yerde oturacaklarını, yüksekçe bir minderde oturan hocanın da elinde doksan dokuzlu bir tespih tutacağını düşünmüştü. Hoca, polisler odaya girince eliyle bir saniye işareti yaptı, masanın çevresindeki boş sandalyeleri gösterip oturmalarını işaret etti sonra. Bilgisayarda birkaç cümle daha yazdı, burnunun ucundaki gözlüğü çıkardı, polislere döndü, "Safa geldiniz," dedi. "Tembellikten kitabın basım tarihini kaçırdım," diye devam etti. "Son düzeltmeleri yapıyorum. Yayınevinden sıkıştırıp duruyorlar. Yani onlar da utanmasalar, 'Yanlış olsa da basalım hocam,' diyecekler. Ama vebali büyüktür."

"Kitap ne üstüne hocam?" diye sordu Behzat Ç..

"Sahih Hadisler Işığında Ahiret Hayatı. Azmettik bakalım, sonuna geldik, Mevlam utandırmasın."

"Biz Yaşar Cevizci için geldik, buraya getirmişler."

"Evet, bir altı ay kadar oluyor, getirdiler. Biz kapımıza gelen kimseyi geri çevirmeyiz. Tövbe kapısı her zaman açıktır. Biz hocalarımızdan aldığımız ilmi, aldığımız nefesi nakille mükellefiz."

"Şimdi yalnız bu adam karısıyla çocuğunu yaktı."

Mehmet Hoca, göğsüne kadar uzanan sakallarını sıvazladı, "Duydum," dedi. "Kardeşlerimiz söyledi, üzüldüm. Bunların hepsi nefis azgınlığından oluyor. Normal insanda da oluyor, kaldı ki bazen bakıyorum, ilminde bir hoca, nefesi de kuvvetli, ama kahvaltıda yarım ekmek yiyor, ekmeğe reçel sürüyor. Şimdi bu adam ilmi nasıl yayacak, kendi nefsine mağlup olmuş bir kere."

Genç adamlardan biri odaya girdi, birer bardak suyla, birer zeytin ikram etti polislere.

"Bu Yaşar neden geldi?"

"Nefsine mağluptu. Biz onu elimizden geldiğince ayağa kaldırdık."

"Pek kaldıramamışsın hocam," dedi Harun. "Netice ortada..."

"O bizim takdirimiz değil."

"Nasıl ayağa kaldırıyorsunuz?" diye sordu Behzat Ç..

"Biz burada tutarız. Alkol, uyuşturucu gibi illetlerden men ederiz. Celallenirse teskin ederiz. Nefsi mağlup olana kadar ilim veririz. Mağlup olunca nefes veririz, yolcu ederiz."

"Hocam şimdi ben tam anlamadım," dedi Behzat Ç.. "Bunu biraz daha açık konuşalım. Nasıl ilim veriyorsunuz, yani nasıl mağlup ediyorsunuz nefsi?"

"Ee, arkada yerleri var, kardeşlerimiz size göstersin. Tabii şimdi orada mağluplar var. Kardeşlerimiz size onları rahatsız etmeyecek biçimde gösterirler."

Genç adamlardan biri polisleri tekkenin arka bahçesine götürdü, yan yana dizilmiş karanlık kömürlükler vardı orada. Kömürlüklerin içerisinden kapatılmış insanların sesleri duyuluyordu. Kimisi ağlayıp sızlıyor, kimisi yüksek sesle dua ediyordu.

"Bu çileye kırk gün girerler," diye açıkladı genç adam. "İlk gün kırk zeytin veririz, her gün birer tane azaltırız, son gün bir zeytin veririz. Uyuyanı uyandırırız."

"Kırk gün uyumazsa nasıl yaşayacak?"

"Çenelerini koydukları mütteka vardır, az da olsa içleri geçse bünye uykuyu alır. Çene tam düşerse uyandırır."

"Ee, çıkmak isteyen olursa, kendine zarar veren olursa..."

"Odunla vururuz, nefsini kırarız. Kırk gün sonra bir şeyi kalmaz, bu ilim faslıdır. Kırk günü doldurunca hocamız nefesi verir. Bu da nefes faslıdır."

Kömürlüklerin birinden kapıya arka arkaya vurulmaya başlandı. Bunları anlatan genç adam oraya girdi. Başka bir genç adam Behzat Ç.'ye hızla yaklaştı o arada, "Bana yardım edin," dedi.

"Ne?"

Bunu söyleyen çocuk sayılırdı, henüz sakalları çıkmamıştı.

"Gel bakayım buraya," dedi Behzat Ç..

"Yatsıdan sonra top ağacın oraya gelin. Ben sizi bulacağım," dedi genç adam, hızlıca ve tedirgin adımlarla içeri kaçtı. Behzat Ç. kömürlük kapılarından birine yaklaştı, tahtaların arasından içeri baktı. Bir şey göremedi, sadece birtakım mırıltılar duydu.

Tekkeden çıkarken onları yolcu eden genç adam mescidi gösterdi, "Şükür namazını mescitte kılabilirsiniz," dedi.

Polislerin anlamadan baktığını görünce, "Mehmet Efendi Hazretleri'ni gördükten sonra şükür namazı kılmak âdettendir," dedi.

Behzat Ç.'nin işaretiyle mescide girdiler.

"Ağbi bu kadarı da fazla," dedi Harun namaza durmadan önce.

"Belki o çocuk gelir," diye açıkladı Behzat Ç..

"Çökelim tepelerine alalım ağbi."

"Şimdi değil."

"Namazda konuşmayın, bozulur," dedi Hayalet.

İki rekat şükür namazı kılıp çıktılar. Top ağaçların oraya gidip beklemeye başladılar. Karınları acıkınca Harun dere kenarındaki ayva ağaçlarına gitti, uzunca bir sopayla dallardan ayva düşürdü, ayva yediler. Ve hava kararmaya yakın sinekler geldi, bir süre sonra ekip aracına sığınmalarına rağmen sineklerin ısırıklarından kurtaramadılar kendilerini. Kıyafetlerin bile üstünden sokan iri sivrisineklerdi bunlar.

"Ya şu hocadan bir nefes mi alsaydık çıkmadan," dedi Harun sonunda. "Köpek gibi ısırıyor bu sinekler adamı."

Tekkenin yakınındaki köyden yatsı ezanı yükseldi, bir süre sonra da tekkede yardım isteyen genç adam, elinde bir kova ve sırıkla belirdi. Ekip aracından çıktılar.

"Anlat bakalım," dedi Behzat Ç..

"Ağbi siz bu Yaşar denen adam için geldiniz değil mi?"

"Evet."

"O adamı bunlar delirtti ağbi. Ben buradan çıkacağım ama çıkamıyorum. Çıkarsam ailem beni reddeder. Bunlar da peşimi bırakmaz."

"Sakin ol evladım," dedi Behzat Ç.. "Tane tane anlat. Önce Yaşar'la alakalı bildiklerini anlat. Sonra da kendini anlat."

"Ağbi bu Yaşar'ın hanımı geldi önce, durumu anlattı, beyi işi gücü bırakmış alkole vurmuş. Sonra bizim hoca, bunun hanımına göz koydu. Dördüncüyü alacak ya, işledi bunun hanımını. Yaşar denen adamı buradaki gençler ilçedeki birahaneden aldı, zorla getirdi. Normalde kendi gelmesi lazım, usul böyle. Kapattılar kömürlüğe. Kırk gün. Bizim hoca hanımına, 'Sen de burada kal,' dedi, öyle bir şey yok, haremlikte kalanlar belli zaten. Bunun hanımı hocanın odasında yatmaya başladı. Neyse, günler geçtikçe bunun hanımı da hocayı sıkıştırmaya başladı, 'İlla beni de al,' diye. Hocanın aldığı üçüncü var, o kıyameti kopardı. Saç baş girdiler birbirlerine, bunun hanımını yolladılar. Yaşar çıktı, içeride kafayı tırlatmış, örneği çok. Sineklerle konuşuyor. Yaşar gitti, ama hanımı gene geldi. 'Beni dördüncü al,' dedi, 'yoksa seni şikâyet edeceğim' dedi, 'Savcılığa gideceğim,' dedi, 'bana böyle böyle yaptın,' dedi. Gençler de gittiler, Yaşar'ı aldılar getirdiler. Hoca gene bunu kömürlüğe kapattı, işledikçe işledi. 'Senin düşmanların var,' dedi, 'O senin hanımın değil,' dedi, 'Ona şeytan girmiş, şeytanın gölgesi var onda,' dedi. Yolladı bunu. Sonra da işte olanlar olmuş. Şimdi toplandılar, ne yapacağız diye düşünüyorlar."

"Sen niye beni kurtarın dedin? Sana burada bir şey mi yaptılar?"

"Yok, o kadar değil. Ama ben bıktım artık. Bizim ilçe belli zaten, buralar insanı insanlıktan çıkarıyor. İşsizlik, parasızlık, kavga, dövüş, dedikodu... Burada başka bir şey yok, sadece bunlar var. Biz de mecbur geldik, pederin zoruyla bu tekkeye kapılandık ama burada da bir şey değişmedi."

"Tamam, sen gel bizimle. Bunları savcıya anlatır mısın?"

"Ben gelemem, buradan böyle çıkarsam ailem beni reddeder. Gidecek başka yerim kalmaz. Ama savcı gelir hocayı götürürse ben de çıkarım."

Çocuk uzaklaştı, sırıkla ağaçlardan ayva indirip kovaya doldurdu. Sonra da tekkeye doğru gözden kayboldu.

Ertesi sabah Asayiş Şube Müdürü Yemliha Esercan, başkomiseri çağırdı. Başkomiser karşısına oturdu, tedirgin bir sessizlik kaplamıştı odayı.

"Mehmet Efendi'yi görmeye gitmişsin," dedi müdür.

"Evet."

"Nereden icap etti?"

"İlçedeki konuyla alakalı görüştük. Savcıya da şifahen arz ettik, kendisi şüpheli durumunda."

Yemliha Müdür elini masaya vurdu, "Savcıya yazılı bir şey vermeyin," dedi. "Bak şimdi Behzat, seninle açık konuşacağım. Böyle bir operasyonu ben hoş karşılamam, Asayiş Şube'yi buna sokmam. Ankara Emniyet'i de hiçbir birimiyle buna girmez. Bunlar toplumun hassas olduğu konular. Bu şahıslar ilim sahibi şahıslar, bunları rencide etmenin manası yok."

Behzat Ç. elini masaya koyup müdüre doğru yaklaştı, "Bak şimdi müdür," dedi. "Altı sene önce senin yerinde yine böyle biri oturuyordu, o da böyle konuşuyordu, şimdi nerede, cezaevinde. Vitrin değişti ama dükkân bizim zannediyorsunuz, bu dükkân sizin değil kardeşim, burası babanızın tekkesi değil. Ben kendi büromla bu operasyonu yapacağım, sen de hiçbir şey demeyeceksin, oradan öyle seyredeceksin. Hadi bakalım, hodri meydan."

Behzat Ç. kalktı, kapıya yürüdü.

"Sen ağbine güveniyorsun," diye seslendi müdür arkasından. "Bir de Tahsin'e güveniyorsun. Ama o kadar güvenme Behzat, o güvendiğin dağlara da karlar yağacak yakında. Merak etme."

Başkomiser, "Hadi lan oradan," deyip çıktı.

"Ne oldu ağbi, neymiş?" dedi Harun odanın önünde.

"Müdür bey tebrik ediyor," dedi başkomiser. "'Harun şükür namazını çok güzel kılmış,' diyor."

Behzat Ç., Savcı Belgin'e gidip durumu anlatınca gözaltı kararını hemen aldı. Hocayı almaya tedbirli gittiler, önde ekip aracı, arkada minibüs, büronun yarısı oradaydı. Harun, telsizin dışıyla kapıyı çaldı, gözaltı kararını kapıyı açana uzattı, "Kardeş bu Mehmet Efendi Hazretleri'yle alakalı yakalama kararı," dedi. "Yalnız biz abdesti Emniyet'te alacağız, şükür namazını da Savcılıkta kılacağız Allah nasip ederse."

İçerideki adamlar, odunlarla hocanın kapısının önünde durdular.

Mehmet Hoca içeriden çıkıp "Bırakın kardeşler gidelim," dedi. "28 Şubat'ta da biz böyle gitmiştik."

"Şimdi hocam affedersin ama senin sıfatına sıçayım," dedi başkomiser. "Bunun 28 Şubat'la ne alakası var lan?"

Hocayı alıp götürdüler ama köyün önünden geçerken kalabalık kesti önlerini, taşlarla sopalarla ekip aracına saldırdılar. Behzat Ç. kalabalığa baktı, "Hocamızı götürmeyin," diye ağlayan bir kadın gördü. Kalabalığı yarınca camı araladı, bir 216 yaktı. Bozkırda yavaş yavaş kayboldu ekip aracı.

Nöbetçi Savcının Emri

Dumlupınar Bulvarı Balgat Çıkışı'ndaki uygulama noktasında, polislere ateş açılmıştı. Polisler hemen karşılık vermiş, şüphelilerden biri ölmüş, diğeri de kaçmıştı. Merkez'den geçen anonsta, bütün ekiplerin acilen olay yerine intikali isteniyordu. Merkez, 45 30'a ayrıca bir anons geçti, Cinayet Büro ekiplerinin olay yerine intikalini bilhassa istedi. Behzat Ç., Abidinpaşa Yokuşu'nda duydu bu anonsu, telsizin mandalına basıp "45 30-Merkez, anlaşıldı tamam," dedi. "Olay yerine intikal ediyoruz, tamam," diye ekleyip aynı anda el frenini çekti, direksiyonu ters istikamete kırdı, büyük bir gıcırtıyla ve asfaltta siyah izler bırakarak yolun ortasından arabayı döndürdü, beton kaldırımı aşıp karşı şeride geçti. Tekrar gazlayıp sireni açtı. 45 30 koduyla bütün Cinayet Büro ekiplerine seslendi, derhal olay yerine intikallerini istedi. Cebeci Dörtyol Yalıkent Pavyon'a yaklaşırken frenlere asıldı, araba kayarken uzandı, yan kapıyı açtı, Harun atladı içeri. İtfaiye tarafından Numune'ye doğru ilerlediler, bulvarın üstünde, uzaklarda, simsiyah gökyüzünde şimşekler çakıyordu.

Harun, "Ağbi bir yavaş," dedi. Sıkıntıyla iç geçirdi, heyecandan sesi titriyordu, "Bu işte bir sakatlık var!" diye bağırdı. "Bir çakarları kapat da konuşalım!"

Behzat Ç. ne arabanın hızını kesti ne de çakarları kapattı, "Sen anlat!" diye bağırdı.

"Polise ateş açıldıysa Cinayet Büro'nun intikali neden bilhassa isteniyor?" dedi Harun. "Merkez, diğer birimlerle değil de neden Cinayet Büro'yla bilhassa irtibat kuruyor? Az önce Ekip Amiri Ali Baki de yazdı, gençler de yazdı, WhatsApp Cinayet grubu rahatsız ağbi! Bu konuda ayık olmamız lazım!"

"Harun!" dedi başkomiser. "Ben mevzuya ayığım zaten. Ama polise ateş açıldıysa biz oraya gideriz, Merkez'in anonsuna takılmayız. Eskilerden böyle gördük!"

"Tamam ağbi, sen ne diyorsan o," dedi Harun. "O zaman, 'Amirim yanımda, mevzuya ayığız, telaş etmeyin,' yazıyorum gruba."

"Aynen öyle yaz, kimse lüzumsuz mesaj atıp birbirini doldurușa getirmesin."

Uygulama noktasındaki polislerin önünde indiler, Behzat Ç. onları tek tek süzdü ama bir şey demedi. Olay yerine Özel Harekat'a ait iki akrep gelmiş, çevre güvenliği almışlardı. Başkomiser ve Harun çatışmanın olduğu araca yürüdüler.

"Neyse ağbi bu mesajın iyi oldu," dedi Harun telefonunu kontrol edip. "Grup rahatladı."

Uygulama noktasından kaçan araç, eski kasa, Doğan marka bir araçtı. Akbaba şoför mahalli tarafındaki kapıyı açmış, içeri eğilmiş, yan koltukta vurulmuş yatan şüpheliyi inceliyordu. Beyaz eldivenli elleriyle şüpheliyi boynundan tutmuş, koklayacakmış gibi yaklaşmıştı.

Başkomiser yaklaşınca Akbaba kenara çekildi. Başkomiser kafasını uzatıp arabayı kokladı, iç aksama baktı. Mermi şüphelinin ensesinden girip gırtlağından çıkmış, torpido gözüne saplanmıştı. Yirmi beş yaşlarında bir gençti, elinde 9 milimetrelik, kabzası yıpranmış, Star diye bilinen ucuz bir tabanca vardı. Behzat Ç. adamın ellerini kokladı.

Akbaba, "Elden barut izi çıkar ama..." dedi.

"Eee," dedi başkomiser.

Cevap vermedi Akbaba, parmaklarını dudağına vurup sigara istedi. Birer 216 yaktılar. Yağmur şiddetini yavaş yavaş artırmaya başlamıştı, rüzgârla beraber yüzlerine çarpıyordu, başkomiser deri ceketinin yakalarını kaldırdı. Hayalet geldi yanlarına, ellerini montunun ceplerine sokmuştu, "Şimdi bu uygulama noktasındaki elemanlar diyor ki," dedi. "Uygulamadan kaçmışlar, kaçarken bu yan koltuktaki ateş etmiş, bunlar da arkadan sıkmış, adam vurulmuş. Şoför olan kaçmış."

"Kaçan nerede?"

"Onu Ali Bakiler almış."

"Niye? Hadi bu denyolar kovalamadı diyelim, bölge karakollarından, devriyelerden kimse yok muymuş?"

Hayalet ayakkabısının burnuyla yeri eşeleyerek önüne baktı, "Ağbi sıkıntılı mevzu işte," dedi. "Cinayet'ten başka kimse kovalamamış."

Akbaba iki parmağıyla filtresinden sıktığı 216'dan derin bir nefes çekti, "Bu teşkilatın çivisi çıktı," dedi.

"Çivisi çıktı da o kadar da değil Akbaba!" dedi Behzat Ç.. "Madem polise ateş açılmış, asayiş şube müdürü nerede, Tahsin nerede? Bu olayda salağa yatan kim varsa öttürürler ya!"

"Ali Bakiler nerede almış adamı?" diye sordu Harun.

"Dışişleri Bakanlığı'nın orada," dedi Hayalet.

"Niye oraya kaçmış ki salak?" diye sordu Akbaba.

"O tarafa kaçmış işte gerizekâlı," dedi Hayalet. "Sanki Dışişleri Bakanlığı onu yurtdışına gönderecek. Milli Kütüphane'ye doğru kaçsa oradan alır yürürdü, bir Allah'ın kulu da bulamazdı sonra."

"Bence," dedi Harun. "Bir an önce biz de gidelim. Şu aşağıda Mersinli Ciğerci Apo var, orada güzel bir ciğer yiyelim."

Behzat Ç., Harun'a ters ters baktı, 216'yı ayakkabısının topuğunda söndürüp izmariti olay yerinden uzak bir noktaya fiskeledi. Uygulama noktasındaki polislerin yanına yürüdü. Üç kişiydiler, hepsi yirmili yaşlardaydı. Resmî üniformalı ve çelik yelekli iki adam ve bir kadın.

"Geçmiş olsun arkadaşlar," dedi Behzat Ç.. Baştaki uzun boyluya, "Sen kaç senelik polissin?" diye sordu.

"İki sene oldu amirim."

"Meslek yüksekokulundan mı mezunsun?"

"Hayır, ben istatistik okudum."

"Sen kızım?"

"Ben tarih bölümünden mezunum."

Behzat Ç., kısa boylu, çipil gözlü olan üçüncü memura döndü.

"Sen?" dedi.

Üçüncü memurun yüzü ufaldı, buruştu, gözlerini kırpıştırdı.

"Ben matematik öğretmenliği okudum amirim," dedi.

Behzat Ç. elini onun omzuna koydu, "Güzel," dedi. "Şimdi, bir arabanın camına gelen üç mermi artı bir mermi daha kaç mermi yapar kardeşim? Bakma bana öyle, cevap ver bakayım."

"Dört."

"O zaman o arabanın camında niye üç mermi girişi var. Matematik öğretmenisin ama hesap bilmiyorsun."

Başlarının üstünde sağırlaştırıcı bir çatırtı koptu birden, gök gürlüyordu.

"Ben sizin yaşınızdan daha fazla Cinayetçilik yaptım evladım," dedi başkomiser.

"Anladığım kadarıyla elimizde polis yok ama en azından

okumuş üç genç var. Sizinle bilahare konuşup kalbinizi kıracağım."

Başkomiser, Harun'a döndü, "Şu arabanın ön camını açın," dedi.

"Tamam ağbi."

Hayalet hızla yaklaştı, birden Behzat Ç.'nin yanında bitip koluna girdi, az öteye gittiler, "Ağbi soruşturmayı doğrudan nöbetçi savcı devralacakmış," dedi. "Savcı Belgin."

"Soruşturmayı doğrudan devralacak ne demek lan!"

"Şu demek," dedi Savcı Belgin. Birdenbire olay yerinde belirmişti. Şüpheli gözlerle başkomiseri süzüyordu. "Sen dahil bütün polisler derhal olay yerini terk edeceksiniz," diye devam etti. "Bir tek Olay Yeri İnceleme memurları kalacak. Gerekirse ifadenize başvurmak için sizi ayrıca çağırırım. Şu andan itibaren bütün polisler olay yerini terk etsin. Cep telefonlarınıza da el koyuyorum! Hepiniz telefonlarınızı bana vereceksiniz!"

Savcı Belgin arabaya yaklaşan Harun'u görünce, "Hey sen!" diye seslendi. "Kime diyorum! İri adam! Gel buraya, uzak dur o arabadan!"

Harun ne yapacağına karar veremiyormuş gibi önce başkomisere, sonra da savcıya baktı. Ardından arabadan uzaklaştı.

"Yalnız biz daha yeni geldik savcım," dedi Behzat Ç..

Savcı Belgin onu tepeden tırnağa süzdü yeniden, ses tonu birden soğuklaştı, "Ne zaman geldiğin beni ilgilendirmez," dedi. "Yeni mi geldin, önceden mi geldin, bilahare bakacağız. Bugüne kadar yaptıklarına sabrettim ama artık bu kabul edilemez. Derhal terk et olay yerini."

"Telefonlara el koyamazsınız, böyle bir yetkiniz yok, mahkeme kararı lazım," dedi başkomiser.

Savcı, WhatsApp'tan açtığı kararı Behzat Ç.'nin yüzüne yaklaştırıp "Al!" dedi. "Nöbetçi Sulh Ceza Hakimliği'nin kararı! Sizin telefonlarınız da kanıttır, el koyduk."

Behzat Ç., Hayalet'e baktı. Hayalet, Behzat Ç.'nin kulağına yaklaşıp, "Ağbi Emniyet'in avukatını çağıralım," dedi. "Avukat olmadan mahkeme kararı tebliğ edemez, o arada da bizim denyolar abuk subuk mesajlar attılarsa Cinayet grubuna, silsinler. Zaman kazanalım."

"Tamam Hayalet tamam, uzatmaya gerek yok," dedi başkomiser. "Verin telefonları!" diye seslendi polislere. "Ver! Ver! Ver!"

Bütün telefonları toplayıp savcıya teslim etti.

"Yürüyün lan," dedi sonra kendi ekibine. "Biz Cinayet Büro'yuz. Etinden korkanın kemiğini sikeyim!"

Savcının kâtibi Günbay telefonları çantasına koydu, savcıya beyaz eldivenleri uzattı. Savcı Belgin eldivenleri giyip arabaya yürüdü, cesedi incelemeye başladı.

Harun ekip aracına yürürken "Karıya bak," dedi. "Savcı olmuş ama adam olamamış. 'İri adam,' diyor bana. Hayır, senin benim fiziksel özelliklerimle dalga geçmeye ne hakkın var. Haksız mıyım ağbi?"

"Haklısın Harun."

Harun, "Yalnız size bir şey söyleyeyim mi?" dedi üçüne birden tek tek bakıp. "Herkes salağa yattı kaçtı, biz arada kaldık, bu karı bizi öttürecek."

"Öyle görünüyor," dedi Hayalet.

"Hayır neye üzülüyorum amirim biliyor musun?" diye sordu Harun. "Biz bir bok da yemedik, suçumuz yok. Ona üzülüyorum."

Behzat Ç. sıkıntıyla iç geçirdi, yağmur hızlanmıştı, ekip aracına binip kontağı çevirdi.

"Ee, Ciğerci Apo?" diye seslendi Harun arkasından.

"Karnım aç değil," dedi başkomiser, gaza bastı.

Islak asfaltta arabanın arkası kayınca toparladı, hızla yola devam etti. Ulus'ta iki sefer Lale Pavyon'un önünden geçti ama kararsızdı. Üçüncüde yolun kenarına çekti ekip aracını, inip hızla yürüdü. Yükselen müzik kapının önüne kadar taşıyordu. İlhan kollarını açarak karşıladı başkomiseri, onu görünce yüzü aydınlanmıştı. Hemen sahneye yakın bir masa ayarladı, garsonlar tepsilerle koştular.

Sahnede bağlama solo başlamıştı, ardından orkestra girdi, alkışlar arasında Çatlak Şanzel çıktı sahneye, "Mest Oldum"u söylemeye başladı. İlhan'ın işaretiyle yirmi beş yaşlarında bir konsomatris oturmuştu Behzat Ç.'nin yanına. Açılan mini eteğini iki eliyle yanlardan aşağı çekip "Hoş geldin amirim," dedi. Adı Gözde'ydi kızın, kafasının güzel olduğu belliydi, siyah, buğulu gözleri, pavyonun loşluğunda derinden parlıyordu, "Yeliz'e bakıyorsan o gitti," dedi. "Çatlak Şanzel'le anlaştı İlhan Ağbi."

"Yeliz nereye gitti?"

"Kör Turgut'un mekânına, Dışkapı'ya. Bütün ekibini toplayıp öyle gitti, çok zorda bıraktı mekânı."

Behzat Ç. kızı süzerken rakısını yavaş yavaş yudumladı. Gözde saçlarını ensesinden geriye attı, "Bence Yeliz sana göre biri değil," dedi.

"Neden?"

"Senin ağırlığını taşıyamıyor."

Gözde masanın altından Behzat Ç.'nin elini tutmuştu.

"Bir git kızım Allah'ını seversen ya," dedi Behzat Ç.. Elini çekti, rakısını bitirip kalktı, masaya 100 lira bıraktı.

"İyi be," diye bağırdı Gözde arkasından. "Sen de burnundan kıl aldırmıyorsun. Bir bok oldun sanki Emniyet'te amir oldun da."

Behzat Ç. döndü.

"Ne baktın!" dedi Gözde. "Hadi git! Yeliz'ine git! Ben sana insanlık yaptım. Ama hata bende, deveye diken insana siken yaraşırmış."

Gözde birden ağlamaya başlamıştı, gözyaşları yanaklarından şıpır şıpır akıyor, elinin dışıyla gözlerini siliyor, makyajını yüzüne bulaştırıyordu. Behzat Ç., tekrar yanına oturdu onun, "Tamam ağlama," dedi. "Ben sana bir şey mi dedim?"

"Ağlamıyorum ben."

"Ağlıyorsun. Kafan güzel, ağlıyorsun."

Garson, Behzat Ç.'nin omzunun üzerinden sessizce rakı kadehini doldurdu.

"Ben güzel değil miyim?" diye sordu Gözde.

"Güzelsin. Ama şey yani, benim için..."

"Küçük müyüm! Yirmi altı yaşındayım. O Yeliz'in de kartı çıktı artık. Onun dönemi geçti. Karga sesine güveniyorsa kimsenin onun sesine baktığı da yok. Yarın öbür gün yine beni ararsın, ama dur ben sana hiç bakar mıyım o zaman?"

Behzat Ç. arkasına yaslanıp iç geçirdi, dünya yavan, yaşamak tatsız geliyordu, rakısını bitirdi, sessizce kalktı. İlhan kapıda yetişti peşinden, koluna yapıştı, "Daha yeni geldin amirim, nereye gidiyorsun, yapma ya!" dedi.

Behzat Ç., "Tamam İlhan tamam," dedi, kolunu yavaşça kurtardı.

"Halimizi görüyorsun," diye başladı İlhan. "Çatlak son anda yetişmese yanmıştık. Onun da yarın başka yerde programı varmış, ne bok yiyeceğiz belli değil. Bak şimdi amirim, beni biliyorsun, piyasada düzgün iş yapan adamlardan biriyim. Yeliz dönmek istiyorsa kapımız ona açık, her zaman açık, yine de açık, daha iyi imkânlarla açık. Yeliz bizim eski sanatçımız, ben onu kendi öz kızlarımdan ayırmam."

"O zaman niye Kör'ün oraya yolluyorsun! Tutsaydın kolundan, göndermeseydin."

"Nasıl tutayım, beni dinliyor mu? Kör Turgut belki daha iyi imkânlar sundu bu süreçte, ama o duygusal bir adam. Profesyonel yaklaşamaz Yeliz'e."

Elini omzuna koyup, "Ah İlhan ah," dedi Behzat Ç.. Ekip aracına binip bir 216 yaktı, yine kararsız kalmıştı, kontağı çevirdi, silecekleri çalıştırdı, yavaş yavaş Dışkapı'ya doğru sürdü. Ahu Gazinosu'nun önünde kaldırıma park edip anahtarı kapıdaki fedaiye verdi.

Başgarson Bayram kapıda karşıladı onu, ellerini iki yana açıp kafasını önüne eğdi, "Vay vay vay vay," dedi. "Amirim gelmiş." Garsonlara döndü, "Çabuk la çabuk," diye seslendi.

Sahneye yakın güzel bir masa kurdular başkomisere. Yanına iki konsomatris oturtmak istediler, Behzat Ç., "Yok," dedi, gönderdi kızları. Yeliz sahnedeydi, içeri girdiği anda görmüştü başkomiseri ama görmemiş gibi yapıyor, gözlerini kaçırıyordu. Üç-dört şarkı söylemiş, istekleri almaya başlamış ama o âna kadar hiç dönüp bakmamıştı başkomiserin olduğu masaya.

Yeni şarkıya başlamadan önce nota sehpasının kenarındaki viski kadehini dipledi. Bağlamacı ile göz göze geldi, "Şimdi Emniyet Müdürlüğü'müzün değerli amiri için söylüyoruz," dedi. "Kaç kadeh kırıldı sarhoş gönlümde..." Bağlamacı şarkıya girdi, Yeliz, Behzat Ç.'nin olduğu masaya yaklaştı, derinden, dumanlı bir sesle yavaş yavaş söylemeye başladı. Başkomiser başıyla hafifçe selamladı onu. Garsonlar sahnenin dört yanına havaya beyaz kıvılcımlar saçan maytaplar koydular.

Yeliz programına ara verdiğinde masaya yaklaştı ama oturmadı, Behzat Ç.'yi süzüp parmaklarıyla masanın üstünde tedirgince ritim tutmaya başladı, gülüşünde göze çarpan bir huzursuzluk vardı, "Ben artık Turgut'la beraberim," dedi soğuklaştırmaya çalıştığı bir sesle. "Şimdi masaya oturursam yanlış anlaşılır."

"Ha öyle mi? Tamam," dedi Behzat Ç.. Kalktı. Yeliz yumruklarının yanıyla göğsüne vurdu onun, "Ama sen neredeydin?" dedi. "Neredeydin? Niye hiç gelmedin? Neden beni boşluğa düşürdün?"

Behzat Ç. masaya 100 lira bıraktı, garsonlar parayı peşinden koşturdular ama almadı, geldiği gibi sessizce çekip gitti.

Gece evde, ayaklarını sehpaya uzatmış, kucağında uyumuş bir kedi gibi yatan bira şişesiyle belgesel seyrediyordu. Serengeti'de kuraklık bastırıp sular çekilince, antiloplar kurumuş dere yataklarına inmek zorunda kalmışlardı ve bir dişi aslan çetesi de orada pusu kurmuştu. Dışarıdan bahçe avlusuna tapır tapır inen yağmurun sesi geliyordu, art arda iki şimşek çaktı, tavandaki çıplak sarı ampulün voltajı düşüp çıktı. Ardından evin çatısını başına indirmek istiyormuş gibi boğuk bir çatırtıyla gök gürledi. Elektrikler gitti. Bir süre yerinden kıpırdamadı başkomiser, televizyonun yavaş yavaş soluklaşan ışığına baktı. Birasını bitirdi. Çakmağının arkasındaki minik feneri yakıp sokak kapısının üstündeki sigortaları kontrol etti. Hiçbiri inmemişti. Perdeyi aralayıp dışarı baktı, kapkaranlıktı, sokak lambaları da yanmıyordu.

"Dan dan dan" diye kapı yumruklanmaya başlayınca döndü başkomiser, kapıyı açıp feneri tuttu, Yeliz gelmişti. Üstünde sahne kıyafeti vardı, sırılsıklamdı. Ayakkabılarını elinde tutuyor, ağlıyordu, "Topuğum kırıldı," deyip içeri girdi, başkomisere topuğu kırık ayakkabıyla vurmaya başladı, "Seni seviyorum şerefsiz," dedi. "Çok iyi biliyorsun bunu! Seni sevdiğim halde neden bana böyle yapıyorsun? Neden her seferinde gelip kalbimi eziyorsun?"

"Ben ne yapmışım?"

"Geldin kalbimi ezdin! Madem hiç gelmiyordun, bu akşam niye geldin? Bu akşamı mı buldun gelecek?"

Behzat Ç., Yeliz'in elinden ayakkabıyı aldı, öpüşmeye başladılar. Salona doğru yürüyüp etraftaki şişeleri ve sehpayı devirdiler, koltuğa yıkıldılar.

Yeliz, "Bir dur," deyip kendini geri geçti. "Kör'le konuştum," dedi. "Ayrılacağım oradan. Mum yok mu?"

Behzat Ç. feneri yaktı, elektrik kesintilerinde kullandığı dibine gelmiş mumlar salondaki yemek masasının üstünde duruyordu, gidip onları yaktı. Buzdolabından iki bira getirdi.

"İlhan'a geri döneceğim," dedi Yeliz. "Ama Kör, 'Seni bırakmam,' dedi. Çirkinleşti, 'İstesem Behzat'ı bir günde emekliye sevk ettiririm,' dedi. 'Bok ettirirsin,' dedim, 'onun ağbisi var, ağbisinin ağbileri var, seni sikerler,' dedim. İyi demişim di mi?"

Başkomiser, "Ha Yeliz ha," dedi kızgınlığını belli etmeden. "İyi demişsin."

"'O zaman senden tazminat isterim,' dedi. Sen bir konuşsan da tazminat istemese, sözleşme imzaladım çünkü."

"Tamam onu ben hallederim, sen İlhan'ın oraya dön. İlhan iyi adamdır."

"Beni seviyor musun?"

"Tabii seviyorum kızım, derinden seviyorum."

"Beni sevdiğini biliyordum zaten. Ama benim kafam karışıyor. Bazen böyle bir an, hiç sevilmemiş gibi hissediyorum kendimi. O zaman kafam atıyor."

Yeliz, Behzat Ç.'nin kucağına oturdu, öpüşmeye başladılar. Yeliz'in eteğini yukarı sıyırdı başkomiser, sonra onun çığlığını duydu. Yeliz kucağından atladı. Başkomiser kafasını yana eğip salon kapısına baktı, yarı karanlıkta tanıyamadı geleni, eli sehpanın üstündeki silaha gitti, o an anladı ki ağbisi Şevket gelmiş.

Şevket bir-iki adım geri gidip, "Kusura bakma," dedi. "Kız arkadaşın mı vardı?"

"Ağbi insan bir kapıyı çalar."

"Kapı mı var? Ardına kadar açıktı. Sen bir gelsene böyle, az konuşalım."

"Gel ağbi gel," dedi Behzat Ç.. "Yeliz yabancı değil, sen gel."

Şevket içeri girdi, Yeliz'e, "Kusura bakmayın hanımefendi," dedi. "Böyle rahatsız etmek istemezdim."

Yeliz birden kibarlaştı, eteğini iki yandan aşağı çekip "Önemli değil efendim," dedi.

"Ne oldu ağbi?" diye sordu Behzat Ç..

Şevket'in üstünde Behzat Ç.'nin alışık olmadığı durgun, biraz da kırgın bir hal vardı. Elini, kardeşinin dizine koydu, "Ne mi oldu?" diye sordu sessizce. "Hâlâ ne oldu diyorsun? Uygulama noktasında vatandaşı vurmuşsunuz. Bir de Dışişleri Bakanlığı'nın önünde, Bakanlığın önünde vatandaş mı vurulur?"

"Ne yapsaydık ağbi, arka sokakta mı vursaydık?"

Şevket gülümsedi, kendi kendine konuşur gibi, "Ya sen nasıl bir insan oldun?" dedi. Her zamanki heyecanlı, yüksek perdeden konuşan halinden eser yoktu.

"Biz mi vurduk adamı?" dedi Behzat Ç.. "Uygulama noktasındaki polisler vurmuş."

"Sen de olay yerindeymişsin, şüpheliymişsin."

"Yahu ben anlatamıyorum ağbi, biz göreve gittik, merkez anons geçti 'Polise ateş açılmış,' diye, ne yapsaydık?"

Şevket derin bir of çekip, "Bilmiyorum Behzat," dedi. "Bilmiyorum! Bütün Ankara'yı karıştırdınız. Telefonlarım susmuyor akşamdan beri. Reşat'la da tartıştım, otuz sene sonra ilk defa Reşat'la da kavga ettim. 'Senin kardeşin başımıza bela olmaktan başka bir işe yaramıyor,' dedi bana. Tamam, o da bıktı artık, anlıyorum. Ama ben de kardeşimi itin çakalın eline bırakamam. Bunu da anlaması gerekirdi, kırıldım, çok kırıldım."

Şevket, devrilmiş sehpayı düzeltip elindeki siyah poşeti üstüne koydu, içinden tabanı düz, üstü iki yarım daire şeklinde bir konyak şişesi çıkardı, "Bu konyak Fransa'dan geldi," dedi. "Bardak mardak bir şey getir. Yemin ediyorum ağlayasım geldi bu gece, oğlum ben duygusal bir insanım lan. Bu kadarı bana fazla. Bir noktadan sonra başlarım işine de, şirketine de, enerji sektörüne de... Pardon hanımefendi."

"Önemli değil efendim," deyip kalktı Yeliz. "Ben bardak getireyim."

Masanın üstündeki mumlardan birini alıp mutfağa gitti, üç su bardağıyla döndü.

Şevket bardakları doldurup, "Sağlığınıza," dedi. "Bir sigara ver."

"Ağbi içme."

"Ver."

Behzat Ç. dudağına üç 216 koyup yaktı, birini Şevket'e birini Yeliz'e uzattı, diğerini de içmeye devam etti.

"Neyse," dedi Şevket. "Sabah ifadeye gideceksiniz. Biz araya girmesek ifadeye mevcutlu gidecektiniz. Şu an ben gelmiyordum, seni gözaltına almaya Organize Şube geliyordu."

"O götünden haberi olmayan Organize Amiri Şefik mi beni alacakmış? Bok alır! Ortalık karışınca neredeymişler?"

Sigaradan derin bir nefes alıp dumanını havaya üfledi Şevket, eliyle alnını ovuşturdu, "Orasını bilemem Behzat," dedi. "Ben bunlara kızmıyorum zaten, olur, her şey olur, polis adamın başına her türlü iş gelir. Ama oğlum bak kaç sefer dedim, 'Ben telefon açtım mı boşuna aramam, şu telefonlara bak,' dedim."

"Telefonuma savcı el koydu."

Şevket bir eliyle yüzünü sıvazlayıp derin bir nefes aldı, "Savcı mı el koydu?" diye sordu.

"Ağbi ne oldu? Abuk subuk mesajlar atmadın di mi?"

"Attım. Savcıya da sövdüm, başsavcıya da. 'HSK'yı aradık, onları görevden aldıracağız,' dedim. 'Artık biz varız,' dedim. Sana moral vermek için yazdım ya!"

Behzat Ç. elinin dışını sinirle sallayıp, "Ağbi bana moral verme ya!" dedi. "Gözünü seveyim bana moral verme! Sen bana moral verdikçe ben bunalıma giriyorum."

Şevket, "Nankörlük yapma," deyip kalktı.

Salonun girişine bıraktığı, kılıfındaki takım elbiseyi askısından tutup getirdi, "Bunu giy," dedi. "Yarın sabah 10'da ifade vereceksin. Sabah 8'de de Orhan Müdür'le toplantınız var. Emniyet'in, Bakanlığın avukatları falan da gelecek, size Savcılıkta ne söyleyeceğinizi söyleyecekler."

"Ne söyleyeceğimizi söyleyecekler ha," dedi Behzat Ç. alayla. "Özgüvene bak sen."

Behzat Ç. alkolün de etkisiyle yumruğunu göğsüne vurdu, "Ben buradan konuşurum," dedi. "Hiç kimse ne söyleyeceğimi söyleyemez bana."

Şevket, yumruğunu sıkıp Behzat Ç.'ye yaklaştı, "Siktir lan!" dedi. "Alırım şimdi ayağımın altına ha! Biz Orhan Müdür'e yatırım yaptık, Reşatlar adamı bakan yardımcısı yapmaya çalışıyor, siz adamın kariyerinin anasını belliyorsunuz. Kendini düşünmüyorsan Orhan Müdür'ü düşün, ne hakkın var buna? Pardon hanımefendi, sesimi de yükselttim ama."

"Önemli değil efendim," dedi Yeliz. "Ağbi kardeş arasında olur böyle şeyler. Benim de bir sıkıntım var, aslında görmüşken size de anlatmak isterim."

"Tabii buyurun, nedir?"

"Şimdi şöyle, ben Dışkapı'da Ahu Gazinosu var, oranın sahibi Kör Turgut'la bir anlaşma yaptım. Mecburi şartlardan ötürü yapmak zorunda kaldım biraz da bu anlaşmayı. Şimdi oradan ayrılmak istiyorum ama tazminat diye tutturdu."

Behzat Ç., Yeliz'e sinirle bakarken "Ya ben onu halledeceğim," dedi.

"Bir saniye hayatım," dedi Yeliz kibarca. "Şevket Bey de bilsin, ne var bunda?"

"Tabii canım iyi oldu söylediğiniz," dedi Şevket. Bardaklara tekrar konyak doldurdu, "Kör Turgut kimmiş ya?" dedi sonra. "Onun mekânına ruhsat veren müdürün müdürünün müdürünü tanıyoruz biz. Sizden bir lira tazminat istesin bir daha Ankara'da mekâncılık yapamaz."

"Ben de öyle dedim," dedi Yeliz. "Şevket Bey sana ağzının payını verir gerekirse dedim."

"İyi yapmışsınız hanımefendi. Biz buradayız, her zaman yanınızdayız. Kimse bu ülkenin sanatçılarını sahipsiz zannetmesin. Gerekeni yaparız."

Şevket bardağını kaldırdı, Behzat Ç. şaşkın gözlerle bir Yeliz'e baktı, bir de Şevket'e. Dışarıda rüzgâr uğulduyor, yağmur pencereleri dövüyordu.

Ertesi sabah İl Emniyet Müdürlüğü'nün toplantı odasındaydılar. Behzat Ç. pencereden bahçedeki bayrak direğine bakıyordu. Direk rüzgârla sağa sola gidip geliyor, her an yerinden çıkıp uçacakmış gibi duruyordu. Toplantı masasının başında Orhan Müdür oturuyordu, sağ yanındaki sandalyede Tahsin vardı, onun karşısında iki avukat vardı, biri Emniyet'in avukatıydı, diğeri de Bakanlığın. Uygulama noktasındaki genç polisler de masadaydı, Orhan Müdür, "Şimdi arkadaşlar," dedi yorgun bir sesle. "Bir olay yaşandı, doğrudur, yanlıştır, şudur budur falan, bunu tartışacak vaktimiz yok. Savcılık soruşturmayı doğrudan devralmış, olay yerindeki polislerin hepsi şüpheli durumda. Birtakım basın da bunun üstüne gidecek, sabah çıkacak haberleri de biliyoruz, haberlerin bir kısmını Bakanlık önledi ama sonuçta müdahale edemedikleri de var. Emniyet'in ve Bakanlığın avukatları dosyayı incelediler, vereceğiniz ifadeleri yazdılar, onları okuyun ezberleyin. Savcılıkta hata yapmayın."

Avukatlar polislere ifadeleri dağıttılar, Behzat Ç. ifadeyi göz ucuyla okuyup elini kaldırdı. Tahsin dişlerini sıkmış başkomisere bakarken "Evet Behzat," dedi Orhan Müdür.

"Müdürüm ben bu ifadeyi vermem," dedi başkomiser. "Olay esnasında biz orada değildik. Bu avukat arkadaşlar ya hiç ceza davasına girmemişler ya da hiç dayak yememişler. Biz soruşturma için oradayız. Bir savcının gelip bizi orada şüpheli ilan etmeye yetkisi yok."

"Hayır var," dedi Bakanlığın avukatı. "Olay yeri bozulduysa böyle bir yetkisi vardır."

Masaya elini vurup, "Yoktur kardeşim!" dedi Behzat Ç.. "Biz Cinayet Büro'yuz ya, olay yerine gidiyorsak görev için gidiyoruz, o zaman her cinayetin şüphelisi biz oluruz."

Tahsin, "Behzat bir sakin ol," dedi. "Küçük harflerle konuş, zaten hepimiz gerginiz!"

"Tamam tamam," dedi Orhan Müdür. "Behzat, o zaman sen bu olay hakkındaki görüşünü bizimle paylaş. Gerekirse avukat arkadaşlar ifadeleri revize eder."

"Yalnız," diye ekledi Orhan Müdür, saatini gösterdi Behzat Ç.'ye, "Fazla vaktimiz yok. Bir saat sonra ifadeye gideceksiniz."

"Şimdi müdürüm," dedi başkomiser. "Bu uygulamadaki arkadaşlar, iyi güzel okumuş çocuklar ama bahçıvanlar biberleri yok, dalyaraklar haberleri yok."

Tahsin elini masaya vurup "Behzat!" diye bağırdı.

"Bir saniye Tahsin," dedi başkomiser. "Durumu arz ediyorum ya! Bir saniye! Bize, 'Kaçarken ateş etti,' diyorlar, bu adam bunlara kaçarken ateş ettiyse arabanın ön camı niye kapalı? Kapıyı açıp mı ateş etti? Madem adama elinden barut artığı çıksın diye silah tutuşturup ateş ettirdiniz, o zaman camını da açsaydınız. Bir boku yiyecekseniz ya tam yiyin ya da bilmediğiniz boku yemeyin."

Orhan Müdür düşünceli gözlerle önüne baktı, çenesini sıvazladı, sonra birden gözleri parladı, "Bir dakika bir dakika," dedi sinirle, uygulama noktasındaki polislere dönüp "Adama siz mi ateş ettirdiniz?" diye sordu. "Ha Veysel, ha Kerim, Banu kızım! Siz mi ateş ettirdiniz. Yahu siz ne yaptınız çocuklar ya, ne yaptınız!"

Yerinden kalkıp pencereye yürüdü, her zaman sakin yaradılışlı bir insanın sinirlenince yarattığı yoğun etkiyi yaratmıştı odada, "Adama kaçarken ateş ettiniz arkadan," diye devam etti. "Biri de denk geldi. Bu muydu olay? Tamam olur, gerek yok, ama o da olur. Gece vakti görev yapıyorsunuz, it uğursuz çakal ya da terörist, arabayı üstlerine sürmüş derdik ya, bu kadar basit. Vereceğiniz ifade belli, adam uygulama noktasından kaçtı, siz tekere ateş ettiniz, yerden sekti adama geldi. Bu kadar basit! Basit! Adamın eline silah tutuşturup ateş ettirmek ne demek!"

Orhan Müdür döndü elini masaya vurdu, "Anasını siktiniz teşkilatın ya, anasını siktiniz," dedi. "Vatandaşta polise güven bırakmadınız! Behzat bana bir sigara ver."

Behzat Ç. dudağında iki sigara yakıp birini müdüre verdi. Orhan Müdür titreyen ellerle sessizce sigarayı içti bir süre.

"Tamam siz çıkın evladım," dedi sonra uygulama noktasındaki polislere. "Avukatlar ifadenizi inceleyip baştan verecekler size. Tahsin sen kal, Behzat sen de kal!"

Uygulama noktasındaki polisler odadan çıktı. Orhan Müdür sigaranın külünü çay tabağına silkti, "E, ne yapacağız şimdi?" diye sordu.

Bir sessizlik oldu odada. Orhan Müdür, başkomisere baktı. "Gerekeni yapacağız müdürüm," dedi Behzat Ç.. "Neyse anlatacağız."

Bakanlığın avukatı, "Bizim bakanlık olarak tavrımız açık müdürüm," dedi. "Memurları açığa alacağız ama savunacağız. Burası protokol şehri, polis vatandaşı vurdu gibi bir haber istemiyoruz. Hele ki bir de eline silah tutuşturmuşlar, 'Bize ateş etti,' falan demişler, böyle bir şey iyice karıştırır işi."

"Aynen," dedi Emniyet'in avukatı. "Uygulamadaki polisler yazdığımız ifadeden çıkmamalı." Behzat Ç.'ye döndü, "Sen de, 'Ben sonra gittim,' diyeceksin. Camdan mamdan bahsetmeyeceksin Savcılıkta."

"Bak şimdi genç adam," dedi Behzat Ç. avukata. "Benimle öyle senlibenli konuşma! Benimle senlibenli konuşursan biz senle bozuşuruz."

"Tamam, ifadeler değişmeyecek," dedi Orhan Müdür avukatlara. "Siz çıkın, polisleri ifadeye hazırlayın. Biz biraz daha konuşalım."

Avukatlar çıktıktan sonra müdürün şoförü kahve tepsisiyle odaya girdi. Orhan Müdür'ün işaretiyle gitti dolabı açtı, kahvenin yanında likör de ikram etti. Orhan Müdür, dalgın gözlerle pencereden dışarı bakıyordu, "'Seni Ankara Emniyet Müdürlüğü için düşünüyoruz,' dediklerinde," dedi yavaşça. "Ben istemedim. Bunu biliyor musunuz?"

"Biliyoruz müdürüm," dedi Tahsin.

"Peki neden öyle dedim biliyor musunuz?" diye tekrar sordu Orhan Müdür. "Bu olay başka bir şehirde olsa, üç tane memur dersin, yemişler bir bok, atar gidersin. Ama Ankara'da 'Yok,' diyorlar işte, 'Biz böyle bir şey istemiyoruz,' diyorlar, 'Böyle bir şey olmadı,' diyorlar, biz de zan altında kalıyoruz."

"Peki müdürüm," dedi Behzat Ç.. "Bizim suçumuz ne bu işte? Ben ne yapabilirim şimdi?"

"Behzat senin bu işte bir suçun yok ama sen mimli bir adamsın. Göz önündesin, batıyorsun insanlara. Olacağı şu, sen bu teşkilat için çok fedakârlıklar yaptın, gene yapacaksın. Sen Savcılıkta ne ifade verirsen ver, ben yine senin arkanda dururum. Ben zaten bırakacağım görevi önümüzdeki dönem. 'Siyasete falan gir,' diyorlar ama hiç benim yapabileceğim işler değil onlar, ben emekli olacağım."

Behzat Ç. toplantı odasından çıktı, avukatlara gözünün ucuyla baktı, bir şey demeden yürüdü, ekibiyle beraber Savcılığın yolunu tuttu. Adliye'de, Savcı Belgin'in odasının önündeki demir sandalyelerde oturuyorlardı. Savcı Belgin iki saat boyunca uygulama noktasındaki üç polisin ifadesini almış, sıra Cinayetçilere gelmemişti. Ardından ifadesi alınan polisler mahkemeye sevk edildi, avukatlarla beraber o tarafa yürüdüler.

"Hayalet," dedi başkomiser. "Git bir bak bakayım ne oluyor? Bu savcı bizim ifademizi ne zaman alacakmış?"

Hayalet beş dakika sonra geldi, "Ağbi," dedi. "Polisleri adli kontrol şartıyla bıraktılar. Savcı bizim ifademizi şimdi almayacakmış."

"Ee ne yapacakmış bizi, buraya dikti, sabahtan beri bekletiyor..."

Savcının kâtibi Günbay kapıyı açtı, Behzat Ç.'ye baktı, "Amirim," dedi. "Bir gelebilir misiniz? Savcı hanım görüşmek istiyor."

Behzat Ç., savcının odasına girdi. Savcı sandalyesine yaslanıp ayaklarını öne uzatmış, elini başının arkasına koymuştu. Bilgisayarında açık radyodan ince bir müzik sesi yükseliyordu.

"Gel Behzat, gel otur," dedi onu görünce. Yorgun gözlerinden uyku akıyordu. "Çay kahve, ne içersin?"

Behzat Ç. oturdu, "Böyle iyi," dedi. "Bir şey almayayım."

"Günbay sen çıkabilirsin," dedi Savcı Belgin. O çıkınca radyonun sesini kapattı, gözlerini ovuşturdu, ellerini masaya koyup başkomisere gülümsedi, "Şimdi durum şu Behzat," dedi. "Seni günahım kadar sevmem. Nasıl polislik yapılmamalı diye bir ders olsa ben senin hayatını okuturdum. Senin hakkında çok şeyi biliyorum, senin ne yapıp ne yapmayacağını da biliyorum. Bu uygulama noktasındaki polisler bir bok yemiş, ben vaktinde olay yerine gitmesem öyle kalacaktı. Şimdi, Emniyet'le Bakanlık da bunu kapatmaya çalışıyor. Telefonlar susmuyor, ayıptır ya ayıptır, burası Savcılık! Ben telefonla iş görmem."

Savcı Belgin elini masaya vurup, "Ama," dedi, kalktı. Pencereyi açtı, yağmur kokusunu çekti içine. "Senin sevdiğim bir yönün de var," diye devam etti. "O da şu, hayattan herhangi bir bekletin yok. Dolayısıyla bu davada kimin ne bok yediğini bana söyleyecek adam da sensin."

Behzat Ç.'nin karşısındaki koltuğa oturdu, bir yumruğunu sıkıp diğer avucunun içine aldı, "Şimdi bu olayda bana iki şeyi bulacaksın," dedi. "Birincisi bu adamı vuran mermi hangi polisin silahından çıktı? İkincisi, kim bu adamın eline silahı tutuşturup ateş ettirdi? Anlaştık mı?"

"Sayın savcım," dedi Behzat Ç.. "Peki ben bunları yapmazsam ne olur?"

"Beni yanlış anladın Behzat. Sen bunu yapmak istemezsen, hiçbir şey olmaz. Bu odadan çıkıp gidersin. Ondan sonra da bu olay senin kafanı kurcalamaya başlar. Dönüp kendin bana gelirsin. Bu görevi o yüzden sana veriyorum."

"Tamam, mermi hangi silahtan ateşlenmiş onu buluruz. Siz zaten verdiniz herhalde Kriminal'e gerekli soruşturma emrini."

"Verdim!"

Savcı Belgin masanın üstünden birkaç belge alıp uzattı, "Bunlar e-imzalı, örnekleri de sende dursun," dedi.

"Kim ateş etmiş onu buluruz," dedi Behzat Ç.. "Ama ikincisini bilemem, biraz bu polisleri zorlamam lazım. Şöyle izah edeyim, yapılanı tasvip etmiyorum ama bunlar genç çocuklar, okumuş çocuklar. Bir telaşa kapılmışlar, panikle bir yanlış yapmışlar. Şimdi bunları bana bırakın, ben onlarla ciddi ciddi konuşurum, gerekirse bir ağbileri olarak ezerim, kulaklarını çekerim, bu yanlışı kafalarına kazırım, bir daha da böyle bir şey yapmazlar. Ama bu işten ceza alıp memuriyetten atılırlarsa bu gençler bir daha kafalarını kaldırıp toparlanamazlar. Bunun ne teşkilata faydası olur, ne topluma faydası olur."

Savcının yüzü birden değişti, gülümsüyordu ama şaşkınlıkla karışık bir öfke vardı yüzünde, "Behzat biri bir suç işlediyse," dedi, "üstünde üniforma da varsa, onun sorumluluğunu alacak, onun bedelini ödeyecek. Burası hukuk devleti, senin karşında cumhuriyet savcısı var. Ben burada sana kırk tane ceza hukuku kitabının bana verdiği yetkiyle soruşturma emri veriyorum, sen, 'O kitabı bırakın, kabadayılık kitabıyla bu işi çözelim,' diyorsun, kendi kitabını masaya koyuyorsun. Haddini bil!"

Savcı Belgin sinirle kalktı, masasına oturdu yeniden, "O adamı vuran mermi hangi polisin silahından çıktıysa onu bana bulacaksın!" dedi. "Sonra o adamın eline kim silah tutuşturup ateş ettirdiyse onu da bulacaksın. Bunu hukuk devleti için yapmıyorsan çok sevdiğin teşkilatın için yap. Bunu da bir an önce yap, çünkü basın bu işin üstüne ne kadar çok düşerse Emniyet de bundan o kadar çok zarar görür. Tamam bu kadar, çık şimdi!"

Behzat Ç. başıyla selam verip kalktı. Odadan çıktı.

"Ee ağbi, ne oldu?" diye sordu Harun.

"Valla savcıya mest oldum," dedi Behzat Ç.. "Başka bir dünyada yaşıyor bu kadın."

"Ne dedi?"

"Her zamanki laflar. Ama bir şekiller bir şeyler yapıyor konuşurken, zannedersin ilk defa duyuyoruz."

Akbaba kafasını eğip gülümsedi.

"Kafanı niye öyle yaptın?" diye sordu başkomiser.

"Kafamı bir şey yaptığım yok aga!" dedi Akbaba.

Polisler bir süre birbirlerine baktılar, sora hızla yürüyüp Adliye'den çıktılar.

* * *

Başkomiser, nöbetçi savcının emrinden sonra ilk iş olarak Ankara Ticaret Odası'na gitti. Bu davanın Ticaret Odası'yla ne alakası var falan demedi hiç. Ankara'da uzun süre polislik yapanlar bilir bunu, diplomatik becerileriniz yoksa tırnaklarınız da yoktur, yem olursunuz. Dolayısıyla bunun gibi soruşturmaları hiç polislik yapmadan çözmeyi öğrenmeniz gerekir. Böyle durumlarda polisin yapacağı tek şey güç dengelerini gözetip herkesi az çok tatmin edecek orta karar bir sonuca varmaktır. Adalet mi, bunun adaletle bir alakası yoktur. Hakikatin belli bir kısmı yeterlidir, adalet mekanizmasının işine yarayan kısmı. Hakikatin karanlık kısmıysa, bunu zaten tam olarak kim bilebilir ki... Belki de hakikat, bu ülke için biraz lüks bir sözcüktür.

Başkomiser, Ticaret Odası'nda Başkan Yardımcısı Recai Bey'i sordu, bir toplantıdaydı, yarım saat sonra çıkacaktı.

"Vaktim var, beklerim," dedi başkomiser.

Recai Bey'in yirmi beş yaşlarındaki, mini etek giymiş alımlı asistanı kaldırdığı kaşlarının altından şüpheli gözlerle süzdü başkomiseri, belki de Behzat Ç.'nin tipini görünce güvenliği aramak geçmişti aklından.

"Randevunuz var mıydı?" diye sordu.

"Hayır."

"Kim diyelim?"

"Behzat deyin. Cinayet Büro'dan, Behzat Başkomiser."

Behzat Ç. bekleme odasında oturup ekonomi dergilerini karıştırmaya başladı. Kredi faizleriyle alakalı bir yazı görünce dikkatle okudu ama hiçbir şey anlamadı. Alnını ovuşturup pencereden dışarı baktı, Eskişehir Yolu'nda trafik yoğundu, mavi otobüsler tıklım tıklım doluydu. Yolun kenarında bir kâğıtçı çöp konteynırlarını çengelliyordu. Havlama sesleri trafik gürültüsünü bastırınca pencerenin yanına yürüdü, binanın hemen yanında, iki sokak köpeği bir kemik yüzünden birbirine girmişti. Uzun süre ayıramadılar iki köpeği, birbirlerinin boyunlarını kulaklarını dişledikleri kanlı, dehşetli bir kavgaydı. Kemiği çöplerin yanına getiren kasap da pişman olmuştu yaptığına. En sonunda köşedeki büfeci bir kova suyla geldi, köpeklerin üstüne döktü, köpeklerden sarıya çalanı o kargaşada kemiği alıp koşmaya başladı. Kavgada kulağı kopan boz renkli köpeği de Vileda sapıyla başka tarafa hoşt hoştladılar ama uzun süre ayrılmadı çöplerin yanından, hırsla havlayıp acıyla ulumaya devam etti.

Recai Bey, bekleme odasında Behzat Ç.'yi görünce candan sevinmiş gibiydi, "Hoş gelmişsin," diyerek hemen odasına aldı, iki kahve söyledi. Başkomiserin önüne çekmecesinden çıkardığı küllüğü koyup pencereyi açtı, bulvarın üstündeki koyu, yağmur bulutlarına baktı, "Havada bir sıkıntı var bugün," dedi. "Yağsa iyi olacak."

"Öyle."

"Puro içer misin?"

"Yok, ben değiştirmeyeyim."

Recai Bey ucundan kestiği puroyu yaktı, altmış yaşlarında, saçlarında siyah kalmamış, yorgun, kararmış suratlı bir adamdı, elindeki puroyu gösterip "Hayattaki tek zevkim bu," dedi. "O da çocuklardan gizli gizli, denk gelirse içebiliyorum ancak."

Başkomiser elinden geldiğince gülümseye gayret ederek başını salladı.

"Ne oldu senin kredi işi?" diye sordu Recai Bey.

"Valla sağ olun," dedi başkomiser. "Siz araya girdikten sonra banka beni yapılandırdı, dört sene kaldı, maaşın yarısıyla yavaş yavaş ödeyeceğiz."

"Behzat ben o zaman sana da söyledim, Tahsin'e de. Biz sizin banka borçlarınızı kapatırdık, o ara Emniyet'e bir sürü araç hibe etmiştik zaten, onların bakım masrafı diye sizin borcunuzu da kapatacaktık. Saymanlığın yazacağı bir faturaya bakıyordu, 'Yok,' dediniz."

Behzat Ç. ne diyeceğini bilemedi, bir an pişman oldu geldiğine, "Şimdi tabii," dedi. "Biz o konuyu düşündük, kendi borcumuzu Emniyet'e ödetmek, ne bileyim, yakışık almayacaktı."

Purosundan derin bir nefes çekip arkasına yaslandı Recai Bey, gözleri keyifle kısıldı, "Yav," dedi. "Senin en çok bu yönünü seviyorum. Artık senin gibi düşünen kimse kalmadı. Eski usul bir adamsın, bana geçmişi hatırlatıyorsun biliyor musun? Bana o eski günleri hatırlatıyorsun, ticaretin ticaret, polisliğin polislik, ibneliğin ibnelik olduğu zamanları, şimdi hepsi birbirine karıştı. Eee, çoluk çocuk nasıl?"

Başkomiser başını önüne eğip gözlerini kapattı, iki parmağıyla burun kökünü ovdu, 'Tam şu an çıkıp gitmeliyim,' diye düşünüyordu. O esnada asistan kahvelerle girince kalkıp gidemedi. O çıktıktan sonra, "Ben boşandım," dedi. "Uzun zaman oldu."

"Doğru doğru," dedi Recai Bey. "Kusura bakma. Ben Şevket'le karıştırdım."

"O da boşandı. Baştan evlendi."

Recai Bey kederle gülümsedi, "Yahu ben her şeyi birbirine karıştırıyorum artık," dedi. "Neden biliyor musun? Ben bugünleri anlayamıyorum, ondan. Gramı 600 liradan altın aldık geçen sene, 980 lira oldu. Gramı 990 liradan altın aldık geçen hafta, 940 lira şimdi. Bu ne demek, bu ülkenin çivisi çıkmış demek. Yanlış anlama, bu yeni bakan da benim çok yakın arkadaşım. Aynı sınıftaydık üniversitede, geçen akşam ona da aynısını dedim, o ne dedi biliyor musun, Recai dedi... Neyse boşver, şimdi senin de canını sıkmayayım."

"Yok," dedi başkomiser. "O açıdan değil de ben şey için geldim size, bizim Genel Müdürlük'te bir Semih Bey vardı, sizin yakın olduğunuz. Bana onla bir randevu ayarlayabilir misiniz? Özel kalemi aradım, on beş gün sonraya gün veriyor."

"Ha tamam ya, hallederiz, sen bizim Semih'i niye göreceksin?"

"Bir soruşturmayla alakalı tıkandık, üstten bir yardımcı olsa, daha rahat ilerleyeceğiz."

Recai Bey telefonu gözüne bir parça uzak tutup rehbere girdi, arama yapıp kulağına götürdü, "Alo Semih," dedi. "Naber, nasılsın? Şükür, biz de iyiyiz. Bak yanımda kim var, bizim Cinayet Büro'dan Behzat, Behzat ya Behzat! Bu Şevket'in kardeşi, ya bizim Reşat var ya Reşat, onun küçük ortağı Şevket. Yok yok, otel AVM değil şimdi, enerjiye bakıyor o artık. Ha, enerji Şevket, yaşa."

Recai Bey telefonu kulağından ayırıp "Çok selam söylüyor," dedi, telefonu tekrar kulağına yaslayıp "Ee, senle görüşmek istemiş," diye devam etti. "Özel kalemin on beş gün sonrasına randevu vermiş."

Recai Bey telefonu tekrar kulağından ayırıp "Kalemine sövüyor," diye fısıldadı,

Ardından, "Acil mi diyor?" diye sordu.

"Acil."

"Bizim işimiz acil Semih," dedi Recai Bey. "Behzat'ın işi bizim işimiz, bir yerde tıkanmışlar işte, sen bir bakacaksın, çok önemli bir şey değil zaten. Tamam, tamam yolluyorum."

Recai Bey telefonu kapadı, bir gözünü kısıp kafasını eğdi, "Hemen gelsin diyor," dedi. "Kahveni içince gidersin, seni görecek bugün, sen bizim kardeşimizsin, senin devlete, teşkilata hizmetin belli. Sen bekletilecek adam değilsin."

Behzat Ç. inceden gülümsemeye çalıştı ama ifadesiz gözlerle bakıyordu, ne diyeceğini bilememişti yine, teşekkür etmek ağırına gidiyordu, etmemek de ayıp kaçacaktı. Recai Bey de anlamıştı bunu.

"Eyvallah," dedi başkomiser.

Derin bir iç çekip "Tabii," dedi Recai Bey... "Tabii... Sen bize biraz mesafelisindir, bilirim. Dedim ya eski usul adamsın, mesafeni de koymak zorundasın, bunu da takdir ederim. Ama biz seni severiz, her zaman sevdik, bakma sen, biz de eski kafayız. Şimdi mesela benim bir asistanım var, 25 yaşında, aha işte bu kahveleri getiren kız, o her şeyi biliyor, ben bilemiyorum, ona da diyorum, 'Kızım Aysun,' diyorum, 'sen biliyorsun,' diyorum, 'ben bilmem. Ama benim bildiğimi de sen bilmezsin.' Geçen yenilerden bir ilçe emniyet müdürü geldi, ilçe ismi vermeyeyim şimdi, toplantıda dedirttim, acil çıktı dedirttim, gönderdim. Şimdi o da şaşırıyor, yahu bu adam ilçe emniyet müdürüyle görüşmüyor, başkomiserle neden görüşüyor diyor. Ha, işte onu ben bilirim, o bilmez. Senin devlete hizmetini bilirim, kimseye eyvallahın olmadığını bilirim, eyvallahın olsa emniyet müdürü olabileceğini bilirim, buraya kendin için bir şey istemeye gelmeyeceğini de bilirim, ama o bilmez. Kusura bakma, ihtiyarlık çeneme vurdu."

Recai Bey dirseğini masaya yasladı, eliyle çenesini kapatıp gülümsedi, kendi konuşmasından heyecana kapıldığı belliydi, çekmecesini çekti, odanın camlarındaki jaluzileri kapatıp "Viski de var," dedi. "Bir duble de viski içelim be. Öyle gidersin."

"Yok Recai Bey," dedi başkomiser. "Ben artık kalkayım."

"Tamam öyle diyorsan ısrar etmeyeyim. Zaten bana içki de yasak. Kırmızı et de yasak. Bana ne yasak değil ki? Benim sekiz yaşında torunum var, ona ne yasaksa bana da aynıları yasak. Kimse kusura bakmasın, en iyi arkadaşım da o."

Recai Bey, Behzat Ç.'yi kapıya kadar geçirdi, tam çıkmadan önce elini omzuna koydu, "Sana çok haksızlık ettiler," dedi. "O vatan hainleri seni Köpek Eğitim Merkezi'ne sürdükleri zaman ben ne demiştim biliyor musun? 'Şu Ankara Emniyeti'nde' dedim, 'üç-beş tane polis var, akşam evinizde rahat rahat yatabiliyorsanız can güvenliğinizi onlara borçlusunuz,' dedim. Dinlemediler beni, rapor var dediler, ihbar var dediler, o dedikleri şeyler de ellerinde patladı sonra ama çok geç oldu."

Behzat Ç., Ankara Ticaret Odası'nın önüne çıkınca derin bir nefes aldı. İçine atıp da söyleyemedikleri yüzünden eli ayağı titriyordu. Kulağı kopan köpek çöp konteynırlarının önündeydi hâlâ. Başkomiser başını okşamak için yaklaştı ona ama boz renkli köpek dişlerini gösterip ısıracakmış gibi hırladı. Başkomiser uzağından geçmek zorunda kaldı köpeğin. Ekip aracına binip otoparktan çıktı. Sağa çekip düşündü biraz, savcıyı arayıp "Bu soruşturmaya ben bakamıyorum," dese, çektiği şu daralma hissinden başka ne kaybederdi, hemen hemen hiçbir şey. Ama işte bir kumaşın ilk metresi neyse sonrası da öyleydi. Behzat Ç. mesleğe başladığı günlerde hangi sıkıntıları çektiyse artık mesleğinin neredeyse sonuna geldiğinde de aynı sıkıntıları çekiyordu. Hep aynı insanlardı karşısına çıkan, dönem dönem sözleri ve kılıkları değişen, her türlü şarta uyum sağlamaya hazır yüzsüzler ordusu.

Bir saat sonra, Dikmen'de, Emniyet Genel Müdürlüğü'nde, Semih Bey'in karşısında oturuyordu. Akademide aynı sınıftaydılar, şimdi biri Emniyet Genel Müdürlüğü'nde daire başkanıydı, diğeri on beş basamak altında asayiş şube başkomiseri.

"Ee Behzat, hoş gelmişsin," dedi Semih Bey. "En son bir görüştük, üç sene oldu."

"Beş," dedi başkomiser.

"Ee, neden böyle uzatıyorsun arayı, hiç uğramıyorsun."

Başkomiser yüzünü ovuşturup gülümsedi, parmaklarını dudağına vurup "Bir sigara içebilir miyim?" diye sordu.

"Bu odada yasak ama," dedi Semih Bey. "Senin canın sağ olsun. Geçen gün Samsun Emniyet Müdürü geldi, içirtmedim, sen iç."

Semih Bey kalktı pencereyi açtı, derin bir nefes çekip Dikmen sırtlarına uzun uzun baktı, "Havalar tatsız artık," dedi. "Oysaki bu mevsimde bambaşka bir hava olurdu Ankara'da. Temiz, böyle içine çektin mi oksijen aldım derdin. Nerede, artık yok. Hiçbir şeyin eski tadı yok."

Semih Bey yerine oturdu, ellerini ovuşturdu, parmaklarındaki yüzüklerden birinde Osmanlı tuğrası vardı. Başkomiser önüne bakıp iki parmağıyla alnını ovuşturdu, kahveleri getirdi sekreter. Başkomiser çevresine bakınıp kahve tabağını küllük yapmaya karar verdi.

"Ee Behzat, bir sıkıntı olmuş galiba," diye sordu Semih Bey.

Behzat Ç. duygularını katmadan, sanki televizyonda seyrettiği bir habermiş gibi özetledi durumu.

"O olayı biliyorum," dedi Semih Bey. "Bakanlıktaki iki-üç alt düzey işgüzarın bok yemesi. Bizim genel müdürle de konuştum sabah, bana dedi ki, 'Yahu bu olay nedir Semih, üç tane memur ya, tutun kulağından atın,' dedi. Bok varmış gibi savunmaya geçmek ne demek, ne Emniyet'i bağlar, ne Bakanlığı bağlar böyle bir şey."

Behzat Ç. bu sözler üzerine bir parça rahatladı, temkinli halini bozmamakla beraber daha açık konuşması gerektiğini hissetti, "Ee, bizim o zaman Kriminal'den silah raporunu almamız lazım," dedi. "Hangi silahtan ateş edildiğini öğrenmek zorundayız. Bir de MOBESE kayıtları var, onu da sorduk, silmişler."

Semih Bey dirseğini masaya yaslayıp Behzat Ç.'ye doğru yaklaştı, kaşlarını çattı, "Kim silmiş?" dedi. "Bizim öyle bir şeyden haberimiz yok. Kim silmiş, söyle bana, kim?"

"Kim sildi bilemem. Bizim çocuklar soruşturdu, 'O kayıtlar yok, zorlamayın,' denmiş."

"Kim demiş Behzat kim demiş?"

Behzat Ç. kimin dediğini biliyordu ama sesini yükseltip "Bilmiyorum kim demiş!" dedi. "Sonuçta Bakanlıktan bir baskı olunca oradaki memur da, 'Öyle bir kayıt yok, silindi, zorlamayın,' demiş."

Semih Bey işaretparmağını masaya arka arkaya vurup "Öyle bir şey diyemez," dedi. "MOBESE kayıtlarını kimse silemez, onlar bizde, onu buluruz her türlü. Emniyet'i öyle karanlık dönemlerine tekrar kimse götüremez."

Bir süre sessizce kahvelerini yudumladılar.

"O zaman şöyle yapacağız Behzat," dedi Semih Bey. "Ben Kriminal'e gerekli talimatı vereceğim. Balistik raporları gider alırsın. MOBESE kayıtlarına da bakayım, bilahare ileteceğim sana."

"Eyvallah."

Bir süre sessizce bakıştılar.

"Ee, sen nasılsın?" diye sordu Semih Bey.

"Çok şükür," dedi başkomiser. "Bir sıkıntı yok."

"Bir ara bunalımda diye duyduk senin için, kimseyle konuşmuyor, kimseyle görüşmüyor dediler, üzüldük. Tabii elimizden de bir şey gelmedi, psikolojik olunca..."

Başkomiser gözlerini Semih Bey'den ayırmadan avucuyla çenesini sıvazladı, bir şey demedi. Semih Bey gözlerini kaçırınca "Ben kalkayım artık," dedi.

Başkomiser genel müdürlükten çıkınca Hüseyin'in yerine gitti. Bir ufak rakı koydular masaya, beyaz peynirle beyaz leblebi getirdiler. Başkomiser soruşturma için gerekli yemi atmış, sıra beklemeye gelmişti. Telefonunu cebinden çıkarıp masanın üstünde görebileceği bir yere bıraktı. Bir duble rakı koydu kendine, ağır ağır yudumladı. Neşet Ertaş'tan "Yalan Dünya" çalmaya başlayınca dirseğini masaya koyup elini yanağına yasladı, pencereden dışarı, yoldan gelip geçenlere bakmaya başladı. Telefonun çaldığını duydu ama kim arıyor diye dönüp bakmadı bir süre, Olay Yeri İnceleme'den uzman memur Sıtkı arıyordu. Şarkı bitince geri aradı.

"Behzat sen ne bok yiyorsun?" diye sordu Sıtkı. "Bak açık söylüyorum, Bursa'nın B'si, Ordu'nun O'su, Kayseri'nin K'si. Sen ne BOK yiyorsun!"

"Ne oldu?"

"Elinin körü oldu. Nerdesin sen?"

"Hüseyin'in oradayım."

"Geliyorum. Bir yere kaybolma."

Sıtkı yarım saat sonra geldi, oturduğu sandalye ağırlığıyla altında çatırdadı, iri ellerini masanın iki yanına koyup kafasını hafif yana büktü, hiçbir şey söylemeden Behzat Ç.'ye bakmaya başladı. Birazdan oturduğu yerden kalkıp başkomiserin gırtlağını sıkacakmış gibi bir ifade vardı yüzünde.

Başkomiser, Sıtkı'nın önündeki rakı kadehlerini çevirdi, bir duble rakı koyup su ekledi bardaklara, "Buz söyleyeyim mi?" diye sordu.

Sıtkı cevap vermedi, rakıdan bir yudum aldı, "Ben emekli olacaktım çoktan, bunu çok iyi biliyorsun," dedi. "3600'ü verseler, ben çoktan emekli olacaktım."

"Biliyorum."

"Biz kaç senedir beraber çalışıyoruz?"

"Yirmi iki."

"Yirmi iki!" diye sesini yükseltti Sıtkı. "Evet yirmi iki! Yeter ya, vallahi yeter. Bak seni ne kadar sevdiğimi bilirsin, ama benim meslek hayatımda ne zaman başım belaya girdiyse onun içinde sen vardın."

"Benle ne alakası var Sıtkı, savcı emrediyor, biz de soruşturma yürütüyoruz."

"Ya yemişim savcısını Behzat! Beni Bakanlık sıkıştırıyor ya! Bir tarafta Bakanlık var, bir tarafta Savcılık, ben hangisini tercih edeceğim, tabii ki de Bakanlığı tercih edeceğim. Burası Ankara ya, yarın öbür gün o savcıyı görevden alırlar, dönerler beni de sikerler."

"Ya Sıtkı gözünü seveyim. İlk defa mı böyle bir olaya giriyoruz?"

"İlk defa girmiyoruz, ilk defa girmiyorsak senin sayende girmiyoruz. Ya savcı sana emir mi verdi, sen savcıya, 'He he,' diyeceksin, 'Sensin,' diyeceksin. Sonra ağbini alacaksın, müdüre çıkacaksın, durumu arz edeceksin. Onlar Bakanlıkla görüşecek, bir karar verecek. Onların verdiği karara göre biz raporu çıkaracağız, sen de savcıya gideceksin, diyeceksin ki, 'Bu böyle'. Polislik bu kadar basit bir şey ya, polisliği böyle karmaşık bir şey haline getirmeyin."

"Benim bir şey yaptığım yok Sıtkı. Bir sıkıntı olmuş, çözelim işte, yoksa babamın oğlu mu? Bana ne!"

"Lan sen kafaya bir şeyi takınca babanın oğluna bile acımazsın! Şimdi bana mı muamele yapıyorsun? Genel Müdürlük'ten bizim Kemal Komiser'i aramışlar, hayırdır, niye arıyorlar, sen Genel Müdürlüğe mi gittin?"

"Genel Müdürlük'te benim ne işim var, saçmalama."

"Ulan göz göre göre bana yalan söyleme bari be, ayıptır. Herkes konuşuyor, 'Genel Müdürlüğe çıktı,' diye."

"Ben hayatta hiç doğru yoldan ayrılmadım Sıtkı! Beni bilirsin."

"Hayır! Sen hayatta hep doğru bildiğini yaptın, doğru bildiğini yapmak için de her türlü yalanı söyledin. Behzat, Allah'ını seversen kendini benim yerime koy. Şimdi bana Emniyet Müdürü bir talimat vermiş, bir de Genel Müdürlük'ten ayrı bir talimat var. Ben ne bok yiyeceğim şimdi, aşağı tükürsen sakal, yukarı tükürsen bıyık. Git o zaman Orhan Müdür'e durumu anlat, ben Sıtkı'yı böyle böyle kıstırdım de."

"Sıtkı merak etme. Orhan Müdür bizi sever. Ben şimdi gitsem Orhan Müdür'e desem ki 'Raporlar?', 'Yok,' der. Ama şimdi Genel Müdürlük 'Raporları verin,' diyor. Yarın öbür gün ona sorduklarında 'Genel Müdürlük emir vermiş, ben ne yapayım?' diyecek. Onun da işine gelir bu. Dönüp seninle uğraşmaz. Merak etme, ben ne yaptığımı biliyorum. Biraz bana güven ya, ne güzel bak şurada oturmuş rakı içiyoruz. Daha böyle kaç öğleden sonra oturacağız, gözünü seveyim Sıtkı."

"Sen nasıl bir polis oldun ya?"

"Ne yapayım Sıtkı, Ankara'da böyle. Birileri 'İşi çöz,' der, birileri 'Çözme', hiçbir şey yapmasan da olmaz, ben ne yapayım? Kaç yaşına geldim ben de ya, ben de yoruldum artık Sıtkı, şurada kaç kişi kaldık eskilerden, biz dostuz."

"Dostuz tabii Behzat dostuz. Ebemizi siktin ama gene dostuz."

Sıtkı, kadehini önce Behzat Ç.'nin kadehine vurdu, sonra masaya, rakıyı dipledi. Umutsuz ama samimi bir gülümseme vardı yüzünde, "Bir sigara ver," dedi. "Öyle bir sinirle çıktım ki bürodan, paketi almayı unutmuşum."

Ertesi akşam Yeliz, Lale Pavyon'da programına yeniden başlamıştı. İşin içinde Kör Turgut'un tehditleri olduğundan Behzat Ç.'nin de orada bulunup bir parça kendini göstermesi icap ediyordu. Aslında ekibiyle beraber gidecekti ama son dakikada bir intihar olayı çıkmıştı, bir saat sonra Hayalet, Akbaba ve Harun da geldi. Behzat Ç. Akbaba'ya baktı, ardından Hayalet'e, ikisi de kafasını olumsuz manada yukarı kaldırınca intihar olayında şüpheli bir durum olmadığından emin oldu.

Yeliz programına ara verince masaya geldi, polislerin elini sıkıp Behzat Ç.'nin yanına oturdu, "Kör'le konuştum," dedi Behzat Ç.'nin kulağına. "'Seni Şevket Bey'e şikâyet ettim,' dedim, götü tutuştu. 'Aman gözünü seveyim, tazminat falan yok, ben o zaman sinirliydim, beni yanlış anladın gülüm,' dedi. Ağbin büyük adam, ağbin çok önemli adam."

Behzat Ç., Yeliz'e şaşkınca baktı bir süre.

"Senin ağbinle o eski tartışmaları unutman lazım artık," dedi Yeliz. "Bak seni ne kadar çok sevdiğimi biliyorsun. İçim titriyor seni görünce. Senin de ağbini öyle sevmen lazım."

Behzat Ç.'nin cebindeki telefon titriyordu, baktı, tanımadığı bir numaraydı. Pavyonun önüne çıkıp açtı.

Genel Müdürlük'ten Semih Bey arıyordu, "Behzat merhaba," dedi, "bu akşam görüşebilir miyiz?"

"Tabii," dedi Behzat Ç..

Semih Bey Çukurambar'da bir adres verdi. Behzat Ç. pavyondan ayrılıp oraya doğru sürdü. Yeni açılmış büyükçe kafelerden biriydi. Nargile masaları dükkânın en dibine kadar uzanıyordu. Semih Bey, bir locada Behzat Ç.'yi karşıladı. Korumaları arkadaki masada oturuyordu.

"Behzat durum şu," dedi Semih Bey. "Ben MOBESE kayıtlarını seyrettim, o görüntüler bizim genel politikamıza aykırı. Bunu şu an veremeyiz. Ha Savcılık Bakanlığı ezip de bizden görüntüleri alabiliyorsa gelsin alsın. O savcının alnını öperim. Ama benim şu an yapabileceğim bir şey yok. Biz Kriminal'den gelen balistik raporunu sabah sana vereceğiz zaten, ateş eden polis belli. Bunların içinde matematik öğretmenliğinden gelme mi ne, bir genç çocuk varmış, o ateş etmiş. Gerekeni yapın ama ötesine gidemeyiz. Genel Müdürlük olarak atabileceğimiz son adım bu, bundan ötesi kırmızı çizgi."

"Savcının emri net," dedi Behzat Ç. "Az evvel de aradı." Oysa ki aramamıştı. "Kriminal raporuyla yetineceğini zannetmiyorum."

"Yetinmesin o zaman," dedi Semih Bey. "Dediğim gibi Behzat, savcı Bakanlığı devre dışı bırakır da MOBESE'leri alırsa eyvallah ama ben şu an kişisel inisiyatifimle böyle bir karar veremem."

Behzat Ç.'nin cebindeki telefon titriyordu, çıkardı, ağbisinin büyük ortağı Reşat Bey arıyordu, "Bir saniye," deyip açtı telefonu.

"Behzat o Semih karşında mı şu an?" diye sordu Reşat Bey.

"Evet."

"Ver onu bana."

Behzat Ç. telefonu uzattı, "Reşat Bey," dedi.

"Efendim Reşat. Hayır Reşatcığım, şu an bizim öyle bir pozisyonumuz yok, öyle bir düşüncemiz de yok. Behzat sizin kardeşiniz, bizim de kardeşimiz, geldi bir ricada bulundu, biz de yardımcı olmaya çalışıyoruz. Tamam veriyorum."

Semih Bey telefonu tekrar Behzat Ç.'ye verdi.

"Behzat o karşındaki yavşak var ya, sen onu boş ver. Hayalet'i de al yanına, atla bana gel bu akşam. Senin aradıkların bende, ben sana durumu izah edeceğim."

Behzat Ç. aynı gece Hayalet'i de yanına alıp Reşat Bey'in İncek'teki villasına gitti. Villanın zemin katındaki atölyesindeydi Reşat Bey. Ahşap oymacılığı yaptığı bir kutunun üstünde çalışıyordu. Polisler karşısına oturunca başını işinden ayırdı, "Ne içersiniz?" diye sordu.

"Bir şey almayalım."

"Bir kahve içelim ya, dur..."

Reşat Bey, çalışanına döndü, "O yeni gelen çekirdekler var ya," dedi. "Onlardan çektirin de güzel bir kahve içelim."

Çalışan başını eğip odadan çıktı.

Reşat Bey, önündeki ahşap oyma gereçlerini gösterip "Hayattaki tek zevkim bunlar," dedi. "Ama işte ancak akşamları bir saat ayırabiliyorum. Gerçi böyle olması daha iyi, yoksa şimdi günde on saat bunlarla uğraşsam belki o zevki artık alamam. Senin bir hobin var mı Behzat?"

"Yok."

Reşat Bey, Hayalet'e döndü, "Senin?" dedi.

"Ben böyle hobi olarak insanlara bakarım sokakta," dedi Hayalet. "Hangi sokaktan gelmiş, nereye doğru gidiyor hemen anlarım. Böyle ilk gördüm ya, geldiği yeri anladım, bir de arkasından bakarım, hakikaten düşündüğüm yere gider. Tabii istisnalar da olmuyor değil ama..."

"İşte bu," dedi Reşat Bey. "Çok güzel. Zaten hayat dediğimiz şey de bu değil mi? Nereden geldik, nereye gidiyoruz? Şimdi asıl konuya gelecek olursak, bu Semih hamamböceği gibi bir adamdır, gerçi sen benden daha eski tanırsın Behzat."

"Tanırım."

"Bugüne kadar bir tane yaralı parmağa işediğini gördün mü? Görmedin. Bunlar sana da gül hatırın için yardımcı olmuyorlar, onların derdi Bakanlık'la, yukarıyı karıştırmak istiyorlar. Bu olayı da fırsat bildiler şimdi seni kullanıyorlar. Aslında sen tabii şimdi iyi yaptın, sen bu hamleyi yapmasaydın biz de bunların gerçek yüzünü yukarıya anlatamayacaktık, bizim de elimiz rahatladı."

Kahveler geldi, bir süre sustular.

"Şimdi durum şu," dedi Reşat Bey. "Bu gençler var ya, adamı vurmuşlar polis noktasında. Olağan bir durum. En fazla yetki aşımıdır. Ama bunların işgüzar bir amiri var, devriye amiri, gelmiş ortalığı karıştırmış, adamın eline silah tutuşturup ateş ettiren, böyle böyle ifade vereceksiniz diyen o. MOBESE kayıtları bizde, istihbaratta eski kulağı kesiklerden biri var, Hayalet şahsen tanır, yarın gitsin kayıtları ondan alsın. Behzat, sen ortalıkta çok görünme bu ara, kimseyle de görüşme. Seni az çok unutmuşlardı ama yine göze battın. Neyse, merak da etme, normal adli davalarına bak, biz gerekeni yapacağız."

Behzat Ç. ertesi gün raporları aldı, MOBESE kayıtlarını izledikten sonra Savcı Belgin'in yanına gitti. Delilleri sunup ondan gözaltı kararlarını alacaktı. Savcı delilleri değerlendirmek için süre istedi, ertesi gün Behzat Ç.'yi aradı.

"Çabuk buraya gel," dedi.

"Ne oldu savcım?"

"Çabuk buraya gel!"

Behzat Ç. apar topar Emniyet'ten çıktı, garip bir hava vardı, gün ortasında karanlıktı sanki, tozlu bir rüzgâr esiyordu.

Savcı tekrar aradı, "Adliye'ye gelme," dedi. "Poligondaydım ben, oraya gel. Sinirden söylemeyi unuttum, konum atıyorum şimdi."

Behzat Ç., savcının olduğu poligona gitti.

Savcı kulaklığını çıkardı, silahını doldururken "Behzat," dedi, "az evvel kalemden aradılar, o MOBESE kayıtları aslı değilmiş, kopyaymış. Aşağıda güvenlik kod numarası yokmuş. Sen nereden buldun o kayıtları?"

"Savcım MOBESE kayıtlarını istiyorum dediniz, ben de buldum."

"İyi de nereden buldun, kim verdi? Suç bu! O kayıt dediğin şey, resmî belgedir ya. Ben acemi bir savcı olsam da o kaydı mahkemeye sunsam delil diye, ben meslekten olurum ya. Sen bana komplo mu kuruyorsun?"

"Hayır savcım, benim komployla falan işim olmaz. Biz soruşturduk, birileriyle görüştük, bize gelen kayıt bu."

"Kimle görüştün?"

"Orası bende, ben isim vermem."

Savcı Belgin kulaklığını baştan taktı, hedefe ateş etmeye başladı, nişancılığı iyiydi. Silah boşalınca tekrar döndü başkomisere, "Haftada iki gün geliyorum buraya," dedi. "Üstümdeki bütün negatif enerjiyi alıp götürüyor. Sen poligona gidiyor musun?"

"Yok ben hobi olarak ateş etmiyorum," dedi Behzat Ç..

"Senle bir yemek yiyelim o zaman Behzat," dedi savcı.

Arjantin Caddesi'nde savcının bildiği bir restorana gittiler, üst kata çıktılar, iç taraflardaki masalardan birine geçtiler. Yemeğin yanında kırmızı şarap söylemişti savcı. İki kadeh şaraptan sonra yanakları hafiften pembeleşmişti, "Sen kimlerle görüştün bu olay için?" diye sordu.

"Valla bizim çevremiz işimiz nedeniyle ister istemez geniş. İti kopuğu da tanıyoruz, tepelerden birilerini de tanıyoruz."

Savcı kadehini doldurdu, Hamlet'in kafatasını tuttuğu gibi elinde evirip çevirdi biraz. "Gerçeği her zaman ortaya koymak gerekir," dedi sonra. "Şartlar ne olursa olsun. Gerçeğin ne olduğunu bilmiyorsak o zaman onu aramamız gerekir. Ama gerçeği bulduğumuz zaman genellikle şimdi yeri değil diye düşünürüz, bunun kimseye bir faydası yok deriz, insanları üzmenin anlamı yok deriz. Daha kötüsü bu gerçeği söylediğimiz zaman başımıza bir iş gelebilir deriz. Hayır, gerçeği söylemenin şimdi tam zamanı. Şu an idrak edemesek bile bu gerçeği söylemenin mutlaka bir faydası vardır. Yok mudur?"

"Vardır elbet."

"Yalanlarla avunan mutlu bir insan olmaktansa gerçeği bilen üzgün bir insan olmak daha iyi değil midir?"

"Muhtemelen öyledir."

"Gerçeği söylemenin huzuru yaralarımızı sarmaz mı?"

"Sarabilir."

"Başımıza ne gelirse gelsin gerçekten yana olmalıyız, o gerçek bizi öldürecek olsa bile."

Behzat Ç. cevap vermedi, bütün bu laflara diyecek sözü yoktu. Kederle önüne baktı.

Bardağından bir yudum alan savcı, "Bana gerçeği söyle Behzat," dedi. "Ya da artık söyleme, ne fark eder. Bir gerçeği kendimiz bulmadıktan sonra onu bize tepeden biri getirdiyse onun ne değeri olabilir ki?.."

"Kimin getirdiğine göre değişir," dedi Behzat Ç..

"Anlamadım."

"Ben kendi çıkarlarım için gerçeği eğip büken biri değilim. Ben bir gerçeği bulduysam olduğu gibi söylerim."

"Neyse," dedi savcı, "senin bulduğun gerçekleri konuşacağımız zaman da mutlaka gelecek."

Savcı, iki masa ötedeki kâtibi Günbay'a işaret etti. Günbay laptopuyla masaya geldi, biraz daha çalışacaklardı.

"Bu gözaltı kararları ne olacak?" diye sordu Behzat Ç..

"Kalemle konuştum, WhatsApp'tan gönderecekler. Ateş edeni alın. MOBESE kaydındaki amir için bekleyin biraz daha."

"Emredersiniz."

Behzat Ç. selam verip çıkışa doğru yürüdü.

"Bu meselenin peşini bırakmayacağım," diye bağırdı arkasından Savcı Belgin. "Ben zaten tahmin ediyorum bu kayıt işinin arkasında kimin olduğunu... Durun bakalım, durun. Onlar beni daha tanımıyor."

Başkomiser restoranın önüne çıktığında göz gözü görmüyordu. Hava ağırlaşmış, gökyüzü kızıla kesmişti. Toz dalgaları rüzgârla beraber döne döne alçalıp yükseliyor, görüş mesafesini sıfıra indiriyordu. Nefes almak çok zordu, ceketiyle ağzını burnunu kapatmıştı başkomiser. Uzun süre ekip aracını koyduğu yeri aradı ama bulamadı. Arada insanlarla çarpışıyordu, "Bu ne böyle?" diye bağırdı çarpıştığı son adam. "Kıyamet mi kopuyor?"

Behzat Ç. kendini bir pastaneye attı güçbela. Toz içinde bir adam masaya oturmuş dua ediyor, gözlerinden yaşlar akıyordu. Birkaç kişi daha girdi içeri, öksürüyorlardı, dehşet içindeydiler. Herkes aynı soruyu soruyordu: "Ne oluyor?"

"Sakin olun," dedi başkomiser. "Toz fırtınası bu, ilk defa olmuyor, sadece toz fırtınası."

O atmosferin içinde pek de emin değildi bu durumdan başkomiser ama öyle demişti işte. Öyle demesi gerekmişti.

Millet Bahçesi Cinayeti

Aslında olay çok basitti, sonradan bu kadar karmaşık hale gelmesinin nedeni de buydu belki. Millet Bahçesi'nde bir bıçaklama vakası olmuştu, yaralının durumu ağırdı. Cinayet Büro ekipleri olaya karışanları tespit etmiş, Hacıbayram Mahallesi civarında arıyorlardı. Ekip araçlarının çakarlarını söndürmüşlerdi. O gece kar yağıyor, kar taneleri sokak lambalarının cılız sarı ışıklarında turuncuya kesiyordu. Harun, Evren Otel'den Uzunyol Sokak'a doğru sürdü, dördüncü sağdan Tepe Sokak'a saptı, genç bir çocuk yanaştı arabaya, baygın gözlerle baktı, "Size ne lazım dayı?" diye sordu Harun'a.

Harun kapıyı çocuğun bacaklarına çarparak açtı, çıktı araçtan, yakasından tuttu.

"Komiserim," dedi çocuk, "fark etmedim, kusura bakma..."

Harun çocuğun lafını tokatla kesti, "Neyi fark etmedin lan?" dedi. "Araba bağırıyor ekip aracıyım diye. Polise eşya mı satacaksın?"

"Valla ben iki senedir buradayım, bu sokakta bir sefer polis arabası görmedim."

Çocuk haklıydı, kentsel dönüşüm başlayınca polis Çinçin'le Yenidoğan'ı ablukaya almış, oradaki uyuşturucu trafiği de Altındağ'a, Hacıbayram civarına kaymıştı. Cihatçı örgütler de o civarlarda tutunmaya çalışıyordu. Bir yandan uyuşturucu satıcıları diğer yandan mücahitler, mahallelinin ensesinde boza pişiyordu.

Harun, çocuğun kafasını kaportaya vurup yatırdı, üstünü aradı, bir şey bulamadı. Çevirdi, "ver ver" işareti yaptı avucuyla.

"Yok komiserim bende bir şey."

Harun çocuğun pantolonunu kemer tokasından öne çekti, donundan eroin paketlerini çıkardı, başkomisere verdi.

"Sen kaç yaşındasın?" diye sordu başkomiser.

"On beş."

Behzat Ç. paketlere bakarken "Necmi bu sokakta oturuyormuş," dedi. "Sıva boya işleri yapan."

"Evet dayı. Şu evde oturuyorlar. Annesi var, halası var, halasının çocukları var, kalabalıklar."

Behzat Ç. eroin paketlerini yere döküp çamurlu kara karıştırdı. Cep telefonuyla çocuğun fotoğrafını çekti. Elini omzuna koyup iyice sıktı, "Seni bir daha sokakta görürsem elini kolunu kırarım," dedi. "Şimdi kaç, arkandan kovalayan varmış gibi koş."

Çocuk koşarak çıktı sokaktan. Harun'la Behzat Ç., onun gösterdiği dört katlı apartmanın önüne gittiler. Harun'un yanakları soğuktan kızarmıştı. Cıvık kar, bastıkları yerde çamura dönüyordu hemen.

Necmi cep telefonuna yanıt vermiyordu iki saattir, başkomiser, "Aşağı in, Emniyet," diye mesaj çekti ona.

Necmi hemen aradı, açtı başkomiser, "Necmi," dedi. "Evde çocuklar kadınlar varmış. Biz girmeyelim şimdi. Neden diye sorma, zaten biliyorsun."

Evin biraz çaprazına çekmişlerdi ekip aracını, evin arka

çıkışını da bahçe aralığından görüyorlardı. Necmi beş dakika sonra çıktı binadan, polislere yaklaştı, "Amirim ben zaten karakola gelecektim yarın sabah," dedi. "Siz benim evi nasıl buldunuz?"

"Biz buluruz," dedi Harun. "Sen oraya takılma. Bu senin teyze oğlun varmış, Cengiz, adamı bıçaklayan. Nerede o?"

"Bilmiyorum."

"Evini biliyor musun?"

"Evet. Hemen şu yukarıda."

Behzat Ç., Necmi'nin üstünü aradı, ekip aracının arka kapısını açıp bindirdi, kendisi de öne bindi. Necmi, direksiyondaki Harun'a yolu tarif ederken başkomiser koltukların arasından ona döndü, "Anlat bakalım bu olay nasıl oldu?" diye sordu.

"Amirim ben Millet Bahçesi inşaatında çalışıyorum, boya sıva işleri yapıyorum."

"Ne boyasıymış böyle milletin bahçesinde?"

"Otopark inşaatındayım ben."

"Bahçede otopark mı var?"

"Evet, 1.100 araçlık kapalı otopark yapılıyor."

"Eee? Olay?"

"Akşam mesai bitince teyze oğlum Cengiz geldi, iki poşet de bira almış, oturduk otopark inşaatının karşısında, tenekede ateş yaktık, yeni dikilen ağaçların dibinde içmeye başladık. Sonra biri geldi Cengiz'e, 'Kardeş sende bonzai varmış, bir içimlik alacağım,' dedi. Cengiz de, 'Ben torbacı mıyım lan?' diye girişti buna, ağzını burnunu patlattı."

"Durup dururken mi bonzai istiyor Cengiz'den?"

"Oralarda bir torbacı Cengiz varmış, onunla bizim Cengiz'i karıştırmış. Ben kavgayı araladım. Adam gitti, uzaktan gene küfürler etti. Gene başladı kavga, yine ayırdım. Kavga böyle iki-üç sefer başladı bitti. Ben de bıktım artık, bizim teyze oğlunu kolundan tuttum götürmek istedim. Karşı taraf bağırdıkça bağırdı, o da gurur yaptı, kaldı orada. En sonunda ne oldu demeye kalmadan Cengiz adamı bacağından bıçakladı. Bacağından bıçakladı ama hayvan kesmişiz gibi kan aktı."

"Akar tabii," dedi Harun. "Atardamarına gelmiş adamın."

"Öldü mü ağbi?"

Harun cevap vermedi.

Necmi korkuyla baktı, "Ben bir şey yapmadım ağbi," dedi.

"Orasına bakacağız, bir Cengiz'i bulalım da hele."

Başkomiserin telefonu çalmaya başladı, Akbaba arıyordu, "Aga," dedi, "bu adam mortingen şıtrayze, dosya bizim."

Behzat Ç., Necmi'ye baktı ama bir şey belli etmedi.

Necmi'nin gösterdiği evde kapıyı Cengiz'in annesi açtı, telaşlandı Cengiz sorulunca, "Bir şey mi yaptı?" diye sordu.

"Yok, bir şey yapmadı. İfadesine başvurmamız lazım."

"Gelmedi bugün. Ben de telaşlandım, kaç sefer aradım, telefonu da kapalı."

"Haber alırsanız beni arayın," dedi Behzat Ç., kadına numarasını bıraktı. Apartmanın önüne çıktılar yine, Necmi'nin telefonu çalıyordu.

"Kim arıyor?" diye sordu başkomiser.

"Bizim bir arkadaş, Kudret."

"Cengiz'i de tanıyor mu?"

"Evet."

"Aç bakayım, Cengiz onun yanında mıymış?"

"Ayıktırmadan sor," dedi Harun. "Bizi karıştırma ha..."

Necmi konuştu, karşı taraf yaralının durumunu sorunca, "Bilmiyorum," dedi, kapattı. Polislere döndü, "Kızılcahamam tarafına gidiyorlarmış Kudret'in arabayla," dedi.

"Ne vardı bu Kudret'te araç?"

"Eski bir Kartal vardı."

"Plakası?"

"Aklımda değil."

"Kudret'in soyadı ne?"

"Tunç."

"Araba onun üstüne mi?"

"Evet."

Behzat Ç., Hayalet'i arayıp durumu anlattı. İsimden plaka sorgusu yapıldı, polis kontrol noktalarına da bilgi notu gitti, gördükleri yerde durduracaklardı şahısları.

Necmi'yi de alıp arabaya atladılar, Kızılcahamam tarafına sürdüler. Yolun daralıp karanlıklaştığı bir dönemeçte Hayalet'in ekip aracını gördüler. Yol kenarındaydı, önünde de aradıkları Kartal duruyordu. İndiler, şarampolden aşağı, çalılıklara doğru baktılar. Harun arabayı çevirdi geldi, farları yaktı baktıkları tarafa doğru. Tepede sert bir rüzgâr esiyor, kar taneleri polislerin yüzüne savruluyordu. Bir süre sonra Hayalet'i gördüler fundalık arazide, adamlardan birini ensesinden tutup silahını çekmiş, diğerini de önüne katmış getiriyordu.

Harun elleri iki yana açık, adımlarını dikkatle atarak yavaş yavaş indi şarampolden, önde gidenin koluna girdi, yukarı çıktılar.

Nefes nefese kalmıştı Hayalet, "Bunların araba hararet yapmış," diye açıkladı. "Kenara çekmişler. Beni görünce kaçmaya başladılar."

Cengiz yirmili yaşların sonundaydı, solgun suratında akne izleri olan, düşük omuzlu, kambur duruşlu, kâbuslardan fırlamışa benzer bir tipti. Çukurlarına kaçmış gözleri zehir gibi parlıyordu. Suçunu daha arabadayken kabul etti. Bıçağı olay yerinden kaçarken atmış, elbiselerini de yolda değiştirmiş, tepelik bir yerde araba camından fırlatmıştı.

"Ellerini uzat," dedi Behzat Ç..

Cengiz'in ellerini inceledi, bıçaklama kesiği yoktu, "Sen nasıl bir bıçak kullandın?" diye sordu.

"Sürmene bıçağı."

"Sağlam bıçakmış," dedi başkomiser. "Kaymamış."

Emniyet'e yaklaşmışlardı, Behzat Ç. yol kenarında birini görünce arabanın ön aksamına vurdu avuç içiyle, Harun'a, "Dur la dur!" dedi. Torpido gözünden çekici alıp fırladı, Harun da peşinden çıktı. Genç adam onları görünce kaçmaya başladı, ara sokaklara girdi, yirmi yaşlarındaydı, tazı gibi koşuyordu, yerler buza kesmiş olmasa yakalamaları mümkün değildi. İki sokak ötede kayıp düştü genç adam, tepesine bindiler. Harun onu ensesinden tutup yandaki markete götürdü, tuttuğu gibi marketin kapalı kepenklerine çarptı, kepengin sesi bütün sokakta yankılandı. Camları açıp bakanlar oldu, "Gir içeri gir," dedi başkomiser onlara.

"Ellerini kepenge koy, ayaklarını aç," dedi Harun.

Gencin üst aramasını yaptı, boş sigara paketinin içindeki uyuşturucu poşetlerini başkomisere uzattı. Başkomiser telefonundaki eski fotoğraflara bakıyordu, birinde durdu, adamın yüzüyle o fotoğrafı karşılaştırdı.

"Ben sana geçen sefer ne dedim lan?" dedi adama.

"Dayı yemin ediyorum bu sefer son. Vallahi muhtaçlıktan. Allah kimseye muhtaçlık yüzü göstermesin."

"Lan sen bir senedir aynı lafı söylüyorsun," dedi Harun.

"Ben bir senedir aynı lafı söylüyorum komiserim de bir senedir nereye başvursam iş için kapıdan kovuyorlar."

Behzat Ç., Harun'a işaret etti. Harun genci ensesinden kavradı, kimsenin olmadığı karanlık bir ara sokağa götürdüler. Harun gencin elini köhne bir binanın istinat duvarına yapıştırıp bileğinden sıkıca tuttu. Başkomiser çekiçle elini kıracaktı. Racon buydu, ilk gördüğünde fotoğrafını çekiyor, ikincide elini kırıyordu, sokaklarda torbacılık kovalayan hemen herkes bilirdi bunu. Başkomiser çekici indirmeden önce durdu biraz, düşündü, "Lan," dedi sonunda. "Bak bu son olsun. Bir dahaki sefere hem elini kırarım, hem Narkotik'e veririm."

Dönüp ekip aracına yürüdüler, "Lan ekonomiye dua et," diye seslendi Harun gence. "Dua et ekonomi kötü, oradan yırttın."

Aslında Millet Bahçesi olayı bu kadardı. Sokakta adam ararken rastladıkları torbacıların da konuyla ilgisi yoktu, onlar günlük rutinin parçalarıydı. Bütün iş Cengiz'i Adliye'ye sevk ettikten sonra karıştı.

Savcı Belgin, Cengiz, Necmi ve Cengiz'i kaçıran Kudret'in ve maktulün yanındaki arkadaşı Rıdvan'ın ifadelerini aldı. Biraz uzun tuttu ama huyuydu bu, dosyayı alıp Sulh Ceza Hâkimliği'ne geldiler. Küçük bir salondu, Behzat Ç. Cengiz'in kelepçelerini açtı, sanık kürsüsüne götürdü. Barodan avukat geldi Cengiz için.

Polisler iki adım arkada, kapı tarafında bekliyordu. Cengiz tutuklandıktan sonra onu cezaevine bırakacaklar, işleri bitecekti.

Otuz yaşlarında genç bir hâkimdi davaya bakan, yaşlı göstersin diye bıyık bırakmıştı, kimlik tespitinden sonra sorguya geçti, "Cinayeti ben işlemedim," dedi Cengiz. "Kabul etmiyorum. Emniyet'te bana baskı yaptılar, ifadeyi zorla imzalattılar."

Her zamanki laflardı, pek önemsemediler. Harun, "He he," deyip elini salladı Cengiz'e. "Ağbi ya," dedi sonra başkomisere sessizce. "Bunu cezaevine bıraktıktan sonra Aspava'ya gidelim mi?"

"Yok lan, çorbacıya gideriz, güzel çorbacı var orada."

"Yok be ağbi, boş ver şimdi çayı çorbayı. Nasıl canım çekti biliyor musun? Ne zamandır yemiyorum soslu. Patates de söyleriz ortaya."

Barodan gelen avukat kısa bir savunma yaptı ezberden, müvekkilinin olayla irtibatı yoktu, somut kanıtlar yoktu, mümkünse beraatini, değilse tahliyesini, yargılamanın tutuksuz sürmesini istedi. Sıra hâkimin tutukluluk kararını yazdırmasına gelmişti. Hâkim, Cengiz'in adli kontrol şartıyla serbest bırakılmasına karar verince polislerin gözleri açıldı. Cengiz, ikamet adresine en yakın bölge karakoluna haftada üç gün imzaya gidecekti. Duruşma bitmişti. Cengiz elini kolunu sallayarak çıkmak üzereydi, Behzat Ç. onu dirseğinden tuttu, "Bırakalım mı şimdi? Anlamadım, nasıl yani?" diye seslendi hâkime.

"Bırakın," dedi hâkim.

Behzat Ç., Cengiz'i bırakmadı, daha sıkı tuttu.

"Savcı tutuklanma talebinde bulunmadı," dedi hâkim.

"Nasıl bulunmaz?"

Hâkim kaşlarını çattı, "Mahkemeye getirirken evrakı okumuyorsunuz," diye bağırdı. "Hiçbir şey okumuyorsunuz."

"Okunacak evrak var, okunmayacak evrak var. Aha cinayeti bu işledi, adamı yakaladık, getirdik mahkemeye."

Behzat Ç., Cengiz'e döndü, "Sen yapmadın mı lan bu olayı?" dedi. "Hemen kabul etmedin mi?"

"Emniyet'te kabul etmiş, Savcılık'ta, Hâkimlik'te değil. Ne bileyim ben sizin adama kötü muamele yapmadığınızı. Bırak adamı, çabuk bırak!"

Behzat Ç., Cengiz'i bıraktı, o giderken arkasından baktı uzun uzun, sinirle yüzünü sıvazladı. Hâkim yanına gelmişti, "Savcı tutuksuz yargılansın dedikten sonra benim adamı tutuklamam teamüllere uymaz," dedi.

Behzat Ç., dava siyasi olsa savcıya bakmaz tutuklardın diyecekti ama o konulara girmenin gereği yoktu şimdi. Sinirle Savcı Belgin'in odasına yürüdü, kapıyı tıklatıp hızla girdi içeri.

"Bu adamı nasıl tutuklamazsınız?" dedi.

Savcı Belgin odasına birden girilince ürkmüş, ardından bu ürkme yerini kızgınlığa bırakmıştı. Kaşlarını kaldırıp gözlerini açarak baktı başkomisere, "Sen bana ne hakla sorarsın bunu?" dedi.

"Adam kabul etti suçunu."

"Emniyet'te kabul etti, Savcılık'ta değil. Elinizde tanık ifadesinden başka bir şey yok. O tanık da alkol almış, haplanmış. Somut delil yok. Suç aleti yok, giysiler yok, elinde bıçaklama kesiği de yok."

"Sayın savcım ilk defa mı cinayet soruşturması yürütüyoruz Allah aşkına? Ya sen adamı tutukla ben sana getireceğim zaten mahkemeye kadar, suç aletini de kamera kayıtlarını da. Yirmi dört saat içinde nasıl toparlayayım her şeyi."

"Kaç yıllık Cinayetçisin, sen dosya yapmayı bilmiyor musun? Sağlam yapacaksın dosyanı. Peyderpey delil mi getirilir, taksitle hukuk olmaz."

"Savcım bu Cengiz sizle oynamış. Bu insanlar aptal görünürler ama işin içinde bir dalavere varsa çok kurnazdılar, kalleştirler. Her türlü yalanı söylerler."

"Sen kimsin? Uzman psikolog mu?"

"Yok ben ne yaşadımsa onu söylüyorum savcım, psikolojiye inanmam. Bu adam bas bas bağırıyor ben katilim diye. Hadi tamam, tutuksuz yargılanması gerektiğini düşündünüz diyelim, siz adamı sorgularken ben de kapının önündeydim, bir sefer de bana sorsaydınız."

"Sana ne soracağım? Şu fezlekeye bak, altında senin imzan bile yok. Fezlekeyi düzenleyenler, Erhan Solgun, Melike Aydın."

"O işin bürokrasi kısmı, dosya bende. Biz adamı olay yerine götürdük keşif yaptık, bıçağı aradık, hastaneye götürdük rapor aldık, fezlekeyi arkadan yetiştirdi çocuklar. Polise sormadan adam mı salınır, biraz usul erkân öğrenin ya."

"Behzat düzgün konuş, bak çok kötü olur."

"Olsun," diye bağırdı başkomiser. "Ne olacaksa olsun!"

Harun, parmak ucuyla başkomiserin koluna dokunuyor, kaş göz yapıyordu sürekli ama Behzat Ç.'nin susmaya niyeti yoktu, "Hayır ben anlamıyorum," diye devam etti. "Sizdeki bu polis düşmanlığı nedir ben anlamıyorum. Verdiğiniz bütün kararlar polis düşmanı kararlar."

Savcı Belgin elini masasının üstündeki sumene vurdu birden, masanın kenarındaki adalet terazisi aşağı yukarı oynadı. Savcı sinirden dudaklarını ısırmıştı, elleri titriyor, sesi çın çın ötüyordu, "Nasıl konuşuyorsun sen?" diye bağırdı. "Terbiyesiz adam. Haddini bil! Bu ne cüret! Çık dışarı! Çık dışarı kapının önünde bekle. Savcıya hakaretten işlem yapacağım senin hakkında."

Behzat Ç. kapının önünde beklemedi, yürüdü. Adliye polisi Ekrem çıkış kapısında durdurdu onu, "Amirim," dedi. Sesini toparlamak için öksürdü, "Bir ifade işlemi varmış. Sizi nezarete almamız söylendi. Ağbi bana öyle bakma, gözünü seveyim."

Behzat Ç., elini onun omzuna koydu, "Ekrem," dedi gülümseyerek. "Benim bu meslekte sikilmedik bir kulağımın arkası kaldı, orada da dokuz tane çocuğum var. Biz gidiyoruz. Sen bizi görmedin."

"Ağbi ben sizi görmedim. Kamera gördü. Gel sen böyle, o zaman kameranın görmediği yerden çıkarayım ben seni."

Adliye polisi Ekrem Cinayetçileri yemekhane çıkışına götürdü, kameranın görmediği yerden çıktılar. Başkomiser giderken "O savcıya söyle," dedi. "Götü yiyorsa gelsin beni kendi alsın."

Keyifleri kaçınca Aspava planını iptal etmişlerdi. Başkomiser Adliye otoparkında cüzdanını açmış içine bakıyordu. Birtakım hesaplamalar yaptı, topladı çıkardı, tatmin edici bir sonuç elde edemedi, en sonunda cüzdanı kapayıp cebine koydu, "Yürü lan Lale Pavyon'a gidiyoruz," dedi Harun'a. "Hakikaten canım çok sıkıldı."

Harun'un yüzünde geniş bir tebessüm belirdi, "Haklısın ağbi," dedi. "Bir efkâr dağıtırız. Ne bu ya, herkes bize yükleniyor, Yunan polisiyiz sanki."

Harun radyoda bir müzik açtı inceden, "Yalnız," dedi. "Sen niye uzun uzun cüzdana baktın ki, hangi pavyon Cinayet Büro Amiri'nden hesap alır. Sen oraya gidiyorsan üstüne para istemediğine dua etsinler."

"Orası öyle de kalkarken duruma göre 100 lira 200 lira atmak gerekiyor masaya, tip kutusuna gidiyor, garsonlar bölüşüyor. Onu da yapamazsak tüh derler arkamızdan."

"Ağbi bende de var biraz, vereyim o zaman."

"Saçmalama lan."

"Olur mu ağbi, sen bizim için o kadar kredi çektin."

"Yürü la yürü!"

Pavyonda Yeliz de geldi masaya, sohbet muhabbet derken ikinci kadehten sonra sinirleri gevşedi başkomiserin, ortam değişikliği iyi gelmişti. Aslında bütün gün bürodan çıkmasa, olay yerine gitmese, önüne gelen tutanakları imzalayıp gönderse, akşam da çıksa sabaha kadar pavyonda meyhanede otursa, en iyi polis o olurdu, onca kötü sicile rağmen terfi bile ederdi belki bir zaman sonra.

Harun koluna yapışmıştı o arada, "Gel ağbi gel," deyip duruyordu. "Bir oynayalım karşılıklı. Ağbi lütfen! Hem bugün bizi savcı da fırçaladı ya, ele güne karşı iyi olur. Ağbi lütfen."

Harun gitti bağlamacının kulağına bir şeyler fısıldadı. Polisler kaşıkları aldı, Yeliz'le yanındaki genç kadın da zilleri, sahnede karşılıklı oynamaya başladılar. Bağlamacı, "Karakolda Doğru Söyler Mahkemede Şaşar"ı söylüyordu.

Polisler sahnede keyifle oynarken birden donup kaldılar, kolları iki yanda asılı kaldı bir süre, yavaş yavaş indi sonra. Savcı Belgin pavyona gelmişti, tepeden tırnağa süzüyordu polisleri, suratı öfkeden kızarmıştı, sert bir baş hareketiyle sahneden inmelerini işaret etti, iki polisi de suçlu çocuklar gibi önüne kattı, çıkardı.

Yeliz de peşlerine takılmış, usulca başkomisere sokulmuştu, kolunu sıktı, "Behzat kim bu karı?" diye sordu.

"Sus kızım, sessiz. Savcı."

"Bak savcı diyorsun, yarın öbür gün orospunun teki olduğu ortaya çıkar, bir daha yüzümü nah görürsün ha."

"Ne oluyor orada?" diye bağırdı Savcı Belgin.

"Yok bir şey savcım."

Pavyonun önüne çıkmışlardı, polislere, "Siz gelin böyle," dedi Belgin. "O kadın içeri geçsin."

Yeliz, başkomiserin koluna yapışmıştı, "O kadın mı dedi bana?" diye fısıldadı.

Başkomiser kolunu kurtardı, "Yeliz git," dedi yavaşça. "Bir git kızım şimdi yeri değil. Ben sana sonra anlatacağım."

Pavyonun önünde Savcı Belgin, Harun'u eve gönderdi, başkomisere döndü, "Sen geç arabaya Behzat," dedi.

Savcı Belgin arabanın kontağını çalıştırmadan önce başkomisere döndü, "Beni almaya gelsin demişsin, geldim," dedi.

"Görüyorum. Nereye gidiyoruz?"

Savcı Belgin cevap vermedi, Ulus'tan çıkıp Kızılay'a doğru sürdü. Altınpark'a girdiler, arabanın gidebileceği yere kadar gidip indiler, ayaklarının altındaki kar çıtırtısıyla yürümeye başladılar. Gölete bakan tahta korkulukların önünde durdular, korkulukların üstündeki kar bembeyazdı, iki parmak kalınlığındaydı, "Ben düşündüm Behzat," dedi savcı. "Sen odada ileri geri konuştun da aslında ne dediğinin farkında da değildin çok. Bu gece ben seni memurla aldırmasını da bilirdim ama aldırmadım, kendim geldim. Elinde muğlak ifadelerden ve şüpheden başka bir şey yok. Şüpheden sanık yararlanır, biz kanıtla çalışırız, bundan yararlanamayız."

Başkomiser hemen cevap vermedi, bütün bu sözlerin anlamını çözmeye çalışır gibi uzun uzun baktı savcının yüzüne, "Savcım, iyi tamam güzel de," dedi sonunda. "Sizin asıl derdiniz ne?"

"Ne demek asıl derdiniz ne?"

"Bunlar ilk defa olmuyor ki bir soruşturmada, eksiklikler,

şunlar bunlar, her zaman olur. Mesleğin doğası bu, her şeye aynı anda ulaşamazsın. Sizi bu olayda asıl rahatsız eden şey ne, bu kadar tantana, bağırmalar çağırmalar, işlem yaparım demeler, gelip mekândan almalar. Siz bu adamı bırakıyorsanız sizin kafanızda başka bir şey var. Kafanızdaki neyse söyleyin, biz de ona göre yürütelim soruşturmayı."

Savcı derin bir iç çekti, göletin içinde yanıp sönen renkli lambalara daldı bir süre. Cebinden yassı bir konyak şişesini çıkardı sonra, bir yudum alıp başkomisere uzattı. Başkomiser de aldı bir yudum. Savcı alnına çarpan kar tanelerini elinin dışıyla sildi, sesi daha pürüzlüydü şimdi, eskisi kadar kendinden emin değildi, çın çın ötmüyordu, "Behzat ben uzun zamandır bir rüya görüyorum," dedi. "Hep aynı adam, 'Ben bir şey yapmadım,' deyip duruyor. 'Bunun sorumlusu sensin, bunun hesabını senden soracağım,' diyor, boğazıma yapışıyor."

"Kimmiş o adam?"

"İşte bugün getirdiğiniz Cengiz."

"Ee, siz tanıyor muydunuz onu?"

"Hayır, bir aydır rüyama giriyor, bugün gerçekten karşımda görünce, kanlı canlı, neye uğradığımı şaşırdım."

Başkomiser gayriihtiyari gülümsedi, "Siz ilaç milaç bir şey kullanıyor musunuz bu ara?" diye sordu.

Savcı birden parladı yine, "Saçmalama Behzat!" dedi. "Ne ilacı? Beni mi sorguluyorsun ya? Ben sana ne olduysa onu anlatıyorum. Bak beni yanlış anlama, ben böyle metafizik olaylara falan filan inanan bir insan değilim. Ama ne gördüğümü de biliyorum. Bu adam suçlu olamaz. Ne bileyim, ilk defa kendimi çaresiz hissettim ya."

Bir yudum daha aldı savcı konyaktan, Behzat Ç.'ye uzattı. Başkomiser yassı konyak şişesini elinde evirdi çevirdi biraz, bir yudum daha alıp geri uzattı, kar kokusunu çekti kararmış ciğerlerine.

"Valla savcı hanım," dedi sonra. "İşimiz rüyalara kaldıysa ayvayı yedik demektir. Bunu da laf olsun diye söylemiyorum ha, harbi ayvayı yedik demektir. Neyse, ben size bu işin uzmanını çağıracağım şimdi, bir konuşalım."

Başkomiser telefonunu çıkardı cebinden.

"Kimi arıyorsun?" diye sordu savcı.

"Akbaba'yı."

Akbaba telefonu açınca, "Uyuyor musun?" diye sordu başkomiser.

"Ne uyuması be aga," dedi Akbaba.

"Yalnız sıcak bir yere gidelim," dedi savcı. "Üşüdüm."

"Suluhan'a gel," dedi başkomiser Akbaba'ya. "Bir çay içelim."

"Ne çayı aga bu saatte?"

"Gel sen gel, hususi bir durum var."

Bir süre daha durdular göletin orada, başkomiser, "Müsaadenizle," deyip bir 216 götürdü dudağının kıyısına. Savcıya da uzattı paketi sonra.

Savcıyla Behzat Ç., Suluhan'a gidip elektrik sobasının yakınındaki iskemlelere oturdular, çayları geldi. On beş dakika sonra da Akbaba köpeği Merkez'le beraber kapıda belirdi, "Ağlıyor," dedi köpeğe şaşkınca bakan başkomisere. "Evde bırakamıyorum her zaman."

"Sen eve alıyor muydun bu köpeği?"

"He ağbi. Kapının önünde yatıyordu zaten. Kapıyı açtım bir akşam, geçti koltukta yatmaya başladı."

"Sen nerede yatıyorsun?"

"Koltuğun bir tarafında ben yatıyorum, bir tarafında o."

Merkez, başkomiserin onu ilk gördüğü günlerdeki gibi çekingen değildi, hoplayıp zıplıyordu, savcının yüzünü yalamaya, kendini sevdirtmeye çalışıyordu. Akbaba, Merkez'e yaklaştı, "Otur kızım!" dedi. "Otur!"

Akbaba, gözlerini Merkez'in gözlerine dikmişti. Merkez

oturdu, bir daha da kalkmadı yerinden. Beş dakika sonra da kafasını patilerinin üstüne koyup uyumaya başladı.

Başkomiser, savcının rüyası dahil bütün durumu özetledi Akbaba'ya, "Şimdi anlat bakalım," diye ekledi sonra.

"Yeri mi şimdi aga?"

"Tam yeri tam."

Akbaba dirseklerini dizlerine dayamış, ellerine bakarak oturdu bir süre, söze girmeye çekinir gibi bir hali vardı, "Kaçtaydı o olay ya?" diye sordu sonra.

"Bir on beş senesi var," dedi başkomiser.

"Bir kız çocuğunu öldürmüşlerdi," diye anlatmaya başladı Akbaba. "İskitler'de, bir hurdacı dükkânında bulduk cesedini. Katili yakaladık, fezlekeyi tamamladık, her şey kitabına göreydi, dosyayı kapattık. Ölen kız benim rüyalarıma girmeye başladı sonra. 'Beni o öldürmedi,' diyordu her seferinde, birkaç sefer gördüm bu rüyayı. Ağır bir durumdu, benim gibi duygusuz bir adam için bile çok ağır bir durumdu. Kızın ruhu bana musallat olmuş gibiydi, 'Beni o öldürmedi,' deyip duruyordu. Biz bu işi biraz daha derinleştirelim bakalım dedik, indirdik dosyayı raftan, sonra hakikaten de bazı delillerin olay yerine sonradan bırakılmış olabileceğine yönelik ciddi şüpheler oluştu bizde. Gittik birkaç kişiyi zorladık iyice, sonra da asıl katili yakaladık. Aradan iki sene geçti, ilk yakaladığımız, sonradan serbest kalan adam geldi. Elinde kanıtlarla. Suçunu itiraf etti, daha fazla dayanamıyorum dedi. İçerideki adamı hapiste iki sefer öldürmeye kalkmışlar, bir seferinde suratına kezzap atmışlar. Çıktığında canavara benziyordu. Bir sigara versene aga."

Başkomiser, Akbaba'ya bir 216 uzattı, kendi de yaktı bir tane.

"Ben hikâyelerden ders çıkarmayı seven bir insan değilim," dedi Akbaba. "Fakat bunun üstüne çok düşündüm. Belki de hayatta hiçbir şey üstüne bu kadar çok kafa yormamışımdır. Bu hikâyeden çıkardığım sonuç şu, bana musallat olan kızın ruhuydu, evet, ama o ruh yanılmıştı. Kendini öldüreni görmemişti. Nasıl, bilmiyorum. Onu çok seven birinin suçlandığını düşünüyordu. O yüzden bizi de yanılttı. Evet, adam kızı seviyordu ama sapıtmıştı. Kızın büyümesini istemiyordu. Başka bir hayatının olmasını istemiyordu. Bunları söyledi zaten sonraki ifadesinde. Ben de o günden sonra bir daha rüya görmemeye karar verdim. Rüya görmemek için fazla uyumuyorum. Bir rüya görürsem de hemen onu unutmaya çalışıyorum. Ve gördüğüm rüyaları asla kimseye anlatmıyorum."

Akbaba başını kaldırdı, savcının gözlerinin içine baktı, baş ve işaretparmaklarıyla 216'dan derin bir nefes çekti, "Bu meseleye gelecek olursak," dedi. "Bak savcım, amirim diye demiyorum, yanlış anlama. Bu adam dürüst biridir ama acımasız değildir. Genelde dürüst insanlar daha acımasız olurlar. Ben bu it kopuk takımından hiçbirine acımam mesela. Benim elime verseniz yaşatmam bile. Çünkü kendimi sevemiyorum. Kendimi sevemediğim için de hiç kimseyi sevemiyorum. Behzat amir öyle değil, suçlu adamda da iyi bir yan bulur, onu da sever, gerektiğinde yardımcı olur. Bu iş temiz iş, adamı yakaladık getirdik, suçunu da kabul etti, Behzat amir adamı zorla konuşturmuş olsa, gelir size söylerdi zaten 'zorladım' diye. Bence siz gördüğünüz rüyayı falan unutun, hiç girmeyelim bu işlere."

Savcı Belgin ellerini paltosunun ceplerinden çıkarıp önünde kavuşturdu, oturduğu iskemleden Akbaba'ya doğru yaklaştı, "İyi güzel konuşuyorsun da olmaz," dedi. "Ben bu meselede hiçbir şüphe kalmamasını istiyorum. Somut kanıtları getirin, kamera kayıtlarını getirin, başka tanık varsa onları da getirin. Herkesle baştan konuşun, bu cinayetle alakalı en ufak bir şüphe kalmasın."

Savcı Belgin birden kalktı, kapıya doğru yürüdü. Arkasından uzun uzun baktılar. Kar tipiye dönmüştü. Rüzgâr Suluhan'ın taş avlusunda uğulduyor, çay ocağının şeffaf brandalarını sallıyordu.

Behzat Ç. ertesi gün kamera kayıtları için MOBESE merkezinden bir komiserle görüştü, olay yerini gören kameralar olsa da Millet Bahçesi henüz açılmadığı için kayıtta değillerdi. AKM civarındaki ve yol üstündeki kameralara baktılar, olayla alakalı herhangi bir kişiye rastlamadılar. Bütün aramalara rağmen ne olayda kullanılan bıçak bulunabilmişti ne de Cengiz'in giysileri.

Behzat Ç. öğleden sonra odasında oturmuş, dudağının kenarında bir 216, Millet Bahçesi dosyasının sayfalarını çeviriyordu yavaşça. Dün geceki kar dinmişti, Emniyet otoparkının üstünden görünen koyu bulutlar alçaktı, hava iyice soğumuş, kar topluyordu yeniden. Komiser Yardımcısı Melike başkomiserin odasına bir çay bıraktı, "Amirim," dedi. "'Cengiz'in annesiyle öğleden sonra görüş,' demiştiniz. Gideyim mi ben?"

"Git ama Cengiz karakola imzaya çıktığında görüş. Elimize bir şey geçene kadar Cengiz'e kimse ilişmesin. Hayalet'e de söyle, görgü tanığını bulsun, öldürülen Zekai'nin yanında olan genci."

"Rıdvan'ı."

"Evet. Onunla baştan görüşelim."

Melike çıktı, başkomiser Millet Bahçesi dosyasının sayfalarını çevirirken Cengiz'in ifadesinde durdu, "Bıçakladıktan sonra otopark inşaatının içine doğru koştum. Arka kapıdan çıktım. Bıçak hâlâ elimdeydi, o taraflara bir yere fırlattım, öyle hatırlıyorum, kendimde değildim, nereye attığımı tam olarak bilmiyorum," demişti.

Olayın ardından Cengiz'le o civara gitmiş ama bıçağı bulamamışlardı. Bölge karakolundan polisler aramaya devam ederken onlar Cengiz'i önce hastaneye, sonra da Adliye'ye götürmüşlerdi. Başkomiser yeniden olay yerine gitmeye karar verdi. Harun'u da yanına aldı.

Millet Bahçesi'ne yeni dikilmiş ağaçların arasından yürüyüp otoparka vardılar, işçiler öğle yemeğindeydi, bir-ikisi yemek yedikleri konteynırın camlarından baktılar ama polisleri pek umursayan çıkmadı. Başkomiser ile Harun yerin yedi kat dibine doğru genişleyen otopark inşaatının karanlığında çakmaklarının arkasındaki fenerleri yakmış, kendi adım seslerinin yankısını dinleyerek yürüyorlardı. Arka çıkışa vardılar. Çıkıştaki rampanın kenarlarına istinat duvarları örülmüştü, sıvası daha taze duruyordu. Başkomiser rampanın çıkışına vardı, Cengiz'in koşup bıçağı atabileceği yol belliydi. O yolu kontrol etti, ağaçların dibine baktı, hatta koklasa bulabilirmiş gibi kokladı biraz oraları, herhangi bir ize rastlamadı, "Bıçak senin elinde olsaydı nereye atardın?" diye sordu Harun'a.

"Hiçbir yere atmazdım ağbi," dedi Harun. "Allah'ın unuttuğu bir yere gider, oraya gömerdin. Sen ne yapardın?"

"Ben eritirdim, tanınmaz hale geldikten sonra da geri dönüşüme verirdim."

"Ağbi sen cinayet işleme zaten."

"Cengiz'in ifadesini doğru kabul etmek için bir neden yok," dedi başkomiser. "Belki bıçağı da giysilerle beraber Kızılcahamam yolunda tepelik yerden attı bu."

"Belki onu da yapmadı," dedi Harun. "O da yalan."

"Olabilir."

"Biz dün gece bir hata yaptık," dedi birden başkomiser. "Adam cinayeti kabul edince verdiği diğer bilgileri de doğru kabul ettik. Cinayeti reddedince de birden boşluğa düştük. Bunu sana daha dün gece Adliye'den çıkarken söyleyecektim aslında. Ama Savcı Belgin ortalığı velveleye verince söylemedim."

Behzat Ç. durdu, ellerini ceketinin içinden belinin iki yanına, kemer tokasının üstüne koydu, ciddi bir yüz ifadesiyle Harun'a baktı, "Bak oğlum ayık olun," dedi. "Ben eskiden böyle hatalar yapmıyordum, yoruldum artık, yaşlandım, ben yarın öbür gün emekli olur giderim, bu büroya siz bakacaksınız, ona göre gerekli dersleri çıkarın bu olaydan."

"Ağbi senin ne hatan var gözünü seveyim," dedi Harun. "Hep böyle yapıyorsun, kendine yükleniyorsun. Bu Cengiz it kopuk, adamı bıçaklamış, mahkemede lolo yaptı, hâkimi savcıyı kafaladı. Bu olayı yapan Cengiz değil mi? Haksız mıyım?"

"Haklısın ama öyle de olsa biz ayık olmalıydık Harun, her şeyi teyit etmeliydik, yeri gelince de adamların önüne koymalıydık. Teyit etmedik ki, o lavuk, 'Ben yaptım bu olayı,' dedi, 'Ha tamam' mı dedik, aldık götürdük. Ondan sonra veririz gençlere dosyayı, bulurlar bıçağı, kıyafetleri mahkemeye kadar diye düşündük. Öyle olmaz bu işler. Sen benim dediklerimi bir düşün."

"Tamam ağbi, haklısın."

Millet Bahçesi'nden ayrılıp Karşıyaka Mezarlığı'na sürdüler ekip aracını. Hayalet'le orada buluşacaklardı. Millet Bahçesi'nde öldürülen Zekai Kara'nın yanında o akşam Rıdvan adında bir arkadaşı vardı. Zaten Hayalet, olay yerindeyken ilk onunla görüşmüş, Cengiz'le Necmi'yi onun ifadeleri doğrultusunda bulmuştu. Rıdvan'la tekrar görüşeceklerdi, Hayalet, Zekai'nin cenazesinde bulmuştu onu. Otopsi işlemleri yeni bittiği için ikindi namazından sonra kalkmıştı cenaze, defnedildiğinde gün batmak üzereydi. Kuru Ankara ayazı bıçak gibi kesiyordu yüzlerini. Donmuş toprakta kürekle mezar açmak mümkün değildi, kazmayla yumuşatmaları gerekmişti önce.

Kefen mezara indirilmiş, kıbleye çevrildikten sonra tahta destekler konulmuştu üstüne, cemaattekiler mezara küreklerle üçer kez toprak atıyor, arkalarında bekleyene bırakıyorlardı sonra kürekleri. Mezar kapatıldıktan sonra aile yakınlarına başsağlığı dilemek için sıraya girdi herkes. Hoca derinden gelen kederli bir sesle dua ediyordu mezarın başucunda. Rıdvan, Zekai'nin yakınlarına başsağlığı diledikten sonra başkomiser ona gözleriyle bir işaret çaktı, kenara çekti, yan yana yürüyüp uzaklaştılar mezardan. Hafif tepelik bir yerde durdular. Bu dosyayı temellendirirken onun ifadesini esas almışlardı, aslında başka da bir şey yoktu ellerinde ama bunu çaktırmak istemiyordu başkomiser, "Sen şu olayı bir daha düşün bakalım Rıdvan," dedi. "Hatırladığın başka şeyler de vardır elbet, o telaşla aklına gelmeyen."

Rıdvan eliyle çenesini sıvazladı, önüne baktı, "Aslında var," dedi. "Ben de sizinle konuşmak istiyordum. Daha önce de söyledim, ben de Millet Bahçesi'nde çalışıyorum, peyzaj işinde. Necmi'yi de uzaktan tanırım. Arkadaş değiliz ama arada selamlaşırız. Daha önce dediğim gibi, bıçaklayan bunun teyze oğlu Cengiz. Ama Cengiz onu bıçaklarken Necmi de kollarından tutmuştu Zekai'yi. Necmi tuttu, Cengiz de bıçakladı. Ben Necmi'yi uzaktan da olsa tanıdığım için bu meselede onun adını gizledim, ayırmaya çalıştı dedim. Ama bakın arkadaşı da toprağa verdik, bunun da bir vebali var."

"Var tabii Rıdvan," dedi başkomiser. "Var. Ama bunu dün söylemedin. Sen bu hallerinle Adliye'de de bizi zorda bıraktın. Savcı dünkü ifadeni ciddiye almadı zaten."

"Neden almadı?"

"Neden almayacak dangalak," dedi Harun. "Sen de Zekai'yle beraber şeker atmış, haplanmışsın. Alkol de var."

"Tamam var da ben Zekai gibi içmiyorum."

"Nasıl içiyorsun?"

"Ben içiyorum da insan gibi içiyorum. İki şeker atıyorum duruyorum. Zekai beş-altı tane şeker atıyor, üstüne alkol, üstüne bonzai, zebaniye dönüyor sonra."

"Bonzai ne ayak o kafayla?"

"Çok yüksekti dün akşam Zekai. Ben inemiyorum Rıdvan dedi, bir içimlik bonzai olsa, sakinler, düşerim diyordu. Ondan sonra oldu zaten ne olduysa."

"Geç arabaya," dedi başkomiser. "İfadeni merkezde yazalım bir."

"Amirim benim başsağlığına gitmem lazım Zekailerin eve."

"Akşam gidersin."

Behzat Ç., Hayalet'e döndü, "Bu Cengiz'i kaçıran Kudret var ya," dedi. "Onunla da bu kıyafet işini bir konuşmak lazım. Onu bul getir sen."

Arabaya bindiler. Harun motoru ısıttıktan sonra kalktı, Behzat Ç. koltukların arasından Rıdvan'a döndü, "Sen bu olay olduğunda ne kadar uzaklıktaydın?" diye sordu.

"Ben Zekai'nin yanındaydım hep. Onu kolundan tutup götürmeye çalışıyordum. Ama illallah etmiştim artık, bıçaklar da çekilince birkaç adım geriledim."

"Birkaç adım öteden mi gördün sen olayı?"

"Evet."

"Necmi tuttu, Cengiz bıçakladı diyorsun."

"Evet."

"Nasıl tuttu Necmi?"

"Koltukaltlarına girdi."

"Koltuklarına girdiyse göğsünden karnından bıçaklaması gerekir. Niye bacağından bıçakladı?"

"O ara bir tekme savurdu Zekai. Cengiz de bıçağı sallayınca, bacağın içinden, kasıklarından girdi."

"Kaç şeker attın dün akşam?"

"İki."

"Kaç bira içtin?"

"Dört. Ben bir şey içmedim amirim dün akşam, normalde bir oturuşta on beş bira içerim. Şeker standart, iki tane atar hızlanırım, birayla yavaş yavaş düşerim. Zekai'ye de onu diyordum zaten, 'Gel eve gidelim, bir sürü bira var,' diyordum."

"Sen annen babanla kalmıyor muydun? Onlar namazında niyazında değil mi? Öyle diyordun. Nasıl müsaade ediyorlar evde öyle içmene?"

"Annem babamla kalıyorum ama benim ev üst katta. Girişi ayrı. Annem beş vakit ama bizim peder öyle değil. Zaten bana karışmaz, hatta bazen gelir, 'Rıdvan,' der, 'iki bira içelim, ananın dırdırından burama geldi.' Bende oturur, televizyon falan bakarız, içeriz beraber."

"Baban ne iş yapıyor?"

"ASKİ'den emekli."

Başkomiser yola döndü yeniden, Rıdvan'ın söylediklerini kafasında tarttı biraz, ardından Melike'yi aradı, "Kızım," dedi. "Bu Cengiz'in annesiyle konuştun mu?"

"Konuştum amirim. Dün Kaymakamlık'ta işi varmış oraya gitmiş gelmiş, Cengiz'i en son o zaman görmüş evde. Cengiz olay saatinde dışarıda, eve de Adliye'de serbest kaldıktan sonra gelmiş. Şimdi çıktık evden."

"Cengiz karakola mı gitti imzaya?"

"Evet. Anafartalar Karakolu'nda şu an."

"Erhan yanında mı?"

"Yanımda."

"Tamam. İmzadan çıkınca Cengiz'i alın karakolun önünden, getirin."

"Peki amirim."

Olayın zanlısı Cengiz, yanındaki teyze oğlu Necmi, maktul Zekai'nin yanındaki arkadaşı Rıdvan ve Cengiz'i kaçıran Kudret, dördü de Cinayet Büro'daydı iki saat sonra, hepsini ayrı odalara almışlardı, ayrı ayrı konuşacaklardı. Başkomiser halkanın en dışından, Kudret'ten başladı görüşmeye.

"Kudret sen ne iş yapıyorsun?" diye sordu ilk olarak.

"Amirim işsizim bu ara. Gazinoda garsonluk yapıyordum

altı ay öncesine kadar. Ama eğlence sektörü malum, kriz var. On altı garsonduk, 'Sekize düşüreceğiz,' dediler, çıkardılar."

"Hangi gazinoda çalışıyordun?"

"Dışkapı'da, Ahu Gazinosu."

"Sizin şef kimdi?"

"Bayram."

"Deli Bayram. Tanırım."

"Kral adamdır, deli meli ama candır, ben işsizken arayıp soran bir o oldu zaten, 'Var mı bir ihtiyacın?' dedi."

"Kudret seni sevdim," dedi başkomiser. "Delikanlı çocuksun. Burası da Cinayet Masası, erkek masası. Bak erkek erkeğe konuşuyoruz, burada yalan olmaz."

"Eyvallah amirim."

"Dün akşam 'Giysileri attık,' diye bir yer gösterdin. Bizim çocuklar baktı sabaha kadar, bugün de jandarma komutanıyla konuştum, o bölgeye onlar bakıyor, giysi falan bulamamışlar."

"Amirim dün akşam fırtına vardı, uçmuş gitmiştir, kim bilir nereye?"

"Orası öyle. Ama bir de bıçak meselesi varmış Kudret. Bıçağı da atmışsınız. Giysiler hadi neyse, uçtu gitti, bıçak da mı uçtu?"

"Ben bıçak görmedim amirim."

"Bıçağı sana vermiş yok et diye."

"Öyle bir şey dediyse yalan, gelsin yüzleşelim. Cengiz beni aradı, 'Bir mesele var, bana temiz kıyafet ayarla, Kartal'ı da al hemen gel,' dedi. 'Senin pederin Kızılcahamam'daki eve gidelim.' Daha çocukluktan arkadaşım, nedir diye sormadım çıktım. Yolda 'Birinin bacağına bıçak taktım,' dedi, ben de ufak bir olay zannettim. Ben şimdi ne yapayım, kaç senelik arkadaşım, 'Hayır' mı diyeyim?"

"Tamam Kudret, ona bir şey dediğimiz yok zaten. Sen Necmi'yi ne zamandır tanıyorsun?"

"O da çocukluktan arkadaşım, bunlar teyze oğlu zaten. Aynı sokakta oturuyorduk."

Behzat Ç. ile Harun kalktılar.

"Amirim ben gidebilir miyim?" diye sordu Kudret.

"Niye lan acelen mi var?" diye sordu Harun.

"Akşam İbo Show'a bakacaktık manitle," dedi Kudret.

"Ben seni İbo Show'a kadar bırakacağım," dedi başkomiser. "Yalnız sen şimdi anlattıklarını yaz bize. Sonra beni bir gör, gidersin."

Harun, Kudret'in önüne kâğıt kalem koydu.

Hayalet, Rıdvan'ın odadan çıkıyordu o ara, "Nedir?" diye sordu başkomiser.

"Aynı ağbi," dedi Hayalet. "Cenazede size ne dediyse o, Necmi tutmuş, öbürü bıçaklamış. 'Necmi'ye düşmanlık yapıyorsun, aranızda eski husumet var,' diye çok gittim üstüne ama bağlantıları yok. Yalan söylemesi için bir neden yok. Görünürde yok. Ama insan çiğ süt emmiştir, bilemezsin, sen de bir daha zorla istersen."

"O beklesin."

"Necmi'ye mi gidiyoruz ağbi?" diye sordu Harun.

"Hayır, Cengiz'e," dedi Behzat Ç.. "O bir beklesin, Cengiz'den teyit edelim önce."

"O zaman bana bir dakika müsaade et ağbi," dedi Harun. "Çekmecede bisküvi var alayım geleyim, cinayeti itiraf etmesi bir saat sürer bunun. Midem ekşidi."

Harun sorgu odasına girdi, Cengiz'in karşısına oturdu, bisküvi paketini açtı, bir tane attı ağzına, yavaş yavaş çiğnerken, "Ee Cengiz," dedi. "Naber? Nasılsın?"

"İyiyim komiserim."

"İyi ol, iyi. Allah için söyle Cengiz, bu odada sana bir fiske vurduk mu?"

"Vurmadınız."

"Mahkemede niye kaşarlık yaptın o zaman? Kırk yıllık sabıkalılar gibi niye kaşarlık yaptın? Savcıyla oynadın, hâkimle oynadın, oyna da oyna, yakışır sana Cengiz... Ama sikerler Cengiz. Onlar affeder, Harun Sinanoğlu affetmez. İsterse on sene sürsün bu dava, tutuklamasınlar seni, on sene her gün bu odada benim karşımda oturacaksın böyle."

"Tamam komiserim, tamam," dedi Cengiz. "Sen de haklısın. Siz beni dövmediniz ama bu olayı ben yapmadım. Yalan söylemiyorum."

"Kim yaptı lan o zaman?"

"Necmi yaptı."

"Niye o zaman başta 'Ben yaptım,' dedin?" diye sordu başkomiser. Sandalyesini odanın çaprazında, en köşeye çekmiş, ellerini ensesinde kavuşturmuş tavanı seyrediyordu. Harun odaya girene kadar hiçbir şey söylememişti Cengiz'e. Kalktı yerinden, sandalyesini onun yanı başına koydu, "Başta deseydin 'Necmi bıçakladı,' diye o zaman," dedi.

"60 bin lira için amirim."

"Nasıl lan?" dedi Harun.

Cengiz hüngür hüngür ağlamaya başladı, bir eliyle yüzünü kapatmıştı, gözyaşları damla damla düşüyordu önündeki masaya. Harun omzuna dokunacaktı, başkomiser karışmamasını işaret etti. Cengiz'in ağlaması kesilince, "Bir kendine gel anlat bakalım," dedi Behzat Ç.. "Ne 60 bini bu?"

Cengiz burnunu çekti, koluyla yüzündeki yaşları sildi, "İki yıldır işsizim amirim," dedi. "Param yok, pulum yok, bunalımdayım."

"Paran yok pulun yok da Necmi'yi görmeye giderken iki poşet birayı nasıl aldın?" diye sordu Behzat Ç..

"Annem Kaymakamlığa gitti, sosyal yardımlaşmadan 1.000 lira yoksulluk yardımı aldı o gün. 500 lirasını bana verdi. Ben de gideyim teyze oğluyla oturayım, efkâr dağıtayım dedim. 'Hem belki,' dedim, 'oralarda inşaatta bana da bir iş ayarlar.' Sonra işte o eleman geldi, rahmetli, 'Cengiz sen misin?' dedi bana, 'Benim,' dedim. 'Sende bonzai varmış, bir içimlik ver, parası neyse vereyim,' dedi. Bunun üstüne Necmi kendinden geçti, zaten içmeyi de beceremez, yakasına yapıştı adamın, 'Vay sen bizi torbacı mı zannettin?' şudur budur. Tak çekti bıçakladı adamı, sonra otoparkın arkasında oturduk konuştuk, 'Bu işi sen üstüne al polis ayıkırsa,' dedi. 'Ben şimdi inşaatta çalışıyorum, işim gücüm yolunda, kenara da para koydum 60 bin lira, onu da sana veririm. Annenin hesabına yatırırım,' dedi. 'Adam zaten yaralı, üç-beş ay yatar çıkarsın, çıktıktan sonra da gelir burada çalışırsın benim yanımda,' dedi. Ben de kabul ettim ağbi."

"Niye Kızılcahamam'a gittin o zaman, gelseydin karakola teslim olsaydın."

"Necmi dedi. Kudretlerin evi varmış orada. 'Belki bu iş faili meçhule düşer, hiç uğraşmayız,' dedi. Ama adam ölünce, üç-beş ay yat çık değil ağbi bu, bir ömür. Ben zaten hayatta gün görmemişim, kalanı da hapiste mi geçireyim? Herkes bankadan kredi çekti bedelli yaptı askerliği, ben gittim normal askerlik yaptım, üstüne iş de bulamadım, iki yıldır bunalımda geziyorum. Siz de zaten ben kabul edene kadar hiç adamın öldüğünden bahsetmediniz, ben hâlâ yaralamayı kabul ediyorum zannediyordum."

"Cengiz ben senin belanı sikeyim," dedi başkomiser. "Az önce anlattıklarını bu kâğıda aynen yaz. Sonra yine konuşacağım senle."

Harun, Cengiz'in önüne kâğıt kalem koydu, çıktılar odadan. Diğer sorgu odasındaki Necmi'nin karşısına oturdular. Harun, "Şimdi Necmi," dedi, "odaya gelirken Google'dan baktım, temelde üç çeşit çakal türü var, Altın Çakal, Kara Sırtlı Çakal, Çizgili Çakal. Sen ne tür bir çakalsın? Yoksa yeni mi türedin kardeş? Bir anlat bakalım bize."

"Anlamadım."

Harun, "Neyi anlamadın Necmi?" deyip durumu özetledi.

Necmi, "Komiserim Allah bin bir belamı versin ben hiçbir şey yapmadım, o Cengiz şerefsizi yalan söylüyor," dedi bir çırpıda. "Elinizi ayağınızı öpeyim o şerefsiz yüzünden beni yakmayın. Onun hayatı yalan. Çocukken de böyleydi, hiç değişmedi, kalleş, dalavereci, çirkin bir adam. Kendini kurtarmak için şimdi beni atıyor öne."

"Tamam Necmi tamam, sakin," dedi başkomiser. "Peki, sen adamı tutmuşsun, Cengiz bıçaklamış, sen ona ne diyorsun? Öyle diyor görgü tanıkları."

"Bunu kim diyorsa onlar da yalan söylüyor, onlar da şerefsizdir."

Necmi'yi o gün çok zorladılar, hiçbir şeyi kabul etmedi. En sonunda bıktı, "Nasıl biliyorsanız öyle yapın," dedi. "Beni de rahat bırakın, bana artık bir şey sormayın."

Döndüler Rıdvan'ı zorladılar, "Bıçaklayan Necmi'ymiş?" diye.

"Ben öyle görmedim," dedi.

Kudret'i zorladılar, "Necmi öldürmüş, Cengiz üstlenmiş," dediler. "Sen de ayak yapıyorsun, bunları biliyorsun," dediler. Kudret, "Cengiz bana öyle bir şey anlatmadı," dedi. "Necmi ona 60 bin vermiş de suçunu üstlenmiş diye bir şey demedi."

Savcı Belgin'e gidip durumu anlattılar. Aslına bakılırsa, yine muğlak ifadelerden, birbirlerini suçlayan şahıslardan başka bir şey yoktu ellerinde. Savcı Belgin, Cengiz ve Necmi'nin ifadelerini baştan aldı, ardından görgü tanığı Rıdvan'ı ve Cengiz'i kaçıran Kudret'i dinledi. İfade işlemleri bitince savcının kâtibi Günbay, Behzat Ç.'yi aldı odaya.

Savcı Belgin yorgundu, başkomiser odaya girdiğinde sandalyesinde arkaya yaslanmış, avuçlarıyla gözlerini kapatmıştı, "Şimdi ne diyorsun Behzat?" diye sordu.

"Elde somut kanıt yok, biraz ihtiyatlı olmak lazım."

"İhtiyattan sen mi bahsediyorsun?"

"Evet. Cengiz, 'Ben yapmadım, suçu üstlendim,' diyor ama ben emin değilim o ifadeden. Ne Rıdvan teyit ediyor ne Kudret. Tabii yanılıyor olabilirim, bunlar kıldan ince konular. Belki de ilk duruşmaya kadar tutuksuz sürdürmek gerek bu davayı. Tutuklayacaksa da hâkim tutuklasın."

"Orası öyle de şimdi bunlar birbiri aleyhine konuşmaya başladılar. Bu durumda kendilerini kurtarmak için somut kanıtları da yok edebilirler. Bıçakla giysilerin nerede olduğunu biz bilmiyoruz ama onlar biliyor olabilir."

"Valla savcım onu ben de düşündüm. Bu soruyu bana dün sorsanız, 'İkisini birden tutuklayın,' derdim. Biri tutup diğeri bıçakladıysa zaten ikisi de ceza alır bu işten. Ha ortada bıçak yok, arıyoruz, bulabilirsek bulacağız. Bulamazsak da artık ağır ceza hâkimi ayıklasın pirincin taşını, kim tuttu kim bıçakladı o bulsun çıkarsın ortaya."

"Ben de öyle düşünüyorum, ikisi için de tutuklama isteyecektim zaten."

"Ee, Cengiz için 'Suçsuz,' diyordunuz."

"Bilmiyorum Behzat. Bugün karşımda gördüğümde sanki o kâbustaki adam değilmiş gibi geldi."

Rıdvan'la Kudret'i bıraktılar. Cengiz'le Necmi'yi de Nöbetçi Sulh Ceza Hâkimliği'ne çıkardılar. İhtiyar bir hâkim vardı kürsüde, Cengiz de Necmi de mahkemede çok ağlayıp sızladılar, hatta bir ara yumruklaşacak gibi oldular ama hâkim ne dediklerini bile doğru düzgün dinlemedi, beş dakika içinde tutukladı ikisini de, bitirdi duruşmayı.

Ertesi gün başka bir bıçaklama olayı oldu, Ahmetler Postanesi'nin orada kâğıtçının biri kahveciyi bıçaklamıştı. Kâğıtçıyı yakalayıp getirdiler, gözü balon gibi şişip kapanmıştı, azıcık görünen göz akına da kan oturmuştu.

"Ramazan," dedi başkomiser. "Sen kaç senedir bu kâğıttasın?"

"On senedir kâğıttayım dayı. Sabri Komiserim de bilir,

hep namusumuzla çalıştık, her çöpe de girmedik kimsenin hakkına geçmeyelim diye. Nasip neyse o dedik."

"Tamam, Ramazan seni biliyoruz ama adamın da gırtlağını kesmişsin. Araya girmeseler kelleyi alacakmışsın. Bak bu işin şakası yok. Yarın öbür gün hâkim bakar dosyaya, 'Hunharca vurmuş,' der, ucu müebbet olur."

"Çok dövdü dayı beni, çok üstüme geldi."

"Niye?"

"Dolduruşa getirmişler dayı, dışarıdaki masaların muşambası çalınmış, 'Kâğıtçılar yaptı,' demişler. O akşam bir de masanın biri patlamış, ganyatayı alamamış, hırslanmış. Beni görünce birden saldırdı. 'Bir dur, dinle,' dedim, durmadı. 'Hırsız,' dedi, 'ananı götünden bilmem ne,' dedi, gözüm döndü dayı. Hadi biz ezginiz diyelim, vurdun diyelim. Vur da bırak, vur da bırak be deyyus, yol alıp gidelim. 'Hırsız' demek, anaya küfretmek nedir dayı?"

Ramazan yumruğunun tersiyle göğsünü dövmeye başladı, "Aha burada da bir sabır var dayı," dedi. "Bu sabrı taşıranın da gırtlağını keserim. Ben zaten yanmışım, bana gelen de bende yanar. Haksız mıyım dayı?"

Behzat Ç., Hayalet'e işaret edip kalktı, sorgu odasının önüne çıktılar. Başkomiser, "Bu olayın bütün tanıklarını getirin," dedi. "Çalınan muşamba işi dahil. Patlayan masa dahil. Anlattığı gibiyse kahvecinin buna saldırması, fezlekeden itibaren ağır tahrike sokalım işi, müebbet yemesin."

"Ağbi bu çocuk pırlanta gibidir, ne diyorsa o."

"Sağlam yapın Hayalet, sağlam yapın dosyayı," dedi başkomiser. "Benim bu ara kimseye inancım kalmadı."

Behzat Ç. odasına gitti, oturdu, nabzı şakaklarında atıyordu, suratında renk kalmamıştı, çok yorgundu, eli yanağında oturdu bir süre öyle. Akbaba girdi odaya, "Aga bu Millet Bahçesi olayındaki eleman var ya," dedi.

"Hangisi?"

"Ölen, Zekai."

"Eee?"

"Aslında ölmemiş, bu bir rüyaymış."

"Ne rüyası lan?"

"Ağbi senin rüyan. Asıl dava bizim bu kâğıtçı davamız. Sen arada böyle bir rüya gördün. Savcıyla muhabbetler şu bu, hepsi senin rüyan. İş aslında kâğıtçıdan karıştı, tanıkların ifadesi birbirini tutmuyor. Kahveci ölmüş ya, kör ölmüş badem gözlü olmuş, kimse kâğıtçıyı dövdüğünü, anasına küfür ettiğini söylemiyor. Ama sen rahat ol, en azından Millet Bahçesi olayı diye bir dosya yok."

Behzat Ç. elini yanağından çekti, avuç içine baktı uzun süre. Alınyazısını okur gibi bakıyordu avucuna. Ter içinde kalmıştı bir anda. Çekmeceyi açıp votkasını çıkardı, Emniyet fincanına döktü iki parmak, bir yudumda içip iki parmak daha döktü. Bir 216 yaktı. Yavaş yavaş yudumlamaya devam etti fincanı. Odadan çıktı, Akbaba'nın masasına gitti, masanın önündeki sandalyeye oturdu. Akbaba baktığı kâğıtlardan kaldırdı başını, "Ne oldu aga?" dedi.

"Sen az önce benim odaya geldin mi?"

"Hayır."

"Aslında böyle bir dosya yok demedin mi bana?"

"Hangi dosya aga?"

"Millet Bahçesi. Hepsi senin rüyan falan demedin mi bana?"

"Yok aga, senin için geçmiş, rüya görmüşsün. Çok yorgunsun sen. Eve gitmiyorsun kaç gündür. Ben hep buradaydım, kâğıtçı dosyasındaki tutanakları okuyordum. Sen kaç git bir eve. Dinlen."

"Yok ben iyiyim."

"İyi değilsin aga. Ya evine git ya odandaki ikiliye uzan. Bir kafanı gevşet önce."

Behzat Ç. bir şey demeden kalktı, odasına gitti, üstünde sigara yanıkları olan ikili kanepesine uzandı, ayaklarını toplayıp gözlerini kapattı. Cinayet Büro'nun kedisi Gaspi de aralık kapıdan girdi, üstüne atlayıp göğsünde yattı başkomiserin.

Başkomiser birkaç saat uyuduktan sonra kendine gelmişti, zihni su gibi berraktı uyandığında. Kendi de hayret etti bu duruma. Kâğıtçı dosyasında bir sıkıntı yoktu, tanık beyanlarıyla kâğıtçı Ramazan'ın beyanları uyuyordu.

Millet Bahçesi işi kalmıştı elinde, büro amiri değil de ekip amiri olsa, üstlerinden onay alır, bıçakla giysileri bulana kadar başka dosyaya bakmazdı ama mümkün değildi. Melike'yle Erhan'ı çağırdı odasına, ikisi de Polis Meslek Yüksekokulu'ndan mezun, yabancı dilleri ve saha tecrübeleri olan, Cinayet Büro'nun geleceği için umut vaat eden gençlerdi. "Millet Bahçesi olayı çözülene kadar başka dosyaya bakmayacaksınız," dedi. "Tutuklu sanıklar içeride ama elde somut kanıt yok. Kim tutmuş, kim bıçaklamış belli değil. Birincisi bıçakla giysileri bulun. İkincisi bu dosyada sanık tanık kim varsa yedi sülalesinin diş çürüklerine kadar bakın. Her aşamada beni bilgilendirin."

"Emredersiniz amirim," deyip çıktılar odadan. Böyle bir görev aldıkları için sevindikleri de belliydi.

Başkomiser yeni vakalar, yeni olay yerleri, yeni cesetler, yeni şüpheliler derken bir ay sonra Millet Bahçesi olayını düşünmez olmuştu. Bunu fark ettiği akşam Hüseyin'in meyhanesinde oturuyordu. Erhan'ı aradı, "Ne yaptınız bu Millet Bahçesi olayını?" diye sordu.

"Geçen hafta bilgi verdiğimiz noktadayız amirim," dedi Erhan. "Bu Kızılcahamam yolunda bakmadığımız tepelik bölge kalmadı. Bütün otoparkı ve çevresini de aradık. Bıçakla giysileri bulamadık. Tanıklarla da konuştuk bir şey yok. Ama baştan konuşmaya karar verdik. Ben yarın bu Cengiz'i kaçıran Kudret'le görüşeceğim. Melike de olayın tanığı Rıdvan'la."

"Tamamdır Erhan, kolay gelsin."

Başkomiser bir ufak rakıyı bitirmişti, Garson Asım elinde şişeyle geldi, "Amirim bir tek yolluk vereyim mi kalkarken?" diye sordu.

"Sağ ol Asım," deyip birden kalktı Behzat Ç.. Millet Bahçesi'ndeki otopark inşaatına gitti. Bir kurt köpeği hırlayarak havlayarak saldırdı başkomisere, yerden bir kalas alıp duvar dibine çekildi, savundu kendini, otoparka giren biri ıslık öttürdü, "Maya," diye bağırdı. "Gel buraya, gel oğlum!" Köpek saldırmayı bıraktı.

"Bu bizim inşaatın köpeği dayı," dedi genç adam. "Sen kimsin?"

Behzat Ç., 'Polis,' demedi, kim olabilirim ki der gibi ellerini iki yana açtı, genç adam anladığını belli edince, "Buralarda bir cinayet işlenmişti geçen," dedi.

"Biliyorum."

"Geleyim bir bakayım dedim. Siz gece de çalışıyor muydunuz?"

"Gece çalışmıyorduk. Ama artık gece vardiyası da var. Söylenen tarihe yetiştirmemiz gerek otoparkı. 12-12, iki vardiyaya geçtik."

"Sen Necmi'yi tanıyor muydun?"

"Tanıyordum. Altı ay beraber çalıştık. Elazığ'dan da hemşerimiz. Üzüldük."

"Nasıl biriydi bu Necmi?"

"Valla insan kavun değil ki dibini koklayıp anlayasın. Ama benim bildiğim Necmi efendi çocuktu. Para biriktiriyordu, annesine ev alacaktı. Kalabalık oturuyorlar akrabalarıyla, 'Anam artık biraz kafasını dinlesin, yaşlandı, biraz gün yüzü görsün,' diyordu."

"Buraların boyasını Necmi mi yaptı?"

"Boya sıva, ekstra yevmiye varsa duvar da örerdi. Çalışkan adamdı. Ama birden parlar, sinirlenirdi yeri gelince. 'Arkadaşıyla cinayet işlemiş,' dediler, başta inanmadım, şimdi düşünüyorum, bilemezsin. İnsanoğlu garip, bir öyle bir böyle. Dersin bu insan karıncayı ezmez, bir bakmışsın adam kesmiş. Kesmiş ama harbiden karıncayı da ezmez. Böyle garip bir durum."

"Sen ne zamandır inşaat işindesin?"

"Ben dönem dönem çalışıyorum zorda kalınca, aslında öğrenciyim. Kimya bölümünde son sınıf."

Başkomiser, "Eyvallah," dedi. Yürüyüp çıktı inşaattan.

Ertesi sabah, Komiser Yardımcısı Melike'yle Erhan çaldı kapısını başkomiserin. Melike, "Amirim," dedi. "Bu görgü tanığı Rıdvan'ı getirdik. Ben bunun yalan söylediğini seziyordum ama elimde bir şey yoktu, bu sabah Erhan'la beraber gittik, 'Yürü Emniyet'e gidiyoruz,' diye zarf atınca eli ayağına dolaştı."

"Getirin gelsin."

"İsterseniz sorgu odasına alalım," dedi Erhan.

"Gerek yok. Düşünecek zaman bulamasın, getirin hemen."

Rıdvan'ı odaya aldılar, suratı solgundu, düşermiş gibi bıraktı kendini Behzat Ç.'nin masasının önündeki sandalyeye, kolları iki yana sarktı. Melike ikili kanepenin kolçağına oturdu, Erhan da başkomiserin masasının kenarına koydu elini, Rıdvan'a bakıyorlardı.

"Amirim," dedi Rıdvan. "Ben dayanamıyorum artık. Bana öyle bakmayın."

"Ne oldu Rıdvan?" diye sordu Behzat Ç.. İşin aslını bir tek kendisi biliyormuş gibi başını iki yana salladı sonra.

"Ölen Zekai'yi ben yakından tanırım," dedi Rıdvan. "İçince sapıtır ama aslında temiz kalpli çocuktur. O ölünce anası babası kahroldular. Yemin ediyorum ben de kahroldum. Tamam biraz terbiyesizdir ama bu kadarını hak etmemişti. Cenazesine gidince, içimden 'Yansın bu dünya,' dedim. "Yemin ediyorum yansın bu dünya, yansın bu olaya karışan kim varsa,' dedim. Üstüne sen geldin amirim. Sordun. Ben de dedim ki: 'İkisi de ceza alsın o zaman. Necmi tuttu, Cengiz bıçakladı.' Oysa ki Necmi kavgayı ayırmak için elinden geleni yapmıştı."

Behzat Ç. masasından kalktı, Rıdvan'ın yakasına yapıştı, "Şimdi mi söylüyorsun lan bunu?" dedi. "Ha, şimdi mi söylüyorsun?"

Başkomiser yumruğunu kaldırmıştı, Melike'yle Erhan girdiler araya, Harun da koştu geldi, Rıdvan'ı başkomiserin elinden aldılar. Rıdvan bir köşede ağlamaya başladı, "Amirim beni affet," dedi. "Bu olay benim içime dert oldu. Ben de vaktinde iki sene yattım çıktım, hapislik nedir bilirim. Allah düşmanımın başına vermesin. Bu Necmi'yi rüyamda görüyorum iki aydır, 'Beni yaktın,' deyip duruyor."

Behzat Ç., Melike'yle Erhan'ı yanına aldı, Rıdvan'ı Savcı Belgin'e götürdü. Savcı Belgin yeni ifadesini aldı, yalan yere tanıklık yapmaktan ayrı bir dosya da açtı, bıraktı Rıdvan'ı.

Başkomiser, Savcı Belgin'le beraber Ağır Ceza'ya çıktılar, davaya bakan 8. Ağır Ceza Mahkemesi Reisi Sadettin Umut'la görüşeceklerdi. Reis bey onları dinledi ama aklı başka bir yerlerdeymiş gibi ilgisizdi, "Şimdi Belgin Hanım," dedi çayından bir yudum alıp. "Bu Rıdvan denen tanık bir kere yalan ifade vermiş, güvenilirliğini kaybetmiş. Bir ifadesiyle adam tutuklayacağız, ikinci ifadesiyle adam bırakacağız. Peki, bu adam mı karar veriyor kimin yatıp kimin çıkacağına, böyle iş olmaz."

"Haklısınız Sadettin Bey," dedi Savcı. "Ama gelinen noktada vaziyet böyle. Hayatın olağan akışında böyle şeyler oluyor. Sonuçta tutukluluğun bir tedbir olduğunu düşünürsek bir ara kararla Necmi'nin tahliyesi mümkün."

"Belgin Hanım, ara kararla tahliye imkânı elbette var ama bunun için somut bir kanıt görmem gerekir. Bana sunduğunuz şey yalan ifade veren birinin sonradan ifadesini değiştirmesi. Benden beklediğiniz bu yeni ifadeyi doğru kabul etmem. Burası Ağır Ceza, bu işler de çocuk oyuncağı değil. Duruşma tarihi bir ay sonra, biz zaten gerekli evrakı göndereceğiz, polisler de gelsin, bu Rıdvan da gelsin, mahkemede tanık olarak ifade versinler, sonra heyetle görüşür bir karar veririz."

Üç hafta sonra başkomisere Ağır Ceza Mahkemesi'nden çağrı kâğıdı geldi, duruşmada tanık olarak ifade vermesi gerekiyordu. Duruşma günü bürodaydı başkomiser, Melike'nin uzattığı olay tutanaklarını imzalıyordu sırasıyla, içinde bir huzursuzluk vardı. Kendisi yargılanacaktı sanki mahkemede, tanık değil de sanıktı. Çıktı bürodan, olayın olduğu yere gitti yeniden.

Otopark inşaatı artık bitmek üzereydi, arka çıkıştaki rampanın istinat duvarlarına ok işaretleri koymuşlardı. Başkomiser sanki o oklar kendisine doğru yolu tarif ediyormuş gibi elini duvarın üstüne koymuş rampayı çıkıyordu. Bu hareketi yaparken hiçbir amacı yoktu, sadece mahkemede ne diyeceğine dair aklını toparlamaya çalışıyordu. Duvarın sonundaki sıvanın diğerlerinden daha parlak olduğunu gördü bu arada. Bir buçuk metrelik bir duvardı bu, silahının kabzasıyla sıvayı kazıdı, en üstteki tuğlanın içi oyulmuştu. Elini oyuğa soktu, bıçağı çekip çıkardı. Bıçağı tekrar oraya bırakıp kâğıt mendille tuttu. Bıçakta kurumuş kanlar vardı ama ayna gibi parlıyordu, çok güzel bir Sürmene bıçağıydı. Başkomiser bıçağın sivri ucunu parmağına dokundurup keskinliğine baktı, jilet gibiydi. Bıçağın, oyuğun ve rampadaki istinat duvarının fotoğrafını çekti. Arabadaki delil poşetlerinden birine koydu bıçağı. Melike'ye fotoğrafları atıp olay yeri ekiplerini alıp gelmesini söyledi.

Başkomiser Ağır Ceza salonunun önündeydi, tanık olduğu için çağrılmadan içeri giremezdi. Ağır Ceza salonunda duruşma başlayacaktı ama tutuklu sanıklardan Necmi salonda yoktu. Hâkim, jandarmaların uzman çavuşuna bağırıp çağırdı biraz, "Siz kimseyi vaktinde getiremiyor musunuz kardeşim?" dedi. "Dava saati belli, kaç gün önceden cezaevine, jandarmaya yazı gönderdik. Nerede bu sanık?" Uzman çavuş hâkim kürsüsüne yaklaştı, bir şeyler konuştular ama seyirciler duyamadı. İşin aslı sonra anlaşıldı. Necmi, cezaevinde bir kavgaya karıştığı için hastanede, mahkûm koğuşundaydı, bu nedenle getirememişlerdi.

Rıdvan, Cinayet Büro'da verdiği ifadeyi, mahkemede tekrarladı. İfadenin ortasında ağlamaya başladı, "Bırak şimdi zırlamayı, doğru düzgün anlat," dedi hâkim.

Rıdvan'ın ardından Behzat Ç. salona alındı, tanık kürsüsüne yürüdü, "Doğruyu söyleyeceğine şerefin ve namusun üzerine yemin eder misin?" diye sordu hâkim.

"Ederim," dedi başkomiser.

Sicil numarasını, çalıştığı şubeyi, büroyu zapta geçirdi hâkim, "Olay yerinde görevli miydiniz o akşam?" diye sordu.

"Evet, büro amiri olarak oradaydım."

"Anlat o zaman, ne buldunuz olay yerinde?"

Başkomiser olayı özetledi, Rıdvan'ın kendilerini nasıl yanılttığını da uzun uzun anlattı.

"Peki Behzat başkomiser," dedi hâkim. "Siz bu Cengiz'e Emniyet'te baskı ve kötü muamelede bulundunuz mu?"

"Hayır. Suçunu başta kabul etti, ondan sonra ifadesini değiştirdi. Biz kendisine hiçbir baskıda bulunmadık."

"Diğerine bir baskınız, kötü muameleniz oldu mu, Necmi'ye?"

Herhangi bir başkomiser bu soruya, "Hayır," yanıtını verirdi ama Behzat Ç., "Kendisine kötü muamelemiz olmadı ama onu biraz zorladık," dedi.

Hâkim şaşırdı bunu duyunca, kâtibine işaret etti yazmaya devam etmesin diye, "Zorladık derken, ne yaptınız?" diye sordu.

"Olağan sorgulama teknikleri. Başta havadan sudan konuştuk, doğruyu söylerken nasıl bir tavır takınıyor onu anladık. Sonra elimizde diğerinin ifadesi var, 'O bıçakladı, ben suçu üstlendim,' diyor. Biz de olay böyleymiş gibi bunalttık biraz."

"Behzat bunalttık ne demek?" dedi hâkim sertçe. "Adamı dövdünüz mü? Küfür mü ettiniz? Aç susuz mu bıraktınız? Ne yaptınız? Bak burası Ağır Ceza, benim önüme kaç tane polis dosyası geldi, acımadım. Yarın öbür gün Necmi'yi de dinlerim, bu işten ceza alırsınız. Ona göre konuş."

"Sayın hâkim," dedi Behzat Ç.. "Ben bu işten ceza alacaksam bana yol göstermenize gerek yok. Ne olduysa ben size onu anlatıyorum. 'Gerçeği söylemeden bu odadan çıkamazsın,' dedim Necmi'ye, altı saat odada tuttum, tuvalete de göndermedim, aynı soruyu sordum. Ama bir fiske vurmadım. Çağırın kendisi de anlatır, ben şerefim ve namusum üzerine yemin ettikten sonra yalan söylemem. Neyse o."

"Ben Necmi'nin ifadesini de alacağım," dedi hâkim. "Kötü bir muamele varsa, açık söyleyeyim işkence varsa, senin için de gerekli tahkikatı yaptıracağım, ceza almanı da sağlayacağım. Şimdi geç yerine."

"Sayın hakim," dedi yine Behzat Ç.. "Yerime geçmeden önce, bugün ele geçirdiğimiz bir delili heyetinize sunmak istiyorum. Önce Savcılığa iletmek isterdim ama duruşmaya gelmeden hemen önce bulduk."

Behzat Ç., bıçağın olduğu delil poşetini kâtibe verdi, o da hâkime götürdü. Heyetin diğer iki üyesi de incelediler poşeti.

"Olayda kullanılan bıçak," diye açıkladı Behzat Ç.. "İstinat duvarında içi oyulmuş bir tuğla vardı, orada bulduk. Saklandıktan sonra üstü sıvanmış. Bende fotoğrafları mevcut, olay yeri inceleme ekipleri de şu an orada."

Hâkim Sadettin Umut, başkomisere düşmanca baktı, orası

Ağır Ceza'ydı, hiç kimsenin onun otoritesini sarsmaya hakkı yoktu, aslında bunda anlaşılmayacak bir şey de yoktu, o kürsüye yapılmış saygısızlık devlete yapılmış sayılırdı.

"Tamam geç yerine," dedi Behzat Ç.'ye.

Hâkim, duruşmada son olarak Cengiz'i dinleyecekti, ona bakınca kâtip eliyle ayağa kalkmasını işaret etti Cengiz'e.

"Sen ne diyorsun bu işe Cengiz?" diye sordu hâkim.

"Tanık Rıdvan'ın söyledikleri doğru hâkim bey," dedi. "Ben rahmetliyi bıçaklarken Necmi tutmuş değildi."

"Eę, sen niye 'Necmi işledi cinayeti, ben para karşılığı üstlendim,' dedin."

"Ben yandım, Necmi de yansın dedim hâkim bey, ona da suç attım."

"Niye böyle bir şey yaptın ki? Necmi'yle bir husumetin mi vardı?"

"Yoktu ama çok bunalmıştım. Askerden geldiğimden beri iş bulamamıştım, herkesin işi gücü yolundaydı. Çalışmak istiyordum ama iş vermiyorlardı. Ben de çok iyi sıva yaparım, boya yaparım. İçim eziliyordu. Herkese kin duyuyordum."

"Şimdi doğruyu söylediğini nereden bileyim?"

"Bu son olaylardan sonra çok üzüldüm. Necmi'ye yaptığım haksızlığı düşünmeye başladım, Necmi ağır yaralanmış içerideki kavgada, 'Yaşamaz,' diyorlar. Kâbuslar görüyorum hâkim bey, Necmi'nin bir suçu yok. O gece otoparktan çıkarken tuğlayı kırdım, bıçağı içine koydum, üstünü de sıvadım."

Behzat Ç., Ağır Ceza salonunu terk etti bu laftan sonra. Laboratuvardan DNA sonuçları gelince bıçaktaki izlerin Cengiz'e ait olduğu kesinleşti. Sonuçlar geldikten sonra hâkim karar duruşmasına gitti. Baronun tayin ettiği avukat, son savunmasında, 'Öldürme kastı yoktur, bacağından bıçaklamıştır,' dedi, olası kasta çevirmeye çalıştı davayı ama hâkim onu dinlemedi. Heyetle görüştü, Cengiz'e önce müebbet verdiler. Sonra yaşına, yoksulluğuna, anasına acıdılar, daha önceden sabıkası da olmadığı için, 25 yıla indirdiler cezayı.

Hiç kimse için hiçbir zaman adil olmayan bu hayat oyununda, kaybetmesi gerekenden de fazlasını kaybeden birileri her zaman bulunurdu. Necmi de onlardan biriydi. İki ay sonra tahliye oldu ama cezaevinden yürüyerek çıkamadı, hastanenin mahkûm koğuşundan tekerlekli sandalyeyle çıktı. Kavgada sakat kalmıştı. İşinden gücünden olmuş, bir de sabıka eklenmişti siciline.

Savcı Belgin, Necmi'nin durumuyla ilgilendi. Yargıtay'ın Necmi'nin beraat kararını bir an evvel onaylaması için birileriyle görüştü. Necmi'nin sicili temizlenince onu Adliye'ye aldı engelli kadrosundan. Necmi, Adli Emanet'te memur oldu.

Başkomiserin bundan haberi yoktu. Akbaba'yla beraber bir silah işi için Adli Emanet'e uğradıklarında gördüler Necmi'yi. Silahı teslim ettiler sessizce, başkomiser Necmi'nin yüzüne dikkatle bakıyordu bu arada, bir sitem izi arıyor ama göremiyordu.

Necmi imzalaması gereken kâğıdı uzattı başkomisere, imzaladı, "Nasılsın Necmi?" diye sordu sonra.

"İyiyim amirim," dedi Necmi. "Sizi gördüm daha iyi oldum. Her işte bir hayır vardır, Mevlam böyle takdir etti. Allah savcı hanımdan razı olsun gene. Yoksa bu sakatlıkla nerede iş bulacaktım ben."

Adli Emanet'in nem ve küf kokan loş koridorunda yürüdüler. Sessiz ve tozlu bir yerdi orası. Ölgün ışıklar aydınlıktan çok gölge yapıyordu. Adli Emanet'ten çıkmışlardı ama gölgeler içinde Necmi'nin yüzünü görüyorlardı hâlâ.

Akbaba laf arasında, "Aga," dedi, "hadi savcı neyse, daha toy, sen yaşadıklarından hiç mi bir şey öğrenmiyorsun? Hani girmeyecektik bir daha bu kâbus işlerine."

"Haklısın."

"Haklısın deme aga. Sonradan haklısın demek hiçbir şeyi düzeltmiyor. Neyse, biz bu olayı da unutalım şimdilik, hatırlamamız gerektiğinde hatırlarız gene."

Behzat Ç. bir şey demedi, acıyla gülümsedi. Yüzünde yıllardır yüklendiği ağır sorumlulukların izi okunuyordu, alnındaki kırışıklıklarda, göz çukurlarında donuk bir şeyler vardı, gülümserken bile. Savcının Necmi'yi Adli Emanet'e alması da kötü olmuştu diğer yandan. Cinayetçiler hemen her gün Adli Emanet'e uğruyorlardı, vicdan azabı gibi oturacaktı şimdi karşılarında.

Gaspi'nin Ölümü

Gaspi, yenilenen Cinayet Büro'nun en eski elemanıydı. Darbe girişimindeki bombardımanın ardından Ankara Emniyet Müdürlüğü kullanılamayacak hale gelmiş, binanın güçlendirilmesi ve tadilatı şart olmuştu, o da muhtemelen tadilatı yapan işçilerle beraber gelip Asayiş Şube'nin olduğu bölüme yerleşmişti. Ankara Emniyeti'yse, Kızılay'daki Millî Piyango İdaresi'nin olduğu binaya taşınmıştı o sıralarda. Behzat Ç. ve ekibi sürgünden geri döndüklerinde o binada göreve başlamışlardı. İki sene sonra, 15 Temmuz'daki açılış törenlerine yetişsin diye, daha tadilat bitmeden alelacele açmışlardı Emniyet'i. Cinayetçiler yeni bürolarına apar topar taşındıkları zaman Gaspi, tuhaf tuhaf bakmıştı yeni gelenlere.

O zamanlar bir yaşında dişi bir kediydi. Polisler kısa sürede kediyi benimsediler, zaten başka seçenekleri de yoktu, kimin mekânından kimi kovacaklardı? İlk başlarda huysuzlandı Gaspi, polislerin bacakları arasında sertçe dolanıp durdu, söylenir gibi mırıldandı, hatta gırtlağından tuhaf sesler çıkardı, velakin o da zamanla alıştı Cinayetçilere. Behzat Ç., Gaspi'yi alıp veterinere götürdü, aşılarını yaptırdı, kimliğini çıkartıp ceket cebine koydu, kimlikteki ismi Boncuk'tu. Ardından Pet Shop'a gitti başkomiser, kedi kumu aldı, pencerelerden birinin önüne koydu kedi kumunu.

Gaspi, arada şube içinde gezip geliyor ama yatacağı zaman illaki Cinayet Büro'ya dönüyordu. Kimi zaman tırnaklarını iyice içeri çeker, parmak uçlarında sessizce yürür, ne zaman ve nereden geldiği anlaşılamadan zıplardı polislerin üstüne, masalarındaki tavuk dönerleri, tostları yahut bilhassa sosisli sandviçleri alır kaçardı. Bu hayatta en çok sevdiği şey sosisli sandviçti. İşçilerle kalırken normal yemek yemeye alışmıştı, çok aç kalmadıkça kuru mama yemiyordu. O günlerden birinde, kimin aklına geldi belli değil, adını Gasp koydular kedinin. Behzat Ç. bundan hiç hoşnut kalmadı, Boncuk'tu onun adı. Ama dişi kedi, Gasp ismini benimsemişti bir kere, Boncuk denince bakmıyor, Gasp denince birden dönüp kafasını kaldırıyor, ona hitap eden kişinin ne bokun soyu olduğunu biliyormuş gibi uzun uzun bakıyordu. Zamanla Gasp, Gaspi'ye dönüştü.

Sırt kasları belirgin, atletik bir yapısı vardı. Tüyleri açık beyaz ve koyu gri, gri kuyruğu siyah çizgili, hareli gözleri yeşil sarı, gözbebekleri iki simsiyah çizgiydi. Sol kulağının ucu muhtemelen bir sokak kavgasında kopmuştu. Cesur da bir kediydi, ne şubede karşılaştığı köpeklerden ne de polislerden çekinirdi, biri pist diyecek olsa, inadına olduğu yerde durur, bir adım bile gerilemezdi. Gerekirse kendini olduğundan daha iri göstermek için sırtını kamburlaştırır, tıslamaya başlardı.

Uyuyacağı zamanlarda Behzat Ç.'nin koltuğunda yahut onun odasındaki ikili kanepede uyurdu. Uyumuyorsa mutlaka yalanır, kendini temizlerdi. Tırnaklarını başkomiserin oda kapısına sürter durur, orada bilerdi. Çoğu zaman da yine Behzat Ç.'nin odasındaki pencere pervazında oturur, saatlerce dışarı bakardı, otoparka, gelip giden arabalara, her şeyi kayıt altına alıyormuş gibi bakar dururdu işte. O günlerden birinde başkomiser, "Belki de bu kedinin adını MOBESE koymalıydık," diye geçirdi içinden.

Behzat Ç., Gaspi rahatça girsin çıksın diye odasının kapısını hafif aralık bırakırdı hep. Bazen başkomiser günlerce süren bir soruşturmanın yorgunluğuyla koltuğunda arkasına yaslanır, gözlerini kapatırdı. Gaspi, büronun yahut Asayiş Şube'nin neresinde olursa olsun Behzat Ç.'nin uyuduğunu haber vermişler gibi sessizce gelir, kapının arasından yavaşça süzülür, usulca kucağına zıplardı. Başını Behzat Ç.'nin göğsüne yaslar, sarılır, sessizce yatarlardı.

Behzat Ç., Gaspi'ye bir sefer çok kötü kızmıştı, masasının üstündeki eski raporları dağıtmış, bir kısmını parçalamıştı. Başka kopyaları da yoktu raporların. Başkomiser parmağını sallayıp "Bu masaya bir daha çıkmak yok!" diye bağırmıştı. "Bir daha çıkarsan tutar kulağından atarım bürodan!" Başkomiser ayağını yere vurup tokat atacakmış gibi elini de kaldırmıştı o zaman. Gaspi sakince bakıyordu başkomisere, çok rahattı, en ufak bir korku belirtisi göstermemişti, sonra döndü, bütün polisler ona bakarken büronun ortasına yürüdü ve asıl patronun kim olduğunu anlatmak ister gibi işedi. Behzat Ç. bir daha Gaspi'ye kızmadı. Gaspi'yse arada başkomiserin masasına çıkmaya devam etti, birkaç sefer masanın üstündekileri de dağıttı, baktı Behzat Ç. kızmıyor ona, bir daha masa üstündeki hiçbir şeyi ellemedi. Ettikleri tek kavga da o oldu.

Behzat Ç., Gaspi'yi alıp evine götürmek de istedi bir sefer, kara kışın ortasında bir geceydi, şubenin doğalgaz sistemi bozulmuştu. Hava eksi on dört dereceydi. Ama Gaspi başkomiserin evinde kıyameti kopardı, tül perdeleri parçaladı, gerekirse Behzat Ç.'nin üstüne atlamaya bile hazırdı, o ev kedisi değildi, Cinayet Büro'nun kedisiydi. Behzat Ç. gece vakti Gaspi'yi geri getirmek zorunda kaldı, odasındaki ikili kanepeye yatırdı, eve dönmeden önce siyah deri ceketini çıkardı, üstüne örttü.

Gaspi bazen de Cinayet Büro'nun tek kişilik nezarethanelerine yürür, demir parmaklığın arkasındaki şüphelilerin karşısına geçer, uzun uzun bakardı. Sırf Gaspi'nin bakışları yüzünden her şeyi inkâr eden şüphelinin biri suçunu bütün ayrıntılarıyla anlatmıştı. Bu olaydan sonra Harun, eski emniyet kimliklerinden birine Gaspi'nin fotoğrafını yapıştırıp ona polis kimliği düzenlemişti. Gaspi Ç., Cinayet Büro Amirliği, Başkomiser yazıyordu kimlikte. Behzat Ç.'nin çok hoşuna gitmişti bu kimlik, Gaspi'nin veteriner kimliğinin arasına koymuştu onu.

O uğursuz günde, kapı çaldığında henüz sabahın altısıydı. Behzat Ç. bir süredir koyun cinayetiyle uğraşıyordu. Haymanalı bir küçükbaş hayvan yetiştiricisi, koyunlarının parasını ödemeyen tüccarı Pursaklar'da sıkıştırmış, yolun ortasında pompalı tüfekle ateş etmişti. Tüfekten çıkan saçmalar sadece tüccarı değil, o kalabalıkta yoldan geçen bir kişiyi daha öldürmüş, altı kişi de yaralanmıştı. Kaçan zanlının yakalanması, ölülerin teşhisi, yaralıların ve görgü tanıklarının ifadesi, kamera kayıtlarının toparlanması derken üç gün sabah akşam uğraşmışlardı. Behzat Ç. gözlerini daha fazla açık tutamadığını anlayınca eve gelmişti sabah üçte, bir bira alıp koltuğuna oturmuş, televizyonda vahşi kedilerle alakalı bir belgesele bakarken de ikinci birayı açamadan sızmıştı.

Behzat Ç. kapıyı açtığında karanlığın içinde Harun'u gördü. Önemli bir durum olduğunu anlayınca kenara çekildi, salona geçtiler. Behzat Ç. koyun cinayetiyle alakalı, eldeki delillerle uyuşmayan tatsız bir gelişme var diye düşündü önce. Harun, başkomiserin çaprazındaki kanepeye oturmuş, ellerini önünde kavuşturmuş, yere bakıyordu, pöfledi.

Behzat Ç. baktı Harun'un söze girecek cesareti yok, "Ne var lan?" dedi dostça bir ifadeyle.

"Ağbi Gaspi ölmüş," dedi Harun.

Behzat Ç.'nin gözleri bir anda öfkeyle büyüdü, karnına yumruk yemiş gibi nefesi kesildi bir süre, sonra birden kalktı, Harun'un yakasına yapıştı, "Ulan sizin yapacağınız işi sikeyim," dedi. "Ben sizin yapacağınız işi sikeyim. Her şeyle mi ben uğraşacağım lan? Kaç sefer dedim lan şu kedinin iç parazit dış parazit aşılarını yaptırın. 'Zamanı gelince biz veterinere götürürüz,' dediniz, hani nerede, size güvenende kabahat!"

"Ağbi bir sakin ol, durum öyle değil. Gaspi öldürülmüş."

"Ne?"

"Öldürmüşler ağbi kediyi. Giriş katında, çay ocağının orada yatıyor. Bizimkiler başında zaten, kim haber verecek dediler, mecbur ben geldim..."

Behzat Ç. ekip aracının anahtarlarını Harun'a verdi, ceketini alıp çıktı, apar topar Asayiş Şube'ye gittiler. Giriş katın sonunda küçük bir çay ocağı vardı, içerinden beyaz bir ışık yansıyordu koridora. Çaydanlıkların buharı tütüyor, sıcak hava yayılıyordu ocaktan. Gaspi koridorda, çay ocağının tam önünde, başını bir yana yaslamış, uyur gibi yatıyordu ama matlaşmış gözleri açıktı. Akbaba başına çömelmişti. Behzat Ç. bir an durdu, boğazına bir şey düğümlendi, baş ve işaretparmaklarını burun köküne koyup gözlerini kapattı, sonra derin bir nefes aldı, iyice doldurdu ciğerlerine havayı, başını sağa sola sallayıp toparladı kendini, Akbaba'nın yanına çömeldi. Akbaba, Gaspi'nin başını yana çevirip boynundaki diş izlerini gösterdi.

Asayiş Şube polisleri Gaspi'nin ölüsü başında toplanmışlardı. Çay ocağında çalışan sivil memur, "Amirim çay içer misiniz?" diye sordu. "Yeni demlendi."

"Şimdi değil," dedi Behzat Ç., arkasına döndü, Hayalet'e baktı, "Buraya şerit çekin," dedi. "Burası olay yeri, kimse basmasın."

Behzat Ç. kalktı, loş koridorda uzayıp giden gölgesiyle beraber pencere önüne yürüdü. Gün yeni aydınlanıyordu, rüzgâr bahçedeki tek tük ağaçların arasında uğultular çıkararak esiyor, sabah ayazı bıçak gibi kesiyordu. Sıtkı'yı aradı, "Sıtkı çantanı al gel," dedi. "Asayiş Şube'deyim."

"Hayırdır."

"Hususi bir konu, hemen gel."

"Ne hususi konusu Behzat, devlet dairesinde hususi konu mu olur?"

"Sıtkı gel diyorsam gel!" diye bağırdı başkomiser.

"Tamam," dedi Sıtkı, muhtemelen durumun ciddiyetini anladı, kapattı telefonu.

Behzat Ç. arkasına döndü, Cinayet Büro ekibi tam kadro karşısındaydı, "Şu andan itibaren koyun cinayeti dahil elinizdeki bütün dosyaları bırakacaksınız," dedi. "Bütün ekipler bu işle ilgilenecek. Gaspi'yi öldürdüler. Cinayet Büro'nun kedisini. Çok yanlış insanlara yaptılar bunu. Çok yanlış insanlara yaptılar. Derhal çözeceğiz bu cinayeti."

Sıtkı yarım saat sonra uykulu gözlerle geldi, Gaspi'nin cesedini inceledi, tırnaklarından ve boynundan doku örnekleri aldı, "Kusura bakma," dedi sonra göz ucuyla süzdüğü Behzat Ç.'ye, "Hususi konu deyince bilemedim ne olduğunu."

Kapının önüne çıkıp bir sigara yaktılar, Emniyet Müdürlüğü'nde rutin sabah koşturmacası başlamış, ellerinde evrak dosyalarıyla gelip gidenler çoğalmıştı, sabah ayazında yakalarını kaldırmış, önlerine bakarak yürüyorlardı. Behzat Ç. ile Sıtkı'nın sigara içtikleri saçağın hemen yanında, saymanlığın olduğu odada, hiçbir şey olmamış gibi fıkra anlatan biri vardı, ardından kahkaha atanlar duyuldu. Sıtkı, "Boynunda diş izleri var," dedi. "Bir köpekle dalaşmış olabilir ama tam emin olamadım."

Sıtkı düşünceli gözlerle uzaklara baktı bir an, sigarayı ayakkabısının topuğunda söndürdü, çöp tenekesine attı izmariti, "Ama bu kediyi insan öldürdüyse, yemin ediyorum insan değil," dedi. "Bak bizim işimiz bu, insan insanı öldürür. Az çok bir nedeni vardır. Ya para mevzusudur, ya hırstır, ya kıskançlıktır, vardır işte bir nedeni. Belki yarın öbür gün pişman da olur. Anlarsın adamı az çok. Ama kedinin ne suçu var lan, bu kedi size ne yaptı lan?"

Behzat Ç., "Eyvallah Sıtkı," dedi. İçeri döndü, çay ocağındaki sivil memura seslenip bir karton kutu istedi, Gaspi'nin cesedini karton kutuya koyup Akbaba'yla beraber çıktı şubeden. Ekip aracına binip Adli Tıp'a sürdüler. Keçiören Yokuşu'nda Tahsin aradı, "Asayiş Şube'nin kamera kayıtlarını istemişsin," dedi. "Hayırdır Behzat?"

"Kedimizi öldürdüler Tahsin."

"İyi de ben Savcılık izni olmadan şube kaydını veremem sana."

"O kayıtları göreceğim Tahsin. Gerekirse Savcılık izni de alırız."

Adli Tıp'ta başkomiserin yirmi senedir tanıdığı bir hekim vardı, Erkan Bey. Akbaba'yla beraber girdiler odasına, karton kutuyu masasına koydular. Erkan Bey cerrahi eldiven takıp kediyi inceledi. Sonra döndü, arkasındaki küçük camı açtı, biraz temiz hava çekti ciğerlerine. Yüzü bir anda taş gibi olmuştu.

"Erkan Hocam," dedi başkomiser. "Bize bu kedinin neden öldüğünü söylemen lazım."

"Söyleriz söylemesine de Behzat," dedi Erkan Bey. "Savcılık izni olmadan herhangi bir işlem yapamam. Burası devlet dairesi, doğru olmaz. Siz bir görüşün önce Savcılıkla, bakalım ne diyecekler. Olmadı ona göre başka bir çözüm buluruz."

Behzat Ç., Savcı Belgin'i aradı. Belgin yirmi dakika sonra kâtibi Günbay ve koruma polisiyle geldi Adli Tıp'a. Kutunun içindeki Gaspi'ye baktı, hâlâ uyur gibi yatıyordu orada, gözleri boşluğa dikiliydi. Savcı Belgin yavaşça gözlerini kapattı Gaspi'nin. Daha önce hiçbirinin aklına gelmemişti bu. Sonra eliyle kendi gözlerini perdeledi savcı, çıktı odadan. Behzat Ç. ile beraber yürüdüler koridorda, Adli Tıp'ın bahçesine çıktılar. Bulutlar alçalmış, gökyüzü koyulaşmış, ince ince kar serpiştirmeye başlamıştı. Savcı Belgin'in gözleri dolmuştu, beş senedir iki kedisiyle yaşayan yalnız bir kadındı.

"Sen Cinayet Büro ekiplerine, 'Elinizdeki bütün dosyaları bırakın,' diye talimat mı verdin?" diye sordu.

"Evet."

"Sana ağzıma geleni söyleyecektim bu sabah, o yüzden bu kadar hızlı geldim. Ama madem durum bu, bir şey demiyorum. Ben gerekli bütün talimatları vereceğim, bu kediyi kim öldürdüyse bulun getirin."

O arada Hayalet ve Akbaba, tasmasından tuttukları bir köpekle yaklaştılar. Gasp Büro'nun köpeği Cino'ydu bu. Jack Russell ile sokak köpeği kırması, orta boylarda, masum yüzlü bir köpekcağızdı. Gasp Büro Amiri Turan, yaz tatili için gittiği devre mülk sitede görmüştü onu, önceki sahipleri hayvanın tasmasını açıp sitenin olduğu yerde terk etmişlerdi, Turan da sahiplenmişti. Cin gibi bir köpekti, her şeyin farkındaydı, Cino koymuştu o yüzden adını. Cino, polislere şaşkınca ve masum gözlerle bakıyordu, gezmeye çıkarıldığı için memnundu.

Akbaba, "Aga bizim kedinin boynundaki diş izleri köpek dişi," dedi. "Bu Cino'yla da geçinemiyorlardı biliyorsun. Gasp Büro'nun bu ara işleri yoğun, çözüyorlar tasmasını, bütün şubede dolaşıyor, bizim kediyi kıstırmış, öldürmüş olabilir."

Behzat Ç. eğildi, Cino'nun boynunu okşadı, gözlerinin içine baktı, Cino da ona bakmaya başladı tedirgin bir ifadeyle. Durumu az çok anlamış gibiydi.

"Bunun böyle masum gözüktüğüne bakma," dedi Hayalet. "Kedi gördü mü canavara dönüyor, biliyorsun."

Cino'yu alıp adli hekimin yanına döndüler. Savcının kâtibi Günbay, laptopta gerekli evrakları düzenledi, Cino'dan diş izi alacaklar, Gaspi'nin boynundaki izlerle karşılaştıracaklardı. Adli hekim kalıpları Cino'nun ağzına koydu, diş izlerini aldı. O esnada kapı birdenbire açıldı, Gasp Büro Amiri Turan girmişti içeri, "Ulan siz benim köpeğimi alıp Adli Tıp'a mı getirdiniz, benim köpeğimi mi sorguluyorsunuz?" diye bağırdı.

Turan, Cino'yu muayene masasından aldı, burnundan öptü, "Gel oğlum buraya gel," dedi. "Nasıl da korkmuş ya. Utanmıyor musunuz Behzat?"

"Turan yanlış anladın."

"Nesini yanlış anladım be! Bir daha var ya, bu Cino'nun yanında ne bir Cinayetçi göreceğim, ne de Savcılıktan birini."

"Turan Bey yanlış anladınız," diye söze girmeye çalıştı Savcı Belgin.

"Sen sus, seninle konuşmuyorum," diye kesti onun sözünü Turan. Bir eliyle Cino'nun tasmasından tutmuştu, diğer eliyle de Behzat Ç.'nin yakasından, "Bak Behzat," dedi. "Sen benim deli yanımı biliyorsun. Sakın ha! Sakın! Cino benim evladım be! Kendi evlatlarımdan ayırmam."

Behzat Ç., "Turan," dedi. "Beni bir dinle, sakin ol. Biz Gaspi'nin ölümüne neden olan Cino'ysa soruşturmayı zaten kapatacaktık. Ama daha neden öldüğü belli değil, gerçeği ortaya çıkarmaya çalışıyoruz. Belki insan öldürdü. Onu anlamaya çalışıyoruz burada."

Cino hafiften Turan'ın arkasına saklanmış, boynunu bükmüş, aşağıdan masumca başkomisere bakıyordu. Turan'sa buz gibi bir ifadeyle bakıyordu Behzat Ç.'ye, bakışlarında hiçbir yumuşama belirtisi yoktu, Cino'yu da aldı çıktı, çarptı kapıyı giderken.

Ertesi gün Adli Hekim Erkan polisleri çağırdı, çok yorgun olduğu belliydi, gözlüklerini çıkarıp masaya koydu, yüzünü sıvazladı. Raporu uzattı önlerine, Akbaba raporu incelerken Doktor Erkan, Behzat Ç.'ye açıkladı durumu, "Boyundaki diş izleri Cino'ya ait," dedi. "Cino, Gaspi'yi ısırmış. Ama ölüme neden olacak kadar derin ısırıklar değil bunlar. Cino'da da tırnak izleri vardı zaten. Normal kedi köpek kavgası. Hatta Gaspi, Cino'yu dövmüş bile diyebiliriz, Cino'daki izler daha derin. Asıl ölüm nedenini anlamak için otopsi yapmamız lazım. Sen istersen bir Savcılıkla konuş."

Behzat Ç., Savcı Belgin'i arayıp durumu anlattı. Bir saat sonra otopsi kararı geldi. Otopsi o gün mümkün olmadı, Milli Parklar Genel Müdürlüğü'nden uzman veteriner beklendi, Doktor Erkan onunla beraber yapacaktı otopsiyi. Ertesi gün aradı başkomiseri, "Siz otopsiye girecek misiniz?" diye sordu.

"Geliyoruz," dedi başkomiser. Akbaba'yı da aldı, gitti Adli Tıp'a. Gaspi'yi metal masaya yatırdılar, otopsi teknisyeni, boynundan başlayıp kuyruksokumuna kadar neşterle kesti Gaspi'nin göğsünü, kaburgalarına bastırıp iki yana açtı, organları tek tek çıkarmaya başladılar. Behzat Ç., Akbaba'nın omzuna dokunup çıktı odadan, "Sen iyice bak," dedi, "ben bir sigara içeyim."

Behzat Ç., Adli Tıp'ın bahçesinde sırtını duvara yasladı, bir 216 yaktı, gelip geçen insanlara baktı, dudaklarını ısırdı, o andaki güçsüzlüğünü çaktırmamak için elinden gelen her şeyi yaptı. Beyaz kara, sarı gözlü bir sokak kedisi tam Behzat Ç.'nin karşısında durmuş, ona dikmişti gözlerini. Behzat Ç.'nin bir derdi olduğunun farkında gibiydi, o da hissediyordu aynı acıyı sanki.

Yarım saat sonra Akbaba, Behzat Ç.'nin yanına geldi. Parmaklarını dudaklarına vurup bir sigara istedi. Derin bir nefes çekip önüne baktı, "Aga kesin rapor yarın çıkacak ama durum az çok belli," dedi. "Mideden sosis parçaları çıktı. Zehirli. Bütün organlara yayılmış, hayvan bayağı can çekişmiş, sonra ölmüş."

"Niye çay ocağının oradaydı?"

"Bilmiyorum. Belki sıcak diye. Belki de hani hayvanlar öleceklerini anlayınca, herkesten uzak bir yere çekilirler. Acılarını gizlemek için."

Behzat Ç. o akşam evdeydi, hiçbir şey yapmamaya karar vermiş gibi oturuyordu. Televizyonu bile açmamış, bir bira bile almamıştı. Sigara bile yakmamıştı. Öyle oturuyordu, bomboş, kapı çaldı. Umurunda değildi başkomiserin, tekrar çaldı. Sonra kapının dışından Yeliz'in sesi duyuldu, "Behzat evdesin biliyorum," dedi. "Kavga etmeye gelmedim. Aç şu kapıyı iki dakika konuşalım, gideceğim zaten."

Behzat Ç. kapıyı açtı, Yeliz'e baktı. İlk anda tanıyamadı onu, o güne kadar Yeliz'i hep mini etekle yahut derin bir yırtmaçla, gece elbisesiyle ve ağır bir makyaj altında görmüştü. Şimdi karşısında kot pantolon ve kazak giymiş, makyaj yapmamış, sade bir kadın vardı. Belki bu haliyle çok daha çekiciydi. Yeliz de Behzat Ç.'nin yüzüne bakıp hayrete düşmüştü, elini başkomiserin yanağına, alnına koydu, "Ne oldu sana?" diye sordu. "Ne bu halin? Hasta mısın? Ateşin de var biraz."

"Kedimizi öldürdüler Yeliz."

"Yanlış zamanda mı geldim? Gideyim istersen."

Behzat Ç. yana çekildi, "İyi ki geldin," dedi. "Geç oturalım biraz."

Yeliz, Behzat Ç.'nin karşısındaki kanepeye oturdu. İkisi de lafa nereden başlayacaklarını bilemiyorlardı.

Behzat Ç., "Yahu bu da yapılır mı?" diye söze girmek istedi ama devamını getiremedi. Bir anda gözpınarlarından yaşlar boşanıverdi, yutkundu, kendini tutmak istedikçe daha beter oldu. Yeliz kalktı, tekli kanepenin köşesine sıkışıp yanına oturdu başkomiserin, elini tuttu, başını göğsüne yasladı, "Tamam," dedi. "Tamam. Sorun yok, tamam, buradayım ben."

"Ben tek başıma kaldıramayacağım artık bunu," dedi başkomiser. "Her şey tamam, ama artık bunu kaldıramayacağım, bu fazla. Çok fazla."

Başkomiser çok uzun zaman sonra ilk defa ağlıyordu. Çünkü hiçbir kedi Gaspi kadar basit, tatlı ve hüzünlü olamazdı, onun yerini tutamazdı. Canından bir parçayı sökmüşlerdi. Hıçkıra hıçkıra ağlıyordu, ne derlerse desinler umurunda bile değildi artık.

Sakinleştikten sonra Yeliz'e baktı, gözleri hâlâ yaşla parlıyordu, "Yahu kusura bakma," dedi. "Böyle, çocuk gibi..."

Yeliz'in de gözleri dolmuştu, gülümsedi, "Ulan sen nasıl bir adamsın ya?" dedi.

Behzat Ç. kalktı, mutfağa yürüdü, buzdolabını açtı, altı bira vardı dolapta, açıkta ucu sararmış bir parça beyaz peynir, bir de zeytin kabı. İki bira alıp salona döndü.

Yeliz, Behzat Ç.'nin karşısındaki kanepeye geçmişti. Behzat Ç. biraları açıp sehpaya koydu, sıkı bir yudum aldı, içi yanmıştı, iyi geldi, çok iyi geldi. "Sen içmiyor musun?" diye sordu.

"Bu akşam değil," dedi Yeliz. Gülümseyişinde göze çarpan bir huzursuzluk vardı, "Doğalgazı mı kestiler?" diye sordu sonra.

"Yoo..."

"Kombiyi neden açmadın?"

"Dur yakayım şimdi."

"Otur otur..."

"Sen ne konuşmak istiyordun?" diye sordu başkomiser.

"Boş ver, sonra konuşuruz."

"Söyle..."

"Boş ver ya, önemli bir şey değildi zaten. Sonra konuşuruz."

"Söyle kızım söyle, sende var bir şeyler. Söyle bilelim..."

Yeliz önüne bakıyordu, boynundan başlayıp yanaklarına kadar kızardı, sanki yüz kızartıcı bir suç işlemiş gibiydi, uzun bir sessizlikten sonra konuşma cesareti gösterip "Ben Kör Turgut'la evleniyorum," dedi. "Yarın İstanbul'a taşınıyoruz."

Behzat Ç. sehpanın üstünden 216 paketini çekip bir sigara yaktı. Uzun süre hiçbir şey demedi. Yeliz önüne bakıyordu hâlâ, ince, zarif parmaklarının titrediği belli oluyordu. Aslında çok utangaç biriydi. O güne kadar bu utangaçlığı alkolle ve dekoltesi bol kıyafetlerle perdelemişti hep. Şimdi birden çok savunmasız hissediyordu kendini.

Başkomiserin telefonu çalmaya başladı, açtı, arayan Hayalet'ti.

"Ağbi," dedi, "civardaki sosisçileri gezdik, iki akşam önce emniyete sosis fatura eden bir yer var. Ama alan polis değilmiş, sivil kadrodan bir memurmuş."

"Tamam. Sosisçiyi büroya alın, Bilgi İşlem'den de şubedeki sivil memurların hepsinin fotoğrafını alın, teşhis ettirin, ben de geliyorum birazdan."

Behzat Ç. telefonu kapattı, avucuyla alnını ovuşturdu biraz, "Sen neden evleniyorsun Kör Turgut'la?" diye sordu.

"Ne yapayım Behzat?" dedi Yeliz. "Ben sanatçı insanım, Kör Turgut'un çevresi var, Ataköy'de bütün sosyetenin takıldığı mekânı da var, benim için ortak olmuş, orada sahneye çıkacağım. Hiçbir sözleşme yapmadık, 'Sen ne dersen o olacak,' diyor Turgut. 'Evlenelim,' de diyor. Yaşım geldi geçiyor ayrıca. Benim de bir çocuğum olsun, artık bir aile kurayım istiyorum. Bir de o var yani."

"Tamam iyi güzel. Her şey çok güzel, her şey kitabına uygun. Peki niye evleniyorsun sevmediğin adamla? Sonra mutsuz olacaksın, bilmiyor musun sen bunu, çocuk musun sen?"

"Kimle evleneyim Behzat?" dedi Yeliz. "Senle mi?

Behzat Ç., "Gerekirse benle evlen, olur, o da olur," dedi.

Yeliz'in yüzünde birden şaşkınlıkla saldırganlık karışımı bir ifade belirdi, oturduğu yerde toparlandı, bir elini koltuğun kolçağına bastırdı, "Bir siktir git ya Behzat," dedi sertçe. "Sen benle evlenir misin oğlum? Birbirimizi kandırmayalım, bu âlemi ben de biliyorum, sen de biliyorsun, sen bu âlemden karı alır mısın? İki sefer evlendin, birinde banka müdürünün kızıyla, diğerinde savcıyla. Sen bu âlemden bir karıyla evlenir misin evlenecek olsan? Ben seni ciğerine kadar biliyorum Behzat, bana mı muamele yapıyorsun şimdi?"

Behzat Ç.'nin bunlara diyecek bir sözü yoktu, Yeliz bir süre daha oturdu karşısında, sonra yanağından öptü başkomiseri, "Çok mutsuzdum lan," dedi. "Bırakmasaydın ya beni. Bırakmasaydın ya."

"Ben seni bırakmadım."

"Nah bırakmadın! Ne aradın, ne sordun. Ben seni aramasam bir gün beni aramazsın."

Yeliz kalktı, başkomiserin hayatına gürültüyle girmişti, sessizce çıkıp gitti.

Behzat Ç. büroya gitti, sosisçiyi onun odasına almışlardı, bütün sivil memurların fotoğraflarını gösterdiler sırayla, teşhis edemedi. Birer çay söylediler, sonraki hamlelerinin ne olacağını düşünüyorlardı. Çay ocağından gelen sivil memur başkomiserin odasına girdi, çayları bırakıp çıktı. Sosisçi yutkundu, Behzat Ç.'ye yaklaştı, başının belaya girmesinden çekinir gibi bir ifade vardı yüzünde, "İşte buydu," dedi.

"Kimdi?"

"Az önce çayları getiren. Sosisleri alan buydu. Emniyet adına fatura istedi."

Çay ocağına gidip sivil memuru yaka paça getirdiler Cinayet Büro'ya. Behzat Ç. odasından çıkmadı uzun süre, çekmeceyi açıp votka şişesini çıkardı, iki parmak koydu Emniyet fincanına. Bir dikişte içti, bir tane daha koydu. Bir 216 yaktı. Akbaba, başını kapının kenarından uzatıp, "Aga gelecek misin?" diye sordu.

"Sen bir gelsene," dedi Behzat Ç. ona. Akbaba karşısına oturunca belinden silahını çıkardı, Akbaba'ya verdi, "Sende dursun," dedi. "Yarın alırım."

Akbaba silahı alıp beline taktı, "Aga bu Gaspi çok akıllı hayvanmış," dedi sonra. "Zaten biliyordum da şimdi daha iyi anladım. Katilinin olduğu yere gitmiş, orada ölmüş, bize yol göstermek istemiş."

Çıktılar odadan.

"Bu adam daha yeni memur, kadrosu gelmemiş," diye açıkladı Hayalet sorgu odasının önünde. "Az önce kamera kayıtlarına da baktık, şubede bütün katları gezmiş geçen akşam, kedi aradığı belli."

Behzat Ç., şüpheli sivil memurun karşısına oturdu, uzun uzun baktı. Sivil memur telaşlıydı, "Müdür talimat verdi," diye açıklamaya çalıştı. "'Asayiş Şube'de kedi köpek dolaşmasın, hepsini dışarı atın,' dedi. Ben Cinayet'in kedisi olduğunu bilmiyordum, baktım gideceği yok, mecbur zehirledim. Müdür talimat verdi."

Behzat Ç. bir tokat attı adama, "Ulan müdür zehirle diye mi talimat verdi?" dedi. Başkomiser yumruğunu sıkmıştı, önüne baktı, yutkundu, kaldırdı başını sonra, "Ulan biz yalnız insanlardık be!" dedi. "Üzgün insanlardık biz. Bizim bir kedimiz vardı. Kedimizi de öldürdünüz lan, kedimizi de öldürdünüz."

Başkomiser polislere döndü, "Alın bunu hemen Savcılığa götürün elimden bir kaza çıkmadan," dedi. "Ben savcıyla görüşeceğim."

O sabah Behzat Ç. savcının odasında oturuyordu, durumu anlattı.

Savcı Belgin, "Ben tutuklanmasını isteyeceğim," dedi. "Hâkim de adamı tutuklayacak. Ama itiraz ederler, bir hafta sonra serbest kalır. Yasada boşluk var, hayvan hakları yasası henüz yürürlüğe girmedi. Mala zarar vermeden açıyoruz davayı."

"Mal mı?" diye sordu Behzat Ç.. "O benim kızımdı be. Kızımı öldürdüler benim."

Behzat Ç. boş gözlerle önüne bakıyordu. Savcı makamından kalktı, Behzat Ç.'nin karşısında durdu, elini Behzat Ç.'nin yanağına koydu. Başkomiser birden irkildi, savcının elini itip hızla çıktı odadan.

Behzat Ç. öğleden sonra Adli Tıp'a gidip karton kutuyu aldı. Döndü, İskitler tarafına sürdü. Asayiş'ten emekli bir arkadaşına ait eski bir garaj vardı orada. Garajın kepenklerini ağır ağır açtı. Kırmızı Vosvos oradaydı. Arabanın rutin bakımlarını her sene yaptırmış ama çok uzun zamandır hiç kullanmamıştı.

Başkomiser kutuyu Vosvos'un yan koltuğuna koydu, ağır ağır çıktılar yola. Mogan Gölü tarafına sürdü. Yol ayrımında Cinayet Büro ekipleri de araçlarıyla takıldılar peşine. Cenaze konvoyu, gölün yanından kıvrılarak uzanan patika yolda ilerlemeye başladı.

Akbaba çoktan mezar yerine varmıştı, ekip aracının arka koltuğunu kaldırdı, her ekip aracında standart olarak bulunan MP5 tüfeğin yanındaki küreği aldı. Göle bakan tepelik bölgede mezarı açtı. İşini bitirdikten sonra yaklaşan cenaze konvoyunu gördü.

Başkomiser elindeki kutuyla önde yürüyordu, Cinayetçiler arkasındaydılar. Gün batmak üzereydi. Behzat Ç. kutuyu mezarın yanına koydu. Manzaraya baktı, dudaklarını ısırdı. Siyah deri ceketini çıkardı sonra, yere serdi, kutuyu açıp içinden Gaspi'nin cenazesini çıkardı. Kefen olarak siyah deri ceketine sardı, indirdi mezara.

Sırayla toprak attılar. Hayalet, başkomisere yaklaştı. Demircide yaptırdığı gazete kâğıdına sarılı mezar taşını uzattı.

Behzat Ç. demirden mezar taşını yerleştirdi başucuna. Mezar taşının sağ kenarında bir kedi patisi vardı.

Gaspi Ç.
2018-2021
Amirin Kızı
Cinayet Büro'nun Gözbebeği

yazıyordu üstünde. Pas rengi bulutlar esen rüzgârla yavaş yavaş dağıldılar. Gün batmak üzereydi, güneş ufukta gitgide alçalarak kızıl bir renge bürünmüştü.

Hikâyelerin yazılma sürecindeki katkılarından ötürü
Hilal Doğru'ya ve
sevgili dostum Murat Menteş'e
teşekkür ederim.